TROVARLA
VIVA

LIBRI DI LISA REGAN

In lingua italiana

Le ragazze svanite

La ragazza senza nome

La sua tomba nascosta

La confessione finale

Le sue ossa sepolte

Il suo pianto silenzioso

I corpi lungo il fiume

Trovarla viva

Salvate la sua anima

In lingua inglese

Detective Josie Quinn

Vanishing Girls

The Girl With No Name

Her Mother's Grave

Her Final Confession

The Bones She Buried

Her Silent Cry

Cold Heart Creek

Find Her Alive

Save Her Soul

Breathe Your Last

Hush Little Girl

Her Deadly Touch

The Drowning Girls

Watch Her Disappear

Local Girl Missing

The Innocent Wife

Close Her Eyes

My Child is Missing

Face Her Fear

Her Dying Secret

LISA REGAN

TROVARLA VIVA

Tradotto da Alessandro Cataoli

bookouture

*In memoria di Jennifer Jaynes
Mi mancheranno le tue parole*

UNO

Prima che iniziassero gli incidenti, il padre di Alex era solito portarlo nei boschi in cerca di avventure. Così le chiamava, ma Alex aveva scoperto presto che l'idea di avventura di suo padre era stare seduto su un tronco o sdraiato in mezzo ai cespugli tutto il giorno, a fissare gli uccelli guardandoli da un binocolo. Francis spesso non era tanto gentile con il figlio; pertanto, ogni volta che andavano nel bosco, Alex stava molto attento a non contrariarlo. Si assicurava di mostrarsi sempre interessato e di fare tutto ciò che gli diceva, appena lo diceva ed esattamente nel modo in cui gli diceva di farlo. Dopo un'avventura durante la quale Alex si era impegnato a fondo per essere molto bravo, era stato premiato con un binocolo tutto suo. Non era grande o bello come quello che portava il padre, ma Alex si divertiva a imitare i suoi movimenti, a guardare attraverso quelle lenti falchi, aquile e gufi. Erano gli uccelli che interessavano di più a Francis. Rapaci, li chiamava.

«Sono volatili predatori.» gli diceva. «Cacciatori. Hanno una vista straordinaria. Riescono a individuare la loro preda da molto in alto nel cielo. Aspettano il momento giusto e poi colpiscono! Sono uccelli molto intelligenti.»

Per Alex non era chiaro cosa li rendesse intelligenti, ma sapeva che l'intelligenza era importante per suo padre. Era una parola che usava spesso. Non gli piacevano le persone che non erano intelligenti e Alex viveva nel timore di essere considerato non intelligente. Per questo motivo portava con sé un blocchetto per gli appunti e una matita, proprio come faceva lui. A sei anni aveva appena imparato a leggere e a scrivere, quindi non poteva scriverci molte parole come faceva Francis, in compenso faceva dei disegni degli uccelli che osservavano.

Un giorno nel bosco, in prossimità di una radura, suo padre avvistò un grande rapace nel cielo. Volava così alto che Alex non riusciva a capire che tipo di uccello fosse, ma Francis gli assicurò che si trattava di un falco. «Guarda qua, figliolo...» gli disse.

Frugò in una borsa che aveva portato con sé da casa e tirò fuori un serpente. Alex indietreggiò e cadde all'indietro inciampando su un ramo in terra, sbattendo la testa contro un albero vicino. «Ahi!» piagnucolò.

Suo padre, a diversi metri di distanza, immobile, con il serpente che si dimenava in mano, guardò verso di lui. «Alzati. Alzati!» ringhiò.

Alex si rimise in piedi. Allungò la mano dietro la testa e sentì qualcosa di umido. Vide del sangue sulla punta delle dita, ma non si azzardò a farlo notare al padre che, a ogni secondo che passava in attesa che lui fosse pronto per proseguire, si faceva sempre più rosso in viso per la rabbia.

«Scusa papà.» mormorò Alex, mettendosi di nuovo accanto a lui. Guardò la radura e poi il cielo, anche se il movimento gli provocò una fitta di dolore lungo il collo. Il falco planò verso le cime degli alberi.

«Osserva bene.» gli disse e lanciò il serpente al centro della radura. Immediatamente il serpente cominciò a contorcersi e a dimenarsi verso la direzione opposta. Un attimo dopo il falco era lì, a pochi metri di distanza, con i suoi spessi artigli puntati verso il terreno come lance, le sue ali gloriosamente grandi spalancate. Strappò dall'erba il serpente che si contorceva e volò senza sforzo verso il cielo.

Il padre guardò con meraviglia il rapace che si allontanava dalla vista. Alex sentì qualcosa di caldo e appiccicoso scivolare lungo la nuca.

«Papà...» disse a bassa voce. «Credo di aver bisogno di una benda.»

Si toccò di nuovo la nuca con la mano e questa volta, quando gliela avvicinò per mostrargliela, tutto il palmo era coperto di sangue. Francis lo guardò e tutto lo stupore che c'era nel suo sguardo si trasformò in disgusto. Rimase a lungo a fissare il figlio, con le labbra arricciate in un ghigno. Poi scosse la testa, sbuffò e se ne andò. Preso alla sprovvista, Alex lo guardò allontanarsi. Aveva già percorso un bel po' di strada quando si voltò e pronunciò quelle parole verso il figlio, parole che Alex sentì chiaramente, come se gliele avesse urlate nell'orecchio.

«Stupido bambino.»

DUE

Un naso freddo e umido toccò il braccio di Josie. Poi arrivò il mugolio lamentoso. Quando lei non rispose agli sforzi del suo Boston Terrier per farla alzare dal letto, lui saltò sulle coperte e cominciò ad annusarle le orecchie e la nuca. «Trout...» gemette lei, girandosi di scatto verso di lui. A ricambiare lo sguardo c'era un paio di vivaci occhi marroni.

Il cane sbuffò e si mise a sedere, con quel dolcissimo muso bianco e nero che era un concentrato di serietà e le orecchie perfettamente triangolari. Senza nemmeno aprire la bocca, Trout emise un altro piccolo uggiolio. Lei gli strofinò il mento.

«Che ore sono, bello?» chiese assonnata, anche se non aveva nemmeno bisogno di guardare l'orologio sul comodino per sapere che la sua sveglia sarebbe suonata nel giro di dieci minuti... o almeno, sarebbe stato così nei giorni di lavoro, ma quello era il suo giorno libero.

Nei sei mesi che erano trascorsi da quando lei e il fidanzato con cui conviveva, Noah Fraley, avevano salvato Trout, si era affermata una specie di routine: il cane li svegliava poco prima che suonasse la sveglia, Josie lo faceva uscire, gli dava da mangiare e poi andavano tutti e tre a fare una breve corsetta prima di prepararsi per andare al lavoro. Anche nei giorni di riposo, Trout si ostinava a rispettare la routine.

Josie e Noah lavoravano entrambi per il dipartimento di polizia della città di Denton: lei come detective e lui come tenente. Denton era annidata tra le montagne della Pennsylvania centrale e si estendeva per circa venticinque miglia quadrate. Nell'area centrale della città, dove si trovavano gli esercizi commerciali, il comando della polizia, l'ufficio postale e l'Università di Denton, le strade e gli edifici sorgevano l'uno accanto all'altro secondo un prevedibile schema a griglia, fatta eccezione per il vasto parco cittadino. Il resto della città si estendeva su aree rurali boscose, accessibili tramite tratti di strade tortuose a una sola corsia. Sebbene Denton fosse una piccola città, non era estranea a episodi di criminalità che tenevano costantemente impegnato il dipartimento di polizia.

Josie si girò e diede un colpetto alla spalla di Noah. «È ora di alzarsi.» gli disse, ottenendo solo un grugnito come risposta. «Andiamo.» aggiunse poi.

«Metti su il caffè, ti dispiace?» borbottò Noah.

Josie lanciò le gambe oltre la sponda del letto. Eccitato, Trout saltò giù, agitando la coda mentre correva verso la porta della camera da letto. Josie spense la sveglia e si diresse verso il corridoio e il piano di sotto. Nel giro di una ventina di minuti, Trout era stato sfamato, Josie e Noah avevano bevuto un caffè veloce e si erano vestiti da corsa. Josie si piazzò in mezzo all'ingresso, in equilibrio su un ginocchio, per cercare di infilare la pettorina al cane che si agitava per l'emozione, mentre Noah andava di sopra a prendere il telefono.

«La stessa storia di tutte le mattine, bello...» mormorò Josie mentre cercava di far scattare la cinghia sulla schiena di Trout. «Sai che devi stare fermo mentre te la metto.»

Il cane non riuscì a contenere la sua eccitazione. Saltò su per leccarle la faccia e la pettorina gli cadde per metà. Josie si mise a ridere e lui si mise a saltellare, dimenando il posteriore e urtando il tavolino dell'ingresso. Era piccolo, non ci voleva molto per spostarlo. Trout lo urtò di nuovo e il tavolino si spostò ondeggiando di qualche centimetro, facendo cadere sul pavimento due mazzi di chiavi e un paio di occhiali da sole.

«Ma porca...» disse Josie, riuscendo a recuperare con gran sollievo gli occhiali da sole prima che Trout li calpestasse accidentalmente.

Noah scese di corsa le scale e vedendo Josie con gli occhiali da sole in mano, disse: «Tua sorella non è ancora tornata a prenderli? A quest'ora ne avrà già comprato un altro paio...»

Josie li posò di nuovo sul tavolo, insieme alle chiavi, e cercò ancora una volta di far entrare il cane nella sua imbracatura. «Stiamo parlando di Trinity, Noah. Hai idea di quanto costino quegli occhiali da sole? Hai una vaga idea di che marca sono?»

Noah si appoggiò su un ginocchio e indicò un punto del pavimento di fronte a sé. Diligentemente, Trout si avvicinò e si sedette, lasciando che Noah agganciasse pettorina, guinzaglio e collare con facilità.

«Traditore...» mormorò Josie.

«Perché dovrei sapere di che marca sono gli occhiali da sole di tua sorella?» chiese Noah.

Josie alzò gli occhi al cielo mentre oltrepassavano la porta d'ingresso e si incamminavano a passo lento per la strada con Trout in testa. «Sono di Gucci e credo che costino almeno trecento dollari, se non di più.»

Noah si fermò, tirando Trout al guinzaglio. Il cane li guardò con curiosità, con le orecchie tese.

«Chi pagherebbe trecento dollari per un paio di occhiali da sole?» le chiese.

Josie gli prese il guinzaglio di mano e ripresero a camminare. Lui la seguì.

«Una conduttrice di un programma mattutino di una grande rete, ecco chi.» rispose lei. «È una celebrità. Può permettersi occhiali da sole da trecento dollari.»

Noah scosse la testa. «È ancora co-conduttrice? Quand'è l'ultima volta che l'hai sentita?»

Josie sentì un brivido di disagio nel profondo, come una pugnalata allo stomaco. «Un mese fa.» rispose a bassa voce.

«Quindi non sai nemmeno se è ancora rintanata in quella baita o se è tornata a New York...»

«Credo che sia sempre nel ritiro autoimposto.» disse Josie. «Sono settimane che non parla con i nostri genitori o con nostro fratello.»

«Ha discusso con tutti, quindi?»

Josie sospirò. «No, solo con me.»

«Sei pronta a dirmi cosa è successo?»

Josie avanzò di qualche passo davanti a lui. «Non proprio.»

Trout si fermò ad annusare un palo del telefono e anche Josie si fermò. Sentì lo sguardo di Noah che la fissava prima di alzare il suo e di fissarlo nei suoi occhi color nocciola, che si erano fatti seri. «Josie, so che questa frattura tra te e Trinity ti preoccupa. Dimmi solo cosa è successo. Potresti sentirti meglio se ne parlassimo.»

«Non credo.» disse lei. «Inoltre, tu c'eri quel giorno, almeno fino a un certo punto.»

Noah alzò un sopracciglio. «Sì, sono arrivato dopo aver fatto il turno di notte. Le ho detto qualche parola e lei ha dato di matto. Poi ho portato Trout a fare una passeggiata. Non ho idea di cosa sia successo tra voi due, ma quando sono tornato a casa Trinity non c'era più. E da allora sei sempre stata triste.»

«Io non sono...»

Noah alzò una mano per farla tacere. «So che non ti piace sentirtelo dire, ma sei assente. Non sei in te. Lo vedo che stai cercando di ingannare il tempo mentre la aspetti, e va bene, ma intanto parliamone. Magari posso aiutarti.»

Finito con il palo del telefono, Trout tirò il guinzaglio e i due lo seguirono, ancora una volta in marcia. «Non puoi farci niente.» disse Josie. Le guance le bruciavano pensando all'ultima volta che aveva parlato con Trinity. «Non sto aspettando niente. Non ha risposto a nessuna delle mie chiamate o ai miei messaggi. Mi sta tagliando fuori.»

«Allora forse dovresti portarle gli occhiali da sole. Potresti presentarti alla sua baita e costringerla a parlarti di nuovo.»

«No, non posso farlo.»

«E allora che vuoi fare? Continuerai a crogiolarti, lasciando i suoi costosissimi occhiali da sole sul tavolo dell'ingresso per ricordarti della tua infelicità all'infinito, senza neanche fare un tentativo per risolvere la questione con lei?»

Era questo il mio piano, avrebbe voluto rispondergli, ma rimase in silenzio, passandogli davanti mentre giravano l'isolato.

«Josie.»

Lei rallentò e lo guardò negli occhi. «Vuoi davvero sapere cos'è successo?»

TRE

UN MESE PRIMA

Una volta tanto Josie riuscì a svegliarsi prima di Trout e si girò trovando il cane addormentato sul lato del letto di Noah. Ogni volta che Noah faceva il turno di notte senza Josie, Trout dormiva accanto a lei. Sapeva che Noah non voleva che prendessero l'abitudine di far dormire il cane nel loro letto, ma a Josie piaceva poter allungare una mano e accarezzare il suo pelo morbido e caldo. La luce del sole filtrava dalle finestre della camera da letto. Gli diede una grattata tra le orecchie e disse: «È ora di alzarsi, bello.»

Al piano di sotto, in cucina, trovò Trinity Payne, sua sorella gemella, seduta al tavolo con il portatile aperto davanti a sé. Senza degnare Trinity di uno sguardo, Trout corse verso la porta sul retro per farsi aprire mentre Josie accendeva la caffettiera, prendendosi un momento per studiare la sorella.

Erano rare le occasioni in cui Josie non l'aveva vista pronta per le telecamere. Di solito, anche quando si era appena alzata dal letto, emanava una sorta di bagliore glamour da televisione. Ma in quel momento indossava pantaloni da ginnastica e calzini spaiati e il suo fisico snello era rimpicciolito da una felpa della New York University. Josie scherzava spesso sul fatto che i capelli neri di Trinity erano così lucidi che ci si poteva vedere il proprio riflesso. Quella mattina erano unti e raccolti in una coda di cavallo che sembrava iniziata e dimenticata a metà. Non aveva un filo di trucco sul viso, si era infilata un paio di cuffie rosso vivo nelle orecchie e si mordicchiava il labbro inferiore mentre con le dita spingeva il mouse del portatile.

Josie versò il caffè in due tazze e le preparò come piaceva a loro: prendevano il caffè allo stesso modo. Girò intorno al tavolo per mettersi accanto a lei, lasciò una tazza accanto al portatile e poi allontanò un auricolare dall'orecchio della sorella.

«Ehi.» disse Trinity, lanciando a Josie uno sguardo di fastidio. Fece per rimettere a posto l'auricolare, ma Josie le sfilò anche l'altro e poi staccò completamente il connettore dal portatile.

La voce di Trinity divenne alta e stridula. «Oh, ma che fai?»

Josie indicò lo schermo del portatile. «Lo stai guardando di nuovo? Trinity, la devi piantare.»

Sullo schermo scorreva un filmato e ora che Josie aveva tolto gli auricolari l'audio riempiva la cucina. Era la fine di un servizio che la rete aveva trasmesso su una giovane donna dell'Arkansas che aveva fatto notizia per aver ottenuto ventidue borse di studio nelle migliori scuole degli Stati Uniti. Quando il pezzo si concludeva, il video tornava su Trinity e il suo co-conduttore, Hayden Keating. Erano seduti fianco a fianco a un tavolo rotondo, con un sorriso stampato in faccia. «Che ragazza straordinaria.» commentava il collega. «Ha un futuro molto luminoso di fronte a sé.»

«Non ci sono limiti davanti a lei.» concordava Trinity. «È ovvio che può scegliere qualsiasi scuola del paese. È quasi ridicolo che abbia fatto domanda a ventidue scuole, non credi?»

La prima volta che Josie aveva visto il filmato non aveva notato la tensione che in quell'istante aveva gelato l'espressione di Hayden, ma a quel punto l'aveva visto così tante volte che il leggero irrigidimento della mascella, il digrignamento dei denti e il sorriso forzato apparivano penosamente evidenti. «Ridicolo?» le aveva fatto eco. «Io penso che sia straordinario.»

Trinity aveva sorriso agitando una mano in segno liquidatorio. «Oh, certo è straordinario. Dico solo che una giovane donna così intelligente e talentuosa avrebbe potuto semplicemente optare per la prima scelta e fare domanda lì, invece di spendere tutti quei soldi in tasse di iscrizione per ventuno scuole che non frequenterà. Quanto costano le tasse di iscrizione al giorno d'oggi? Erano molto costose quando andavo all'università io. Posso solo immaginare quanto siano aumentate.»

Seguivano alcuni secondi di doloroso silenzio. Poi Hayden si schiariva la gola e iniziava a leggere dal gobbo. «Tra poco, ci collegheremo con il nostro meteorologo per un aggiornamento sulle condizioni atmosferiche.»

Josie si avvicinò a Trinity e spostò il cursore per mettere in pausa il filmato. «Devi lasciar perdere.» le disse.

«Lasciar perdere?» le fece eco Trinity. «Quel commento mi costerà la carriera.» Si alzò in piedi, facendo raschiare la sedia sulle piastrelle della cucina e, percorrendo la stanza a grandi passi, continuò: «Non posso crederci. Uno stupido commento e la mia vita è finita.»

«Sono sicura che non sia tanto grave.» disse Josie. «Quello che hai detto... non è nemmeno particolarmente spiacevole. Ho sentito conduttori di notiziari dire cose molto più inopportune. Commenti razzisti o di cattivo gusto. Quello che hai detto tu non era assolutamente offensivo.»

Trinity si fermò e fissò Josie. «Non era offensivo? Hai idea del contraccolpo che ha avuto la rete per quello che ho detto? Mi sono persino scusata in diretta e ho rilasciato una dichiarazione, eppure il pubblico è ancora infuriato.»

«Passerà presto.» la rassicurò Josie. «È successo due settimane fa.»

«Due settimane è il periodo più lungo che ho passato fuori onda da quando sono diventata co-conduttrice, Josie. Sono fuori. Me l'ha detto Hayden. A meno di un miracolo, la rete mi sostituirà. Stanno già corteggiando Mila Kates. Le stanno dietro da mesi. Ora hanno una scusa per sbarazzarsi di me e offrire a lei una cifra ridicola per prendere il mio posto.» Lanciò un gemito e fissò il soffitto. «Non posso credere di aver detto una cosa simile. Non voglio mai più usare la parola ridicolo.»

Josie si sedette al tavolo e bevve un sorso di caffè. «Mila Kates?» disse. «Pensavo che lavorasse per una rete via cavo.»

«Infatti.» rispose Trinity. «Ma ha avuto a che fare con quello stalker, non ti ricordi? Si presentò armato mentre lei stava conducendo un servizio in occasione di una serata di beneficenza per bambini malati e minacciò di uccidere tutti se non fosse andata con lui. Lei risolse la situazione calmandolo abbastanza a lungo da permettere alla polizia di prenderlo in consegna.»

«Oh, sì...» disse Josie, «ricordo di averlo visto al notiziario. Saranno passati sei mesi.»

«Ma ha cambiato tutto.» aggiunse Trinity. «Era una storia enorme, ed era la *sua* storia. Il servizio su quello stalker è stato per lei quello che il caso delle ragazze svanite di Denton è stato per me cinque anni fa. Mi ha fatto diventare famosa. Ho ottenuto il mio lavoro grazie a quel servizio.»

«E la rete ti ha mandato qui per farne un altro nel quinto anniversario dell'esplosione di quel caso.» le fece notare Josie. «Non ti hanno licenziata.»

Trinity inarcò un sopracciglio e fece un gesto indicando tutto intorno a sé. «Vedi qualche produttore o dei cameraman qui? Sì, mi hanno mandata a fare il servizio. Ho fatto il pezzo e l'ho mandato una settimana fa. La mia troupe è tornata a New York, ma io sono qui. Non mi hanno richiamata e non hanno intenzione di farlo.»

Josie rinunciò a cercare di convincere Trinity che la rete l'avrebbe richiamata. Molto probabilmente sua sorella aveva ragione e Josie pensava che provare a rassicurarla senza fondamento non sarebbe servito a nulla. Perciò, disse: «Trinity, puoi trovarti un lavoro per qualsiasi emittente. Negli ultimi cinque anni hai trattato alcuni dei casi più importanti del paese. Alcuni li hai persino risolti tu stessa.»

Trinity le puntò un dito contro. «No, li hai risolti *tu*. E io ho raccontato la storia. Non ho mai avuto una storia mia.»

Ora era il turno di Josie di inarcare un sopracciglio. «Mi sembra di ricordare che siamo state entrambe protagoniste di una storia vera e propria, non molto tempo fa. Ho partecipato a quella maledetta puntata di *Dateline* per te. Non volevo, ma tu hai insistito.»

Quando Josie e Trinity si erano incontrate per la prima volta, circa sei anni addietro, Trinity lavorava come corrispondente nazionale per la rete. Dopo che una fonte le aveva fornito informazioni false, il network l'aveva esiliata alla WYEP, l'emittente locale di Denton, dove lavorava come reporter itinerante. Dopo un anno alla WYEP, Trinity aveva contribuito in modo determinante alle indagini di Josie per smascherare le depravazioni e i criminali dietro il famoso caso delle ragazze svanite di Denton. Quella storia aveva fatto volare Trinity alla posizione che copriva al momento.

All'epoca non sapevano nemmeno di essere parenti. Erano semplicemente un'agente di polizia e una reporter, spesso in contrasto tra loro. In effetti, Josie non sopportava Trinity; era ambiziosa fino al midollo e sempre in agguato, a caccia dello scoop su una storia importante. Qualità che Josie aveva poi imparato ad apprezzare. Due anni dopo il caso delle ragazze svanite, erano stati ritrovati dei resti umani nei pressi del parcheggio per roulotte dove Josie aveva trascorso l'infanzia. Il caso complicato che avvolgeva quei resti le aveva portate a scoprire che erano sorelle separate da tempo. A tre settimane di vita, Josie era stata strappata alla famiglia da una donna malvagia e violenta che l'aveva cresciuta a poche ore di distanza dalla gemella. La donna che aveva rapito Josie aveva appiccato un incendio nella casa della famiglia Payne, inducendo sia le autorità che i genitori a credere che Josie fosse morta nell'incendio. Il ricongiungimento della famiglia Payne dopo trent'anni, unito al fatto che Josie e Trinity non solo si erano conosciute prima di scoprire di essere imparentate, ma avevano lavorato a stretto contatto su casi di alto profilo, era stato oro per la televisione. Con un passato così scintillante e la propensione a condividerlo in onda, Trinity si era saldamente assicurata il posto di co-conduttrice per tutto il tempo in cui avrebbe deciso di mantenerlo.

Fino a quel giorno.

«Oh, ma per favore!» esclamò Trinity. «Il ciclo delle notizie è di venti secondi ormai. A nessuno interessa più la nostra storia delle gemelle separate da tempo.»

Josie trattenne un'osservazione sul fatto che aveva usato la loro storia traumatica per fare carriera. «Trinity, sei brava in quello che fai. Forse non resterai in questa rete, ma troverai una sistemazione altrove. Le cose si risolveranno. Ne sono sicura.»

«Sì, si risolveranno per Mila Kates. Sarebbe già una fortuna riavere il mio vecchio lavoro alla WYEP.»

«Dico sul serio, Trinity...» continuò Josie. «Stai reagendo in modo esagerato.»

«Oh davvero?»

Quando Josie non rispose, Trinity si portò una mano al petto. «Ho bisogno di qualcosa di grande. Più grande del caso delle ragazze svanite. Più grande del caso di Mila Kates. Non un caso che tu hai risolto e che io posso sfruttare. Ho bisogno di una storia mia, personale, e non può essere una storia qualsiasi.»

«Pensavo che ci fosse una regola per cui i giornalisti non dovrebbero mai essere oggetto della propria storia.» disse Josie.

Trinity alzò gli occhi al cielo. «Oh, certo. È quello che ti insegnano a scuola, ma ormai non è necessariamente vero. Guarda Mila Kates. Guarda quel tizio che lavorava per il nostro più grande concorrente. Ha scritto un libro su come i suoi stessi capi hanno cercato di stroncare una delle sue storie per un anno e adesso è famoso.»

Josie si ricordava di quel giornalista. «Ma si stava occupando di una cosa molto esplosiva.» obiettò «Si trattava di molestie sessuali nell'industria dello spettacolo, o sbaglio?»

«Proprio così.»

«Quindi, se si fosse occupato della fiera di cucina di una piccola città, non sarebbe diventato famoso. Aveva bisogno di una buona storia.»

«E ne ho bisogno anch'io!» esclamò Trinity. «Ho bisogno di qualcosa per cui tutti i network ucciderebbero... in senso figurato, ovviamente. Ho bisogno di qualcosa che nessuno ha mai fatto. Ho bisogno di fare qualcosa... qualcosa di veramente...»

«Disperato?»

Trinity la fulminò con lo sguardo. «Ambizioso. Esplosivo.»

A Josie non piacque quel tono, né lo sguardo di Trinity. Non era ambizione. Era disperazione.

«Penso che la tua carriera non ne risentirà.» le disse Josie. «Ti terrai il tuo lavoro.»

Trinity le puntò un dito contro. «Ti sbagli. Probabilmente pensi che io sia pazza, ma non lo sono, Josie. Adesso tutto ciò per cui ho lavorato è a rischio.»

«Hai fatto un commento fuori luogo, Trinity. Molte celebrità hanno fatto ritorno da situazioni peggiori.»

Si udì grattare dal lato opposto della porta sul retro. Trinity si avvicinò e fece entrare Trout, che le passò davanti per avvicinarsi a Josie e darle un colpetto alla mano per farsi accarezzare dietro le orecchie.

Trinity tornò al tavolo e si sedette davanti al portatile. Le sue dita volarono sulla tastiera per far apparire ancora una volta il filmato. Quando iniziò a scorrere, Josie si mise di fronte a lei e chiuse di scatto il portatile. «Basta.» disse. «Smettila di ossessionarti. Vai a correre. Fatti una doccia. Fai qualcosa per schiarirti le idee.»

Trout le fece trasalire entrambe con un'acuta abbaiata. Un secondo dopo, sopra quel frastuono, sentirono la porta d'ingresso che si apriva e si chiudeva. «Sono io...» avvertì Noah.

Trout si precipitò all'ingresso, preceduto dal ticchettio degli artigli sul pavimento in parquet; si sentì Noah che lo salutava, poco prima di apparire in cucina, con i capelli castani arruffati che gli incorniciavano tutta la testa e due grosse borse sotto gli occhi nocciola. In mano teneva una piccola confezione avvolta in carta marrone.

Dando un'occhiata all'orologio, Josie gli chiese: «Come mai sei a casa prima? Nottata difficile?»

Trout si mise a ballare tra loro due, emettendo piccoli latrati, finché Noah non si decise ad abbassarsi per accarezzarlo di nuovo. «Gretchen è arrivata prima. Ci hanno riferito di una grande festa non autorizzata fuori dal campus. Siamo andati a controllare e quei ragazzi si sono dispersi. Abbiamo passato tutta la notte a radunare quelli che non avevano l'età per bere.»

Soddisfatto, Trout si avvicinò all'angolo della cucina dove si trovavano le sue ciotole per il cibo e l'acqua e trascinò quella vuota verso Josie. «È sempre divertente.» commentò Josie continuando a guardare Noah. «E quanti ce n'erano della facoltà di Scienze dell'Educazione?» chiese riempiendo la ciotola di Trout e rimettendola a posto.

Noah sorrise. «Vuoi dire quanti di loro ci hanno pregato di non schedarli perché si sarebbero rovinati la carriera da insegnanti? Quattordici.»

Josie scosse la testa. «Che c'è lì dentro?» chiese, indicando la confezione tra le mani di Noah. Non era più grande del suo palmo.

Lui la guardò e poi si rivolse a entrambe. «Era fuori. È indirizzata a Trinity.»

Trinity tese una mano per prendere la scatola e Noah sorrise. «Farti spedire la posta a questo indirizzo è il tuo modo di dirci che ti stai trasferendo da noi?»

Trinity mise da parte la tazza di caffè, posando il pacchetto e iniziando a scartarlo mentre rispondeva. «Non mi faccio mandare la posta qui.»

«È la seconda scatola questa settimana.» osservò Noah.

«Oh, beh, ho chiesto alla mia assistente di spedirmi alcune cose dall'ufficio. Dove avrei dovuto farle recapitare?»

La sua voce suonava un po' nervosa e Noah alzò le mani in aria. «Rilassati.» disse. «Ti stavo solo prendendo in giro. Non c'è problema.»

Poi sorrise e Josie capì che quello che stava per dire era da prendere come uno scherzo. «A proposito, mi piace come hai sistemato la stanza degli ospiti...»

Ma Trinity non gli prestava attenzione. Stava guardando dentro la scatola. Era impallidita di colpo. La mise da parte e prese la sua tazza, mandando giù il resto del caffè.

«Dove l'hai trovata?»

«Te l'ho detto. Era fuori.»

«Non c'è nessun francobollo.» disse Trinity. «Dov'era esattamente?»

Josie diede un'occhiata da sopra le spalle di Trinity osservando che effettivamente non c'era il francobollo, né l'indirizzo del mittente. «Che cos'è?» chiese Josie. «Cosa c'è dentro?»

Trinity riprese la scatola e se la strinse al petto. «Niente di importante. Sono solo curiosa perché è arrivata senza francobollo. Dov'era, Noah?»

«Era nella cassetta della posta in fondo al vialetto.» disse Noah. «Sai, no? Dove di solito si riceve la posta...»

Trinity usò la mano libera per prendere il suo portatile e lanciò a Noah un'occhiata di fuoco. «Ti crea problemi se resto qui?»

«Trinity, stava scherzando.» intervenne Josie.

«Davvero?» scattò lei rivolgendosi alla sorella. «Allora perché è andato a curiosare nella mia stanza?»

«Non sono andato a curiosare.» si schernì Noah. «Mi è capitato di passarci davanti l'altro giorno quando la porta era aperta.»

Trinity strinse a sé sia il portatile che la scatoletta, fece un passo verso Noah e gli rinfacciò: «Tu non mi vuoi qui.»

«Non è vero.» protestò Noah.

Passò un secondo in silenzio. Trinity lo fissò, quasi come se stesse cercando le parole e infine disse: «So quando non sono desiderata.»

«Di che cosa stai parlando?» disse Noah. «Non essere ridicola.»

Josie rabbrividì per la pessima scelta, del tutto accidentale, di quella parola, sapendo che avrebbe mandato la sorella su tutte le furie. Infatti, le guance di Trinity avvamparono. Le sue labbra si strinsero in una linea sottile. Josie fece un tentativo per sdrammatizzare: «Trinity, sai che qui sei sempre la benvenuta. Per favore...»

Ma prima che potesse finire, la sorella uscì di corsa dalla stanza. Josie e Noah seguirono il rumore dei suoi passi mentre saliva le scale. Quando la porta della stanza degli ospiti sbatté, Trout alzò lo sguardo dalla sua colazione, spaventato. Guardò i due padroni con occhi diffidenti e orecchie tese, finché Josie non disse: «Va tutto bene, bello.»

Noah alzò entrambe le mani. «Mi dispiace. Stavo scherzando, davvero.»

«Lo so.» disse Josie. «Sta solo passando un brutto periodo.»

Noah aggrottò la fronte. «Credi che si riprenderà presto? Mi sembra un po' spaesata.»

«Ma non mi dire...» disse Josie con un sospiro. Guardò l'orologio al microonde. A momenti avrebbe dovuto iniziare a prepararsi per andare al lavoro. «Vado a parlarle. Puoi portare Trout a fare una passeggiata?»

Noah la seguì nell'ingresso e prese il guinzaglio, mentre il cane gli correva dietro. Josie salì i gradini, con i piedi pesanti. Non aveva mai visto sua sorella in quello stato. Per un attimo si chiese se non fosse il caso di chiamare la loro madre, Shannon, che aveva più di tre decenni di esperienza con Trinity, una quantità significativamente superiore a quella che aveva lei, e con tutti gli alti e bassi che la vita portava con sé. Ma Trinity non era tornata a casa dei genitori per leccarsi le ferite. Era venuta da lei. La sentì muoversi nella stanza degli ospiti proprio mentre girava la maniglia.

«Trinity?»

Spinse la porta, ma non si aprì.

«Vattene!» urlò Trinity.

Josie spinse di nuovo la porta, rendendosi conto che c'era qualcosa dall'altra parte che le impediva di aprirla. «Hai bloccato la porta?»

Dalla stanza le giunsero altri rumori. Il fruscio di fogli, i rimbombi di tonfi sommessi. Stava gettando i vestiti in giro? Finalmente la porta si aprì e si ritrovò Trinity di fronte: aveva il volto cinereo, gli occhi azzurri spalancati dalla rabbia e da qualcos'altro.

Prima che Josie potesse capirlo, Trinity disse: «Mi tolgo dai piedi tra qualche minuto.»

«Trinity, dico davvero...» disse Josie. «Stai esagerando. Puoi restare qui quanto vuoi. Lo sai bene. Noah stava solo scherzando.»

«Cosa si dice degli scherzi?» ribatté Trinity. «C'è sempre un po' di verità dietro, no?»

Josie aprì la bocca per aggiungere qualcosa, ma lo stato della stanza alle spalle della sorella le bloccò le parole. Aveva messo la valigia sul letto a due piazze, aperta e traboccante di scarpe e vestiti. Sulla cassettiera di fronte al letto c'era una scatola portadocumenti, da cui uscivano diversi fogli e ce n'era un'altra che giaceva sul pavimento, con carte e oggetti vari, che sembravano vestiti, gioielli e materiale da ufficio. Il televisore che Noah aveva montato sul muro sopra la cassettiera era ricoperto di post-it colorati. Sulle pareti color crema erano appese carte e fotografie. Josie cercò di capire di cosa si trattasse nell'insieme, ma in un momento del genere non era in grado di elaborare tutto in una volta. Indicò una serie di foto. «Quello è uno scheletro?»

Trinity si allontanò di scatto, attraversò la stanza e strappò i fogli dalle pareti per poi infilarli nella scatola traboccante di documenti sul cassettone. «Non badarci.» si limitò a dire.

Josie fece un passo all'interno della stanza e per poco non inciampò in un paio di stiletti di Louis Vuitton. «Sembra una sala operativa. Che cos'è tutta questa roba?»

Trinity continuò a strappare i fogli dalle pareti prima che Josie potesse capire che cosa fossero. A Josie parve di riconoscere le pagine del referto di un'autopsia e alcune di quelle che sembravano rapporti di polizia e cercò di leggerne le parole prima che Trinity le strappasse via e le infilasse nella scatola. Le parole "profilo psicologico" le balenarono davanti agli occhi mentre Trinity toglieva gli ultimi fogli, lasciandosi dietro una scia di triangolini di carta strappata. Poi si avvicinò al televisore e cominciò ad accanirsi sui post-it.

Josie ebbe modo di leggere solo alcuni dei foglietti prima che anche quelli venissero archiviati nella scatola stracolma.

Simmetria?

Omicidi allo specchio?

Disturbo ossessivo-compulsivo?

«Trinity...» sussurrò Josie. «Ma che diavolo è questa roba?»

Trinity chiuse il coperchio della scatola con un colpo e si diresse verso l'altra scatola, ricacciando il contenuto all'interno prima di raddrizzarla. «Te l'ho detto. Non sono affari tuoi!»

«È questa la tua grande storia? La storia che ti farà tornare tra le grazie dell'emittente?»

Trinity non rispose, continuò a perlustrare il pavimento alla ricerca di scarpe e vestiti sparsi che gettò poi nella valigia.

Josie incrociò le braccia sul petto e guardò con sguardo serio la sorella. «Trinity, questo sembra un caso di omicidio. Sbaglio? Stai cercando di risolvere un caso irrisolto? Perché non dormi un po'? Ne hai bisogno. Sei stata in piedi tutta la notte. Quando avrò finito il mio turno, potrai portare la tua scatola al piano di sotto e la esamineremo insieme.»

Trinity la ignorò, si infilò le scarpe di Louis Vuitton e spinse la valigia giù dal letto, che finì sul pavimento con un forte tonfo.

Josie rimase risoluta sulla soglia della stanza, squadrando la sorella. «Esci così? Pantaloni da ginnastica e tacchi a spillo? Sei ancora una celebrità, sai? Vuoi tornare a New York conciata in questo modo?»

«Non torno a New York. Non c'è rimasto niente lì per me. Non importa il mio aspetto o come mi vesto ormai. Niente ha più importanza.»

«Dove pensi di andare? A casa da mamma e papà?»

«Ma figurati, sei matta? Affitterò un appartamento, in un posto fuori mano. Una baita nel bosco o qualcosa del genere. Ho bisogno di stare da sola.»

«Non credo che questo sia il momento migliore perché tu stia da sola.» commentò Josie. «Dammi retta, resta qui, dormi un po' e troveremo una soluzione insieme.»

«Per te è facile dirlo, non è vero? Per te si risolve sempre tutto nel migliore dei modi. La grande Josie Quinn. Lascerò che intervenga lei e risolva tutti i miei problemi.»

Josie si sentì come se le avessero tirato uno schiaffo. «Ma di che cosa stai parlando?»

Trinity le puntò contro un dito dall'unghia perfettamente curata. «Tu atterri sempre in piedi, dico bene? Il tuo intero dipartimento è stato messo sottosopra e in qualche modo ti hanno fatto diventare capo. Poi ti hanno rimosso dalla carica ma sei riuscita comunque a tenerti il lavoro. Non ti lasci un caso irrisolto alle spalle. Riesci sempre a prendere il colpevole. Deve essere bello essere tanto perfetta.»

«Tu credi che io sia perfetta?» ribatté Josie.

«Sei famosa e amata da tutti. Hai una splendida carriera a prescindere da qualsiasi cosa accada o da ciò che fai. Hai una bella casa e un fidanzato fantastico. Hai tutto. Questa casa è sempre piena di gente tra amici, colleghi e parenti... perfino di persone a cui non dovresti piacere affatto, come a Misty, che è la compagna del tuo defunto marito! Eppure, sono tutti qui per te. Nessuno di loro è qui per me. Neanche uno.»

A ogni parola, Josie si sentiva come se Trinity le avesse spezzato un ossicino, piccolo ma importante. Tuttavia, riuscì a dire: «Io ci sono per te.»

«Oh, certo, ci sei per me adesso. E per tutta la mia vita? Dov'eri? Avevo bisogno di te. Le cose sarebbero potute andare diversamente se tu ci fossi stata, ma non c'eri!»

Josie sentì accendersi una vampata di collera nello stomaco. «Lo sai bene che non è stata colpa mia.» replicò.

«Ma questo non cambia nulla, giusto?» gridò Trinity. «Tu non ci sei mai stata. Io ero sola. Ora tu hai una vita perfetta e io non ho niente. L'unica cosa a cui tenevo, l'unica cosa a cui ho sempre tenuto, mi è stata portata via. E tu non ci arrivi neanche lontanamente. La mia stessa sorella. La mia gemella. Ma come potresti capire?»

Josie puntò il dito verso la sorella, facendole da specchio. «Non eri sola, Trinity. Avevi tutta la nostra famiglia. Sai cosa avevo io? Uno sgabuzzino. Ero in un inferno. Un vero e proprio inferno. Tu sei cresciuta in una casa bellissima, con due genitori amorevoli e un fratellino dolcissimo. Non hai mai dovuto desiderare niente. Non ti sono mai mancati i soldi. Non ti è mai mancato da mangiare in tavola o un tetto sopra la testa.» Si tirò indietro i capelli che le coprivano il lato destro del viso e indicò la lunga cicatrice sbiadita che partiva dall'orecchio e arrivava fino a poco sotto il centro del mento. «Nessuno ti ha mai tenuto ferma per tagliarti la faccia, se non sbaglio. Non è il caso di giocare a chi ha avuto l'infanzia peggiore con me, perché vinco a mani basse.»

Abbassando lo sguardo sul pavimento, Trinity le si avvicinò, la spinse per toglierla di mezzo e percorse il corridoio, barcollando mentre si tirava dietro la pesante valigia. Arrivata in cima alle scale, si voltò verso Josie. «Hai mai pensato che forse avremmo dovuto lasciar perdere? Certo, abbiamo lo stesso DNA, ma questo non ci rende una famiglia. Non eravamo destinate a essere sorelle. Non lo siamo mai state.»

«Trinity...»

«È così. Non ti piacevo nemmeno prima di scoprire che siamo sorelle. Mi detestavi.»

«Sì, è vero, c'è stato un periodo in cui non mi piacevi.» ammise Josie. «Ma è stato prima che ti conoscessi davvero...»

«Ma tu ancora non mi conosci, non mi conosci veramente.» disse Trinity. «Da quanto tempo siamo "sorelle", ormai? Tre anni? Cosa sai veramente di me?»

«Io... io...» balbettò Josie.

«Sai qual è stata la cosa più brutta che mi sia mai capitata? Oltre a perdere la mia posizione di conduttrice, ovviamente.» Josie si premette le meningi. Trinity aveva ragione. Le cose che sapeva di lei erano superficiali. Non avevano mai avuto l'occasione di fare quel tipo di conversazione in cui avrebbero vuotato il sacco e si sarebbero confidate ogni dettaglio della loro vita. D'altra parte, Josie non aveva mai avuto quel tipo di conversazione con nessuno.

«La cosa peggiore che ti sia mai capitata è stata quando sei stata retrocessa dal programma mattutino dell'emittente alla WYEP, dopo che quella fonte ti aveva fornito informazioni sbagliate.»

Trinity si mise una mano sul fianco. «Sbagliato. Sai qual è stata la cosa *più bella* che mi sia mai capitata?»

«Quando hai ottenuto la posizione da conduttrice?» disse Josie sommessamente.

Le lacrime brillarono negli occhi di Trinity. Quando parlò, la sua voce era incrinata. «Sbagliato.»

Con il cuore che affondava, Josie seguì la sorella mentre trascinava la valigia fuori verso la sua Fiat decappottabile rossa e la incastrava sul sedile del passeggero. Trinity fece due viaggi dalla camera alla macchina per prendere le scatole portadocumenti e la borsa. Posizionò le scatole in modo precario, tra la valigia e il cruscotto, e gettò la sua borsetta marrone di Gucci nella scatola in cima alla pila. Josie la supplicò ancora di restare, di risolvere la situazione, ma Trinity la ignorò.

Quando accese il motore e la Fiat prese a rombare, abbassò il finestrino e guardò Josie per l'ultima volta. «Non siamo sorelle, Josie. Non lo siamo davvero. Penso che sia ora di smettere di forzare qualcosa che non sarebbe mai dovuto accadere.»

QUATTRO

«Diamine...» disse Noah mentre rientravano in casa. «Non sapevo che fosse stato così tragico. Mi dispiace.»

Una volta nell'ingresso, Josie liberò Trout dal guinzaglio e dalla pettorina e il cane trotterellò verso la cucina per bere un po' d'acqua. Noah la tirò a sé per un abbraccio. «E non le hai più parlato da allora?» le chiese posando le labbra sulla sua fronte.

Josie appoggiò la guancia sul suo petto e mormorò: «No. L'ho chiamata e le ho mandato un sacco di messaggi, ma non mi ha mai risposto.»

Lui la lasciò e si avviarono al piano di sopra per fare la doccia e vestirsi. In camera da letto, mentre si toglieva la maglietta, Noah disse: «Ne hai parlato con Shannon?»

«Certo. Diverse volte. Ha cercato di appianare le cose, ma Trinity non ha voluto sentire ragione. Ha detto che non voleva vedermi e non voleva parlarmi. Né me né nessun altro, a dire il vero. È stata Shannon a dirmi che aveva affittato una baita.»

«Perlomeno è rimasta qui in zona.» le fece notare Noah. «Questo deve significare qualcosa.»

«Non credo, Noah. Non l'ho mai vista in questo stato e la cosa peggiore è che...»

Non riusciva ad ammetterlo a se stessa, figurarsi a lui.

«Cosa?»

Si sedette sul bordo del letto e chiuse gli occhi per non doverlo guardare mentre lui la scrutava. «Ha ragione. Non so niente di lei. Proprio niente. Non le ho mai chiesto niente.»

«Cosa c'è da sapere?» disse Noah.

Josie riaprì gli occhi di scatto. «Noah, dico sul serio.»

Lui tese le braccia. «Sono serio. È così che avete scoperto di essere sorelle. Cosa avreste dovuto fare? Sedervi e catalogare ogni singola cosa dell'altra che non avevate avuto modo di conoscere? Voi due passate parecchio tempo insieme, considerando i vostri impegni. Vi siete immerse completamente nella famiglia. Cos'altro si aspettava da te? E lei ti ha chiesto ogni minimo dettaglio della tua vita?»

«Non ne aveva bisogno. Molte cose sono diventate di dominio pubblico, purtroppo.»

Noah si sedette accanto a lei, passandole un braccio sulle spalle e stringendola a sé. «Penso che abbia reagito in modo eccessivamente drammatico in questa faccenda. È chiaro che era arrabbiata per aver perso il posto da conduttrice. Sai bene quanto tiene alla sua carriera.»

Ma non so perché, pensò Josie. Cosa aveva reso Trinity in quel modo?

Intanto, Noah proseguì: «Per una persona come Trinity, perdere il posto di co-conduttore è come un lutto in famiglia. Ormai non ha più sbocchi. Non sa cosa fare con se stessa. Si è scagliata contro di te perché eri la persona più vicina a lei. Ora ha avuto un mese di tempo per stare da sola in quella baita e capire chi è senza questo lavoro. Forse è arrivato il momento che tu vada lassù e le parli.»

«Se avesse voluto parlarmi, avrebbe risposto a uno dei miei messaggi o alle mie chiamate.»

«Forse è imbarazzata per il modo in cui si è comportata e ha bisogno che sia tu a metterti in contatto con lei.»

«Non credo.» disse Josie.

«C'è solo un modo per scoprirlo.» disse Noah. «Ha già smesso di parlare con te. Cosa hai da perdere? Prendi gli occhiali da sole. Vai alla baita. Dille che vuoi essere sua sorella.»

«Non so nemmeno dove sia questa baita.»

«Non trovare scuse. Shannon ha l'indirizzo, no?»

Josie non poté controbattere.

«Fatti una doccia. Io preparo la colazione e poi tu vai da lei.»

«E se mi sbatte la porta in faccia? O peggio, se non viene nemmeno ad aprire la porta?»

Noah si alzò e le sorrise. «Allora ci riproverai domani.»

Le baite di Whispering Oaks esistevano da quando Josie aveva memoria. In quel periodo dell'anno, a fine marzo, venivano di solito utilizzate dai cacciatori o dai pescatori; occasionalmente durante l'estate, venivano affittate dalle famiglie. Si era in alta montagna e si aveva l'impressione di trovarsi in una zona remota, ma in realtà la città distava non più di mezz'ora. C'era un torrente che scorreva tra le varie baite così come diversi sentieri escursionistici. Una strada sterrata serpeggiava sulla montagna e conduceva ai vialetti di ogni costruzione. In tutto ce n'erano dieci. Shannon le aveva detto che Trinity alloggiava nella baita numero sei.

Josie procedette sobbalzando nella sua Ford Escape finché non trovò il vialetto contrassegnato da un cartello di legno sbiadito ad altezza vita con su scritto il numero sei. Svoltò, seguendo un altro stretto viottolo di ghiaia, e si ritrovò davanti alla Fiat Spider rossa di sua sorella, con il muso puntato nella direzione da cui Josie stava arrivando. La baita era piccola, con un rivestimento in finto legno color fumo e un tetto in alluminio rosso brillante. C'era anche uno stretto portico appena sufficiente per due sedie a dondolo di legno. La porta era di colore rosso vivo con appesa una ghirlanda di vimini e corredata di finti fiori primaverili dai colori vivaci. Era pittoresco e invitante, ed era esattamente l'opposto dello stile di Trinity. Josie si chiese come avesse fatto a rimanere in un posto del genere per un mese intero, ma subito dopo una voce in fondo alla testa le ricordò l'accusa di Trinity di non averla mai conosciuta veramente.

Con un sospiro, Josie parcheggiò accanto alla sua macchina, prese gli occhiali da sole e scese. Mentre passava accanto alla Fiat, qualcosa sul sedile del passeggero attirò la sua attenzione: attraverso il finestrino riusciva a vedere la valigia di Trinity. Sopra c'era la sua borsa. Una borsa di Gucci abbinata agli occhiali da sole. A Noah sarebbe venuto un colpo se avesse saputo quanto aveva pagato per quella borsa. Josie era con lei a New York quando l'aveva comprata e si era sentita mancare il respiro nell'istante in cui l'aveva vista passare la carta di credito alla cassiera.

Perciò, Trinity se ne stava andando. Josie si chiese se fosse riuscita a riavere il suo posto dall'emittente. Aveva seguito il programma del mattino per tutto il mese, sperando di sentire che la rete stava progettando il ritorno di Trinity, ma tutto ciò che aveva visto era una serie di presentatori temporanei che non erano in grado di sostituire sua sorella. Non c'era però alcun riferimento a lei, se non che era momentaneamente "fuori servizio". Né si faceva menzione del fatto che l'ormai famosa Mila Kates avrebbe preso il suo posto di conduttrice. Era una strana coincidenza che Trinity si preparasse a partire proprio il giorno in cui Josie aveva trovato il coraggio di andare a trovarla.

Josie sentiva i piedi pesanti mentre saliva sul portico e bussava alla porta. «Trinity?» chiamò.

Nessuna risposta. Guardò attraverso la finestra accanto alla porta d'ingresso, ma le tende tirate le impedirono di vedere all'interno. «Trinity?» chiamò ancora. Bussò di nuovo, questa volta più forte. Ancora niente.

Premendo l'orecchio contro la porta sotto la ghirlanda di fiori, cercò di percepire qualche suono dall'interno, ma non riuscì a sentire nulla. Provò a girare il pomello della porta. Sorprendentemente, ruotò senza problemi nella sua mano. Mise in tasca gli occhiali da sole di Trinity e aprì la porta, chiamando di nuovo la sorella. Un odore di muffa la colpì non appena varcò la soglia. Erano quasi le dieci del mattino e il sole era alto. All'interno non c'erano luci accese. Josie chiamò di nuovo Trinity, ma non ottenne risposta. Il suo cuore prese a battere più forte. La sua mano corse a cercare l'arma d'ordinanza, ma non la trovò perché era il suo giorno libero e quando era uscita non le era neanche passato per la testa che ne avrebbe avuto bisogno per andare a trovare la sorella. La baita, arredata in modo caratteristico in tonalità di rosso scuro e marrone, era pulita e ordinata, tranne che per la polvere che ricopriva ogni superficie. Josie controllò rapidamente l'unica camera da letto e il minuscolo bagno. Entrambe le stanze erano vuote, ordinate e coperte di polvere. Tornando alla zona giorno principale, Josie non riuscì a fermare lo strisciante senso di terrore che avanzava come dita gelide lungo la sua schiena. Sul tavolo della cucina c'era un biglietto scritto su quella che sembrava una pagina strappata dall'agenda di Trinity:

Signor P., la ringrazio per la baita, la trovo davvero incantevole. So che sono rimasta soltanto per una settimana, ma può tenersi la caparra. Non mi aspetto un rimborso. Spero che trovi tutto in buone condizioni. Se ci sono problemi, la prego di chiamarmi. Trinity.

Sotto c'era il suo numero di cellulare. Accanto al biglietto c'era una singola chiave attaccata a un portachiavi a forma di orso con la scritta *Whispering Oaks 6* stampata in bianco. Josie scrutò di nuovo il biglietto e si soffermò sulle parole: *So che sono rimasta soltanto per una settimana.*

«Una settimana?» mormorò.

Questo significava che Trinity era partita da tre settimane. Ma non era così. La sua auto era ferma fuori dal capanno con la valigia e la borsa all'interno.

Josie tornò di corsa sul vialetto e si avvicinò al lato del guidatore della Fiat. Senza toccare l'auto, si chinò e sbirciò all'interno. Le chiavi penzolavano dal quadro. Nella consolle centrale, sotto il cruscotto, all'altezza del cambio, c'era un piccolo vano dove di solito Trinity teneva il telefono. Il cuore di Josie ebbe un sussulto quando vide che il telefono era lì.

Si allungò per aprire la portiera, ma si fermò una frazione di secondo prima di toccare la maniglia. Il poliziotto che era in lei non le avrebbe permesso di contaminare le impronte digitali che potevano essere rimaste all'esterno dell'auto. La sua mano tremò mentre la ritraeva.

Si voltò con gli occhi puntati sull'erba e gli alberi circostanti, poi sul vialetto. Superò la propria auto e raggiunse il perimetro della tenuta, alla ricerca di impronte o di qualsiasi segno di Trinity. Si era allontanata nel bosco? Qualcuno era entrato nella proprietà e l'aveva rapita? Se era così, l'avevano semplicemente trascinata nel bosco o se l'erano portata via? La ghiaia del vialetto avrebbe reso quasi impossibile ottenere calchi di tracce di pneumatici. E si rese conto che, anche se ci fossero state, ci era appena passata sopra con la sua auto.

Fece il giro dietro la baita. La prima cosa che vide fu uno spiazzo con due sedie Adirondack che circondavano un focolare ricavato da un vecchio cerchione di pneumatico.

Sul retro della baita c'era una rastrelliera piena di legna da ardere. Non era possibile che Trinity si fosse fatta un falò là fuori. Non era il tipo da attività all'aperto. I suoi occhi furono attratti dal cerchio per il fuoco. Al suo interno c'erano cenere vecchia e pezzi di tronchi bruciati. Sembrava che non fosse stato usato da parecchio tempo. Josie alzò lo sguardo dal focolare verso gli alberi davanti a sé. A terra, a circa un metro dalla linea degli alberi, qualcosa di bianco attirò la sua attenzione. Fece due passi in avanti e si bloccò. La sua mente non riusciva a elaborare bene ciò che stava guardando. L'erba era alta qualche centimetro. Non era stata tagliata da tempo, anche se la primavera era appena iniziata dopo un inverno freddo e quindi l'erba non sarebbe cresciuta molto velocemente in quel periodo dell'anno. Probabilmente il padrone di casa l'aveva fatta tagliare poco prima che Trinity vi si trasferisse, un mese prima.

Costrinse i piedi a compiere un altro passo. Le si strinse la gola e si sforzò di spingere l'aria dentro e fuori dai polmoni. Sull'erba davanti a lei c'erano delle ossa. Ossa umane. Non lasciate lì o abbandonate, ma disposte.

In esposizione.

Una gabbia toracica e una colonna vertebrale costituivano il fulcro di quella composizione che Josie stava fissando: era una sorta di simbolo? I resti di un qualche rituale satanico? Intorno alla cassa toracica e alla colonna vertebrale c'erano ossa più piccole. Una parte analitica della sua mente le riconobbe come le piccole ossa delle mani, delle dita, dei piedi e delle dita dei piedi. In mezzo a queste c'erano le clavicole. Alla base del cerchio, che puntava dal bordo esterno verso i piedi di Josie, c'erano ossa più lunghe. *Ossa delle braccia*, sussurrò l'investigatrice esperta in fondo alla sua mente, perché erano troppo piccole per essere ossa delle gambe. Sotto quelle ossa c'erano il cranio e l'osso pelvico. Le orbite vuote del teschio fissavano Josie, provocandole una stretta al petto. Distolse lo sguardo dal teschio e guardò verso il lato superiore destro del cerchio, dove si trovavano le ossa delle gambe, inclinate rispetto a Josie.

Un tremito violento si impadronì del suo corpo. I suoi piedi ruotarono e cercarono di portarla via, ma andò a sbattere con gli stinchi contro una delle sedie Adirondack e ci capitombolò sopra, ruzzolando verso il retro della baita.

La sua testa andò a sbattere contro la rastrelliera della legna da ardere e alcuni tronchi le caddero in grembo. Chiuse gli occhi e cercò di rallentare il respiro. C'era una voce calma e ferma in fondo alla sua mente, quella che le dava ordini quando il suo corpo si spegneva per la paura o il panico. L'agente di polizia dentro di lei. *Tira fuori il telefono*, le disse. *Chiama i rinforzi.*

Continuò a ripeterselo come un mantra finché non aprì gli occhi, si tolse i ceppi di dosso ed estrasse il telefono dalla tasca. *Respira,* le disse la voce mentre digitava il codice di accesso. *Pensa solo a respirare.*

Noah rispose al terzo squillo. «Ehi...» disse. «Sono contento che tu abbia chiamato perché non riesco a trovare l'antiparassitario per Trout e...»

«C'è qualcosa che non va.» disse Josie, interrompendolo. «Ho bisogno che tu venga qui. E chiama anche la squadra.»

Il tono di Noah si fece subito serio. «Josie, sei nei guai? Che cosa sta succedendo?»

«O-o-ossa.» balbettò lei.

«Cosa? Josie, cosa sta succedendo? Dov'è Trinity? È lì?»

La sua voce si ridusse a un sussurro. «Credo che sia morta.»

CINQUE

Noah iniziò con domande semplici a cui Josie poté rispondere facilmente con una o due parole. Era all'interno della baita? No. Era davanti o dietro? Sul retro. C'era qualcuno con lei? No. La sua voce era un'ancora che la teneva in equilibrio, impedendole di essere travolta da una marea di panico. Un po' alla volta, lui le estrasse le informazioni. In sottofondo, Josie poteva sentire vagamente il tintinnio delle sue chiavi, la portiera che sbatteva, l'auto che partiva. La stava raggiungendo.

«Stai dicendo che ha lasciato un biglietto per il padrone di casa tre settimane fa, che i bagagli sono nella sua auto, le chiavi nell'accensione e il telefono nella consolle, ma lei non c'è.» ricapitolò Noah.

«Ci... ci sono delle ossa. Dei resti. Penso che sia... penso che sia lei. Oh Dio, Noah.»

La voce di Noah non vacillò: «Josie, adesso ho bisogno che tu salga in macchina e torni sulla strada principale. Ci vediamo lì.»

Josie scosse la testa, anche se lui non poteva vederla. «Non posso.» Le sembrava di avere le gambe paralizzate. Non voleva alzarsi perché non voleva rivedere quelle orbite vuote; sapeva già che non sarebbe riuscita a guardare altrove.

«Sali in macchina.» ripeté Noah. «Incontriamoci sulla strada principale.»

Lei non riuscì a rispondergli.

«Ti prego, Josie, ascoltami.» proseguì lui. «Sei nel bel mezzo di una scena del crimine. Sai che deve essere preservata. Perciò sai che devi andartene finché non riusciamo a far intervenire la Squadra di Raccolta delle Prove.»

Scena del crimine. Squadra di Raccolta delle Prove. Erano parole che riconosceva. Concetti che avevano un senso anche per il suo cervello in preda al terrore. «D'accordo.» disse, alzandosi da terra e distogliendo lo sguardo dall'esposizione di ossa dall'altra parte del focolare.

«Stai tornando alla macchina?» chiese Noah.

«Sì.» biascicò. Non riusciva a reggersi in piedi, ma lentamente girò intorno alla baita per raggiungere la sua auto.

«Sono alla macchina.» gli disse una volta arrivata.

«Bene.» disse lui. «Sali. Vai fino alla fine del vialetto. Saremo lì il prima possibile.»

Riattaccò. Josie si sedette al posto di guida, con il telefono ancora premuto all'orecchio. Il suo respiro si fece affannoso mentre i suoi occhi si spostavano dalla baita all'auto di Trinity. Tutto il suo corpo era sconquassato dalle emozioni: paura, panico, sgomento le facevano accapponare la pelle, formicolare il cuoio capelluto e rimbombare il cuore nel petto... L'agente di polizia che era in lei ripercorreva i dettagli che era riuscita a cogliere pochi istanti prima sul retro della baita. Un'immagine dell'appariscente esposizione le balenò nella mente.

La parte da investigatore della sua mente si mise all'opera per ricordare tutto ciò che sapeva sulla decomposizione umana. Se Trinity era stata aggredita il giorno in cui aveva intenzione di partire ed era stata uccisa quello stesso giorno, significava che erano passate tre settimane. Perciò non c'era stato abbastanza tempo perché il suo corpo si decomponesse fino a diventare uno scheletro, si disse. Giusto? Cercò di ricordare tutto ciò che aveva appreso negli anni trascorsi sul campo su quanto tempo ci vuole perché un corpo si decomponga fino allo scheletro, ma non riuscì a fermare l'attenzione su quelle nozioni. Avrebbe avuto bisogno dell'aiuto del medico legale della contea, la dottoressa Anya Feist. Pensò di richiamare Noah, ma non avrebbe avuto senso. La sua squadra sapeva bene di dover avvertire la dottoressa Feist.

Scuotendo quei pensieri macabri dalla testa, Josie infilò in tasca il telefono e mise in moto l'auto. La sua mente correva così veloce da darle le vertigini. C'era una guerra dentro di lei: sorella contro agente di polizia. Emotività contro professionalità. Non si era mai sentita tanto combattuta in quelle due diverse posizioni.

A malapena si rese conto di essere tornata sulla strada principale, ma ci si ritrovò, seduta nella sua auto, che stringeva il volante quando Noah e il detective Finn Mettner accostarono alla sua auto, con due pattuglie al seguito.

Scorse il bagliore dei loro lampeggianti blu e rossi attraverso la chioma di alberi che riparava la strada sterrata dal sole. Il detective Mettner faceva parte della polizia di Denton da diversi anni, prima di essere promosso da agente di pattuglia a detective due anni prima. Da quando aveva assunto il nuovo ruolo, aveva visto la sua parte di casi difficili, compreso quello dell'omicidio della madre di Noah. Dedito e scrupoloso, era una risorsa preziosa per la squadra investigativa di Denton.

Josie lo guardò mentre lui e Noah uscivano dall'auto e correvano verso di lei. Noah aprì la portiera e le tese una mano. Lei la prese e lasciò che lui la aiutasse a uscire dall'auto.

«Hummel e la Squadra di Raccolta delle Prove dovrebbero essere qui tra cinque minuti.» annunciò Mettner. «Aspetteremo che mettano in sicurezza la scena prima di salire. Anche la dottoressa Feist sta arrivando. Quando cominceremo a procedere, voi rimanete fuori dal vialetto. Se ci sono tracce di pneumatici, dobbiamo prenderle.»

«Ci avevo parcheggiato la macchina poco fa.» gracchiò Josie. «Probabilmente ho distrutto qualsiasi traccia ci fosse.»

«Può darsi, ma non è detto.» la rassicurò Mettner. «Se qualcosa è rimasto, Hummel lo troverà.»

SEI

Il momento della giornata che Alex preferiva era quando sua madre, Hanna, andava nel suo studio a lavorare. Non solo gli permetteva di entrare, ma spesso lo cercava e gli chiedeva di darle una mano. Lui sistemava le tele e i colori, recuperava pennelli e colla e qualsiasi altro oggetto di cui lei avesse bisogno mentre lavorava. Grazie alle avventure nei boschi con il padre, Alex era molto bravo a rimanere fermo per diverso tempo. Mentre Hanna lavorava, lui se ne stava seduto su uno sgabello dietro di lei, a osservarla, ad ascoltarla, e lei intanto canticchiava. Era sempre una variazione della stessa melodia; non ne aveva mai compreso le parole, ma gliel'aveva sentita canticchiare così tante volte che riusciva a ricordarla anche nel sonno.

Stava dando gli ultimi ritocchi a un nuovo quadro quando disse: «Alex, tesoro, dov'è tua sorella? Credo che questo le piacerebbe.»

Alex sentì la gola stringersi. Diceva sul serio? «Vuoi... vuoi dire...?» La sua voce era ridotta a uno squittio. Non riusciva nemmeno a tirarla fuori. Era quasi un anno che non pronunciava il suo nome. Nessuno lo pronunciava più. A volte si chiedeva se non se la fosse immaginata. Ci riprovò, ma ottenne soltanto di emettere la prima sillaba.

Gli occhi di Hanna si ridussero a due fessure e il nome gli si bloccò in gola. Lei gli rivolse uno sguardo indagatore e il suo tono si fece freddo. «Non so di chi tu stia parlando.»

«Oh.» disse lui con un sospiro.

Lei tenne gli occhi fissi su di lui. «Dov'è Zandra?»

Lui si mosse a disagio sullo sgabello. «Papà dice che deve stare lontana perché è malata.»

Hanna si accigliò. «Ancora? È rimasta chiusa in casa per giorni. Perché non vai a darle un'occhiata?»

«Non posso.» disse lui. «Conosci le regole.»

Con il pennello in mano, lei si girò e lo guardò. «Giusto.» disse. Si prese un momento per sfiorare un lungo taglio sul braccio con cui stava dipingendo, tracciando con le dita la crosta scura. «Beh, è tuo padre che detta le regole. Anche se, sai Alex, sarebbe bello poter avere di nuovo entrambi i miei figli nello studio.»

«Mi dispiace.» disse, anche se non era dispiaciuto per quello che le era successo, ma solo per non essere stato abbastanza forte da fermare Zandra.

Lasciò cadere lo sguardo verso il basso, ma poteva sentire gli occhi di sua madre su di sé. La sentì che lasciava il pennello in una tazza, si alzava e si metteva in ginocchio davanti a lui, fissandolo. Sembrava più piccola ora che lui aveva quasi sette anni. «Figlio mio...» disse. «Guardami. Devi aiutare tua sorella, hai capito?»

Lui annuì.

Guardò dietro di lui, verso la porta, e poi di nuovo nei suoi occhi. «Ho paura, Alex, che tuo padre si lasci... trasportare nelle punizioni se questi incidenti con Zandra continuano.»

«Capisco.»

«Davvero?»

Ma non ebbe modo di rispondere. Il rumore della porta d'ingresso che si chiudeva sbattendo li fece sobbalzare entrambi. Hanna gli strinse la mano e sussurrò: «Presto, vai di sotto a fare i tuoi compiti.»

Prima che potesse saltare giù dallo sgabello e precipitarsi nel corridoio, i passi pesanti di Francis risuonarono per le scale. Un attimo dopo, la sua figura riempì la porta. «Hanna, che ci fa lui qui? Non stai lavorando?»

Lei gli sorrise. «Sì, ho lavorato tutta la mattina. Che ne pensi?» Si girò e presentò il suo ultimo quadro con un gesto plateale. Lui aggrottò le sopracciglia. «È molto bello.» disse. «Però manca qualcosa.» Voltandosi verso Alex, disse: «Vai di sotto. Non distrarre tua madre.»

Alex si diresse verso la porta ma Hanna disse: «Alex mi stava aiutando. È bravo. Lascialo restare. Non è un fastidio. Forse può aiutarmi a trovare quello che manca.»

«È un bambino stupido, Hanna.» sbottò Francis. «Tu sei un'artista affermata. Non essere ridicola.»

Alex sgusciò via davanti a suo padre nel corridoio prima che entrambi potessero discutere ulteriormente su di lui. Mentre scendeva i gradini, sentì suo padre che diceva: «Tu torna al lavoro. Io vado a controllare Zandra.»

SETTE

Josie, Mettner e Noah si accostarono alle loro auto e attesero l'arrivo della Squadra di Raccolta delle Prove della polizia di Denton. Nonostante la quiete e la bellezza del paesaggio che li circondava, Josie non riusciva a calmare i suoi pensieri. Per fortuna Mettner tirò fuori il suo telefono, aprì l'applicazione per prendere appunti e iniziò a fare domande.

Josie gli fece un resoconto di tutto quello che era successo nelle ultime sei settimane, ma non volle dilungarsi su tutto quello che lei e la sorella si erano dette prima che Trinity se ne andasse infuriata da casa, limitandosi a riferire che avevano avuto una discussione.

«Non la senti da un mese?» chiese Mettner, con il viso chino sullo schermo mentre prendeva appunti sul telefono. «E gli amici o i parenti?»

«Nostra madre...» disse Josie. «Shannon Payne. L'ha chiamata dopo che Trinity aveva interrotto i contatti con me. Dovremmo parlare anche con mio padre e mio fratello. Oh, e l'assistente di Trinity. So che si sono sentite quando Trinity stava da noi.»

Josie elencò i numeri di telefono che conosceva a memoria e

cercò gli altri nella rubrica del telefono. Poi aggiunse: «Ma non potresti aspettare a parlare con Shannon? Sarebbe meglio che glielo dicessi prima io...»

«Certamente.» disse Mettner. «Cerchiamo prima di tutto di capire con che cosa abbiamo a che fare.»

«Mett...» disse Josie, allungando una mano per toccargli l'avambraccio. I suoi occhi si alzarono verso di lei e lanciarono una rapida occhiata a Noah prima di riportarsi su di lei. Josie deglutì per sciogliere il nodo che aveva in gola. «Quello che ho visto lassù...»

«I resti.» disse lui. «Me l'ha detto Noah. Ce ne occuperemo noi.»

«No.» disse lei, tirandolo per il braccio. «Non solo dei resti. È qualcosa che non abbiamo mai visto prima.»

Mettner aprì la bocca per rispondere, ma lo scricchiolio di gomme sulla ghiaia inghiottì le sue parole. Due SUV della polizia di Denton si fermarono dietro la fila di macchine già parcheggiate. Dal primo SUV scesero gli agenti Hummel e Chan, e dal secondo altri due membri della Squadra di Raccolta delle Prove. Hummel aprì il bagagliaio della sua macchina e tutti e quattro si infilarono immediatamente le tute in Tyvek e cominciarono a estrarre l'equipaggiamento necessario per la scena del crimine. Mettner si avvicinò di corsa per aggiornarli. Hummel gli passò una tuta e lui la indossò rapidamente. Josie rimase nella sua Escape a guardare mentre iniziavano a risalire il vialetto con Mettner e uno degli altri agenti in uniforme al seguito, camminando sui bordi dello sterrato, alla ricerca di tracce di pneumatici e facendo attenzione a non compromettere niente che potesse costituire una prova.

Josie sentì la mano di Noah sulla spalla e alzò lo sguardo per vedere i suoi occhi nocciola pieni di preoccupazione. «Non è detto che si tratti di lei.» disse.

«Lo so.» rispose Josie, aggrappandosi alla speranza che avesse ragione.

Noah lanciò un'occhiata verso il vialetto. «Mi vuoi qui con te o sul posto?»

«Preferirei che tu non lo vedessi.» disse Josie. Chiuse gli occhi: avrebbe voluto poter cancellare il ricordo di quelle ossa dalla sua memoria, ma non era possibile, ci sarebbe rimasto sempre e avrebbe perseguitato i suoi incubi per anni, lo sapeva.

«Lo vedrò a prescindere da tutto, Josie. Lo sai.» disse Noah.

«Allora vai.» gli disse Josie, riaprendo gli occhi. «Aspetterò qui la dottoressa Feist e chiamerò Shannon.»

Lui le diede una stretta alla spalla e raggiunse il veicolo di Hummel per infilarsi la tuta. Pochi istanti dopo era già sparito. Un paio di agenti in uniforme stazionavano lungo la strada come sentinelle, pronti ad allontanare eventuali passanti o altri affittuari curiosi che avessero percorso quella strada.

Uno degli agenti stava sul bordo del vialetto con una cartellina in mano per registrare i nomi delle persone che entravano e uscivano dalla scena del crimine.

Josie prese di nuovo il telefono per chiamare Shannon. A quell'ora del giorno l'avrebbe trovata al lavoro. Era una chimica di una grande azienda farmaceutica chiamata Quarmark. Josie si immaginò che in quel momento si trovasse in un laboratorio, avvolta in un camice bianco, a supervisionare qualche esperimento con gli occhiali di sicurezza a proteggere gli occhi. O forse era nel suo ufficio a rivedere i risultati delle analisi fatte in laboratorio, e lei stava per far esplodere un cratere di distruzione nel bel mezzo della sua giornata tipo. Non poteva dirglielo. Non ancora. Lei stessa riusciva a malapena a elaborare ciò che stava accadendo. Trinity era stata davvero rapita? Trinity si era lasciata portare via? Quelle dietro la baita erano le sue ossa? Com'era possibile? Prima che la sua riluttanza avesse la meglio, trovò il numero di sua madre tra i suoi contatti e premette l'icona verde di chiamata sotto il suo nome.

Shannon rispose dopo un paio di squilli, con una leggerezza

e un'allegria nella voce che scagliarono un pugno nello stomaco di Josie. «Ciao tesoro, che succede?»

Josie sapeva per esperienza che strappare rapidamente il cerotto era il modo migliore per dare cattive notizie. «Shannon, è successo qualcosa a Trinity.»

Silenzio. Josie sentì il respiro di Shannon farsi affannoso. «Ti prego, non dirmi... ti prego, non dirmi che... è... è...»

«Non lo sappiamo.» si affrettò a rispondere Josie. Non poteva dire a Shannon delle ossa che aveva trovato. Non in quel momento. Non finché non avessero scoperto con certezza se appartenevano a Trinity, e Josie non aveva intenzione di informare la sua famiglia di qualcosa che non sapeva con assoluta certezza. «Sono andata alla baita per cercare di parlare con lei. La sua macchina è qui. Tutte le sue cose sono impacchettate e all'interno. Ma lei non c'è.»

Ci vollero diversi secondi prima che il respiro di Shannon rallentasse abbastanza da permetterle di parlare di nuovo. «Allora si è allontanata. È nel bosco o giù al ruscello. Forse è andata a parlare con qualcuno in una delle altre baite. La chiamerò...»

«Il suo telefono è in macchina.» la interruppe Josie. «Ha lasciato al padrone di casa un biglietto tre settimane fa in cui diceva che se ne sarebbe andata. Shannon, quando è stata l'ultima volta che l'hai contattata?»

Un'altra pausa di silenzio. Poi Shannon disse: «Non ne sono sicura. Dovrei guardare i miei messaggi e forse il registro delle chiamate. Sono passate alcune settimane. La situazione al lavoro si è fatta frenetica, il mio team sta cercando di perfezionare un nuovo farmaco contro il cancro. L'ultima volta che ho parlato con lei, si era appena trasferita nella baita. Mi ha detto che andava tutto bene. Aveva solo bisogno di tempo per staccare da tutto, mi ha detto. Voleva rimanere lì.»

Alcune settimane.

Josie chiuse gli occhi, facendo appello all'agente di polizia che era in lei affinché prendesse il comando della situazione. Chi altro aveva contatti regolari con Trinity? Sicuramente il padre, Christian, e il fratello minore, Patrick. Aprì gli occhi e, quando parlò, la sua voce suonò stranamente calma e sicura. «Shannon, è molto importante. Ho bisogno che tu contatti Christian e Patrick e che tu scopra quando hanno avuto l'ultimo contatto con lei. Puoi farlo per me?»

«Certamente. Josie, che cos'è che non mi stai dicendo?»

«Non abbiamo ancora tutte le informazioni. I miei uomini sono alla sua baita in questo momento...» si interruppe prima che venisse fuori quello che stava per dire; usò invece le parole «si stanno guardando intorno. Stiamo facendo tutto il possibile per scoprire cosa le è successo.»

«Pensate... pensate che qualcuno l'abbia rapita?»

«A questo punto semplicemente ancora non lo sappiamo.»

Seguì un altro momento di silenzio, rotto soltanto dal respiro affannoso di Shannon.

Josie si strinse con due dita il ponte del naso, cercando di non far uscire le lacrime che le si stavano accumulando negli occhi e pronunciò la parola che aveva usato solo una o due volte con Shannon. «Mamma...»

Dall'altro capo del telefono giunse un grido soffocato, come se Shannon si fosse messa una mano sulla bocca per cercare di fermarlo.

Josie continuò: «Farò tutto il possibile per scoprire quello che le è successo.»

«Quello che le è successo? Cosa stai dicendo, Josie? Perché, se è morta... oh mio Dio! Sai che non posso farcela. Non posso sopportarlo un'altra volta. Non posso perdere un'altra figlia. So che ti abbiamo ritrovata, ma ho vissuto con quella perdita per trent'anni. E so che Trinity è una donna adulta, ma non posso passare di nuovo attraverso tutto questo. Non posso, io...»

«Lo so.» disse Josie, parlando al di sopra della madre nella speranza di scongiurare l'isteria che le cresceva nella voce.

«Shannon, sarò sincera con te. Non so dove sia o cosa le sia successo. La mia squadra ci sta lavorando. Adesso ho bisogno che tu parli con Christian e Patrick e poi che ci incontriamo tutti alla centrale di polizia di Denton. Ci sono domande su Trinity a cui non posso rispondere. Avrò bisogno del vostro aiuto.»

«Senz'altro.»

OTTO

Josie sentì di nuovo il rumore degli pneumatici sulla ghiaia mentre riattaccava e, voltandosi, vide avanzare lungo la strada dissestata il pick-up bianco del medico legale, la dottoressa Anya Feist, che parcheggiò dietro i veicoli della Squadra di Raccolta delle Prove; saltò fuori, salutò gli agenti di guardia e si diresse verso Josie. La vista della dottoressa, che aveva lavorato a tanti casi con Josie e la sua squadra, ebbe un effetto tranquillizzante su di lei.

«Non ha un bell'aspetto.» le disse sistemandosi una ciocca di capelli biondo argentato dietro un orecchio.

«Non c'è bisogno che mi controlli il polso.» le disse Josie. «Posso dirle tranquillamente che è accelerato.»

La dottoressa Feist infilò le mani nelle tasche dei jeans. «Mi ha chiamato Mettner. Mi ha detto che...» e si interruppe.

«Ho bisogno che dia un'occhiata a dei resti.» disse Josie. «Devo sapere... se è lei.»

«Occorrerà richiedere la documentazione odontoiatrica. È il modo più veloce per scoprirlo. Come sa, il test del DNA può richiedere settimane se non mesi, addirittura.»

«Lo so. Il suo dentista dovrebbe essere a New York. Posso

mettermi in contatto con la sua assistente e scoprire quale medico l'ha in cura.»

La dottoressa Feist annuì. Tra loro scese il silenzio. Tutto intorno, Josie sentiva i movimenti degli insetti, degli uccelli e una leggera brezza che penetrava tra gli alberi. Alla fine riuscì a dire: «Dottoressa, quanto tempo ci vuole perché un corpo umano si decomponga fino a diventare scheletro? Anni, dico bene?»

La dottoressa Feist la fissò, con gli occhi che si stringevano. «Non c'è una risposta facile a questa domanda, Josie. Lo sa bene. Il suolo, la vegetazione, la luce del sole, la temperatura... sono tutti fattori che influiscono. Potrebbero volerci mesi o anni.»

«Ma non giorni o settimane, vero?»

«In genere non giorni, no, anche se sono sicura che ci sono delle eccezioni. È possibile che avvenga in poche settimane. Ci sono circostanze in cui un corpo potrebbe diventare uno scheletro in poco tempo, soprattutto nei casi in cui insetti o animali siano in grado di alterarne lo stato. Occorre la concomitanza di molte condizioni perché un corpo si decomponga così rapidamente, ma questo lo sa già.»

Josie cercò, senza riuscirci, di sorridere. «Avevo bisogno di sentirlo da lei.»

La dottoressa Feist annuì. «Mi preparo e vado a dare un'occhiata. Vuole venire a controllare insieme a me?»

Josie soppresse un brivido ricordando quei resti. Non voleva rivederli, ma lo doveva a sua sorella se voleva scoprire cosa stava succedendo. «Sì.» rispose.

«La faranno entrare sulla scena?»

«Non lo so.» ammise Josie.

La dottoressa Feist le sorrise. «Come si dice? A volte è meglio chiedere il perdono che il permesso. Andiamo.»

Una volta indossate le tute apposite, l'agente addetto alla lista le registrò come presenti sulla scena del crimine. Poi procedettero una dietro l'altra lungo il vialetto, rimanendo su un lato. Passarono accanto a due membri della squadra che stavano prendendo il calco di alcune tracce di pneumatici dove la ghiaia si era ridotta a fango. Scorsero l'auto di Trinity, con il tettuccio rosso lucido che brillava sotto il sole della tarda mattinata. Un agente che stava al lato della baita, vedendola avvicinarsi con il medico legale, fece un mezzo saluto militare in direzione di Josie. «Li trova sul retro, Boss.»

Fecero il giro e trovarono Noah e Mettner che fissavano le ossa in mezzo all'erba, e Hummel che finiva di scattare foto. Quando Noah alzò lo sguardo verso Josie, lei vide il pallore che si era diffuso sui suoi lineamenti. Si mise in disparte mentre la dottoressa Feist si dirigeva verso di lui. Il cellulare di Mettner squillò. Rispose premendolo all'orecchio e si allontanò dalla scena mentre la Feist cominciava a esaminare le ossa.

Noah si avvicinò a Josie. «Non può essere lei.» disse. «È impossibile che il suo corpo si sia decomposto così rapidamente.»

«Non lo sappiamo.» disse Josie con voce strozzata. «La dottoressa Feist ha detto che ci sono alcune circostanze in cui può accadere.»

«È sicuramente una donna.» disse il medico legale. «Il cranio ha un osso frontale liscio e verticale e un mento più arrotondato di quello che ci aspetteremmo di vedere in un uomo. Il processo mastoideo, questo piccolo osso conico dietro la mascella dove si attaccano i muscoli del collo, è molto piccolo. Molto più piccolo di quello di un uomo.»

Noah e Josie si avvicinarono.

La dottoressa Feist indicò il bacino. «Vedete che l'apertura della cintura pelvica è ampia e rotonda? È tipico delle donne. L'arco pubico, qui in basso dove i due lati si uniscono, è ampio, superiore a novanta gradi, il tutto per consentire il parto, come entrambi sapete.»

La mano di Noah avvolse il braccio di Josie proprio mentre le ginocchia le cedevano. Si appoggiò a lui per rimanere in piedi, ma continuò a fissare la dottoressa, che proseguì: «Chiunque sia, non è morta qui. L'erba sottostante è incontaminata. Se questo corpo si fosse decomposto qui, il terreno non avrebbe avuto questo aspetto. Quando un corpo si decompone, gli acidi grassi si disperdono sul terreno e lasciano un residuo grasso. Questo corpo si è decomposto altrove e poi qualcuno ha portato qui le ossa.»

«Riesce a stabilire da quanto tempo sono qui?» chiese Noah. «Tenderei a dire qualche ora.» disse la dottoressa Feist. «Solo perché qui all'aperto, nel bosco, una piccola composizione come questa non può durare tanto di più.»

«Cosa intende dire?» chiese Noah.

«Che gli animali che l'avessero trovata l'avrebbero scomposta o ne avrebbero portato via alcune ossa.» spiegò Josie.

«Esattamente.» disse la dottoressa Feist. «I corpi lasciati all'aria aperta, scoperti, di solito vengono mangiati dagli animali saprofagi, e da queste parti ce ne sono diversi tipi che sarebbero interessati a un cadavere in decomposizione. Di questo non è rimasto molto che possa interessare agli animali spazzini ma ciò non avrebbe impedito loro di arrivare fin qui.» Si allungò in avanti ed esaminò la cassa toracica.

«A dire il vero, sembra che qualcosa si sia avvicinato a queste ossa.»

Fece loro cenno di avvicinarsi. Noah tenne stretto il braccio di Josie mentre facevano qualche passo avanti. La dottoressa Feist indicò le due costole inferiori del lato sinistro, dove sembrava che fossero rimasti attaccati dei pezzi di materiale fibroso. «Vedete questo? È tessuto molle che non è stato completamente rimosso dalle ossa. Vedete che l'osso sembra sfilacciato?

Di solito è dovuto al fatto che gli spazzini staccano il tessuto molle dalle ossa.»

Josie pensò che avrebbe vomitato.

La dottoressa Feist proseguì con la sua analisi: «Questo corpo è stato sicuramente esposto ai saprofagi durante la decomposizione, ma non è successo qui.»

«Ha detto che normalmente si parla di poche ore.» intervenne Noah. «Lei pensa che questi resti siano stati qui più di qualche ora?»

La dottoressa annuì, spostò il peso sull'altro piede e indicò le ossa del braccio. «Sì, ma solo perché sono state immobilizzate.»

«Cosa?» chiese Josie.

Il medico legale si abbassò e strappò qualcosa dal terreno. Era un oggetto di metallo, lungo una ventina di centimetri, con un'estremità appuntita da conficcare nel terreno e un pezzo di plastica trasparente sulla parte superiore. «Picchetti d'acciaio per tende.» spiegò la dottoressa Feist. Tenne il picchetto in una mano e con le dita dell'altra mano pizzicò una corda trasparente legata a un altro picchetto piantato dalla parte opposta. «Un filo da pesca. Qualcuno ha legato un'estremità a ciascun picchetto e poi lo ha usato per tenere le ossa ancorate al terreno.»

«Una filo da pesca?» disse Noah.

Josie aveva la gola secca. «In modo che non interferisse con l'aspetto dell'esposizione. In modo che non distraesse da... questo.»

La dottoressa disse: «Chi lo ha fatto ci ha dedicato del tempo.»

«Ma anche con quei picchetti a tenerle ferme, un animale determinato sarebbe stato in grado di portarsi via qualcuna di quelle ossa, non crede?» suggerì Noah.

La Feist posò di nuovo il picchetto sul terreno. «Certo, ma come ho detto, non è rimasto molto su queste ossa per attirarli.»

«Per quanto tempo?» chiese Josie. «Per quanto tempo sono rimaste all'aperto?»

La dottoressa si alzò. «Sapete che non posso dirlo con certezza, ma considerando quello che so sulle ossa, sugli animali e su questa zona, direi non più di un giorno o due.»

«Si può capire da quanto tempo è morta la vittima?» chiese Noah.

«Questo è un po' più complicato, perché il corpo non si è decomposto qui, perciò non sappiamo a quali temperature e in quali condizioni sia stato lasciato durante il processo di decomposizione. Per stimare l'ora del decesso, in genere ci basiamo sulla possibilità di rilevare la temperatura dell'ambiente in cui il corpo si è decomposto, partendo idealmente da due mesi prima, e se le condizioni del luogo erano umide o secche. Ci basiamo sulla presenza di insetti e batteri nel terreno. Sappiamo anche che i saporfagi e il calore estremo possono accelerare notevolmente la decomposizione. Spesso possiamo capire molto dagli oggetti personali che troviamo insieme alla vittima. Senza nessuno di questi indizi contestuali, non posso dire da quanto tempo sia morta questa donna. Potrei aver bisogno di consultare un esperto di tafonomia forense per darvi qualche indicazione.»

«Tafonomia forense?» ripeté Noah.

«È lo studio di come i resti si decompongono e si fossilizzano.» spiegò la dottoressa.

Hummel, che si trovava lì vicino ad ascoltare, disse: «Porteremo quei picchetti ad analizzare. Magari riusciremo a ottenere un'impronta anche solo parziale. E faremo dei controlli sul produttore e sui negozi che li vendono.»

«Grazie, Hummel.» disse Josie.

Lui annuì e aggiunse: «Faccio venire qui Chan per trasportare questi resti all'obitorio. Vuole dare un'occhiata all'interno della baita?»

NOVE

Josie stava per rispondere che aveva già dato un'occhiata all'interno, ma prima che potesse farlo, Noah la stava conducendo lontano dal punto in cui erano disposte le ossa, le faceva fare il giro della baita e le faceva attraversare la porta d'ingresso, e più si allontanava più aveva l'impressione di poter respirare meglio. Si stavano guardando intorno quando entrò anche Mettner.

«Ho parlato con il padrone di casa, ha detto che non ha più avuto notizie di Trinity da quando hanno firmato il contratto d'affitto, che scade questa settimana. Non è mai venuto quassù e non ha ricevuto alcuna lamentela. Oltre a questa, sono quattro le proprietà affittate al momento, quindi ho chiamato alcune unità di rinforzo per andare in perlustrazione e verificare se qualcuno ha sentito o visto qualcosa di insolito.»

«Buona idea.» disse Noah.

«La famiglia Payne sta andando alla centrale di polizia.» disse Josie. «Ci incontreranno là, ma nostra madre, Shannon, mi ha già detto che non ha notizie di Trinity da qualche settimana.»

Mettner si accigliò. «Scommetto che neanche il resto della

famiglia l'avrà sentita, il suo telefono è rimasto nella consolle dell'auto, come avete visto. A quanto sembra, si stava preparando per andarsene quando qui si è presentato qualcuno.»

«Oppure c'era qualcuno qui con lei.» suggerì Noah. «In ogni caso, chiunque sia questa persona, l'ha portata via. Avremo bisogno della documentazione odontoiatrica di Trinity. La dottoressa Feist ha anche detto che quelle ossa sono state portate qui da qualche altro luogo.»

«Chiederò a Hummel di setacciare questo posto in cerca di impronte.» disse Mettner. «Soprattutto considerando che la porta era aperta. Anche se qui sembra che sia rimasto tutto in ordine.»

Josie si guardò di nuovo intorno, c'era qualcosa che pungolava la sua mente. «Anche la sua macchina.» disse.

«Pensi che qualcuno abbia toccato la macchina?»

Josie si avvicinò alla porta e guardò il vialetto. «Le chiavi erano nel quadro, quindi era già salita in macchina.»

«A meno che la persona che l'ha rapita non abbia fatto in modo che sembrasse così.» disse Noah.

«Perché mai avrebbe dovuto farlo?» chiese Mettner.

Josie studiò la Fiat Spider rossa. «Era già in macchina.» ripeté. «Il suo telefono è dove lo mette sempre. Quando è uscita da casa nostra, il mese scorso, ha posizionato la valigia e la borsa esattamente in quel modo, tranne che per...»

Si interruppe e guardò Noah. Come se le avesse letto nel pensiero, lui disse: «Le scatole.»

Mettner alzò lo sguardo dall'app per prendere appunti sul telefono. «Quali scatole?»

«Aveva due scatole con sé quando ha lasciato casa nostra.» disse Josie. «Scatole piene di documenti. Le ha caricate in macchina quando è partita, le ha messe sopra la valigia e dentro quella in cima alla pila ci ha messo la borsa.»

«Non ci sono scatole, né in macchina né in questa baita.»

«Forse la persona che ha portato via Trinity ha preso anche quelle.» ipotizzò Noah.

Un profondo senso di preoccupazione le scaturì in pancia. «C'è un bidone della spazzatura chiuso a chiave sul lato della baita. Qualcuno deve controllarlo.»

Mettner uscì un momento dalla baita per parlare con un agente della Squadra di Raccolta delle Prove. Josie lo guardò mentre indicava il lato della baita dove si trovava il bidone della spazzatura. Quando rientrò, chiese: «Cosa c'era in quelle scatole?»

«Non lo so con esattezza.» rispose Josie. «Documenti, foto, sembravano effetti personali. Ho avuto l'impressione che si trattasse di un fascicolo su qualche caso irrisolto.» Si rivolse a Noah. «Quella mattina hai detto che la sua stanza era in disordine. Hai visto qualcosa che aveva appeso alle pareti o sparpagliato in giro?»

«Purtroppo no, Josie. Non ho visto molto di più di quello che hai visto tu. Un giorno sono semplicemente passato di lì, per caso, e la porta era spalancata. Ho dato soltanto un'occhiata all'interno, ma non volevo invadere la sua intimità, e infatti non sono entrato. Posso dirti solo che, da ciò che ho potuto vedere, c'erano delle foto di resti di scheletri, o almeno così mi è sembrato.»

«Sì, le ho viste anch'io.» disse Josie.

«Come il tipo di resti che abbiamo trovato sul retro?» si informò Mettner.

«Non ne sono sicuro.» rispose Noah. «Ho visto solo la foto di un busto, ma ho dato una rapida occhiata e sono andato via.»

«Quindi poteva essere un primo piano di una gabbia toracica...» ipotizzò Mettner, «con tutte le altre ossa disposte intorno a essa, proprio come qui sul retro, ma non erano ritratte nella foto.»

Noah annuì. «È possibile, sì.»

«Ho visto anch'io quella foto.» aggiunge Josie. «E ne ho viste anche altre: ossa delle gambe, un bacino, alcune ossa più piccole... ma erano tutte foto prese da vicino e anch'io ho dato solo una rapida occhiata. Mi ricorderei se avessi visto una foto con qualcosa di simile a quello che c'è qua dietro.»

«Dove aveva preso quelle scatole?» chiese Mettner. «Le aveva portate con sé da New York?»

«Non saprei proprio.» disse Josie. «Ma può darsi di sì.»

«Sono abbastanza sicuro che una di quelle scatole gliel'avesse recapitata la sua assistente.» si intromise Noah. «Ti ricordi che Trinity aveva detto che la sua assistente le faceva spedire le cose a casa? Dovremmo parlare con lei. Potrebbe dirci cosa c'era almeno in una delle scatole.»

«Sì.» convenne Josie. «È una buona idea.»

Hummel bussò alla porta della baita, facendo loro un cenno. Josie uscì con Mettner e Noah al seguito. «Chan ha controllato i bidoni della spazzatura.» disse Hummel. «Un mucchio di confezioni di cibo per microonde, vari involucri per alimenti, tovaglioli di carta stropicciati, residui di caffè...»

«Voglio dare un'occhiata.» disse Josie. «Per vedere se trovo qualcosa che potrebbe non aver lasciato Trinity.»

Hummel indicò in direzione del bidone della spazzatura. «Si accomodi pure.» Ma non c'era nulla di insolito per Trinity tra quei rifiuti. Del resto, erano pochi visto che aveva trascorso solo una settimana nella baita. Quando Josie e Hummel tornarono all'ingresso, Noah chiese, «Niente documenti? Nessuna foto?»

«Niente.» rispose Josie.

Hummel li condusse all'auto di Trinity e infilandosi i guanti di lattice aprì la portiera del lato del guidatore. «Ci serviranno dei mandati, ma sicuramente raccoglieremo tutte le impronte che troveremo in quest'auto. Come potete vedere, non ci sono segni evidenti di lotta. Niente tracce di sangue, niente strappi o danni di alcun tipo nell'abitacolo. Almeno a prima vista.»

Josie sbirciò all'interno. A parte la valigia e la borsa stipate sul sedile del passeggero, l'auto sembrava immacolata, come se Trinity fosse appena uscita dal concessionario. Josie sapeva che le capitava raramente di guidarla: di solito la teneva in un garage appena fuori New York e per spostarsi in città usava i mezzi pubblici o i taxi. Le uniche volte che riusciva a guidarla era quando andava a trovare lei a Denton o i suoi genitori e il fratello a due ore di distanza, a Callowhill, e comunque non sempre. Se il tempo era brutto o pensava di doversi allontanare troppo dalle case dei suoi familiari, noleggiava un'auto. Josie si era spesso chiesta perché mai l'avesse comprata. A pensarci, era sorpresa che Trinity avesse affrontato le strade sterrate che portavano alla baita con la sua preziosa Fiat.

«Dobbiamo sequestrarla e portarla a fare ulteriori controlli. Il carro attrezzi sta arrivando.» annunciò Hummel.

Josie sapeva che questo significava che avrebbero rimorchiato l'auto al deposito del distretto di Denton, dove c'erano due garage accessibili solo alla polizia che venivano utilizzati specificamente per il trattamento dei veicoli. L'ambiente chiuso e tranquillo rendeva più facile il lavoro della squadra di Hummel e riduceva le probabilità che qualche traccia andasse perduta o trascurata.

«Controlla le impronte anche all'interno, per favore.»

«Agli ordini.» rispose Hummel. «Abbiamo quelle di Trinity in archivio come impronte di eliminazione da un caso precedente, quindi saremo in grado di identificarle.»

«Bene.» disse Josie, poi indicò la borsa e la valigia. «Hummel, mia sorella stava lavorando a qualcosa prima di partire. Non so a che cosa, ma vorrei dare un'occhiata al suo telefono e al portatile quando avrete finito di analizzare tutto. Presumo che il portatile sia nella valigia.»

«Possiamo scaricare e copiare i dati dai dispositivi elettronici. Ci assicureremo di ottenere un mandato, ma lo sa che se cerchiamo di ottenere delle impronte latenti dalla superficie del telefono o del portatile dovremo trattarli nella camera di fumigazione con cianoacrilato, vero?»

«Perché le superfici non sono porose.» rispose Josie, intuendo già dove volesse andare a parare.

«Esatto, quindi se usiamo il cianoacrilato per sviluppare le impronte latenti, in sostanza distruggiamo gli apparati elettronici.»

«Giusto.» disse Josie. Il cianoacrilato era praticamente una supercolla. I suoi fumi reagivano con l'umidità delle impronte latenti per produrre una pellicola bianca visibile che si formava sulle nervature dell'impronta e che poteva essere fotografata. Il problema era che il materiale bianco era appiccicoso e quasi impossibile da rimuovere da qualsiasi superficie su cui veniva sviluppato. «Credo che il suo telefono abbia una custodia. Basta rimuoverla e vedere cosa si ottiene da quella. Se il computer portatile è da qualche parte in fondo alla valigia, non credo sia necessario cercare di ricavarne le impronte. Chiunque l'abbia portata via ha lasciato il telefono, quindi non si è preoccupato di portarsi dietro anche i dispositivi.»

Hummel chiuse la portiera del lato di guida. In quel momento, dalla strada li raggiunse il rombo di un grosso camion in avvicinamento e un momento più tardi, un carro attrezzi con pianale piatto si affacciò sul ciglio. Hummel fece un cenno all'autista, che impiegò alcuni minuti per posizionare il mezzo in modo da trainare l'auto di Trinity. Poi scese e si infilò un paio di guanti prima di avvicinarsi all'auto.

«Hummel...» disse Josie. «Devi farmi avere tutto quello che riesci a trovare, il prima possibile.»

Lui annuì. «Agli ordini, Boss.»

DIECI

Alex fissava il quadro incompiuto di sua madre. Quello a cui mancava qualcosa, stando al giudizio di suo padre. Erano giorni che non ci lavorava. Stava attraversando uno di quelli che lei considerava i suoi periodi bui, quando rimaneva nella sua camera da letto, al buio, per giorni e giorni di fila. C'erano momenti in cui Alex avrebbe voluto intrufolarsi all'interno e cercare di farla uscire, ma suo padre glielo aveva proibito. Alex si era soffermato per ore e ore davanti al quadro, rimuginando su ciò che Francis trovava insoddisfacente. Anche lui ne aveva studiato i vortici astratti, le linee e gli schizzi, ma il quadro gli sembrava uguale agli ultimi che la madre aveva venduto e che avevano reso Francis così orgoglioso di lei. Eppure, lei non l'aveva finito.

Tornò nel corridoio e si mise in ascolto. Francis era fuori a sbrigare le sue faccende. Zandra, come al solito, era chiusa in camera.

Gli aveva detto che non aveva avuto intenzione di fare del male alla madre, ma non era vero. Quello che era successo le aveva dato una specie di brivido. Alex lo sapeva. Aveva notato l'espressione del volto della sorella mentre la madre sanguinava.

Era la stessa espressione che Alex aveva visto sul volto del padre il giorno in cui il rapace era sceso dal cielo e aveva portato via il serpente. Una sorta di stupore. Ammirazione. Quasi... gioia. Le prime volte che Zandra l'aveva fatto, la madre l'aveva rimproverata ma non l'aveva detto a Francis. Ma l'ultima volta, quella in cui Zandra aveva tagliato il braccio della madre così in profondità che avevano dovuto metterle dei punti, Hanna aveva chiamato il padre al telefono. «Abbiamo avuto un incidente.» gli aveva detto. Poi aveva guardato Zandra con amarezza, come se fosse dispiaciuta per ciò che le stava per accadere.

Scrollandosi il ricordo dalla testa, Alex scese giù per le scale e si diresse verso l'esterno. Nel giro di un'ora riuscì a raccogliere abbastanza piume per completare il dipinto. Usò la pistola della colla a caldo di sua madre per fissarle sul dipinto in modo da far sembrare che delle ali emergessero dalla fusione dei colori sottostanti. Stava osservando il suo lavoro quando sentì ansimare alle sue spalle. Si voltò e vide Hanna in mezzo alla porta, in vestaglia, con una mano a coprirsi il cuore.

«Oh Alex...» mormorò. «È bellissimo. È proprio quello che mancava, non è vero?» Fece un passo verso di lui, ammirando la sua creazione. «Aspetta che tuo padre lo veda!»

Senza aggiungere altro, Alex scollegò la pistola per la colla e si diresse verso la porta.

«Tesoro...» lo chiamò lei prima che uscisse.

«Sì, mamma?»

«Grazie. Ma non diciamolo a tuo padre, d'accordo? Almeno per adesso...»

«Va bene.»

UNDICI

Josie, Noah e Mettner avevano preso posto alle rispettive scrivanie nel grande ufficio del secondo piano alla centrale di polizia di Denton. Il capo Bob Chitwood si trovava di fronte a loro, con le braccia magra incrociate sul petto. Sotto la barba grigia, le sue guance butterate dall'acne diventavano più rosse a ogni dettaglio che i detective aggiungevano sulla scomparsa di Trinity e alcuni ciuffetti di capelli bianchi fluttuavano qua e là ogni volta che girava la testa da Mettner a Josie e viceversa. Quando ebbero finito di riassumere quel poco che sapevano, Chitwood puntò un dito contro Mettner.

«Questo caso è tuo. Quinn e Fraley possono aiutarti, ma tu sei il responsabile delle indagini.» Poi si voltò verso Josie, sempre con il dito puntato. «Tu. Rimani in panchina, è chiaro?»

«Signore...» protestò Josie. «Si tratta di mia sorella.»

«Lo so, Quinn. Il che significa che sei troppo coinvolta. Affido le indagini a Mettner, intesi? È lui che decide.»

«Sì, Signore.» disse Josie, sollevata dal fatto che non l'avrebbe mandata a casa o che non le avrebbe proibito di partecipare in alcun modo.

«Quando arriverà la detective Palmer, potrà gestire le questioni secondarie. Ma Quinn...» aggiunse in tono di avvertimento, «tua sorella è una celebrità. Appena la stampa ne verrà a conoscenza, ci staranno addosso come mosche sulla merda. Vorranno farci rilasciare interviste e commenti. E io non voglio vedere la tua faccia in televisione a meno che non lo dica Mettner. Mi sono spiegato?»

Josie annuì. Chitwood le lanciò una lunga occhiata scettica e una delle sue sopracciglia bianche e folte si incurvò verso l'alto, prima di voltarsi verso Noah. «Vale anche per te, Fraley, stanne fuori. Ricevuto?»

«Signore...» iniziò a dire Noah, ma Chitwood lo interruppe.

«Non voglio sentire una parola, Fraley. Il tuo compito è assistere Mettner e Palmer. Nient'altro.»

Noah non rispose e rimase a guardare in silenzio Chitwood che tornava nel suo ufficio e sbatteva la porta dietro di sé. Mettner prese il ricevitore del telefono fisso e iniziò a comporre un numero. «Contatterò l'emittente di New York per vedere se riesco a mettermi in contatto con l'assistente di Trinity per prima cosa.» disse.

«E chiedile del dentista di Trinity, mi raccomando.» aggiunse Noah. «Abbiamo bisogno di quella documentazione, prima di chiudere la giornata, se possibile.»

Josie guardò il cellulare. Sarebbero passate un paio d'ore prima che Shannon, Christian e Patrick arrivassero dalla città in cui vivevano, Callowhill. Non poteva portare avanti l'indagine, né aiutare Mettner a portarla avanti, finché la squadra di Hummel non avesse rinvenuto qualcosa, o perlomeno finché non avessero reso noto il contenuto dell'auto di Trinity. Pensò allora di fare qualche telefonata, ma chi altro rimaneva da chiamare? Per quanto ne sapeva, sua sorella non era sposata e non frequentava nessuno. Non aveva amici.

O forse sì?

Dalle due settimane in cui Trinity era rimasta a casa con lei e Noah, non ricordava che avesse parlato con qualcuno oltre ai loro genitori, alla sua assistente e agli altri colleghi. Josie non l'aveva mai sentita parlare di qualche conoscente. Era piena di colleghi, contatti e fonti, ma non aveva amici. E quando lei andava a trovarla a New York, non si univano mai a nessun altro per pranzare o uscire. Josie aveva sempre pensato che Trinity volesse semplicemente stare da sola, ma forse il motivo era che non c'era nessun altro da invitare. Quando era Trinity ad andare a trovare Josie, spesso si univano a loro la detective Gretchen Palmer, Mettner, l'amica di Josie, Misty, e la nonna di Josie, Lisette. Anche senza Trinity, la casa di Josie e Noah era molto frequentata e spesso piena di parenti, colleghi e amici.

Con chi parlava Trinity, oltre a Josie e a Shannon?

Il senso di colpa la trafisse al cuore come una pugnalata. Avrebbe dovuto capirlo prima: Trinity era la sua sorella gemella. Certo, si erano riunite solo tre anni prima, ma ciononostante, lei era la persona più vicina a sua sorella e avrebbe dovuto conoscere anche le persone che le erano più care. Le parole di Trinity le tornarono in mente come stilettate. Era vero che non erano destinate a essere sorelle?

«Boss?» disse Mettner.

Josie alzò lo sguardo dallo schermo del telefono ormai buio e vide Mettner che la guardava con aria interrogativa. Dalla sua scrivania, anche Noah la fissava, con le mani immobilizzate sulla tastiera.

«Che c'è?»

«Stai bene?» le chiese Mettner.

«Sì, certo. Perché?»

«Mett stava parlando con te.» disse Noah. «Eri come sotto ipnosi.»

Josie lanciò un'occhiata dall'uno all'altro prima di rivolgersi di nuovo a Mettner. «Scusami. Che cosa stavi dicendo?»

«Jamie, così si chiama l'assistente di Trinity, ci ha scritto il nome e il numero di telefono del suo dentista. Noah sta lavorando a un mandato per le sue cartelle cliniche.» Come se avessero ricevuto un segnale, le dita di Noah si abbassarono sulla tastiera e iniziarono a premere sui tasti.

«Fantastico.» esclamò Josie.

«Jaime dice anche di aver spedito solo una scatola, ma non ricorda cosa contenesse. Pensa che fosse roba vecchia di una giornalista che lavorava per il network.»

«Ti ha detto come si chiama?» chiese Josie.

«Cercherà il nome nella sua posta elettronica e mi farà sapere, e ha detto che chiederà ad altri colleghi del network per scoprire se Trinity ha avuto contatti con loro nelle ultime settimane. In ogni caso, sarà qui tra qualche ora.»

«Ottimo direi... Sicuramente, però, questo farà esplodere il caso, e chiaramente finiranno col farci un servizio sopra.»

«Di questo ce ne preoccuperemo a tempo debito.» disse Mettner. «E poi, non è necessariamente un male che il pubblico venga a sapere che Trinity è scomparsa. Potrebbe generare delle piste. Per ora, abbiamo le nostre mansioni da svolgere.»

Suonavano parole sue, Josie non poté fare a meno di sorridere. «Mi sembra giusto.» disse.

«Tua sorella usciva con qualcuno?» chiese Mettner.

«No, non che io sappia.»

«Ha chiuso una relazione di recente?»

«No.» disse Josie. «Non credo. Ha sempre detto che non aveva tempo per le relazioni. La sua carriera veniva prima di tutto.»

A pensarci bene, in tutti gli anni in cui aveva conosciuto Trinity, non le aveva mai sentito accennare a qualche frequentazione, nemmeno casuale.

Noah, finito di scrivere il suo mandato, si alzò dalla scrivania e allungò le braccia in alto. Dall'altra parte della stanza, la vecchia stampante a getto di inchiostro prese vita. Noah recuperò le pagine e tornò alla scrivania. Si rivolse a Josie con fare interrogativo. «Devo farlo firmare da un giudice, ma prima potrei scendere a prenderti un caffè.» disse.

«Grazie.» disse Josie.

Dopo che Noah se ne fu andato, Mettner continuò a fare domande e Josie cercò di rispondere come meglio poteva. Tuttavia, era penosamente evidente che non sapeva un bel niente di sua sorella e l'unica consolazione era che Mettner teneva gli occhi fissi sul telefono mentre digitava sulla sua applicazione preferita per prendere appunti, annotando tutte le risposte che gli dava e qualsiasi altra informazione che avrebbe potuto riprendere in un secondo momento.

Una mano le strinse la spalla e Josie alzò lo sguardo e vide la detective Gretchen Palmer, che la guardava con sincera compassione. «Fraley mi ha appena aggiornato.» disse.

Josie annuì, apprezzando che Gretchen non avesse aggiunto altro; d'altronde, non c'era nulla che potesse dire per assicurarle che avrebbero ritrovato sua sorella sana e salva. C'era solo il lavoro, l'indagine, e Josie sapeva che Gretchen ci avrebbe messo tutta se stessa, così come Mettner. Gretchen era arrivata al dipartimento quattro anni prima, assunta da Josie quando svolgeva il ruolo di capo della polizia ad interim. Prima di entrare nella polizia di Denton, Gretchen era stata detective della Sezione Omicidi di Philadelphia per quindici anni. Era una delle migliori investigatrici che Josie avesse mai conosciuto e nel corso degli anni era diventata una buona amica.

Gretchen le posò una tazza di caffè fumante davanti e disse: «Fraley mi ha detto di darti questo. È andato a farsi firmare il mandato.»

«Grazie.» rispose Josie. «Hai visto le foto?»

«Non ancora. Ho solo sentito dire che è stato piuttosto spiacevole.»

«Inquietante da morire.» la corresse Josie, bevendo un lungo sorso di caffè. Il telefono della sua scrivania squillò. Lo prese e abbaiò nel ricevitore: «Quinn.»

«Boss...» rispose Hummel. «Abbiamo finito.»

«Che cosa avete trovato?» chiese Josie, ignorando lo sguardo che Mettner le lanciava.

Ci fu un attimo di esitazione. Poi Hummel disse: «È più facile se viene qui nell'officina e dà un'occhiata di persona.»

DODICI

Josie seguì Gretchen fuori, nel parcheggio comunale alle spalle della centrale di polizia. Nel momento in cui si ritrovarono all'aria primaverile, furono circondate da una mezza dozzina di giornalisti armati di cellulari e registratori che gridavano domande. Era passata meno di un'ora da quando Mettner aveva contattato la rete per cui lavorava Trinity per parlare con la sua assistente. Nel mondo dei media le notizie viaggiano alla velocità della luce.

«È vero che Trinity Payne è stata rapita?»

«Chi è stata l'ultima persona a parlare con Ms. Payne?»

«È possibile che la scomparsa di Ms. Payne sia uno stratagemma architettato per farle ottenere di nuovo la sua posizione?»

Le parole ebbero l'effetto di una secchiata d'acqua ghiacciata sulla schiena; Josie si girò e scrutò uno per uno i giornalisti finché non trovò quello che aveva fatto l'ultima domanda: tendeva il telefono, aspettando con ansia la sua risposta. Dal suo tesserino stampa capì che era di una delle reti concorrenti di quella di Trinity. Lo guardò negli occhi. Era sul punto di rispondere, ma sentì la mano di Gretchen stringerle il braccio e spingerla verso la macchina, urlando: «Non abbiamo commenti da fare!»

I giornalisti si accalcarono intorno all'auto non appena vi salirono, ma Gretchen mise in moto e con abili manovre li aggirò e uscì dal parcheggio. Sul sedile del passeggero, Josie ribolliva di rabbia.

«Non pensarci.» le disse Gretchen. «Non hanno nessuna informazione ancora, stanno soltanto cercando di creare una storia dal nulla. Non è altro che una montatura.»

«Ma è estremamente offensivo nei confronti di mia sorella.» mormorò Josie, fissando fuori dal finestrino.

«Devi lasciar perdere, Boss. Appena arriviamo al deposito, mando un messaggio a Mett e gli dico di occuparsi di loro. È inevitabile che questa storia faccia notizia. Per quando torneremo, ci sarà il doppio dei giornalisti ad aspettarci.»

Josie annuì, ma rimase in silenzio per il resto del viaggio. Il deposito si trovava in un'area scarsamente popolata della zona nord di Denton, lungo un sottile nastro di strada delimitato da boschi e da qualche abitazione. Era chiuso da un cancello e sorvegliato da un agente seduto in una piccola cabina all'ingresso. Gretchen mostrò le sue credenziali e il cancello si aprì di scatto. Si destreggiò tra due file di auto fino ad arrivare all'estremità destra del lotto, dove si trovava un semplice edificio di mattoni di cemento. Sulla destra c'era un'unica porta blu scuro, solida e poco invitante. A sinistra c'erano due portelloni da garage, anch'essi blu, con le vetrate in laminato bianco in modo che nessuno potesse vedere attraverso. Gretchen si fermò all'esterno, proprio accanto al veicolo della squadra di Hummel.

La porta blu era aperta. Josie seguì Gretchen all'interno di un piccolo ufficio dove trovarono Chan seduta a una scrivania, con un portatile davanti a sé, intenta a scrivere furiosamente. Alzò lo sguardo e fece un cenno alle detective prima di tornare al suo lavoro. «Hummel è dentro.» disse.

Attraversarono la porta successiva, che conduceva a una

stanza arredata in modo semplice, dotata di scaffali in alluminio che contenevano tutto il materiale necessario per il controllo di un veicolo e un grande tavolo in acciaio inossidabile su cui erano sistemate la valigia e la borsa di Trinity. Sulla parete di fronte al tavolo c'era una grande finestra da cui si poteva vedere la sezione del garage dove si scorgeva la Fiat Spider di Trinity, con le portiere aperte. Hummel ci stava ancora lavorando, non si era nemmeno tolto la tuta in Tyvek, i copriscarpe e i guanti. Mancava solo la cuffia, e i suoi capelli rossi erano sparati in tutte le direzioni. In mano teneva una cartellina e una penna per prendere appunti.

Gretchen batté leggermente sul vetro e lui si girò, facendo loro cenno di entrare dalla porta che si trovava a pochi metri dalla finestra. Josie sentì lo stomaco precipitare quando entrarono nella stanza. Era tutto vero. Trinity era scomparsa, probabilmente morta, e la sua amata decappottabile era stata presa in consegna dalla Squadra di Raccolta delle Prove. Trattenne un brivido mentre si avvicinava a Hummel.

Gretchen aveva già tirato fuori il suo taccuino.

«Non si preoccupi.» cominciò Hummel. «È stato tutto catalogato. Non c'è bisogno che vi vestiate.»

«Che cosa hai trovato?» domandò Gretchen.

Hummel guardò oltre Gretchen, verso Josie. «Boss?»

«Dicci di che si tratta, Hummel.» disse Josie.

Lui le fece cenno di avvicinarsi alla portiera del lato guida. «Abbiamo delle impronte sia all'interno che all'esterno dell'auto. Ci vorrà un po' di tempo per farle passare nell'AFIS.»

«Non è per questo che mi hai chiamato qui.» disse Josie avvicinandosi alla portiera aperta.

Il cuore le batteva forte mentre fissava il pannello della portiera del lato del guidatore, proprio sopra la maniglia. L'interno della Fiat Spider di Trinity era rivestito di nero, quindi Hummel aveva usato una polvere fluorescente per impronte digitali per cercare le impronte latenti. La polvere giallo brillante ne aveva evidenziato alcune, ma non era quello che Hummel voleva farle vedere.

Sul pannello era scritto un messaggio frettolosamente scarabocchiato. Una parola. Un nome, in realtà.

Vanessa.

Il cuore cominciò a battere così forte che Josie temette che Gretchen e Hummel potessero sentirlo. Appoggiò una mano alla fiancata dell'auto per tenersi ferma. Un tremito le partì dalle gambe e si fece strada verso l'alto, tanto che le sue dita presero a tamburellare contro il metallo rosso e freddo dell'auto. Si portò la mano al petto, cercando di placare il suo corpo.

Se Hummel notò la sua reazione, non glielo diede a vedere. Indicò il pannello. «Facciamo un veloce ripasso di scienza forense: le dita lasciano residui oleosi; anche se non si lascia un'impronta chiara, se si cerca di disegnare qualcosa con il dito, una traccia può rimanere. Non l'ho visto finché non ho trattato con la polvere.»

Trinity si era occupata di un numero sufficiente di casi di cronaca nera per sapere che è l'umidità della pelle a lasciare le impronte digitali. Una persona con la pelle eccezionalmente secca non avrebbe lasciato impronte così nitide e definite come quelle di una persona con le dita oleose o sudate. Trinity doveva anche aver immaginato che la squadra investigativa avrebbe analizzato l'interno della sua auto, soprattutto perché le chiavi erano rimaste inserite nell'accensione: si trattava di una circostanza sospetta. Perciò, prima di scendere dall'auto, aveva scarabocchiato frettolosamente quel nome sul pannello della portiera con un polpastrello. Chiunque l'avesse sequestrata non poteva averlo notato. In effetti, nessuno avrebbe mai saputo che aveva lasciato quella traccia, a meno che non avesse usato polvere magnetica o polvere di cianoacrilato per verificare la presenza di impronte digitali.

Sotto il nome c'erano alcune linee e forme irregolari, come se avesse tentato di scrivere qualcos'altro ma non ne avesse avuto il tempo.

Hummel chiese: «Chi è Vanessa?»

Josie fissò le lettere mentre il battito del suo cuore rallentava progressivamente. «Io.» rispose. «Io sono Vanessa.»

«Non capisco.» disse Hummel.

Gretchen si avvicinò a Josie e con il telefono scattò alcune foto della portiera. «Era il nome che le aveva dato la famiglia.» spiegò a Hummel. «Fu rapita quando non aveva neanche un mese, ricordi? I suoi genitori pensavano che fosse morta in un incendio, ma in realtà era stata rapita.»

Hummel fece una smorfia. «Giusto. Mi scusi, Boss. Me n'ero dimenticato. Cioè, non l'avevo dimenticato, è solo che...»

Josie alzò una mano. «Non fa niente, Hummel.»

«Ma sei stata cresciuta come Josie.» disse Gretchen. «Trinity ti ha conosciuta col nome di Josie per anni prima di scoprire che eravate sorelle. Non hai mai cambiato il tuo nome in Vanessa. Ti chiamava così in privato?»

Josie scosse la testa. «No. Mai.» *Vanessa non è mai esistita,* stava quasi per dire.

Hummel si grattò la tempia con il cappuccio della penna. «Allora perché avrebbe scritto Vanessa dentro la portiera della sua auto?»

Di nuovo, Josie provò uno strano e lancinante senso di dolore misto a frustrazione. Erano sorelle. Gemelle. Eppure, Josie era stupita da quanto poco avesse capito di Trinity. «Non ne ho idea.» gli disse.

Gretchen si inginocchiò accanto alla portiera aperta, inforcando gli occhiali da lettura ed esaminando da vicino il pannello. Indicò le linee sotto il nome. «Secondo voi, cosa stava cercando di scrivere qui sotto?»

«Non lo so.» disse Hummel. «Non sembrano lettere.»

«Sembrano quasi dei simboli.» disse Gretchen.

Josie studiò quelle forme, ma neanche lei riuscì a capirne il significato. Comunque, era chiaro che si trattava di un messaggio e che era destinato a lei. «Ti dispiace se entro?» chiese a Hummel.

«Faccia pure.» rispose lui. «Abbiamo finito con le analisi.»

Josie si sedette al posto di guida e mise le mani sul volante, immaginandosi al posto di Trinity. «Hummel...» chiese Josie. «La macchina è partita?»

«No. La batteria era a terra e il serbatoio era a secco.»

Questo significava che Trinity non solo si era seduta in macchina con le chiavi inserite nel quadro, ma aveva messo in moto. Probabilmente stava anche per inserire la marcia e partire quando qualcosa l'aveva fermata. Un altro veicolo che entrava nel vialetto, bloccandole la strada? Josie cercò di immaginarsi la scena. Trinity doveva essere rimasta in macchina, in attesa di vedere la persona che stava per uscire dall'altro veicolo. Oppure no? Forse era incuriosita? D'altronde, non si aspettava visite, visto che se ne stava andando. Solo poche persone sapevano che si trovava alla baita. Aveva riconosciuto il veicolo? Probabilmente no, pensò Josie. Era spaventata? Di sicuro avrebbe avuto almeno un po' di timore quando una macchina sconosciuta si fosse fermata inaspettatamente nel lungo viale che portava alla baita numero 6. Era lì, da sola, senza nessuno che potesse soccorrerla nel caso avesse gridato perché la persona che l'aveva fermata stava cercando di farle del male. Sarebbe rimasta a fissare la persona, o le persone, scendere dall'auto e avvicinarsi alla sua. Ma non avrebbe potuto spalancare la portiera per fronteggiarli. Altrimenti non sarebbe stata in grado di lasciare il messaggio per lei. Una volta scesa dall'auto, non era più risalita. Questo era evidente, perché se fosse riuscita a risalire in macchina, sarebbe partita, avrebbe cercato di scappare o avrebbe scritto a qualcuno. Ne era capace, l'aveva vista inviare lunghissimi messaggi alla sua assistente in pochi secondi.

Si rivolse a Hummel per dirgli: «Hai già controllato il telefono?»

Hummel scosse la testa. «Abbiamo un mandato per potervi accedere, ma ci vorrà qualche giorno per riuscire a consultare il contenuto.»

«Tecnicamente, sono il suo parente più stretto. Posso darti io il permesso.»

«I suoi genitori sono i parenti più prossimi, Boss.» la corresse Gretchen.

«Allora te lo daranno loro il permesso.» affermò Josie.

«Lo immaginavo.» disse Hummel. «L'ho messo in carica e ho provato ad accedere, ma è protetto da un codice.»

«Ovviamente.»

Ma se Trinity avesse mandato un messaggio criptico o allarmante a qualcuno che conosceva, Josie ne sarebbe stata sicuramente avvisata a quel punto. Il messaggio all'interno della portiera era indirizzato a lei, quindi era logico pensare che se Trinity avesse avuto il tempo di inviare un messaggio, lo avrebbe inviato a lei.

Attraverso il parabrezza Josie riuscì a vedere solo la parete posteriore del deposito prove, che era di mattoni bianchi. Nella sua mente, visualizzò di nuovo il vialetto che portava alla baita. Era leggermente in discesa e, per come era posizionata l'auto di Trinity quando l'aveva trovata, ci sarebbe stato poco spazio per passare accanto a un altro veicolo. La persona nell'altra auto doveva essere scesa ed essersi avvicinata a Trinity. Josie suppose che la persona che aveva rapito sua sorella fosse arrivata a bordo di un veicolo e non a piedi, altrimenti sarebbe stato troppo difficile tagliare la strada a Trinity e portare via anche due scatole di documenti. Lui o lei si sarebbe avvicinato prima alla portiera del lato conducente. Trinity l'aveva riconosciuto, o riconosciuti? C'era più di una persona? Quella persona era armata? Josie cercò di elaborare tutti gli scenari possibili. Non c'erano segni che Trinity avesse opposto resistenza o che avesse cercato di scappare.

Eppure, doveva aver capito di essere nei guai. Una volta visto chi c'era alla guida dell'altra macchina, aveva capito che le rimanevano pochi secondi per fare quello che poteva, qualsiasi cosa fosse. E così aveva scritto il nome *Vanessa* sul lato interno della portiera con il polpastrello.

«Hummel...» chiamò Josie, «puoi metterti davanti alla macchina?»

Lui annuì e si diresse verso il cofano della Fiat, indietreggiando poi verso la porta del garage. Josie chiuse la portiera e lasciò che i suoi polpastrelli si soffermassero sulle lettere fluorescenti, tracciandole nell'aria. Osservò il volto di Hummel mentre si dirigeva lentamente verso la portiera. Josie la aprì quando lui la raggiunse. «Sei riuscito a vedere cosa stavo facendo?»

«Non molto bene. La macchina è bassa e io sono alto un metro e ottanta, quindi ho visto che stava facendo qualcosa, ma più che altro sembrava che stesse armeggiando per trovare la maniglia o qualcosa del genere. Certo, qui siamo in piano, non inclinati come alla baita, ma credo che con l'angolazione in cui era posizionata l'auto, sarebbe stato ancora più difficile per me vedere quello che stava facendo... ammesso che ci riuscissi, ovviamente.»

Il telefono di Trinity era nel vano della consolle. Avrebbe potuto prenderlo, ma non l'aveva fatto. Josie si chiese che ora del giorno fosse quando Trinity aveva cercato di andarsene. «Hummel, i fari erano accesi?»

Lui scosse la testa. «No.»

Quindi era giorno quando Trinity era salita in macchina tre settimane prima. Anche alla luce del giorno, il rapitore avrebbe visto chiaramente la sua testa piegata verso il parabrezza se avesse tentato di usare il telefono. Avrebbe potuto disegnare le lettere sul pannello della portiera senza mai distogliere lo sguardo da lui.

Cosa stava cercando di dirle evocando quel nome?

Ma prima che Josie avesse la possibilità di rifletterci, Hummel disse: «C'è un'altra cosa che voglio farle vedere. Venite nell'altra stanza.»

TREDICI

Josie e Gretchen seguirono Hummel nella stanza accanto al garage. Hummel si avvicinò a una serie di scaffali e si cambiò i guanti, infilandone un paio nuovi e gettando quelli vecchi in un cestino della spazzatura. Al tavolo di acciaio inossidabile, aprì la valigia di Trinity e mentre ci rovistava dentro cominciò a dire: «Chiederò a Chan di fare un elenco del contenuto. Si tratta prevalentemente di vestiti, scarpe, borsette, articoli da toilette, trucchi, prodotti per capelli, e poi abbiamo un computer portatile e un caricabatterie.» Infilò una mano nella tasca a rete all'interno della falda e tirò fuori una piccola scatola avvolta in carta marrone.

«Quella è arrivata il giorno in cui Trinity ha lasciato la nostra casa.» disse Josie. «Noah l'aveva trovata nella cassetta della posta e l'aveva portata dentro per dargliela.»

Ancora una volta, vide la scritta in stampatello con pennarello nero che riportava il nome di Trinity e l'indirizzo di Josie e Noah. Nessun indirizzo di ritorno. Niente francobolli. Trinity aveva strappato un'estremità dell'involucro per guardare all'interno. Con delicatezza, Hummel infilò la mano all'interno e ne tirò fuori una piccola scatola nera, grande come quelle da gioielli.

«Quella dov'era?» chiese Josie.

«Proprio dove l'ha visto: nella sua valigia.»

«Cosa c'è dentro?» domandò Gretchen.

Hummel mise da parte la scatola più grande con l'involucro strappato e poi aprì quella più piccola, scoprendo un letto di velluto nero con un pettine francese sistemato al suo interno. Gretchen tirò subito fuori il telefono e scattò qualche foto; Josie rimase a fissarlo. Era di uno strano colore tra il caffè e il crema, delicato, liscio e lucido.

Un'altra immagine della strana serie di ossa dietro la baita affittata da Trinity le balenò nella mente. «Oh, buon Dio!» disse. «Pensi che sia... pensi...?» Le si strozzò la voce in gola. Fece qualche profondo respiro, cercando di distendere di nuovo le corde vocali. Hummel e Gretchen aspettarono pazientemente. Alla fine, riuscì a dire: «Che sia fatto di osso?»

Hummel lo posò sul tavolo e lo guardò. «Non lo so. Possiamo mandarlo in laboratorio. Crede che sia stato fatto dalla stessa persona che ha lasciato quei resti? Crede che stesse pedinando Miss Payne o comunque che la tenesse d'occhio?»

«È insolito.» osservò Josie.

«Si fanno molti gioielli e accessori per capelli in osso, anche se di solito si usano i gusci di tartaruga o le corna.» intervenne Gretchen.

«Potrebbe essere un osso di animale.» convenne Hummel. «Come ho detto, chiederemo al laboratorio di analizzarlo.»

«Ce n'era solo uno?» chiese Josie.

«Sì, c'era solo quello in questa scatola. Se ce n'era un altro, non è qui, né nell'auto di sua sorella, né nella baita.»

«Fagli analizzare anche la custodia.» suggerì Gretchen, prima di rivolgersi a Josie: «Non ti ha mai menzionato di qualcuno che le stava dietro, o se avesse ricevuto altri pacchi insoliti?»

Josie sospirò. Aveva la mente annebbiata. Avrebbe avuto bisogno di un altro caffè. «No, non mi ha mai parlato di nessuno che la pedinava. Che io sappia, l'unico altro pacco che ha ricevuto a casa nostra è stato quello inviato dalla sua assistente. Sta arrivando, ma Mett le ha già chiesto conferma di aver spedito un pacco per Trinity a casa nostra prima dell'arrivo di questo. Però, questo qui non è arrivato per posta. Non ha francobollo. Devono averlo consegnato a mano. Peraltro, subito dopo averci guardato dentro, se n'è andata.»

«Mi sembrava che avessi detto che aveva discusso con Noah.» «È così infatti.» rispose Josie. «Beh, più o meno. Ma ha iniziato a discutere con lui solo dopo aver guardato dentro al pacchetto. Era già agitata da prima, perché stava discutendo con me dei suoi problemi con la rete. Quando ha dato di matto con Noah ho pensato che stesse esagerando. Non pensavo che la scatola c'entrasse qualcosa. Ma ora... non lo so.»

Gretchen annuì. «Hai detto che Noah l'ha trovato nella cassetta della posta. Hai una di quelle telecamere, vero? Quelle telecamere Ring?»

Josie ebbe un sussulto. «Ce l'ho!» Qualche anno prima aveva fatto installare delle telecamere di sorveglianza in tutta la casa a seguito di un furto. Era un vecchio sistema a cui poteva accedere solo con il suo portatile. Quando Noah si era trasferito a casa sua, erano passati alle telecamere della Ring, che potevano essere impostate in modo da segnalare direttamente ai loro telefoni se veniva rilevato un movimento. Josie non ricordava di aver ricevuto alcuna notifica insolita la mattina in cui Trinity se ne era andata. D'altra parte, era probabile che non avesse rilevato alcun movimento davanti alla cassetta della posta, dato che si trovava alla fine del vialetto e che il raggio di rilevamento dei movimenti non si estendeva così tanto. Tirò fuori il telefono e aprì l'applicazione, consultando la cronologia degli eventi e tornando indietro di un mese, mentre Gretchen guardava da sopra le sue spalle. Sullo schermo apparvero quattordici eventi relativi a quella data: nella maggior parte dei casi si trattava di Josie e Noah che uscivano e rientravano nel corso della giornata e di Trinity che entrava e usciva da casa per recuperare le sue cose prima di andarsene.

«Non c'è nient'altro qui.» disse Josie.

«Non c'è il filmato dell'intera giornata?»

«Non va indietro di trenta giorni.» disse Josie. «Tiene solo la cronologia degli eventi, cioè ogni volta che i sensori di movimento rilevano qualcosa che si sposta.»

«E il sensore di movimento non si attiva quando qualcuno accede alla cassetta della posta?»

«No.» disse Josie, visualizzando le impostazioni di rilevamento sull'applicazione. Indicò lo schermo che mostrava il portico di casa, il vialetto, il giardino anteriore e poi la strada. Davanti alla veranda c'era una cortina bluastra che raggiungeva a malapena i parafanghi delle auto parcheggiate.

«Vedi questa? Quest'area nebulosa è il punto in cui inizia il rilevamento dei movimenti. Per far sì che la telecamera si attivi bisogna camminare fino a quel punto. Il giorno in cui abbiamo installato la telecamera, l'avevamo impostata per rilevare il movimento fino alla strada, ma ogni volta che passava un'auto o uno dei nostri vicini che portava a spasso il cane, partiva un allarme sul telefono, ed è andata avanti così per tutto il giorno.»

«È un po' un azzardo, ma posso mandare un paio di unità a fare qualche domanda ai vostri vicini per verificare se hanno visto qualcuno di sospetto nelle ultime sei settimane.» suggerì Gretchen.

«Grazie.» disse Josie.

Gretchen fece una rapida telefonata mentre Josie riprendeva a fissare il pettine. Trinity conosceva la persona che glielo aveva lasciato? Perché non aveva detto nulla? Si era immaginata che fosse fatto di osso? E anche in caso contrario, Josie non ricordava di aver mai visto Trinity usare un pettine francese: non era affatto nel suo stile; era molto semplice, e Trinity preferiva la semplicità nell'abbigliamento e persino nell'arredamento della casa, ma mancava dell'eleganza che Josie di solito associava alla sorella. Poteva anche darsi che non la conoscesse quanto avrebbe dovuto, ma era sicura che quel pettine non era qualcosa che Trinity avrebbe mai acquistato per sé, o indossato anche se lo avesse ricevuto in regalo.

Aveva ragione a dire che era stato il pacco, e non la battuta inopportuna di Noah, a farle perdere il controllo e a spingerla a lasciare la sua casa? E se così fosse stato, perché mai aveva sentito il bisogno di andarsene? Cosa significava quel pacco?

«Dobbiamo considerare seriamente l'ipotesi che qualcuno la tenesse d'occhio.» disse Josie. «Dovremmo parlare con le persone con cui lavorava alla rete per scoprire se ne aveva fatto parola con qualcuno o se aveva segnalato qualcosa di insolito o minaccioso.»

Gretchen guardò Josie e annuì.

«L'ipotesi che la pedinassero sarebbe molto plausibile.» convenne Hummel. «Forse troveremo qualcosa sul suo telefono o sul suo portatile. Chan ha già effettuato il salvataggio dei dati del portatile, vi consegnerà tutto il contenuto quando ve ne andrete. Prendete anche il suo telefono. La dottoressa Feist ha portato i resti all'obitorio.»

«Grazie.» disse Josie, poi si rivolse a Gretchen. «Andiamoci subito.»

QUATTORDICI

L'obitorio comunale di Denton consisteva in una grande camera per le analisi senza finestre e in un piccolo ufficio presieduto dalla dottoressa Feist. Si trovava nel seminterrato del Denton Memorial Hospital, un vecchio edificio in mattoni costruito in cima a una collina da cui si poteva vedere gran parte della città. L'odore di una combinazione putrida di sostanze chimiche e decomposizione le colpì prima ancora che entrassero nel laboratorio. All'interno del locale trovarono la dottoressa Feist accanto a un tavolo da autopsia in acciaio inossidabile, intenta a sistemare le ossa trovate dietro la baita in modo da formare la ricostruzione di uno scheletro, sotto una grande lampada mobile a farle luce. Josie si ritrovò ancora una volta a fissare le orbite vuote del teschio che, in qualche modo, le apparvero meno inquietanti nel regno del laboratorio del medico legale, ma pur sempre inquietanti. Fu scossa da un brivido al pensiero di come un essere umano potesse ridursi in quello stato: un piccolo, triste e incompleto mucchietto di ossa biancastre, sparpagliate su un tavolo come i pezzi di un puzzle da ricomporre.

Quel mucchietto era Trinity? Era questo tutto ciò che rimaneva della dinamica forza di sua sorella?

Josie alzò lo sguardo e incrociò quello della dottoressa Feist, che la fissava. «Come le ho detto sulla scena, si tratta di una donna. Ho stabilito che avesse più di trent'anni, avendo constatato che tutte le cartilagini di accrescimento sono fuse, compresa l'estremità mediale delle clavicole.»

«Intende l'estremità della clavicola che entra nella spalla?» precisò Gretchen.

«Precisamente.» disse la dottoressa Feist. «Come ricorderete, le ossa lunghe del corpo sono composte da tre parti: la diafisi, cioè l'asta, la metafisi, che è la parte in cui si allarga e si incurva all'estremità, cioè l'estremità nodosa, e poi l'epifisi, che sostanzialmente è la calotta terminale dell'osso, ovvero la cartilagine di accrescimento. Nei bambini c'è uno spazio tra l'epifisi e la metafisi, ma negli adulti l'epifisi e la metafisi sono fuse insieme.»

Josie osservò: «Quindi, negli adulti, l'estremità nodosa dell'osso si fonde con la calotta che si trova alla sua estremità.»

«Esatto. Le clavicole sono le ultime a fondersi e questo avviene tra i diciannove e i trenta anni al massimo. Qui questa fusione è evidente. In realtà penso che questa donna avesse molto più di trent'anni.» La Feist si spostò a un capo del tavolo e posò le dita sulla sommità del cranio. Indicò tracce molto deboli di striature che correvano dalla parte anteriore a quella posteriore del cranio e anche orizzontalmente attraverso la parte posteriore del cranio.

«Vedete queste suture del cranio? Sono fessure nell'osso che rimangono aperte e si allungano man mano che il nostro cervello cresce dalla nascita all'età adulta. Alcune si chiudono durante l'infanzia, ma queste due che vedete qui... beh, si vedono a malapena perché sono chiuse ora... ma di solito rimangono aperte fino all'età adulta. Questa linea che corre lungo il centro del cranio dalla parte anteriore a quella posteriore è la sutura sagittale, mentre questa che attraversa la parte posteriore del cranio è la sutura lambdoidea. Entrambe sono quasi completamente chiuse, cosa che normalmente avviene solo tra i trenta e i quarant'anni, anche se a volte la sutura sagittale può rimanere aperta fino ai cinquant'anni.»

Scese verso il bacino, indicando le superfici piane delle grandi ossa ricurve. «L'esame del bacino indica che probabilmente ha avuto dei figli. Quando le ossa pubiche si separano per permettere al bambino di passare, i legamenti si staccano dall'osso e a volte possono causare cicatrici. Vedo qui alcune cicatrici da parto che talvolta sono un indizio. Anche in questo caso, non è una scienza esatta, ma costituisce un buon segnale.»

A ogni parola, Josie veniva scossa da spasmi di sollievo che la resero debole come se il suo corpo fosse stato di gelatina.

Gretchen si chinò a scrutare le ossa del pube, con gli occhiali che scivolavano verso la punta del naso. Anche Josie si chinò in avanti per guardare meglio. «L'osso sembra quasi spugnoso.» osservò.

La dottoressa Feist annuì. «Anche per questo credo che abbia superato i quaranta e forse si avvicinava ai cinquanta. Più ci si avvicina a quell'età, più le ossa pelviche assumono un aspetto poroso.»

«Questa donna non può essere Trinity, allora. Ha avuto un figlio ed è molto più vecchia.» disse Josie.

«Lo escluderei infatti...» disse la dottoressa Feist, «ma preferirei aspettare di avere la documentazione odontoiatrica di Trinity prima di confermarlo definitivamente.»

Josie pensò che avrebbe dovuto sedersi. Il sollievo era così profondo che percepiva ogni centimetro del suo corpo instabile. Tuttavia, più fissava le ossa, più quel sollievo si allontanava, lasciandola di nuovo in uno stato di forte ansia. Trinity poteva essere ancora viva, ma la donna davanti a loro non lo era. Da qualche parte aveva dei cari, uno o più bambini, che sicuramente la stavano cercando e si chiedevano cosa ne fosse stato di lei, e si sentì mancare al pensiero del lutto che li attendeva.

«Saprebbe determinare la sua etnia?» chiese Gretchen.

La dottoressa Feist tornò verso il teschio. «Non sono un antropologo forense, ma posso fare un'ipotesi basata su ciò che so e che ho visto nella mia carriera.»

«E cioè?» la incitò Josie.

«Direi che si tratta di una donna caucasica in base alla stretta apertura nasale e al fatto che il ponte nasale è così pronunciato e spostato in alto sul viso. Inoltre, se si osservano le orbite oculari...»

Josie dovette costringersi a guardarle di nuovo.

«...sono abbastanza circolari, ma i margini sono squadrati. Queste caratteristiche sono compatibili con i crani caucasoidi.»

Josie distolse ancora una volta lo sguardo dal cranio.

Con un cenno, Gretchen disse: «Fatemi chiamare Noah per vedere se ha fatto progressi con il mandato per la documentazione medica di Trinity.»

Mentre si allontanava verso il corridoio, Josie chiese: «Può stabilire come è morta questa donna?»

La dottoressa Feist corrugò la fronte. «Temo di non poterlo fare. Non ci sono tracce di traumi. Non ci sono fratture di alcun tipo. Nessun danno da arma da fuoco. L'osso ioide è intatto. Se fosse stata strangolata, mi aspetterei di vederlo danneggiato. Anche se non è un'indicazione precisa al cento per cento. Potrebbe essere stata strangolata senza che lo ioide sia stato danneggiato. Potrebbe essere morta per asfissia e questo non avrebbe causato un trauma visibile alle ossa. Non vedo segni che indichino che sia morta per un'arma da taglio, anche se è possibile che sia stata pugnalata e che il danno abbia interessato esclusivamente i tessuti molli. A questo stadio avanzato di decomposizione, non c'è più tessuto molle per poterlo determinare.»

«Quindi al momento sappiamo solo che si tratta di una donna caucasica, probabilmente sui quaranta o poco più, che presumibilmente ha avuto dei figli.» ricapitolò Josie. «E le caratteristiche distintive? Caratteristiche individuali?»

La dottoressa Feist scosse la testa. «Purtroppo non c'è nulla.»

Gretchen tornò nel laboratorio con il telefono in mano. «Dottoressa, controlli la sua posta elettronica. Noah ha ricevuto le cartelle di Trinity.»

«È stato veloce.» commentò la dottoressa avvicinandosi al bancone di acciaio inossidabile per aprire il suo portatile.

Se Noah fosse stato lì, Josie lo avrebbe abbracciato. Era certa che fosse per la sua determinazione che era riuscito a procurarsi le radiografie dentali a tempo di record. Spesso il dipartimento di polizia impiegava diversi giorni per ottenere i documenti o le immagini necessarie per portare avanti i casi.

Nel giro di pochi minuti, il medico legale fece apparire sullo schermo le immagini delle radiografie dentali di Trinity messe a confronto con quelle che aveva fatto allo scheletro della donna. Josie e Gretchen si strinsero accanto a lei per osservarle. La Feist indicò diversi punti delle radiografie della donna misteriosa in cui erano stati inseriti dei perni nei canali radicolari per tenere in posizione le corone. «Trinity non ha così tante corone e le sue sono nell'arcata superiore, non ne ha in quella inferiore.» Si girò e incrociò lo sguardo di Josie, con un sorriso cupo sul volto. «Questa donna non è sua sorella.»

Josie era quasi sul punto di scoppiare a piangere. C'era una possibilità di ritrovare Trinity viva.

«Se questi non sono i resti di Trinity, allora di chi sono?» si chiese Gretchen.

QUINDICI

Alex si sedette sulla panchina accanto alla porta d'ingresso, con il prurito del completo gessato che i genitori gli avevano fatto indossare. Zandra aveva voluto indossare un abito rosa a sbuffo con paillettes e fiocchi rosa abbinati tra i capelli. C'era stata una bella discussione sulla scelta del suo vestito, che i genitori avevano vinto quando Francis, per chiuderla lì, aveva scelto lui l'abito.

Dal piano di sopra Alex sentì i suoi genitori che parlavano. Pochi istanti dopo, sua madre scese i gradini. Si era messa un abito rosso di seta e scarpe col tacco in tinta, e si era pettinata i lunghi capelli castani all'indietro. Sembrava una star del cinema. Qualche minuto più tardi scese anche il padre, con il suo unico completo. Guardò Alex. «Questa è una serata importante per tua madre.» disse con tono grave. «Ci saranno persone molto influenti alla sua mostra d'arte. Se venderà anche un solo pezzo, potrà garantire la sicurezza finanziaria a tutta la nostra famiglia. Ci siamo capiti?»

Hanna posò una mano elegante sul braccio di Francis. «Non devi preoccuparti di Alex, non stasera.»

«Per qualche motivo, mi è difficile crederlo.» le rispose e

tornando su Alex, disse: «Se non tieni a bada tua sorella, dormirai in giardino per un mese, hai capito?»

Hanna si rabbuiò. «Sul serio, Francis, andrà tutto bene. Alex e Zandra sanno quanto sia importante questa serata per la nostra famiglia. Alex farà tutto il possibile per assicurarsi che le cose vadano alla perfezione. Anche per lui è importante, lo sai.»

Fece un sorriso cospiratorio ad Alex.

Francis si accigliò. «Di che cosa stai parlando?»

«Hai presente il quadro che ti piace tanto? Quello che hai detto che dovrebbe essere il pezzo forte della mostra? L'ha finito Alex, non io. Le ali sono state una sua idea. Ha raccolto le piume e le ha disposte sulla tela. Incredibile, non trovi? Magari diventerà un artista come me.»

Alex si aspettava che Francis accogliesse la sorpresa con la stessa gioia con cui Hanna gliela stava rivelando; invece, i suoi occhi scuri lampeggiarono di furia. Si scagliò contro Hanna. «Hai lasciato che il bambino finisse il tuo dipinto?»

Hanna fece due passi indietro, allontanandosi da lui. «Non importa. Tutti lo adorano. E poi siamo gli unici a saperlo.»

Francis puntò un dito contro Alex, ma mantenne lo sguardo su Hanna.

«Hai lasciato che questo stupido, questo mostruoso bambino distruggesse il fulcro della tua mostra? Sei impazzita o cosa?»

Il labbro inferiore di Hanna prese a tremare. «Credo che tu stia esagerando.» disse.

Francis si allargò la cravatta. «Non andiamo.»

Una lacrima scivolò dall'angolo dell'occhio di Hanna. «Ma dobbiamo andarci. Ci stanno aspettando. Ci saranno più di cento persone. Francis, è un solo quadro. Nessuno lo scoprirà.»

Francis salì di corsa al piano di sopra. Hanna rivolse un debole sorriso ad Alex prima di correre dietro al marito.

Un'ora dopo erano tutti in macchina, diretti alla galleria. Appena entrati nell'edificio, gli invitati si accalcarono su Hanna, lodando il suo lavoro e facendole domande sui singoli pezzi.

Francis scomparve in mezzo alla folla. Hanna e Alex impiegarono quasi un'ora per farsi strada tra il folto pubblico di ammiratori fino al quadro che avevano creato insieme. Hanna si coprì la bocca con una mano. Una donna accanto a lei disse: «È un'opera interessante, Hanna. Ma si presenta con un che di incompiuto, non è vero?»

Alex guardò sua madre che aveva cominciato a piangere, le lacrime colavano oltre la mano con cui si copriva la bocca. Senza dire una parola, corse via, lasciandolo in piedi davanti alla tela spoglia.

Le piume erano sparite.

SEDICI

Josie indicò il portatile della dottoressa Feist. «Le dispiace se lo uso un attimo?»

La dottoressa chiuse le sue schede e fece cenno a Josie di avvicinarsi. «Faccia pure.»

Con Gretchen che scrutava da sopra le sue spalle, Josie cercò il sito web del National Missing and Unidentified Persons System, il sistema nazionale in cui erano registrate le persone scomparse e non identificate, ed effettuò il login. Selezionò la Pennsylvania e fece una ricerca che portò a un elenco totale di quattrocentotrentotto persone scomparse in tutto lo stato.

«Potrebbe non essere elencata nel National Missing and Unidentified Persons System.» obiettò Gretchen. «Potrebbe anche non essere della Pennsylvania.»

«È vero.» ammise Josie. «Ma è un buon punto di partenza.»

La dottoressa Feist guardò da sopra l'altra spalla di Josie e fece un fischio basso. «È un numero considerevole di persone scomparse tra le quali cercare. Potrebbe volerci un po'.»

«Non necessariamente.» disse Josie. «Ci basterà fare una selezione per sesso, età ed etnia. Grazie a lei, abbiamo alcuni parametri su cui lavorare. Ecco qua.»

Studiarono insieme l'elenco. C'erano nove donne caucasiche di età compresa tra i quarantacinque e i cinquantacinque anni che risultavano al momento scomparse nel database del National Missing and Unidentified Persons System. Una per una, Josie le esaminò tutte e lesse insieme a Gretchen i dettagli. Quattro di loro erano scomparse da decenni.

«Non abbiamo idea da quanto tempo sia morta questa donna.» le fece notare Gretchen. «Dovremmo indagare su ciascuna di loro.»

«Andiamo con ordine.» disse Josie. «Facciamo un controllo incrociato per vedere se le documentazioni odontoiatriche di queste donne sono state inviate al National Dental Image/Information Repository. Se riusciamo a ottenerle per un confronto, possiamo iniziare a restringere la nostra lista.» Rivolse uno sguardo al medico legale. «Le dispiace?»

«Niente affatto. Prima riusciamo a identificare questa donna, prima la sua famiglia potrà iniziare a chiudere la questione.»

Delle nove donne solo quattro erano registrate nel database del National Dental Image/Information Repository con tanto di documentazione odontoiatrica da poter essere esaminata. Quando visualizzarono le radiografie della terza donna della lista e le confrontarono con le immagini scattate alla loro vittima durante l'autopsia, la dottoressa Feist sbatté una mano sul bancone eccitata. «È lei!»

«Ne è sicura?» chiese Josie, passando lo sguardo alternativamente da una serie di immagini all'altra. Ma quando le guardò più da vicino, riuscì a vedere chiaramente le somiglianze.

Gretchen si mise di fronte a Josie e tornò di nuovo a visualizzare i dettagli del caso della donna scomparsa. «Non può essere questa.» esclamò.

«Corrispondono.» confermò la dottoressa Feist. «Come si chiama?»

«Nicci...» lesse Josie. «Nicci Webb. Età: quarantacinque anni.»

«Ma è scomparsa solo un paio di settimane fa.» disse stupita Gretchen. «Per la precisione, diciassette giorni fa.»

«Solo pochi giorni dopo la scomparsa di Trinity.» sottolineò Josie.

«Esatto.» convenne Gretchen. «Dovremo scavare per trovare qualche collegamento. Però... diciassette giorni? Questa non può essere Nicci Webb.»

Le tre si voltarono e fissarono i resti sul tavolo da autopsia.

«Non è impossibile che un corpo si decomponga così rapidamente.» sentenziò la dottoressa. «Ma, come ho già detto sulla scena del crimine, le condizioni devono essere quelle giuste. Calore estremo, insetti, animali saprofagi... e, lo ripeto, il corpo non si è decomposto dietro la baita dove è stato trovato. Non abbiamo idea di che luogo fosse o delle condizioni in cui il corpo si è decomposto.» Tornando al portatile, esaminò ancora una volta le immagini delle radiografie. «Però abbiamo una corrispondenza.» affermò. «Ne sono sicura.»

Josie lanciò un'occhiata a Gretchen. «Potremmo contattare il detective incaricato del caso per dirgli che abbiamo un possibile riscontro, e partire da lì.»

«Quel rapporto dice che se n'è occupata una detective di Keller Hollow.» disse Gretchen. «È a quasi un'ora da qui, dall'altra parte di Bellewood. Non hanno un proprio dipartimento di polizia. È una zona troppo rurale. Si affidano alla Polizia di Stato.»

Josie selezionò di nuovo il rapporto per trovare il nome dell'agente che aveva presentato la documentazione di Nicci Webb. «L'agente incaricato delle indagini è la detective Heather Loughlin.»

Gretchen sorrise e tirò fuori il telefono. «Perfetto.»

Avevano lavorato con Heather Loughlin in diversi casi. Era scrupolosa, corretta e senza fronzoli. Gretchen mise la chiamata in vivavoce. Heather rispose dopo tre squilli. «Detective Palmer...» disse. «Cosa posso fare per lei?»

Gretchen disse: «Abbiamo trovato alcuni... resti qui a Denton. Le immagini dentali scattate dalla dottoressa Feist corrispondono a quelle di una donna scomparsa e registrata nel National Dental Image Repository. Il nome è Nicci Webb.»

Ci fu un attimo di silenzio, poi un lungo sospiro pieno di sconforto e tristezza. «Ne è sicura?»

La dottoressa Feist si intromise parlando da sopra la spalla di Gretchen. «Ho passato l'ultima mezz'ora a fissarle. Corrispondono.»

«Porca vacca...» mormorò Heather, prima di aggiungere: «Mandatemi quello che avete. Vi richiamo tra quindici minuti.»

La dottoressa Feist procedette subito all'invio delle radiografie via e-mail e attese in silenzio insieme alle detective. Mentre Gretchen inviava un messaggio a Mettner per informarlo dell'identificazione, Josie esaminò il rapporto del National Missing and Unidentified Persons System su Nicci Webb. Non conteneva molti dettagli a parte l'età, l'altezza, il peso e la città di residenza. Alla voce "ultimo avvistamento" c'era scritto semplicemente: Keller Hollow. Questo poteva significare qualsiasi cosa. Era scomparsa da casa sua o da qualche altra parte della cittadina? Josie studiò la foto, chiedendosi come mai i resti della quarantacinquenne Nicci Webb fossero stati messi in mostra in modo così raccapricciante dietro la baita presa in affitto da Trinity. Nella foto era ripresa dalla vita in su, indossava un maglione rosso e una sciarpa multicolore avvolta intorno al collo. Sembrava che ci fossero state altre persone in quella foto e che fossero state ritagliate. Nicci aveva capelli castani con riflessi grigi che le arrivavano fino alle spalle, occhiali appuntati su un naso stretto e labbra sottili. Il suo sorriso sembrava leggermente forzato. Josie prese il telefono per cercare Nicci Webb su vari social media. Trovò un account su Facebook, ma le impostazioni sulla privacy erano così rigide che poté vedere solo la foto del suo profilo, che mostrava il suo volto preso da vicino. In quella foto aveva tirato indietro i capelli con una fascia nera e il suo sorriso era leggermente più ampio rispetto alla foto riportata sul database delle persone scomparse, ma anche in questo caso gli occhi non erano altrettanto allegri.

«Ha un aspetto familiare?» le chiese Gretchen. «Pensi che Trinity la conoscesse?»

«No.» disse Josie. «Io non l'ho mai vista prima e Trinity non l'ha mai nominata, ma è del tutto possibile che si conoscessero e che io non ne sapessi nulla.»

«Una volta che avremo visto i dati scaricati dal portatile e sbloccato il suo telefono, potremo vedere se Nicci Webb è uno dei contatti di Trinity o se ci sono prove che si conoscevano.»

«Dovremmo chiedere anche all'assistente di Trinity.» propose Josie. «Nicci potrebbe essere stata una fonte di qualche tipo per una delle storie che ha coperto.»

Il telefono di Gretchen squillò e lei rispose, mettendo in vivavoce. Le parole di Heather riempirono la stanza. «È la persona scomparsa di cui mi sono occupata.» disse piena di tristezza. «Le dispiace dirmi dove l'avete trovata?»

Gretchen le fece rapidamente un resoconto della situazione. L'unica cosa che tralasciò fu il dettaglio che le ossa erano state disposte in una strana e inquietante esposizione. Josie intuì che avrebbe preferito parlare di questo aspetto di persona. Come se le avesse letto nel pensiero, Gretchen disse: «Ci sono altri particolari, ma preferiremmo parlarne faccia a faccia.»

«Capisco.» disse Heather. «Potete incontrarmi a Bellewood tra un'ora? C'è una stazione di servizio alla periferia della città, proprio prima della strada che porta a Keller Hollow.»

«Ce l'ho presente.» disse Josie. «Ci vediamo tra poco.»

Non appena attaccarono, Gretchen chiamò Mettner per fargli sapere cosa stava succedendo. Ringraziarono il medico legale e si diressero verso la macchina. Gretchen si mise al volante, fece una breve sosta per prendere dei cheeseburger da portar via e poi imboccò le tortuose strade secondarie che portavano a Bellewood, il capoluogo della contea di Alcott. Josie avrebbe giurato di non avere appetito finché il profumo degli hamburger non riempì l'auto. Non aveva mangiato niente da quando aveva fatto colazione ed erano passate le quattro del pomeriggio. Ringraziò Gretchen e poi si avventò sul panino. Una volta finito, si voltò a guardare fuori dal finestrino, osservando lo splendido paesaggio montano che passava davanti a loro, mentre la sua mente si metteva all'opera per trovare un qualche collegamento tra Trinity e Nicci Webb.

Non gliene veniva nessuno, ma si augurò di trovarne almeno uno. Forse quel collegamento li avrebbe aiutati a localizzare Trinity, prima che andasse incontro allo stesso macabro destino di Nicci Webb.

La detective Heather Loughlin le aspettava alla stazione di servizio Gas 'N Go sul lato est di Bellewood, appoggiata alla fiancata della sua Chevrolet Tahoe non contrassegnata con un bicchierone di caffè in mano. Indossava pantaloni neri e una polo sotto una giacca leggera con il logo della Polizia di Stato impresso sul bavero sinistro e i suoi capelli biondi erano tirati indietro in una coda di cavallo. Quando le vide scendere dalla macchina, le accolse con un sorriso forzato.

«Sono contenta di vedervi... peccato che sia in queste circostanze.» sospirò. «Allora? Ditemi, cos'è che non avete potuto dirmi al telefono?»

Josie lasciò che fosse Gretchen a parlare. Osservò il volto di Heather passare dalla fredda professionalità allo sgomento quando Gretchen le mostrò le foto dei resti di Nicci Webb così come erano stati trovati alle spalle della baita. «Santo cielo...» mormorò.

Josie si fece avanti. «Nicci Webb non era coinvolta in niente di... satanico o rituale, vero?»

Heather scosse la testa. «No, niente affatto. Frequentava abitualmente la parrocchia episcopale di Bellewood.»

«Cosa può dirci di lei?» si informò Josie.

«Era un'insegnante di prima media a Bellewood. Viveva a Keller Hollow da oltre vent'anni e ha cresciuto qui sua figlia. La figlia si chiama Monica, ha ventuno anni, vive con la madre e ha a sua volta una figlia di due anni. Il marito di Nicci Webb è morto d'infarto sei anni fa. Quasi tre settimane fa è andata al cimitero per occuparsi della sua tomba, cosa che fa regolarmente, ma nessuno l'ha più vista. Quando non è tornata a casa, Monica ha provato a chiamarla, ma non ha ricevuto risposta, così si è precipitata al cimitero, dove ha trovato l'auto della madre con tutto quello che c'era dentro: borsa, telefono, chiavi inserite nel quadro. Come se Nicci Webb fosse scesa e se ne fosse andata.»

Josie sentì un brivido lungo la schiena. Era proprio come per Trinity: Nicci Webb si era lasciata tutto alle spalle ed era svanita nel nulla. «Non è stato trovato niente al cimitero, vero?» chiese Josie guardando Heather. «Niente di insolito o di... allarmante?»

Heather scoppiò in una risata secca. «Se intende un'esposizione raccapricciante come quella che avete trovato voi, no, niente del genere. Credetemi, l'avrei senz'altro riferito nel rapporto. Parte del problema dell'indagine è stata che sembrava che se ne fosse semplicemente andata. E infatti è quello che hanno pensato tutti. Sua figlia Monica ha perlustrato tutta la zona, senza trovare traccia di lei, e alla fine ci ha chiamati. Abbiamo fatto parecchie ricerche, ma non siamo riusciti a trovare alcunché. Monica ha detto che sua madre a volte aveva episodi di depressione, soprattutto in seguito alla morte del marito, sebbene non avesse mai chiesto un sostegno professionale. A un certo punto ho iniziato a pensare che doveva essersi allontanata per suicidarsi, ma non abbiamo mai trovato alcuna prova. Abbiamo anche chiamato l'unità cinofila, che ha trovato una traccia di odore, ma non ha portato da nessuna parte.»

«Il che di solito indica che la persona è salita su un veicolo.» osservò Josie.

«Esattamente.» concordò Heather. «Abbiamo interrogato tutte le persone che Nicci conosceva, ma non aveva una cerchia sociale particolarmente ampia. Alla fine, abbiamo scartato tutti.»

«E del cimitero che ci dice?» proseguì Gretchen.

«È piccolo e rurale. Non ci sono telecamere. La manutenzione è affidata a una coppia di ottantenni che vive a Bellewood. Si occupano di tagliare l'erba e di altre necessità usando le loro attrezzature.»

«Stando così le cose, a meno che quel giorno non ci fosse un'altra persona all'interno del cimitero insieme a Nicci, non ci sarebbero testimoni oculari.» concluse Josie.

«Perciò è chiaro che c'era qualcuno nel cimitero con lei.» aggiunse Gretchen «E nessuno li ha visti.»

Heather annuì. «Abbiamo parlato con tutti gli abitanti di Keller Hollow. Come probabilmente già saprete, ci vivono soltanto circa quattrocento persone. Tra Monica e i miei agenti, siamo riusciti a contattare tutti quanti ma non c'è nessuno che ricordi di aver visto Nicci quel giorno, nessuno che ricordi di aver visto altri veicoli arrivare o lasciare il cimitero. Abbiamo chiesto alla polizia di Bellewood di parlare con le persone della loro comunità. Hanno pubblicato delle informazioni sui social media, ma neanche da questo si è generata alcuna pista.»

«Non c'era nessuno con cui era in conflitto?» domandò Josie. «Nessun compagno o ex, un fidanzato problematico?»

«No.» rispose semplicemente Heather.

«E invece di Monica cosa può dirci?» chiese Gretchen. «Ha detto che ha una figlia di due anni. Chi è il padre?»

«È nell'aviazione.» rispose Heather. «È dislocato. Non sono sposati ma hanno un buon rapporto. Ho controllato tutte le persone che Monica conosce, per scrupolo, ma nessuno mi ha suscitato qualche sospetto.»

Josie indicò la Tahoe di Heather. «Ci ha chiesto lei di venire qui...»

Heather annuì. «Devo dare a Monica la notifica di morte. Avrà molte domande. Ho pensato che, dato che l'omicidio di sua madre è avvenuto nella vostra giurisdizione, dovreste incontrarla.»

«Molto bene.» convenne Josie.

DICIASSETTE

Heather le accompagnò lungo la lunga strada boscosa a due corsie che portava a Keller Hollow. Durante il tragitto passarono davanti al cimitero che, proprio come aveva detto Heather, era piuttosto modesto: non aveva un cancello, era un semplice appezzamento di terreno ricavato su una collina boscosa, con le lapidi allineate in file ordinate, divise in due settori da un'unica strada asfaltata che passava nel mezzo, salendo e superando la cresta della collina.

Passandoci accanto, Heather disse: «Il marito di Nicci Webb è sepolto sull'altro lato della collina. Da questa strada non si può vedere il punto in cui Nicci ha lasciato la macchina, il che significa che la persona che l'ha seguita e si è avvicinata a lei non sarebbe stata visibile da qui.»

Apparve Keller Hollow, un piccolo insieme di case annidate lungo la strada provinciale. Heather entrò nel vialetto di una casetta a due piani con i rivestimenti azzurri e le imposte nere. Accanto a loro c'erano altre due auto, entrambe berline, una rossa e una argentata. Quando scesero, Heather indicò l'auto argentata. «Quella è di Nicci. L'abbiamo ispezionata, ma non abbiamo trovato nulla. L'altra macchina è di Monica. Di solito è a casa perché sta seguendo dei corsi universitari online. Inoltre, con una bambina e con le spese per l'assistenza all'infanzia, ha difficoltà a stare tanto tempo fuori casa.»

Salirono su un portico disseminato di giocattoli dai colori vivaci: un tosaerba, una spaziosa automobile coupé e un chiosco di gelati di plastica completo di coni gelato di tutti i gusti immaginabili. Prima che Josie potesse guardarli uno per uno, lo scricchiolio della zanzariera attirò la sua attenzione. Ne uscì una giovane donna che teneva al fianco una bambina. Entrambe avevano capelli scuri, pelle chiara e naso stretto come Nicci Webb.

«Monica.» la salutò Heather.

Gli occhi azzurri della ragazza passarono da Heather a Josie e Gretchen e viceversa. Tirò un respiro profondo e strozzato e disse: «Non c'è più, vero?»

L'espressione di Heather era disegnata dalla compassione. «Possiamo entrare?»

In completo silenzio, Monica le condusse all'interno della casa dove trovarono altri giocattoli sparpagliati per tutto il soggiorno. I mobili erano piuttosto usurati, così come la moquette chiara. Alle pareti erano appese delle foto di gruppo che, per la maggior parte, ritraevano una famiglia composta da tre persone. Monica, in età diverse, era circondata con atteggiamento protettivo dai suoi genitori, tra le braccia di sua madre, molto più giovane, e di suo padre. Quest'ultimo era più alto della moglie, aveva una barba lunga fino al petto, occhi gentili e un ampio sorriso. La sua espressione non aveva la stessa tensione di quella della moglie. Poi era scomparso dalle foto, sostituito a un certo punto dalla nipotina di Nicci.

Josie staccò gli occhi dalle foto per osservare il resto della stanza. In ogni angolo e sui tavolini c'erano delle piante da appartamento. Tutto in quella stanza, tranne i giocattoli, aveva un aspetto molto vecchio, eppure l'ambiente si presentava accogliente e caldo. Sul pavimento era stata stesa una coperta con diverse bambole. Monica vi posò sopra la figlia e le porse un biberon. «Annabelle...» disse con un tremito nella voce. «La mamma deve parlare con queste signore, d'accordo? Perché non ti siedi qui a giocare e a guardare la TV per un po'? Ti metto il tuo programma preferito.»

Annabelle indicò la televisione e gridò: «*Paw Patrol!*»

Monica le diede un bacio sulla guancia e ricambiò il sorriso, anche se una lacrima le scivolò sulla guancia. «Proprio così, piccola.»

Una volta che Annabelle fu completamente presa dal suo programma, si sedettero tutte insieme: Gretchen e Josie sul divano grande e Heather e Monica sul divano a due posti. Heather fece le presentazioni mentre Monica intrecciava le mani in grembo. «Ditemelo e basta...» le implorò, «ditemi solo dove l'avete trovata.»

Le rispose Heather: «I resti di tua madre sono stati trovati vicino a una baita presa in affitto a Denton.»

Monica chiuse gli occhi per un attimo, inspirando profondamente. «I resti?»

Gretchen si schiarì la gola e prese la parola quando Monica riaprì gli occhi: «Purtroppo, era in stato avanzato di decomposizione. Non siamo stati in grado di determinare la causa della morte e nemmeno da quanto tempo fosse morta, ma riteniamo che sia probabilmente deceduta poco dopo la sua scomparsa.»

«Non è scomparsa.» protestò Monica.

«Ha ragione, Monica.» convenne Josie. «Sua madre è stata rapita...» e lanciò un'occhiata a Gretchen; sapeva che non potevano divulgare la questione dell'esposizione delle ossa, non in quella fase dell'indagine, almeno. Non che comunque volesse dire a una figlia del modo orribile in cui erano state messe in mostra le ossa di sua madre. «Ma non siamo sicuri di dove sia stata uccisa. Da quanto era pulita la scena è chiaro che i suoi resti sono stati portati da un altro luogo e collocati lì.»

Monica aggrottò la fronte. «Avete detto Denton? Non credo che mia madre sia mai stata a Denton.»

«Beh, è per questo che siamo qui.» rispose Gretchen. «Dobbiamo scoprire se aveva qualche legame con la città.»

Monica scosse la testa. «No. Nessuno. Un momento, avete detto che era in una baita presa in affitto. Non l'aveva affittata lei, vero?»

«No.» disse Josie. «Non era lei che l'aveva affittata. Era stata Trinity Payne.»

«Intende la giornalista? Quella che partecipava al programma del mattino? Quella che è appena scomparsa da... Ma che diavolo di storia è questa?»

«Sa se c'era qualche collegamento tra sua madre e Trinity Payne?» chiese Josie.

«No.» rispose Monica. «Nessuno. Non capisco. Cosa c'entra Trinity Payne con mia madre?»

«Trinity Payne è scomparsa qualche giorno prima di tua madre... nello stesso modo in cui è scomparsa tua madre.» rispose Heather. «La sua auto, con dentro tutti i suoi effetti personali, compreso il telefono, sono rimasti lì. E i resti di tua madre sono stati ritrovati non lontano dal luogo in cui Ms. Payne è scomparsa.»

Il volto di Monica perse leggermente colore. «Vuoi dire che c'è un serial killer in libertà?»

«È troppo presto per fare questa ipotesi, Monica.» disse Josie. «Stiamo solo esaminando ogni possibile collegamento tra i due casi.»

Monica puntò il dito su Josie. «Ora la riconosco. Lei è quella poliziotta. La sorella gemella di Trinity Payne. L'ho vista su *Dateline*.»

Josie annuì. «Sì, sono io. È assolutamente sicura che sua madre non conoscesse Trinity?»

Monica si asciugò un'altra lacrima e rise. «Sono sicura. Non conosceva nessuno di famoso. Senza offesa, ma non guardava nemmeno quella rete.» Il suo sguardo si spostò su Annabelle, che era ancora incollata alla televisione.

Gretchen chiese: «Sua madre ha mai avuto contatti con qualcuno della stampa per qualche motivo?»

«No, mai. Lei vive... viveva una vita tranquilla. Eravamo... eravamo felici.» Le si incrinò la voce e si alzò in piedi. Guardò di nuovo Annabelle e poi di nuovo le tre detective. «Io... io...»

«Prenditi un momento, Monica.» le disse Heather. «Teniamo d'occhio noi la bambina.»

Monica fuggì dall'altra parte della casa, ma non prima che loro sentissero un singhiozzo strozzato uscirle dalla gola. Heather si sedette sul pavimento vicino ad Annabelle, che non si era ancora resa conto che sua madre aveva lasciato la stanza.

«Odio tutto questo.» mormorò Gretchen quando sentirono sbattere la porta sul retro.

«Non dirlo a me...» fece Josie. «Ma troveremo il responsabile di tutto questo. A qualunque costo.»

Quando *Paw Patrol* finì, Heather prese il telecomando e fece partire un altro episodio. Josie si alzò e si lisciò i pantaloni con le mani sudate. Poi andò alla ricerca di Monica.

DICIOTTO

Josie si diresse verso la cucina. Come nel soggiorno, l'arredamento e gli elettrodomestici sembravano vecchi e molti usati, ma c'erano piccoli tocchi casalinghi che facevano apparire l'ambiente accogliente, come le allegre tende bianche e azzurre alle finestre, il seggiolone dai colori vivaci a capotavola, altre piante da appartamento e un cartello di legno appeso alla parete che diceva: "I love you even when you're HANGRY".

Josie attraversò la porta sul retro per raggiungere il giardino e rimase a bocca aperta quando sbucò sul porticato. Un'alta recinzione in vinile circondava il giardino; lungo tutta la parte interna qualcuno aveva fissato dei fili di rame a cui, come Josie riconobbe subito, aveva dato forma di albero, i cui rami si protendevano verso l'alto e verso l'interno, raggiungendo il centro del giardino. Da ogni ramo pendevano gioielli finti e pietre levigate.

Monica, seduta lì vicino, disse: «L'ha fatto mia madre.»

«È bellissimo.» disse Josie, e lo era davvero. Era diverso da qualsiasi cosa avesse mai visto.

Distolse lo sguardo per guardare Monica che studiava gli alberi di rame, con tre linee orizzontali che le increspavano la fronte. «Sì, lo è.» disse. «Mi dimentico di quanto sia... unico perché lo vedo tutti i giorni. Ci ha lavorato un po' alla volta per quasi tutta la mia vita. Aggiungendo e togliendo qui e là. Mio padre lo chiamava il suo giardino, ma non intendeva in senso dispregiativo. Lo adorava. Voleva che lei realizzasse delle creazioni e le vendesse, ma lei detestava questa idea. Diceva che era una cosa solo sua.»

Monica aveva il naso e gli occhi rossi e gonfi per il pianto, in mano stringeva un fazzoletto di carta appallottolato e si dondolava sulla sedia. «Non so cosa farò senza di lei.»

«Finirà gli studi. Crescerà sua figlia. Vivrà.» le disse Josie.

Monica la guardò negli occhi. «Sembra proprio una cosa che direbbe lei.»

Josie si avvicinò, prese un'altra sedia del patio e la accostò a quella di Monica, mettendola in modo che fosse rivolta verso di lei. «Mi dispiace molto per la sua perdita. Non c'è niente che si possa dire o fare per rendere il dolore minore, ma le prometto che farò tutto il possibile per trovare la persona che le ha inflitto questo lutto e la metterò in prigione a vita.»

Monica annuì.

Josie continuò: «C'è qualcuno che possiamo chiamare per lei?»

«No...» rispose Monica. «Nessuno. Voglio dire, ho degli amici, ma preferisco chiamarli io. I parenti di mio padre vivono in California. Non li vedo quasi mai. La mamma non aveva nessuno.»

«Nessun fratello? I suoi genitori?»

«Diceva di non aver mai conosciuto suo padre. Non è mai stato presente. Sua madre era per lo più assente, stando a quanto diceva lei. Poi morì quando la mamma aveva quindici anni.»

Pensando a ciò che Heather aveva detto riguardo ai problemi occasionali di Nicci con la depressione, Josie disse:

«Deve essere stato difficile per lei. Cosa le successe dopo la morte della madre?»

«Scappò.» disse Monica. «Non voleva andare in affidamento. Disse che era stata in un rifugio per giovani senzatetto per un po', finché non era diventata maggiorenne.»

«Era da queste parti? A Bellewood?»

«No.» rispose Monica. «Credo a Philadelphia. Non ne ha mai parlato, se non per dire che non era il massimo, ma non era neanche orribile. Alla fine, trovò un lavoro e un appartamento squallido. Iniziò a frequentare i corsi universitari per ottenere un diploma da insegnante alla Temple University. Fu lì che conobbe mio padre. Lui trovò un lavoro al tribunale di Bellewood e si trasferirono qui. Sono stati insieme fino al giorno in cui è morto.»

«Qual era il suo cognome da nubile?» chiese Josie.

«Cahill.» rispose Monica.

«La detective Loughlin ha accennato al fatto che sua madre a volte cadeva in depressione. Succedeva anche prima della morte di suo padre?»

Monica annuì. «Sì, da quando ne ho memoria. Va detto che non capitava spesso, però c'erano dei periodi in cui aveva il morale sotto i tacchi e se ne stava a letto per qualche giorno, piangeva molto, non mangiava... Mio padre si prendeva cura di lei e mi diceva sempre di lasciarla stare, che stava "attraversando qualcosa", anche se non mi ha mai detto cosa.»

«Non gliel'ha mai chiesto?»

"Sì, una volta, subito dopo essermi trasferita qui, quando è nata Anabelle. Le chiesi perché avesse quegli episodi e lei non volle dirmelo. Anzi, mi rispose che non erano affari miei.»

«Secondo lei, da cosa erano causati?» chiese Josie.

Monica scrollò le spalle. «Non ne ho idea, però sa, una volta, quando ero una ragazzina e mio padre era ancora vivo, lo sentii che cercava di confortarla. Aveva lasciato la porta della loro camera da letto aperta e potevo sentirli. Lei continuava a dire: "Avrei potuto fare di più", e mio padre rispondeva: "Hai fatto tutto quello che potevi fare." Ma avevo troppa paura per chiedere spiegazioni. E anche da adulta. Insomma, l'unica volta che trovai il coraggio di parlarne con lei, le confessai che avevo ascoltato tutta la conversazione e lei mi rispose che non erano affari miei. Ho sempre pensato che dovesse avere a che fare con qualcosa accaduto prima che conoscesse mio padre o quando era una bambina o qualcosa del genere.»

Josie pensò a Trinity e alla settimana prima della sua scomparsa, quando ancora stava da lei e Noah. «Monica...» chiese. «Sua madre le è sembrata arrabbiata o in stato confusionale prima di sparire?»

«Che cosa intende?»

«Più stressata del normale, magari. Ansiosa. Si comportava in modo diverso dal solito?»

«No, per niente.»

«Ha ricevuto qualche oggetto strano prima di scomparire? Qualcosa per posta?»

«No, perché?» chiese Monica, con la fronte che si aggrottava per il sospetto.

«Mia sorella... Trinity Payne, ha trovato un pettine bianco nella cassetta della posta qualche giorno prima di essere rapita. Potrebbe non significare niente. Forse non ha nulla a che fare con il suo rapimento, ma io mi sto solo...»

«Aggrappando a ogni possibilità?» disse Monica con una risata secca. «È quello che ho fatto negli ultimi diciassette giorni. Ho analizzato ogni minimo dettaglio della vita di mia madre, cercando di scoprire se c'era qualche indizio su quello che le era successo, per quanto oscuro. Quando non sai cosa potrebbe essere importante, tutto diventa importante.»

Josie sorrise e annuì, pensando che Monica avrebbe dovuto entrare nelle forze dell'ordine. «Non avrei saputo dirlo meglio.» disse.

«Mia madre non ha ricevuto nessun pacco insolito prima di essere rapita e non ha mai portato pettinini per capelli.»

«La ringrazio.» disse Josie. «Secondo lei c'è qualcos'altro che dovremmo sapere su sua madre?»

«Era una brava madre.» disse Monica con un tono fiero. «Una mamma fantastica. Le ho detto che era molto giù alle volte, ma era felice, soprattutto dopo l'arrivo di Annabelle e il nostro ritorno a casa. Ha sofferto molto per la morte di mio padre, ma quando ha avuto una nipotina le cose sono andate molto meglio. Buon Dio, come farò?» Guardò verso la porta sul retro. «La mia bambina continua a chiedere dove sia andata la nonna. Non so cosa dirle. Porca puttana.»

Ricominciò a piangere e prese a dondolarsi più velocemente. Josie sapeva che non c'era niente che potesse dire. Non c'erano risposte, non c'era conforto che potesse darle. La strada che attendeva Monica e la sua bambina era insidiosa e tormentata dal dolore. Josie rimase seduta con lei finché non si ricompose e si alzò, pronta a rientrare in casa. Ma prima di attraversare la porta, Josie le porse il suo biglietto da visita. «Qui c'è il mio numero di cellulare. Può chiamarmi quando vuole. Giorno e notte.»

Monica lo studiò prima di metterlo nella tasca posteriore dei jeans. «Grazie.»

«Ora andiamo, abbiamo del lavoro da fare.» disse Josie.

DICIANNOVE

Arrivarono al comando della polizia di Denton dopo le sette di sera e trovarono un esercito di giornalisti che si accalcava sia davanti all'ingresso principale che a quello posteriore. C'erano anche due furgoni della WYEP parcheggiati davanti all'edificio. Diversi reporter si erano appostati sul marciapiede e si avventavano su ogni agente di polizia che entrava o usciva dalle porte. Non c'era alcuna possibilità che riuscissero a intrufolarsi inosservate.

Gretchen tenne una mano saldamente stretta intorno al braccio di Josie mentre attraversavano un mare di gente che gridava ed entrarono dall'ingresso posteriore. Salirono le scale fino al secondo piano, dove i telefoni squillavano all'impazzata. Noah e Mettner erano seduti alle loro scrivanie, con i ricevitori premuti all'orecchio. Il cellulare di Josie emise un ronzio con un messaggio. Era la sua amica Misty.

Ho appena saputo. Fammi sapere se posso fare qualcosa. Sono a tua disposizione.

Josie alla fine decise di rispondere in modo semplice:

Grazie. Ti terrò informata.

Misty rispose immediatamente con un emoji a forma di cuore.

Noah riagganciò il telefono e le rivolse uno sguardo interrogativo. Lei gli porse il telefono per fargli leggere lo scambio di messaggi. «La stampa è impazzita per questa storia!» commentò Noah. «Praticamente siamo stati attaccati al telefono da quando ve ne siete andate!»

«Cosa gli diciamo?» chiese Josie.

Anche Mettner riattaccò e disse: «Che si sospetta che la scomparsa di Trinity sia un'azione criminale e che il telefono e la borsa sono stati ritrovati all'interno dell'auto, ma altri oggetti personali sono stati sottratti. Per il momento non divulghiamo il ritrovamento dei resti di Nicci Webb.» Si guardò intorno, fissandoli. «Questo significa che nessuno deve parlare dello scheletro o di Nicci Webb a nessuno che non faccia parte del dipartimento di polizia di Denton... è chiaro per tutti?»

Annuirono e Noah disse: «È meglio spargere la voce nel dipartimento. Non è il caso che i ragazzi di pattuglia vadano a casa a raccontarlo alle loro mogli e che le loro mogli lo dicano ai loro... avete capito.»

«Me ne occuperò io.» gli assicurò Mettner. «È una questione delicata, ma voglio cercare di sfruttare la copertura della stampa a nostro vantaggio, visto che non è possibile evitarla. La WYEP ha già reso nota la scomparsa nell'edizione straordinaria e hanno divulgato la notizia sui loro social media. Prima o poi dovrò organizzare una conferenza stampa, ma per il momento continuiamo a lavorare sul caso. Cosa avete scoperto dalla detective Loughlin?»

Gretchen e Josie si sedettero alle loro scrivanie. Gretchen fece un riassunto di tutto ciò che avevano appreso su Nicci Webb e sulla sua scomparsa. Riepilogò anche l'incontro con Monica Webb, concludendo con: «Heather ci manderà una copia del suo fascicolo d'indagine, anche se dice che non pensa che ci sia qualcosa di utile al nostro caso...»

Mettner digitò furiosamente degli appunti sul suo telefono mentre Gretchen parlava.

«Dovremo vedere se riusciamo a trovare un collegamento tra Trinity e Nicci Webb da parte di Trinity.» mormorò.

«Sì.» concordò Josie. «Hai parlato con Hummel?»

Mettner annuì. «Ci ha detto del messaggio nell'auto e del pettine, sì. Ha caricato le foto nel file. Inoltre, mi sono messo in contatto con il co-conduttore di Trinity, Hayden Keating, e con uno dei suoi produttori.»

«È fantastico.» disse Josie. «Hanno detto qualcosa? L'hanno sentita di recente? Sapevano a cosa stava lavorando?» Mettner smise di scrivere sul telefono e scosse la testa. «No. Avevano poco da dire perché non la sentivano da più di un mese. Ma hanno mandato una squadra per Keating. Saranno qui tra poche ore, così potremo indagare più a fondo con loro.»

«E per quanto riguarda gli altri interrogatori?» chiese Josie. «Cos'è emerso dagli affittuari delle altre baite?»

«Purtroppo no, non è emerso niente, Boss. Le altre baite in affitto erano soltanto quattro. Nessuno ha sentito o visto niente. e nessuno sapeva nemmeno che la numero sei era occupata.»

«E tra gli ospiti?» chiese ancora Josie. «Nessun sospetto?»

«Beh...» disse Mettner. «Su quattro, due sono famiglie e hanno entrambe un alibi. Le altre due baite sono occupate da uomini soli che sono venuti per la stagione della pesca. Non hanno un alibi, ma hanno lasciato che i nostri agenti guardassero dentro e fuori le proprietà e non è risultato niente di strano.»

«Facciamo un controllo sul loro passato.» disse Josie. «Anche sulle famiglie.»

«Agli ordini, Boss.» disse Mettner, prendendo un altro appunto nella sua applicazione.

«Nessuno è andato a parlare con il vicinato di Josie e Noah

per verificare se qualcuno si ricorda di aver visto una persona aggirarsi da quelle parti o depositare qualcosa nella loro cassetta della posta il mese scorso?» chiese Gretchen.

Mettner annuì. «Ho mandato un paio di ragazzi a occuparsene. Nessun vicino ricorda di aver visto qualcuno o qualcosa di sospetto o diverso dal solito.»

Josie si acciglò. «Non mi sorprende. È successo un mese fa.»

«Ci restano ancora diverse piste da seguire.» le ricordò Mettner. «Voglio dare un'occhiata al contenuto del portatile di Trinity. Pensi di riuscire a scoprire la password del suo telefono?»

«Posso provarci.» disse Josie. «Ma nostra madre potrebbe avere un'idea migliore...»

«Pensi che la tua famiglia possa fare luce sul motivo per cui ha scritto *Vanessa* all'interno dell'auto?» domandò Mettner.

«Forse.» disse Josie.

Noah si alzò e si avvicinò alla scrivania, toccando delicatamente il braccio di Josie. «Sono arrivati. I tuoi genitori e tuo fratello. Hanno aspettato a lungo di sotto. Il sergente Lamay li ha fatti accomodare nella sala conferenze. Sono rimasto con loro il più a lungo possibile, finché Mett non ha avuto bisogno di me. Vorranno vederti.»

VENTI

Lasciò che Noah la accompagnasse verso la tromba delle scale. Aveva delle domande da fare a Shannon, ma il pensiero di vedere la sua famiglia la riempiva di paura. Non li sentiva ancora come la sua famiglia. Non completamente. Certo, sapeva che i Payne le volevano bene e, come lei, desideravano riprendersi i trent'anni che avevano perduto. Negli ultimi tre anni avevano cercato in tutti i modi di entrare a far parte della vita di Josie, che aveva cercato di essere il più aperta possibile nei loro confronti. Avevano trascorso molto tempo insieme. Ogni settimana Shannon si faceva un viaggio di due ore all'andata e due al ritorno solo per andare a trovare Josie e rispettare così i suoi impegni di lavoro. Eppure, quando Noah le aveva detto "la tua famiglia", aveva pensato immediatamente a una sola persona.

«Noah...» disse Josie a bassa voce. «Ho bisogno di mia nonna.»

Fu contenta che lui non facesse domande. Anzi, mentre uscivano dalla tromba delle scale e si dirigevano verso la sala conferenze, lui disse: «La chiamo e le chiedo di prepararsi tra quindici minuti. Poi correrò a Rockview a prenderla.»

Gli strinse un braccio prima di varcare la porta della sala

conferenze. Suo fratello Patrick, che ormai era maggiorenne e frequentava la vicina Università di Denton, se ne stava sprofondato su una sedia a scorrere il suo telefono. I capelli castani arruffati gli ricadevano sul viso, nascondendogli gli occhi via via che chinava la testa verso lo schermo. Christian, alto e magro, i capelli color sale e pepe, camminava avanti e indietro lungo una parete. Shannon sedeva su una sedia al centro del lungo tavolo, con i gomiti appoggiati sul ripiano di vetro e il viso nascosto tra i palmi delle mani. Alzò lo sguardo quando Josie entrò; allora scattò dalla sedia e si precipitò verso di lei, stringendola in un forte abbraccio. Lei ricambiò l'abbraccio, cercando di respingere le emozioni che salivano prepotentemente in superficie tra le braccia di Shannon. Tirandosi indietro, Shannon studiò il volto della figlia. A volte Josie rimaneva ancora scioccata nel vedere sua madre: somigliavano molto più a Shannon che a Christian. Avevano la stessa pelle di porcellana, gli occhi azzurri sotto le lunghe ciglia e i lunghi capelli neri che a volte sembravano castani dopo un'estate passata al sole, solo che quelli di Shannon ormai erano striati di grigio. Josie e Trinity erano gemelle, ma Trinity aveva sempre avuto un aspetto diverso da Josie. Come giornalista televisiva, Trinity era sempre affascinante, addirittura splendida con il suo trucco pesante e i suoi capelli lucidi e perfettamente acconciati che sembravano non risentire mai di nessuna condizione meteorologica. La somiglianza c'era comunque, ma Josie aveva sempre pensato che si trattasse solo di una coincidenza. Diverso, per non dire estremamente sconvolgente, era stato il primo incontro con la madre: proprio come lei, Shannon sembrava una versione spogliata di Trinity.

Christian si avvicinò e diede un rapido abbraccio a Josie. Patrick rimase a osservarli con attenzione dall'altra parte della stanza. Shannon disse: «Hai saputo qualcosa?»

Josie deglutì per il groppo in gola. «Ancora niente, mi dispiace. A quanto pare, sei stata tu ad avere sue notizie per ultima, e ormai sono passate tre settimane. Ascoltate, c'è una cosa che devo chiedervi.»

Tirò fuori il telefono e recuperò la foto di Nicci Webb che aveva preso dal suo profilo Facebook. «Riconoscete questa donna?»

Shannon e Christian la studiarono. Anche Patrick si avvicinò e guardò la foto. Uno dopo l'altro scossero la testa e risposero di no.

«Chi è?» chiese Shannon.

Josie infilò in tasca il telefono e disse: «Si chiamava Nicci Webb. I suoi resti sono stati trovati vicino alla baita di Trinity.»

Shannon si mise una mano sul petto. «Cosa? Cosa vuol dire "resti"? Avete trovato il suo... il suo corpo?»

La voce di Christian era roca, come se stesse cercando di trattenere un'ondata di emozioni. «Sei sicura che si trattasse di questa donna, Nicci Webb, e non di tua sorella?»

Josie alzò le mani, facendo cenno a entrambi di calmarsi. «Sì, abbiamo trovato il corpo di Nicci Webb dietro la baita di Trinity. Era in avanzato stato di decomposizione. Non siamo in grado di dire come sia morta, ma crediamo che sia stata ammazzata, dal momento che è scomparsa quasi tre settimane fa dalla sua città natale, che si trova a più di quaranta miglia da Denton, e i suoi resti sono stati rinvenuti qui.» Preferì non menzionare il fatto che le sue ossa erano state fissate al terreno in una specie di esposizione morbosa. Non solo non voleva parlare di una cosa del genere con loro, ma Mettner, in qualità di responsabile delle indagini, lo aveva proibito. «I resti appartengono sicuramente a Nicci Webb, un'insegnante di prima media di quarantacinque anni, che viveva a Keller Hollow. Il medico legale ha confermato la sua identità confrontando la documentazione odontoiatrica.»

Christian si afflosciò per il sollievo.

«Stai dicendo che qualcuno ha rapito Trinity e poi ha lasciato il corpo di un'altra persona alla baita?» disse Shannon.

Josie annuì, facendo una smorfia. «Sì, sembra proprio così.»

«Ma perché?» chiese Shannon. «Perché avrebbe fatto una cosa del genere?»

«Al momento non siamo in grado di dirlo.» rispose Josie. «Ma stiamo cercando di trovare un collegamento tra Trinity e Nicci Webb, ammesso che esista, e stiamo continuando a fare tutto il possibile per localizzare Trinity. A parte questo, c'è anche un'altra cosa di cui devo parlare con voi...» e raccontò del messaggio nascosto che Trinity aveva lasciato all'interno della Fiat.

«Perché avrebbe scritto "Vanessa"?» si chiese Christian.

«Speravamo che foste voi a dircelo.» rispose Josie.

Christian e Shannon si guardarono l'un l'altro, poi si rivolsero a Patrick, che alzò le spalle. Tornando a guardare Josie, Shannon disse: «Tesoro, mi dispiace ma non sappiamo perché l'abbia fatto. Non ti ha mai chiamata Vanessa. Si è sempre riferita a te chiamandoti Josie. Perché è questo il tuo nome... Josie.»

Josie sentì l'ansia attenuarsi leggermente. Non si aspettava che sua madre lo capisse e si sentì rincuorata dalle parole di Shannon.

«Pensateci un po'.» li invitò allora. «Forse vi verrà in mente. Lasciatemi mandare un messaggio a Gretchen, così le chiedo di mandarmi le foto che ha fatto dell'interno della portiera.»

Mandò il messaggio e poi si rivolse di nuovo ai Payne. «Abbiamo un mandato per il contenuto del suo telefono, ma potrebbe volerci un po' per ottenere il permesso di accedervi. Le cose sarebbero più veloci se avessi il vostro consenso a esaminarlo. Siete i suoi parenti più stretti.»

«Naturalmente.» rispose Christian. «Tutto quello che dovete fare.»

«Grazie.» disse Josie. «Il suo telefono è protetto da un codice PIN. Qualcuno di voi lo conosce, per caso?»

Christian e Shannon si guardarono l'un l'altro, con espressioni tese.

«Io no.» rispose Shannon.

«Avete provato con il suo compleanno?» chiese Christian.

«Possiamo provarci.» disse Josie. «Ma non credo che userebbe una cosa così semplice. La sua data di nascita è di dominio pubblico, soprattutto dopo che la nostra storia delle gemelle separate è stata divulgata in televisione. A quel punto l'accesso al telefono sarebbe un gioco da ragazzi per chiunque riuscisse a metterci le mani sopra. È una celebrità, quindi la privacy è importante per la sua sicurezza personale.»

«È il giorno in cui voi due vi siete ricongiunte.» disse a un tratto Patrick.

Si voltarono tutti e tre a guardarlo. Posò il telefono sul tavolo e si scosse i capelli dagli occhi.

«Come fai a saperlo?» chiese Shannon.

Patrick alzò gli occhi al cielo. «Perché me l'ha detto lei. L'ultima volta che è stata a casa aveva un virus nel telefono. Mi ha chiesto di aiutarla a eliminarlo. Ho dovuto fare un ripristino delle impostazioni di fabbrica e poi scaricare tutti i suoi contatti, reinstallare le applicazioni e tutte le altre funzioni. Una volta finito, le ho detto che doveva reimpostare il codice di accesso, lei lo ha inserito e poi ha detto: "È il giorno in cui io e Josie ci siamo riunite."» Incrociò lo sguardo di Josie e aggiunse: «È stata una cosa importante per lei, sai?»

Il cuore di Josie saltò un battito. «Lo so.» disse. «Anche per me è stata una cosa importante.»

Pensò alle domande che Trinity le aveva fatto prima di lasciare casa sua. *Sai qual è stata la cosa più bella che mi sia mai capitata? Sai qual è stata la cosa più brutta che mi sia mai capitata?*

«Il giorno in cui vi siete ricongiunte?» chiese Christian. «Ma vi conoscevate già da anni prima che si scoprisse la verità...»

«Giusto.» disse Josie. «Ma l'abbiamo scoperto nel marzo di tre anni fa.»

Poi si rivolse a Patrick per chiedergli: «Sai se intendeva il giorno in cui siamo state salvate nella foresta o il giorno in cui abbiamo ricevuto i risultati del DNA?»

«No, non lo so.» disse Patrick. «Quale dei due ti è sembrato più significativo?»

Un brivido le salì lungo la schiena. Ricordava la prima volta che ne avevano parlato, della possibilità che fossero sorelle. Erano entrambe legate e tenute prigioniere da una pazza. Poco dopo, Trinity era stata portata nel bosco per essere giustiziata. Il figlio dei vicini l'aveva aiutata a liberarsi, in modo che potesse andare a cercare la sorella. «Il giorno della foresta.» disse. «Ma non ricordo la data esatta.»

«È possibile che sia nei vostri rapporti della polizia?» chiese Christian.

«Sì.» rispose Josie. «Buona idea.» In quel momento il suo telefono squillò. Era Gretchen, che le inviava le foto del messaggio che Trinity aveva lasciato sulla portiera dell'auto. Josie ne visualizzò una e la mostrò ai Payne. All'inizio nessuno dei tre parlò. Poi, alla fine, Christian disse: «Cosa c'è scritto sotto al nome?»

«Non lo sappiamo.» disse Josie. «Forse aveva iniziato a scrivere qualcos'altro ma non ha avuto il tempo di finire...»

Rimase solo il silenzio. Nessuno azzardò un'ipotesi su cosa Trinity avesse cercato di comunicare con quegli strani simboli. «C'è un'altra cosa che vorrei farvi vedere.» Tirò fuori una foto del pettine e la fece passare. «Questo è stato lasciato a casa mia nelle prime ore del mattino, prima che Trinity partisse. È successo un mese fa. È arrivato in una scatola avvolta in una semplice carta marrone con il suo nome scritto sopra. L'ha aperta, ci ha guardato dentro e poi è partita. Non sapevo cosa ci fosse nella scatola finché la nostra Squadra di Raccolta delle Prove non l'ha trovata nella sua valigia. Ovviamente lo faremo analizzare, ma mi chiedevo se avesse un significato per qualcuno di voi.»

Lo studiarono attentamente. Dopo un po', Patrick disse:

«Ha un aspetto familiare.» Shannon e Christian si voltarono verso di lui. Shannon gli rivolse un sorriso esitante. «Familiare? E come? Lo sai che questo non è affatto nello stile di tua sorella!»

Lui alzò le spalle. «Non ho detto che lo indosserebbe. Ho solo detto che mi sembra familiare per qualche motivo.»

«L'hai già visto da qualche parte? O hai visto qualcosa di simile?» indagò Josie.

Lui la guardò negli occhi. «Non me lo ricordo proprio.»

«Figliolo, questo è importante.» sottolineò Christian. «Se hai già visto questo pettine, dobbiamo saperlo.»

Patrick fece un passo indietro. «Papà, te l'ho appena detto! Non me lo ricordo.»

«Tua sorella è nei guai, Patrick!» continuò Christian.

«Non mi stai ascoltando, papà...» ribatté Patrick. «Pensi che non sia preoccupato per lei?» chiese puntandosi un dito al petto. «Pensi che non mi importi? Io le sono più vicino di voi.»

Josie abbassò la voce, cercando di rendere il suo tono rassicurante. «Patrick, quand'è stata l'ultima volta che ti sei messo in contatto con Trinity?»

Lui lanciò un'occhiata al padre. «Poco più di un mese fa. È stato appena prima che affittasse la baita, ma stava ancora a casa vostra. Ci siamo incontrati al bar del campus.»

Non l'avevano nemmeno invitata. Questo fu il primo pensiero di Josie, sciocco e infantile date le circostanze. Tuttavia, come se le leggesse nel pensiero, Patrick disse: «Tu avevi qualche indagine. Trinity era parecchio sconvolta, sai, per la sua situazione al lavoro e tutto il resto. Immagino che avesse solo bisogno di compagnia.»

«Di cosa avete parlato?» gli chiese Shannon.

«Niente di specifico.»

Josie notò una vena che pulsava sulla fronte di Christian. «Di cosa avete parlato?» gli chiese a denti stretti.

Josie si mise tra padre e figlio prima che Patrick avesse il tempo di rispondere, prima che la situazione cominciasse a degenerare. Non aveva mai assistito a una tale tensione tra loro due prima di allora. Si rivolse verso Patrick e gli disse: «Ti ha detto niente riguardo a qualcuno che le dava fastidio? Qualcuno che la pedinava? Ha mostrato segni di preoccupazione per qualcosa? Oltre ad aver perso il suo posto alla rete, intendo...»

«Mi ha soltanto detto che pensava di aver trovato una storia interessante, che pensava di essere riuscita a entrare in contatto con una fonte importante, ma che la cosa non sembrava andare a buon fine. Era piuttosto delusa. Ha detto che sarebbe stata più grande della storia dello stalker di Mila Kates.»

«Ti ha detto, a grandi linee almeno, di che storia voleva occuparsi?» continuò Josie.

«No, non ha voluto parlarne. Gliel'ho chiesto, ma mi ha detto solo che si trattava di un caso irrisolto.»

«Quale caso irrisolto può essere più sensazionale della storia dello stalker di Mila Kates?» si intromise Shannon. «È successo in tempo reale!»

«Non ne ho idea!» protestò Patrick. «Però lei ha detto che non solo avrebbe risolto il caso, ma che ne avrebbe fatto parte. Non ho capito bene cosa intendesse dire, ma ogni volta che provavo a chiederglielo mi diceva di lasciar perdere perché tanto non ci sarebbe riuscita.»

«Le sue ricerche erano nelle scatole che aveva con sé...» disse Josie ai genitori. «Non erano nella sua auto o nella baita. Pensiamo che la persona che l'ha rapita abbia preso anche quelle. La sua assistente potrebbe aiutarci a capire cosa contenevano, o almeno cosa conteneva una delle due. Dovrebbe arrivare a momenti.»

Josie si voltò verso la porta della sala conferenze e Christian si mise al suo posto davanti al figlio, guardandolo negli occhi. «Perché Trinity ha detto a te tutte queste cose?»

«Christian!» lo riprese Shannon, con un tono di avvertimento.

«Perché sono suo fratello.» rispose Patrick semplicemente ma con tono esasperato.

«Ma tu sei solo un...» cominciò a dire il padre.

«Christian, basta così!» lo ammonì Shannon.

Il volto di Patrick divenne cremisi. «Solo un ragazzo? È questo che stavi per dire, papà?» chiese, pronunciando la parola "papà" con enfasi sarcastica.

«Non è il momento.» li avvertì Shannon, guardando dall'uno all'altro.

«Ora sono un adulto, papà.» riprese Patrick rivolto a suo padre. «Non che tu lo sappia o che ti interessi.» E, detto questo, lasciò la stanza.

Shannon si scagliò immediatamente contro il marito. «Ma cosa ti è preso, eh? Nostra figlia è scomparsa e tu ti metti a litigare con Patrick?»

«Non stavo litigando!» esclamò Christian.

«Oh, sì invece!»

«Sai cosa? Devo fare qualche telefonata!» e anche lui uscì infuriato, dirigendosi nella direzione opposta a quella di Patrick.

Rimasta sola con Josie, Shannon si strinse le braccia in vita e non poté trattenere le lacrime. Josie si spostò all'estremità del tavolo e prese una confezione di fazzoletti che porse alla madre.

«Mi dispiace.» disse Shannon, prendendo un fazzoletto e asciugandosi gli occhi. «È un po' che non vanno d'accordo... beh, praticamente da quando Patrick ha raggiunto la pubertà.»

«Non preoccuparti.» disse Josie.

«Ci sono quattordici anni tra voi ragazze e Patrick. Quando Patrick era un bambino, abbiamo avuto problemi con Trinity perché gli parlava di argomenti da adulti, gli faceva vedere film inadatti alla sua età, gli dava libri che era troppo piccolo per leggere.»

Josie rise. Non era difficile immaginarsi Trinity che faceva cose del genere. Aveva notato fin dall'inizio che aveva un legame molto speciale con il loro fratellino e le faceva un po' male il fatto di non avere lo stesso rapporto con lui. Anzi, non aveva praticamente alcun rapporto con lui. Era già un adolescente quando era rientrata nella loro vita e aveva una certa difficoltà a trovare argomenti in comune con Patrick. Invece, Trinity aveva una storia comune con lui.

«Però, Patrick ha ragione.»

«Sono molto uniti.» convenne Shannon. «Lo so. Lo sono sempre stati. Trinity lo adora. Era così eccitata quando le dicemmo che avrebbe avuto un fratellino. Non vedeva l'ora che arrivasse. Mi ha aiutata ad accudirlo e, man mano che cresceva, gli ha dedicato sempre più attenzioni. Aveva sempre...» Shannon non riuscì a finire.

«Aveva sempre? Cosa?» la incoraggiò Josie.

Shannon prese un altro fazzoletto per asciugarsi un'altra ondata di lacrime che le scendevano sulle guance. «Aveva sempre voluto un fratello. Non le avevamo mai tenuto nascosto di te e si è sempre sentita tradita dalla tua... morte.»

«Non me lo avevate mai detto.» disse Josie.

«Beh...» disse Shannon, facendo un profondo sospiro. «Perché avremmo dovuto? Ricordi come eravamo tutti sopraffatti quando ci siamo riuniti? Se ti ricordi, sono stata io a suggerire di ripartire dal punto in cui ci siamo ritrovati, anziché cercare di recuperare il tempo perduto.»

VENTUNO

Josie disse a Shannon che potevano stare a casa sua e di Noah in attesa di notizie, ma lei insistette per rimanere alla centrale per il momento e Josie le offrì la possibilità di rimanere nella sala conferenze per tutto il tempo che volevano. Tornò al piano superiore nella sala grande, rincuorata di vedere Mettner alla sua scrivania, intento a scorrere alcuni documenti sul suo computer.

«Hai niente?» chiese Josie avvicinandosi.

«Questo è il download del portatile di Trinity.» Mettner emise un lungo sospiro, mentre cliccava ripetutamente sul mouse. «C'è un sacco di roba qui. E non lo dico per dire: è veramente un sacco di roba. Immagino che siano appunti e ricerche su ogni servizio che ha coperto.»

«Niente nella posta elettronica?» gli chiese.

«Le e-mail non sono salvate sul portatile, quindi niente. Però se ha salvato il login alla sua casella di posta elettronica sul portatile dovremmo riuscire ad aprirla e allora dovrebbe bastare accedervi dal browser o dall'applicazione.»

«E hai già provato a entrarci?»

Mettner smise di scorrere e guardò Josie. «Richiede il riconoscimento facciale per aprirlo.»

Josie sorrise. «In questo posso aiutarvi io.»

«Prima aiutaci a entrare nel suo telefono, ti dispiace?» disse Gretchen. «Abbiamo dovuto metterlo in carica perché era scarico. Ora dovrebbe esserci abbastanza energia per poterlo accendere.» Si alzò e recuperò il telefono di Trinity dalla scrivania, consegnandolo a Josie.

Josie lo mise accanto alla tastiera mentre usava il computer per accedere ai rapporti della polizia sul caso di Belinda Rose, in occasione del quale si erano riunite tre anni prima. Nei rapporti ci sarebbe stata scritta la data esatta che Trinity aveva usato come codice di accesso del telefono. Ci vollero alcuni minuti di ricerca per trovare la data in cui lei e Trinity avevano discusso per la prima volta della possibilità di essere sorelle. 23 marzo 2017. Josie prese il telefono e digitò 03232017. Codice di accesso errato. Provò altre varianti prima di trovare quella corretta: 32317.

Lo schermo si animò, lo sfondo si illuminò con una foto di Trinity seduta al suo posto alla scrivania di conduttore del programma mattutino del suo network. Trinity era stata ripresa di tre quarti, quindi non guardava direttamente la persona che l'aveva scattata, probabilmente la sua assistente. Sorrideva con sicurezza alla telecamera dello studio, accanto a un gobbo, schiena dritta, gambe incrociate all'altezza delle caviglie. Indossava un tubino aderente di colore rosa tenue con tacchi a spillo rosa pallido in tinta. Come sempre, i capelli e il trucco erano impeccabili.

Chiunque altro avrebbe potuto pensare che, avendo una sua foto come sfondo del cellulare, Trinity fosse una narcisista e Josie sapeva bene quanto poteva sembrare egocentrica, ma se si guardava più a fondo, si capiva che era solo la sua ambizione a farla sembrare tale. Era il suo impulso, puro e semplice. Nelle ultime sei settimane, Trinity era precipitata in caduta libera, aveva messo a rischio non solo il suo lavoro, ma anche la sua identità. Quella foto era Trinity nel suo elemento, al massimo delle sue possibilità. Serviva a ricordarle che ci era già stata una volta e che poteva tornarci. Anche se non ci credeva. Le icone del telefono e dei messaggi avevano diverse notifiche in sospeso. Josie le ignorò e cercò prima tra i contatti di Trinity il nome di Nicci Webb. Non c'era. Allora tirò fuori la cronologia delle telefonate e scorse a ritroso di un mese, trovando le chiamate in entrata e in uscita di Shannon e Jaime, l'assistente di Trinity. C'erano due chiamate al suo co-conduttore, Hayden Keating, e due chiamate a una persona elencata nei suoi contatti semplicemente come Drake. L'ultima chiamata era stata fatta solo pochi giorni prima che Trinity facesse i bagagli e lasciasse la baita. Josie non aveva idea di chi fosse. Chiuse l'elenco delle chiamate e aprì quello dei messaggi.

C'erano messaggi di quattro mesi prima tra lei e Drake, la maggior parte dei quali erano brevi e riguardavano il momento e il luogo in cui incontrarsi. C'era un unico messaggio da Trinity a Drake, una settimana prima che Trinity lasciasse la rete per Denton, che faceva suggeriva la natura della loro relazione. *Ieri sera è stato fantastico.* Pochi minuti dopo, Drake aveva risposto: *Rifacciamolo presto.*

Allora Trinity si vedeva con qualcuno?

Josie non vide Patrick mentre tornava al secondo piano. Non aveva idea se fosse ancora nell'edificio o se fosse tornato al campus, così gli mandò un messaggio: *Trinity ti ha mai parlato di un ragazzo di nome Drake?*

La sua risposta arrivò nel giro di pochi secondi: *No, non me ne ha mai parlato.*

Trovò Shannon e Christian nella sala conferenze e lo chiese anche a loro, ma non avevano mai sentito Trinity parlare di qualcuno con quel nome. Tornata al piano di sopra, cercò il numero di telefono di Drake in uno dei loro database, ottenendo anche il nome completo, l'età e l'indirizzo. Drake Nally, trentasette anni, residente a New York. Cercò altre informazioni su di lui, ma non trovò niente di utile.

«Hai trovato qualcosa nel telefono?» le chiese Gretchen.

Josie fece un resoconto a Gretchen e a Mettner di quello che aveva scoperto. «Lo chiamo io. Vediamo cosa può dirmi. Potrebbe non essere nulla, ma a questo punto vale la pena di tenere conto di ogni dettaglio.»

Mettner annuì. Josie usò il telefono di Trinity per chiamare. Al sesto squillo rispose una voce maschile. «Trinity!» disse. «Non ho cambiato idea.» Per una frazione di secondo, Josie considerò l'idea di impersonare la sorella; ma non fece in tempo a balenare in testa che le passò subito di mente, e optò per: «Drake Nally? Sono la sorella di Trinity, la detective Josie Quinn.»

Un attimo di silenzio.

«Sì, la conosco.» disse. «Trinity parla sempre di lei. Come mai ha il suo telefono? Trinity sta bene?»

«Ha guardato il notiziario oggi, Mr. Nally?»

«No, sono stato tutto il giorno in riunione. Perché? Che cosa è successo? È tutto a posto?»

«Come fa a conoscere Trinity, Mr. Nally?» chiese Josie.

Lui emise un verso di frustrazione. «Agente Nally.»

«Mi scusi, come?»

«Agente speciale Nally. Sono un agente dell'FBI dell'ufficio di New York. So chi è lei e so cosa sta cercando di fare, quindi, mi permetta di farle risparmiare tempo. Io e Trinity ci siamo conosciuti l'anno scorso mentre lei si occupava di un servizio. Ci siamo frequentati, per così dire, negli ultimi mesi. Se lei non sapeva niente significa che non le ha parlato di me. Se mi sta chiamando dal suo telefono per avere informazioni da me, allora le è successo qualcosa di brutto. Ci terrei davvero a sapere cosa.»

Josie fece un respiro profondo. «Se sa cosa sto cercando di

dire, allora sa che dovrò verificare la sua identità prima di darle qualsiasi informazione.»

Dal suo tono trapelò una rabbia tenuta a malapena sotto controllo. «Il mio superiore in comando è Erin Bacine.»

«Mi serve un minuto.» disse Josie. «Nel frattempo, dia un'occhiata al notiziario.»

Mise il telefono in muto e lo posò sulla scrivania. Le ci volle un quarto d'ora per avere conferma dal superiore in comando presso l'ufficio dell'FBI di New York che l'agente speciale Drake Nally era davvero chi diceva di essere. Quando prese di nuovo il telefono di Trinity, riattivò il microfono e Nally disse: «Ho visto il notiziario. Mi mandi un messaggio con l'indirizzo della sua stazione. Sarò lì in serata.»

«Agente Nally...» disse Josie, «ho davvero bisogno che lei risponda ad alcune...»

«Sì, lo so.» disse lui. «Avrà modo di fare le sue domande, ma è una cosa di cui dobbiamo discutere di persona. Sto arrivando.»

Detto questo riattaccò.

VENTIDUE

Josie rimase a lungo a fissare il telefono dopo che Drake ebbe riattaccato. Non stava venendo alla stazione di polizia solo perché aveva avuto una qualche relazione con Trinity. Si trattava di qualcosa di completamente diverso. Controllò l'ora sul telefono. Erano le otto di sera passate e lui si era messo in macchina per venire direttamente a Denton. Le parole "È una cosa di cui dobbiamo discutere di persona" non avevano mai avuto un suono così inquietante. Aggiornò Mettner e Gretchen. Poi, sempre dal telefono di Trinity, mandò a Drake un messaggio con l'indirizzo della centrale di polizia di Denton. Sobbalzò quando sentì una mano sulla spalla.

«Sono solo io.» disse Noah.

Josie lo guardò e cercò di sorridere.

«Lisette è di sotto, nella sala conferenze, insieme a Shannon e Christian. Tuo fratello è tornato al dormitorio dell'università.»

Josie si alzò. «Grazie. Vado a parlarle.»

«Forse è meglio che aspetti...» disse Noah. «Mett, Gretchen? L'assistente di Trinity è appena arrivata. È giù nell'atrio. Ho detto al sergente Lamay di metterla nella stanza degli interrogatori numero uno.»

I due detective si alzarono in piedi, Gretchen prendendo il suo blocco note e la penna e Mettner il suo telefono. «Volete assistere dalla sala di sorveglianza?» chiese Mettner. «Visto che non è una sospettata, non mi sembra il caso che entriamo tutti e quattro, dobbiamo solo farle qualche domanda. In questo momento, in meno è meglio, secondo me.»

Noah gli rivolse un pollice in su. Appoggiò una mano sulla spalla di Josie e seguirono i colleghi lungo il corridoio, entrando nella piccola anticamera accanto alla stanza degli interrogatori, dove un grande schermo televisivo mostrava una giovane donna dai lunghi capelli biondi, vestita elegantemente con jeans attillati, stivali di pelle alti fino al ginocchio e un maglione marrone di cashmere abbinato. Si era appoggiata al bordo del tavolo all'interno della stanza, con la testa china sul telefono e le dita curate che battevano sullo schermo. Josie l'aveva incontrata solo una volta, un anno prima, ed era in preda ai postumi di una sbornia troppo forte per poter ricordare altri dettagli della sua fisionomia, a parte il fatto che doveva avere una ventina d'anni e che Trinity probabilmente la faceva lavorare troppo. All'epoca, Josie stava seguendo una pista per un caso di omicidio, aveva incontrato il suo ex fidanzato e si era ubriacata, e Trinity si era addentrata tra le montagne per recuperarla, portando con sé la sua assistente perché riportasse la sua auto fino a Denton.

Gretchen e Mettner entrarono nella stanza degli interrogatori e la giovane donna si diresse con sicurezza verso di loro, allungando la mano con cui non teneva il telefono prima verso Gretchen e poi verso Mettner. «Jaime Pestrak.» si presentò. «Il vostro collega vi ha detto che sono l'assistente di Ms. Payne, vero?»

«Certo.» le assicurò Mettner. «Grazie per essere venuta. Prego, si accomodi.»

Fece le presentazioni per sé e per Gretchen e si misero tutti e tre a sedere attorno al tavolo. Jaime tenne il telefono davanti a sé, rispondendo di tanto in tanto alle notifiche mentre Mettner cominciava a farle una serie di domande.

«Da quanto tempo lavora per Trinity... per Ms. Payne?»

«Da tre anni.»

«È l'unica persona con cui lavora alla rete?» chiese Gretchen. «Oppure è l'assistente di qualche altro conduttore?»

Jaime si scostò i lunghi capelli biondi dalle spalle e li sprimacciò rendendoli più vaporosi. «Solo per Trinity.»

«Quando è stata l'ultima volta che si è messa in contatto con lei?» chiese Mettner.

Avevano già verificato le ultime chiamate e gli ultimi messaggi dal telefono di Trinity alla sua assistente, ma Mettner voleva avere conferma da lei. «È successo all'incirca un mese fa. Mi ha mandato un'e-mail. A proposito, ho trovato il nome della giornalista di cui Trinity mi aveva chiesto di spedirle il dossier. Codie Lash. Un tempo occupava la posizione di Trinity.»

«Trinity l'ha sostituita?» chiese Gretchen.

Jaime diede un rapido colpetto sullo schermo del telefono e lo fece scorrere. «No. Codie Lash c'era prima che arrivasse lei. È stata uccisa.»

Nella sala delle telecamere a circuito chiuso, Josie e Noah si scambiarono un'occhiata e lei tirò fuori il telefono per cercare su internet "Codie Lash conduttrice". I risultati della ricerca mostrarono una serie di immagini di una donna sulla quarantina con capelli castani corti e un sorriso da copertina e subito sotto un lungo elenco di titoli, che riportavano tutti la stessa cosa: *la pluripremiata giornalista Codie Lash è stata uccisa mentre si recava a un gala di beneficenza.*

Josie cliccò sul primo link e scorse rapidamente l'articolo, mentre Mettner e Gretchen continuavano a porre domande a Jaime. C'era un video sgranato in bianco e nero di Codie e di un uomo che venivano fronteggiati da un altro uomo in felpa con cappuccio su un marciapiede. Sembrava la ripresa di una telecamera di sorveglianza dall'altra parte della strada. Josie strizzò gli occhi sullo schermo, ma il volto dell'aggressore non era visibile e il video terminava prima ancora che l'aggressione avesse luogo.

«Com'è stata uccisa?» chiese Mettner. «Lo sa?»

«Non ne sono sicura. In realtà non so niente di lei, a parte quello che vi ho appena detto.»

Secondo l'articolo di cronaca che Josie aveva appena aperto, Codie Lash, insieme al marito, era stata uccisa durante una rapina a New York sei anni prima. Probabilmente al tempo Jaime era ancora alle superiori. Non c'era da stupirsi che non ricordasse e che non le importasse di conoscere i dettagli. Intanto, Jaime continuava: «Trinity mi ha chiesto di vedere se i suoi effetti personali fossero ancora in giro per la redazione del notiziario. Mi ci sono volute un po' di ricerche, ma alla fine ho trovato una scatola contenente le cose rinvenute quando avevano ripulito il suo ufficio dopo la sua morte. A quanto pare, non è mai venuto nessuno a reclamare i suoi effetti personali e chi lavorava con lei all'epoca non era riuscito a buttarli via, quindi l'avevano conservata nell'armadio di uno dei camerini.»

«Quindi Trinity le ha chiesto di mandarle quella scatola?» chiese conferma Mettner.

«Sì. Non so perché, però. Non gliel'ho chiesto. Probabilmente non me lo avrebbe detto comunque. Aveva sempre il timore di venire scavalcata quando scopriva qualcosa che pensava avesse una certa importanza. E faceva così anche dopo che essere diventata conduttrice.»

«Si ricorda cosa c'era in quella scatola?» chiese Gretchen.

«Solo un mucchio di vecchie cose. Alcuni premi che aveva vinto, un maglione, alcuni dei suoi vecchi appunti, alcuni articoli per i capelli, un paio di scarpe. Insomma, oggetti qualunque.»

«Oltre agli appunti, c'erano documenti di qualche tipo? Delle fotografie?»

Jaime scosse la testa. «Non mi sembra. Oh, beh, c'era una

foto di lei e suo marito, una foto incorniciata. Almeno, immagino che fosse suo marito. Ma non ne sono del tutto sicura.»

«Le ha mandato la scatola con tutto il contenuto?» chiese Mettner. «Non c'era niente in particolare che Trinity stesse cercando?»

«Non me l'ha detto.» rispose Jaime. «Voleva solo quello che riuscivo a trovare.»

«Si è fatta qualche idea sua su cosa stesse cercando tra le vecchie cose di Codie Lash?» chiese Mettner.

Di nuovo, l'attenzione di Jaime si spostò sul suo telefono. Lo prese, lo scorse, scrisse qualcosa, poi lo ripose sul tavolo e si voltò di nuovo verso Mettner e Gretchen. «Cosa cerca Trinity in ogni circostanza? Una storia. È tutta presa dalle storie. Anche ora che è conduttrice, cioè co-conduttrice, non dovrebbe necessariamente occuparsi delle storie, ma è come se ne fosse ossessionata. Ha sempre paura che gliele portino via. Beh, credo che stavolta sia così.»

«Per il commento che ha fatto su quella studentessa del college?» chiese Gretchen.

«Sì, e perché il network sta cercando di accaparrarsi Mila Kates. Sapete chi è, vero?»

Lo sapevano perché Josie glielo aveva raccontato. Annuendo, Mettner disse: «Trinity stava lavorando a un servizio su Codie Lash? Se tra i suoi effetti personali c'erano dei premi ed era stata la co-conduttrice del programma mattutino, Codie Lash doveva essere una professionista piuttosto affermata.»

«Mi ricordo di lei.» aggiunse Gretchen. «Aveva molto successo ed era particolarmente benvoluta. La notizia della sua uccisione fu accolta come una tragedia.»

«Trinity stava preparando un servizio sulla sua vita o sulla sua morte? di Codie Lash?» chiese Mettner.

Jaime alzò le spalle. «Non lo so. Come ho detto, probabilmente non me ne avrebbe messo a parte in ogni caso. È un buon capo, ma non scherzo quando dico che va fuori di testa per le sue storie.»

Gretchen si picchiettò il mento con il cappuccio della penna, la sua espressione si fece piuttosto corrucciata. «Non si fidava di lei? Della sua stessa assistente?»

Jaime alzò gli occhi al cielo. «Non si fidava di nessuno! Probabilmente si fidava di me più che di tutti, ma non abbastanza da lasciarmi partecipare a quello a cui stava lavorando in un dato momento. Aveva anche uno stupido codice che utilizzava per prendere appunti e che solo lei capiva in modo che nessuno avrebbe avuto idea di cosa aveva scritto se li avesse letti.»

«Un codice segreto?» chiese Mettner. «Per caso sembravano linee e ghirigori senza senso?»

«Sì, qualcosa del genere.»

Josie si alzò in piedi, pronta a correre nella sala interrogatori, ma Noah la trattenne afferrandola per un avambraccio. «Le faranno vedere la foto.» la rassicurò. Infatti, vide che Gretchen aveva già inforcato gli occhiali da lettura e stava tirando fuori il cellulare per cercare la foto dell'interno della portiera dell'auto di Trinity da mostrare a Jaime. «Guardi sotto il nome. Assomigliano a questo?»

Jaime scrutò la foto, con le labbra arricciate all'ingiù. «Sì, ci assomiglia.»

«Saprebbe interpretarlo?» le chiese Mettner.

«Il codice? No. Non ho mai capito cosa diavolo volesse dire quando lo usava. La prendevo in giro dicendo che scriveva in geroglifici. Era una specie di linguaggio stenografico o un codice del genere.»

«È qualcosa che ha inventato lei stessa?» chiese Gretchen.

«Non lo so, ma conoscendo Trinity, non è da escludere. Ma, scusate, questo l'ha fatto all'interno della sua auto?»

«Esatto.» disse Mettner. «La nostra Squadra di Raccolta

delle Prove l'ha trovato quando hanno usato la polvere magnetica fluorescente per rilevare le impronte latenti.»

Jaime indicò la foto. «Lo sapete che Vanessa è sua sorella, vero? Il suo nome adesso è Josie, ma alla nascita i genitori l'avevano chiamata Vanessa.»

«Sì, lo sappiamo.» disse Mettner.

«Josie è qui?»

Gretchen si girò e guardò la telecamera, annuendo impercettibilmente. Nel giro di un attimo Josie entrò nella stanza e si fermò davanti a Jaime, in piedi.

«Ehi.» la salutò Jaime. «Hai un aspetto migliore dell'ultima volta che ti ho vista.»

«Grazie... me lo auguro.» disse Josie. «Jaime, da quanto tempo Trinity ha cominciato a usare il suo codice segreto per prendere appunti?»

«Da quando la conosco.»

Josie tirò fuori il suo telefono e recuperò la foto di Nicci Webb. «Riconosci questa donna?»

«No, mi dispiace. Non la riconosco. Chi è?»

«Si chiama Nicci Webb. Ti suona familiare questo nome?» «No.» rispose Jaime. «Che cosa ha a che fare con la scomparsa di Trinity?»

Josie ignorò la domanda e ne pose un'altra. «Trinity ti ha mai parlato di un certo Drake?»

«L'agente dell'FBI? Non ne ha parlato molto, ma so che per un po' sono stati molto intimi.»

«Come fa a saperlo?» chiese Mettner.

Un'altra alzata di occhi. «Sono la sua assistente, ricordate? Ho accesso a quasi ogni aspetto della sua vita.»

«Trinity ha degli amici che potrebbero sapere a cosa stava lavorando?» chiese Gretchen.

«"Amici"? Trinity non aveva tempo per gli amici. Per lei sei o uno di famiglia, o un collega, o una fonte.»

Josie posò un palmo sul tavolo e si avvicinò a Jaime. «Oltre al materiale su Codie Lash, Trinity ti ha chiesto qualcos'altro da quando è venuta a stare qui?»

«No.»

«Aveva con sé un'altra scatola. Pensiamo contenesse dei documenti. Hai idea di cosa potessero riguardare?»

«No, mi dispiace.»

«Hai detto che stava lavorando a una storia importante. Te ne ha parlato?»

«No, ma non ha più avuto contatti con me da quando l'emittente l'ha bandita. Come ho detto, mi ha contattata solo per chiedermi di procurarle gli effetti di Codie Lash.»

«Jaime, sa dirci se c'era qualcuno che importunava Trinity?» chiese Gretchen.

«Che io sappia no, nessuno.»

«Crediamo che Trinity sia stata rapita.» disse Mettner. «E inoltre, crediamo che chiunque sia stato si sia portato via anche la scatola con gli oggetti di Codie Lash e l'altra scatola che Trinity aveva con sé. Ha qualche idea su chi possa averla rapita? Un'idea di chi potrebbe essere interessato al caso a cui stava lavorando?»

Jaime spostò lo sguardo sul suo telefono. Lo prese, lo scorse, scrisse qualcosa, poi lo ripose sul tavolo con un sospiro. «Non ne ho idea. Forse non te l'ha detto, ma stava per perdere il lavoro. Hayden mi ha detto che era fuori. Non so perché a qualcuno dovrebbe interessare quello a cui stava lavorando.»

«È stata molto utile, Ms. Pestrak.» disse Mettner. «Apprezziamo che sia venuta fin qui per parlare con noi, soprattutto a quest'ora.»

«Nel caso aveste ancora bisogno di me, mi trovate all'Eudora Hotel. Avete il mio numero.» rispose Jaime.

«Perché sei venuta?» sbottò Josie.

«Detective Quinn!» la riprese Gretchen.

Jaime fissò Josie, con la confusione che le disegnava una linea verticale tra le sopracciglia. «Trinity è il mio capo. Ho pensato che fosse necessario presentarmi qui. Potrebbe avere bisogno di me quando la troverete.»

«Ma hai appena detto che le hanno tolto il posto. Se è così, non ha più bisogno di te, o sbaglio?»

«Non avrà problemi a trovarsi un altro lavoro.» rispose Jaime. «Ha talento da vendere ed è molto motivata. Ho conosciuto Mila Kates, sapete. È un po' una stronza e non è neanche lontanamente in gamba quanto Trinity.»

Gretchen, forse cogliendo l'irritazione che Josie provava nei confronti della giovane assistente, che non aveva ancora mostrato alcuna preoccupazione per il benessere del suo capo, le chiese: «Trinity è stata rapita. Non è preoccupata per lei?»

Jaime guardò oltre Gretchen e incrociò lo sguardo di Josie. «Probabilmente pensi che, essendo solo una conduttrice di notiziari, non sia tosta come te, ma ti sbagli, lo è eccome. Io mi preoccuperei per la persona che è stata così stupida da rapirla.»

VENTITRÉ

Nella tromba delle scale, Josie si girò verso Noah: «Trinity è una tosta, senza dubbio, ma non sa difendersi. Al massimo potrebbe togliersi uno dei suoi tacchi a spillo e conficcarlo in un occhio al suo aggressore. Ma a parte questo, ho i miei seri dubbi sulla fiducia di Jamie nelle capacità di mia sorella.»

Noah fece una smorfia. «È una bella immagine, ti ringrazio davvero. Però Jaime ha ragione su una cosa: Trinity è in gamba. Approfitterà di qualsiasi soluzione riesca a escogitare per rimanere in vita.»

Sbucarono al primo piano e si diressero verso la sala conferenze. Oltre le porte videro Lisette Matson, appoggiata con tutto il suo peso al deambulatore mentre parlava con Shannon e Christian. Quando entrarono, Lisette si girò, diede una spinta al deambulatore e si diresse verso Josie, allontanando Noah dal suo cammino. I suoi morbidi riccioli grigi rimbalzavano mentre avanzava e i suoi occhi azzurri si illuminarono quando sorrise alla nipote e allungò una mano nodosa che Josie accolse tra le sue.

«Grazie per essere venuta.» disse Josie con dolcezza.

«È meglio che starsene seduta con tutte quelle vecchie mummie dai capelli blu a Rockview Ridge.» disse Lisette.

Josie non poté fare a meno di ridere. «Nonna, sono abbastanza sicura che tu sia una delle più anziane in quel posto.»

«Di testa ho ancora vent'anni, tesoro.» Lisette sapeva bene che non doveva chiedere a Josie come se la stesse cavando o offrire troppo conforto. Non c'era nessuno al mondo che conoscesse Josie meglio di sua nonna Lisette. Sapeva che la cosa più importante per sua nipote in quel momento era mantenere la concentrazione per assistere al meglio la sua squadra nelle indagini sulla sorella. «Ho sentito che qui c'è un caffè vagamente decente.» aggiunse Lisette. «Perché non mi porti a prenderne una tazza?»

Josie le rispose con un sorriso. «Andiamo.» disse. «La sala ristoro è in fondo al corridoio. Intanto, Noah può aggiornare Shannon e Christian su quanto abbiamo appena scoperto dall'assistente di Trinity.»

Accompagnò la nonna alla sua andatura finché non arrivarono a una stanzetta dotata di un cucinotto e completa di lavandino, frigorifero, un assortimento di piccoli elettrodomestici e un lungo tavolo circondato da alcune sedie. Era vuota, ma Josie sentì l'odore del caffè appena fatto ancora prima di varcare la soglia. Lisette si sedette al tavolo mentre Josie metteva la macchina in funzione. Poi le si sedette di fronte e spinse la tazza verso di lei.

«Questo dimostra che sei cresciuta.» osservò Lisette.

«Come sarebbe?» chiese Josie, bevendo un sorso.

«Che hai mandato Noah a prendermi. Che mi volevi qui come supporto morale. Di solito, quando succede qualcosa, sono l'ultima a saperlo. Sono orgogliosa di te, Josie.»

«Grazie.»

Prima che il momento potesse diventare troppo carico di emozioni, Lisette andò subito al sodo. «Hai idea di chi abbia rapito tua sorella?»

«No.» ammise Josie. «Non conosco Trinity così bene, nonna. Siamo sorelle, è vero, e negli ultimi tre anni abbiamo trascorso insieme tutto il tempo possibile, per quanto le nostre carriere ce l'abbiano permesso, però nonna...»

«La conosci quanto basta, Josie.»

Josie abbassò la voce. «No, non direi. So come prende il caffè. Conosco il suo ristorante preferito. So che pesa meno di me, ma mangia come un linebacker della National Football League. Sono stata nel suo appartamento. So che tiene alla sua carriera più di ogni altra cosa. Queste sono le cose che so di lei. Non è un granché. Ti rendi conto che non so nemmeno che tipo di infanzia abbia avuto?»

Lisette sospirò. «Sicuramente più felice della tua.»

«Beh, sì.» disse Josie. «È quello che ho sempre immaginato, ma come faccio a saperlo con certezza? Non mi sono mai preoccupata di chiederglielo.»

«Shannon e Christian sono brave persone.» disse Lisette.

«Non sto mica dicendo che non sono brave persone. Trinity è... sappiamo tutti che è ambiziosa... ma nonna, è ancora più chiusa e isolata di me.»

Lisette scoppiò a ridere. «Sono contenta che tu abbia capito questo di te stessa. Come ho detto, dimostra che sei cresciuta.»

«Sono seria, nonna. Da quando la conosco, Trinity non mi ha mai parlato di un fidanzato. Non mi ha mai detto se usciva con qualcuno. E oggi ho scoperto che negli ultimi mesi si è vista con un agente dell'FBI. Non lo sospettavo neanche.»

«Forse non è una storia seria.» argomentò Lisette. «Forse non voleva iniziare a dirlo in giro finché non avesse sentito che la cosa sarebbe andata da qualche parte.»

«Non è solo questo. Trinity non ha letteralmente amici. Nessuno. Che razza di persona non ha neanche un amico?»

Lisette allungò le mani dall'altra parte del tavolo e coprì le mani di Josie con le sue. Il calore e la familiarità del tocco della nonna placarono i nervi di Josie. «Lei ha te, tesoro.»

In un attimo riapparve il senso di colpa per l'ultimo scambio avuto con Trinity. «Non credo di contare come amica.»

«Tu dici? Era tuo il nome che ha scritto sulla portiera poco prima di essere rapita. Così mi hanno detto Shannon e Christian.»

«Non è il mio nome.» disse Josie. «Ha scritto Vanessa.»

«Perché stava cercando di dirti qualcosa, tesoro, di indicarti una direzione. Sarebbe stato molto più veloce scrivere Josie che Vanessa, ti pare? C'è qualcosa che vuole farti capire. Che cosa sa Trinity di te?»

Josie deglutì, aveva la bocca asciutta. «Sa come prendo il caffè. Conosce il mio ristorante preferito, come è fatta la mia casa, chi sono i miei amici, chi è il mio compagno. Conosce la mia storia sentimentale, soprattutto perché era presente dopo la morte di Ray e quando io e Luke ci siamo lasciati... ma come giornalista, non come sorella. Sa che ho... che ho avuto... un problema con l'alcol. Sa che tengo molto alla mia carriera...»

«Sa che sei eccezionale in quello che fai, Josie. Sa che seguirai le tracce. Sa che hai già risolto casi seguendo gli indizi più improbabili. Si fida di te affinché tu la ritrovi.»

Josie dovette sforzarsi di non far crollare la voce. «Non credo di riuscirci stavolta...»

«Sciocchezze. Pensa, Josie. Perché "Vanessa"? Cosa sta cercando di dirti?»

Josie scosse la testa. «Non lo so. Non lo so davvero, nonna.»

«Cosa evoca il nome Vanessa, Josie?»

«Non lo so. Il rapimento? La nostra famiglia? Il passato?»

«Quale di questi è più rilevante in questo caso?» la incalzò Lisette.

«Nonna, non lo so. Il rapimento, credo.»

«Solo perché è stata rapita? Troppo facile. Cos'altro evoca il nome Vanessa?»

Josie si sentiva come se stesse giocando a un gioco di cui non conosceva nemmeno le regole. «Il passato?»

«Ti sta indicando una direzione, Josie. Verso il passato. Probabilmente molto lontano nel tempo.»

«Ma non ci conoscevamo nemmeno in passato!»

Lisette si accigliò. Allora provò un'altra strada e disse: «Avete battute tra di voi? So che siete diventate sorelle solo da tre anni, ma sicuramente avrete sviluppato dei modi di comunicare esclusivi per voi due. Molte amiche hanno una sorta di linguaggio segreto.»

«Che cosa hai detto?»

«Un linguaggio segreto.» ripeté Lisette. «Un codice abbreviato per comunicare tra di voi, che solo voi due capite.»

«Noi no, ma nonna, quando ero piccola, prima che tu accettassi il lavoro alla gioielleria, eri una segretaria, vero?»

Lisette sgranò gli occhi. Allontanò le mani da Josie e le avvolse entrambe intorno alla sua tazza di caffè. «Josie, ti senti bene?»

C'era qualcosa che tormentava la mente di Josie da quando lei, Gretchen e Mettner avevano interrogato Jaime Pestrak. «È importante, nonna.»

«Stiamo parlando di Trinity, tesoro.»

«Lo so. Questo riguarda Trinity. Per quanti anni hai lavorato come segretaria?»

Lisette scrollò le spalle. «Oh, per decenni. Ho iniziato quando andavo ancora al liceo. Sai, erano gli anni Cinquanta...»

«Prima dei computer.» disse Josie.

Lisette rise. «Prima di qualsiasi tecnologia, in realtà, fatta eccezione per le macchine da scrivere.»

«Usavate la stenografia per prendere appunti, vero? Per verbalizzare le riunioni?»

«Sì, certo.» disse Lisette. «Mi ci vollero settimane per impararla. All'epoca esistevano due metodi: il Sistema Gregg e il Sistema Pitman. Io imparai il Gregg ed è quello che ho continuato a usare fino alla fine degli anni Novanta. Lo insegnavano ancora in molte scuole superiori. Almeno in quelle della Pennsylvania rurale. Poi sono arrivate molte nuove tecnologie e la stenografia è passata di moda.»

«Te la ricordi ancora?» chiese Josie, con una scarica di eccitazione che le partiva dallo stomaco e le arrivava dritta alla testa. Tirò fuori il telefono e cercò la foto del pannello della portiera.

«Sono sicura di sì.» disse Lisette. «Non so quanto riuscirei a scriverlo con questa artrite, ma l'ho usata per quarant'anni. Sono abbastanza sicura di ricordarmela. Scommetto che la biblioteca ha qualche libro che ne parla, se avessi bisogno di rinfrescarmi la memoria. Ma non capisco Josie, cosa c'entra?»

Josie girò il telefono verso Lisette. «Sotto il nome. È linguaggio stenografico?»

Lisette prese il telefono dalle mani di Josie, tenendolo con entrambe le mani che ora tremavano. Fissò la foto. «Credo di sì. A me sembra proprio il Sistema Gregg.»

Josie si sentì come se il cuore le uscisse dal petto. «Che cosa c'è scritto? Riesci a leggerlo?»

«C'è scritto, se non ricordo male, "Trova la mia agenda".»

«Trova la mia agenda?» le fece eco Josie.

Lisette la guardò con aria perplessa. «Ho qualche dubbio che sia corretto, ma mi sembra che ci sia scritto così. Deve aver sbagliato a scrivere o aver dimenticato qualche lettera.»

«Trova la mia agenda...» mormorò Josie.

«Può darsi che volesse scrivere "rubrica"?»

«No.» disse Josie. «Non agenda o rubrica. Diario.»

VENTIQUATTRO

«Stenografia?» chiese Shannon, con gli occhi spalancati.

Fissò Josie e Lisette sedute all'altro capo del tavolo nella sala conferenze. Accanto a lei, Christian le si avvicinò e le posò una mano sulla spalla, dicendo: «Trinity ha imparato la stenografia da mia madre quando aveva dodici anni.»

Shannon gli lanciò un'occhiata. «Oh, giusto, ora me lo ricordo. È stato quando tua madre si ammalò, vero?»

Josie non sapeva molto dei suoi nonni biologici. Il padre di Shannon era morto per insufficienza cardiaca solo tre anni prima che Josie scoprisse che i Payne erano la sua famiglia, mentre la madre era ricoverata in una struttura di cura specializzata per malati di Alzheimer in stadio avanzato. Josie aveva incontrato la madre di Shannon solo una volta, ma quella povera donna non aveva idea di chi fosse sua figlia, tanto meno del motivo per cui Josie si era riunita a Shannon e alla sua famiglia. Invece, per quanto riguardava i genitori di Christian, erano deceduti entrambi. Suo padre aveva prestato servizio come Marine nella guerra del Vietnam ed era morto in combattimento. Sua madre lo aveva cresciuto da sola, lavorando come assistente in un grande studio legale per mantenere lui e la sorella minore, che poi era morta di cancro decenni prima.

Christian guardò Josie. «Tua nonna, mia madre, si ammalò di cancro ai polmoni quando Trinity era in prima media. Si trasferì da noi perché potessimo occuparci di lei. Le diedero le cure migliori possibili, ma il cancro era a uno stadio troppo avanzato. I medici le dissero che le rimaneva un anno. Lei resistette diciotto mesi. Mia madre e Trinity erano molto unite, soprattutto in quell'ultimo anno di vita.»

«Non ne sapevo niente.» gracchiò Josie.

«Trinity tornava a casa da scuola e passava tutto il pomeriggio e la sera seduta in camera con lei.» aggiunse Shannon.

Gli occhi di Christian brillarono di lacrime. «Le era davvero affezionata e per mia madre questo significò molto.»

Sotto il tavolo, Josie sentì la mano di Lisette scivolare nella sua e stringerla.

«Trinity non voleva che si sentisse sola.» spiegò Shannon. «Voglio dire, non era sola, eravamo lì con lei, ma...»

Christian guardò la moglie, i cui occhi erano rivolti al tavolo. Si schiarì la gola. «Trinity aveva difficoltà a scuola. A socializzare, intendo. In particolare, in quel periodo.»

Shannon incrociò lo sguardo del marito. «Tua madre è stata la sua unica amica in quel periodo.» sottolineò.

Christian annuì arricciando le labbra. Poi, tornando a guardare Josie, disse: «Giocavano a carte e ai giochi da tavolo. Trinity le metteva in scena dei piccoli numeri di danza per cercare di farla ridere. Guardavano la televisione insieme. Mia madre le insegnò a truccarsi.»

«E le insegnò la stenografia.» aggiunse Josie.

Christian rise. «Era il loro codice segreto. Si lasciavano dei bigliettini che solo loro potevano capire.»

Josie sentì un dolore lancinante nel petto. Sapeva quanto una nonna potesse significare per una ragazza: se non fosse stato per Lisette, lei non sarebbe mai sopravvissuta alla sua infanzia, passata nelle mani della donna crudele e violenta che si era spacciata per sua madre. Lisette aveva lottato per ottenere la custodia di Josie e aveva fatto di tutto per proteggerla. Il giorno in cui Josie era finalmente andata a vivere con la nonna, in modo definitivo, era stato uno dei giorni più belli della sua vita. Aveva rappresentato un punto di svolta. Anche loro due avevano giocato a carte e a giochi da tavolo. Lisette aveva portato Josie a vivere molte avventure: in slittino, sui pattini a rotelle, in vacanze al mare, ai parchi di divertimento, ai musical di Broadway, nei musei. E sebbene non avessero un vero e proprio codice segreto, si erano godute alcuni rituali come raccogliere fiori di campo che si lasciavano l'una per l'altra nel vaso nell'ingresso di casa, cantare insieme la canzone degli U2 "Beautiful Day" quando la passavano alla radio e andare a prendere un gelato con panna montata e zuccherini, ogni volta che una delle due aveva una giornata particolarmente storta.

Josie non riusciva nemmeno a immaginare cosa le sarebbe potuto accadere se avesse perso sua nonna quando era una ragazza. Dal punto di vista emotivo, la sua situazione era già precaria. Una simile devastazione avrebbe fatto deragliare completamente la sua vita.

«Poi tua madre è morta.» disse Josie a Christian con delicatezza. «E Trinity è rimasta sola.»

Shannon e Christian si guardarono di nuovo. Shannon allungò una mano sopra quella del marito che le copriva la spalla.

«Deve essere stato devastante per lei.» disse Lisette.

Shannon annuì. «E non poco... ha sofferto molto e per molto tempo.»

«Abbiamo dovuto trovarle una terapeuta.» aggiunse Christian. «Abbiamo persino considerato l'idea di farla studiare a casa.»

«Aveva problemi a scuola?» chiese Josie. «Con gli altri ragazzini, intendo.»

«Sì.» disse Shannon. «Per quante volte ci incontrassimo con il preside o minacciassimo azioni legali contro i compagni che la maltrattavano, la cosa continuava. La situazione peggiorò dopo la morte della nonna.»

«La situazione?» chiese Josie. «Intendete dire che la bullizzavano?»

«Sì.» confermò Christian «Era vittima di gravi atti di bullismo.»

Per Josie era difficile da immaginare: Trinity era una delle persone più incredibilmente sicure di sé che conoscesse e lavorava in un settore che la metteva quotidianamente sotto il microscopio; aveva visto alcuni dei commenti derisori e decisamente cattivi che a volte le venivano rivolti sui social media, che criticavano tutto e il contrario di tutto: il suo peso, la sua pelle, i suoi denti, i suoi capelli, i suoi vestiti, le sue scarpe, la sua risata, il tono della sua voce. Non c'era fine alla crudeltà avvilente delle critiche online; eppure, Trinity le aveva sempre accettate con disinvoltura. Qualche volta, addirittura, le leggeva i commenti ad alta voce e ci rideva sopra. "È solo la natura di questo lavoro" le diceva Trinity quando era lei ad arrabbiarsi per quello che le persone le avevano scritto. "Io mi concentro solo sui miei fan, ne ho molti e sono fantastici".

«È stata vittima di bullismo, ma ha intrapreso una professione in cui ogni minimo particolare su di lei sarebbe stato sotto esame e sarebbe stato soggetto a bullismo e molestie su base giornaliera.» osservò Lisette, come se avesse letto nella mente di Josie, dando un'altra stretta alla mano sotto al tavolo.

Shannon si mise a ridere. «Oh, lo so. Anche a me è sempre sembrato strano. Ma era un po' come se avesse mostrato il dito medio a tutte le persone che l'avevano maltrattata, no? È diventata una giornalista ed è finita nel programma mattutino più seguito nel paese.»

«Poi aveva incontrato quella giornalista, ricordi?» disse Christian.

«Quale giornalista?» chiese Josie. «Codie Lash?»

«No, non era questo il suo nome...» disse Shannon. «Era una corrispondente locale. Trinity aveva quattordici anni, se non ricordo male. Aveva trovato dei... resti nel bosco. E dal momento che si trattava di una città abbastanza piccola, una giornalista venne a intervistarla. Rimase completamente affascinata da quella donna. Fu allora che decise che sarebbe diventata una reporter.»

«Dei resti? Resti umani?» chiese Josie, cercando di mantenere la voce calma.

Shannon fece un cenno liquidatorio con la mano. «Era il corpo di un cacciatore scomparso l'anno prima, un signore anziano. Fu una cosa molto triste. Doveva essersi perso perché quando Trinity lo trovò era rannicchiato intorno al suo fucile. I suoi vestiti erano ancora in buono stato e c'erano anche il portafoglio e la licenza di caccia.»

Nessun collegamento, pensò Josie. «Cosa stava facendo Trinity quando lo trovò?» Josie chiese.

«In quel momento stava facendo volontariato in una riserva naturale.» spiegò Shannon.

Christian rise. «Volontariato? No, stava svolgendo servizi socialmente utili.»

«È difficile immaginare che Trinity si offra come volontaria per qualcosa.» concordò Josie. «E per quale motivo svolgeva servizi socialmente utili?»

«Aveva litigato con una ragazza a scuola.» spiegò Christian.

«No, non una ragazza della sua scuola.» lo corresse la moglie. «Era una ragazza di un'altra scuola.»

«Oh, giusto. Beh, non è importante. Sono finite entrambe nei guai. Ci furono accuse penali contro tutte e due; ma il nostro avvocato trovò un accordo extragiudiziale per farle fare dei lavori per la comunità, e lei dovette andare in terapia, anche se a quel punto stava già vedendo uno psicologo a causa di tutto il resto: la perdita di mia madre, le questioni scolastiche e...» si interruppe e il suo volto divenne cinereo.

«E cosa?» chiese Josie.

Christian guardò Shannon e poi disse: «*Vanessa.*»

Shannon si portò una mano al petto. «Oh, santo cielo! Non posso credere di essermene dimenticata!»

«Dimenticata di cosa?» chiese Josie.

Shannon cambiò posizione, visibilmente a disagio. «Dopo che la nonna se n'era andata, Trinity si era fissata con la morte.»

«È comprensibile.» commentò Josie. «Era così giovane.»

«Ma si era fissata con te.» precisò Christian.

«Con me?»

«Beh, non con te nello specifico, perché pensavamo che fossi morta, ma con l'idea di te.» spiegò Shannon. «Continuava a fare domande su di te, anche se non c'era molto da dire. Avevi solo tre settimane quando ci sei stata portata via. Poi lei...»

Christian subentrò nel discorso: «Iniziò a dire alla gente che aveva una sorella gemella. A volte diceva che eri in collegio. Altre volte diceva che eri in un programma di scambio di studenti stranieri.»

«Oh Dio!» esclamò Josie.

«Questo era stato uno dei motivi per cui faceva terapia.» disse Shannon. «Ma la terapeuta ci disse che era il suo modo di elaborare il lutto e che dovevamo permetterle di superarlo da sola.»

«Non è che per caso la terapeuta le suggerì di tenere un diario?» chiese Josie.

«Delle lettere.» precisò Shannon. «Le disse di scriverti delle lettere.»

«E le avete ancora?» chiese Josie.

«Può darsi.» disse Shannon.

«Abbiamo un sacco di cose di Trinity nella nostra soffitta.» disse Christian. «Nel suo appartamento a New York non aveva spazio, ma non voleva nemmeno separarsene.»

«Ho bisogno che andiate a casa e cerchiate di trovare quelle lettere o qualsiasi tipo di diario che possa aver scritto in quel periodo. Ho bisogno che lo facciate il prima possibile.» disse Josie.

«Ma certo.» disse Shannon. «Ma Josie, perché mai Trinity dovrebbe volere che tu legga un mucchio di lettere che ti ha scritto quando era al liceo? Che cosa ha a che fare con la sua scomparsa adesso?»

«Non lo so.» disse Josie. «Ma è l'unico indizio che abbiamo. Devo vedere dove ci porta.»

VENTICINQUE

Alex ascoltò la telefonata della madre dal fondo del corridoio. Era scalza e stava battendo ritmicamente uno dei piedi contro il pavimento in parquet. Teneva il braccio libero stretto contro lo stomaco, avvolto in una dura ingessatura che partiva dalla mano e arrivava fino a poco sotto il gomito. Quando riattaccò, un sorriso le si allargò sul viso. Gli fece cenno di avvicinarsi e gli prese una mano, facendogli fare un giro su se stesso. «Balla con me!» esclamò. «Ho appena ricevuto la più bella delle notizie! Aspetta solo che tuo padre torni a casa.»

Ma Alex dubitava che qualsiasi notizia avesse da dargli avrebbe reso felice suo padre. Non dopo l'ultimo incidente. Ancora una volta, Alex aveva sinceramente assicurato alla madre di aver cercato di fermare Zandra prima che la facesse cadere dal terrazzo sul retro. Ma non aveva fatto in tempo e Zandra era rimasta a lungo immobile ad assistere alle urla della madre che fissava l'osso che sporgeva dalla pelle dell'avambraccio. Adesso, guardando Hanna, si rese conto che la vista dell'ultima ferita inferta alla madre, della parte tagliente e frastagliata dell'osso, gli aveva fatto venire voglia di ballare. Ma non poteva dirlo a nessuno. Non avrebbero capito.

Zandra era stata rinchiusa di nuovo e ora Alex doveva dormire sul retro, in un capanno costruito da suo padre, anche quando faceva un freddo cane.

Appena Francis rientrò in casa, Hanna gli raccontò che qualcuno aveva comprato quasi tutta la sua collezione e che non avrebbero dovuto preoccuparsi dei soldi per un pezzo. Alex si aspettava che il padre si infuriasse per qualche motivo, invece si fece addirittura festoso, più contento di quanto Alex l'avesse mai visto. Anche quella sera Hanna ballò in salotto insieme a Francis. Bevvero una bottiglia di vino e permisero ad Alex di mangiare una seconda porzione di dolce prima che Francis lo mandasse via per la notte.

Al mattino, Alex aspettò accanto alla porta sul retro che sua madre si svegliasse e lo facesse entrare. La sentiva cantare mentre preparava la colazione, girando per la cucina a piedi nudi. Gli servì uova e pancetta e lui le divorò in un sol boccone. Suo padre non lo degnò di uno sguardo quando entrò in cucina. Invece, si avvicinò a Hanna, che stava davanti ai fornelli, le cinse i fianchi con le mani e la baciò sul collo.

Andò a sedersi di fronte ad Alex e Hanna gli servì il caffè. Francis mescolò facendo tintinnare il cucchiaio nella tazza. Poi disse: «Hanna, hai lasciato un macello in camera nostra.»

La sua voce era bassa ma tesa, come una corda che stesse per spezzarsi. Hanna rimase immobile, poi si girò lentamente verso di lui, con un'espressione perplessa. «Come?»

Lui ripeté scandendo ogni parola. «Hai lasciato un macello in camera nostra.»

«Oh, beh, pulirò dopo aver preparato la colazione.»

«Allora speriamo che nel frattempo nessuno inciampi nei vestiti che hai lasciato sul pavimento.» commentò Francis.

«Vestiti sul pavimento?» disse. «Di sicuro tu hai avuto fretta di toglierteli ieri sera.»

«E poi non hai rifatto il letto.» aggiunse lui. «E i tuoi trucchi e i nastri per i capelli sono sparsi sul cassettone.»

Con un sospiro nervoso, Hanna sbatté la spatola e lasciò la stanza. Alex contò i suoi passi mentre saliva le scale.

«Ragazzo.» disse Francis. «Tieni d'occhio quella pancetta, ti dispiace?»

Alex si avvicinò ai fornelli, prese la spatola e spostò la carne unta all'interno della padella. Non aveva mai cucinato la pancetta prima. Non aveva idea di come si facesse o di quando sarebbe stata pronta, così continuò a tenerla premuta. Dopo qualche minuto, Francis gli chiese: «Non è ancora pronta?»

«No-non lo so...» balbettò Alex.

Alzandosi, Francis fece raschiare la sedia contro le piastrelle. «Stupido, stupido e inutile ragazzino...» mormorò. Spinse Alex fuori dai piedi e poi allungò la mano per prendere la spatola. «Dammi qua, ragazzo.»

Ma Alex non voleva. Non voleva più dare nulla a suo padre. Era stanco di sottomettersi a lui e alle sue richieste ingiustificate. Tenne saldo il manico della spatola.

«Ragazzo...» disse Francis, alzando la voce. «Ti ho detto di darmela!»

Afferrò la parte piatta del manico, cercando di strapparlo dalla mano del figlio. Con un grugnito, Alex cominciò a resister-gli. A ogni nuovo strattone, Francis diventava sempre più nervoso. Alla fine, gli si avvicinò, lo agguantò per la collottola e lo spinse via con tutta la forza. Alex finì di faccia contro la padella con la pancetta sfrigolante. Un urlo gli uscì dalla gola mentre schizzava via dai fornelli. Aveva la faccia ustionata. Corse al lavandino e lasciò scorrere l'acqua fredda prima di infi-lare la testa sotto il getto.

Non servì a niente.

Quando la madre tornò in cucina, guidata dalle sue grida, Francis era di nuovo seduto al tavolo, a bere tranquillamente il suo caffè e a leggere il giornale.

VENTISEI

Mentre Shannon e Christian guidavano per due ore fino alla loro casa di Callowhill per recuperare le lettere di Trinity, Josie portò la nonna a casa con sé, dove la sistemò nella camera degli ospiti in modo che potesse stare con loro per qualche giorno. Erano le dieci di sera e il povero Trout era rimasto tutto solo dalla mattina, così lo portò a correre e gli diede da mangiare, controllando il telefono ogni pochi minuti per vedere se c'erano notizie di Trinity. Non ce n'erano.

Mentre tornava alla centrale, Mettner la chiamò per informarla che era arrivato l'agente speciale Drake Nally. «Sarò lì tra dieci minuti.» gli disse.

«Siamo nella sala conferenze. Ti aspettiamo.»

Josie quasi si dimenticò di mettere la leva in posizione di parcheggio quando lasciò la macchina dietro alla centrale. Attraversò di corsa la folla di giornalisti urlanti che stazionavano all'ingresso posteriore e salì al primo piano. La porta della sala conferenze era aperta. Intorno al tavolo sedevano Gretchen, Mettner e Noah insieme a Drake. Josie osservò i suoi occhi castano scuro, il pizzetto ben curato e il completo color antracite. Dal canto suo, quando Drake vide Josie arrossì visibilmente e mosse le labbra come per parlare, ma non ne uscì alcun suono. Allora si alzò in piedi e Josie vide che era alto e robusto, un agente federale imponente, eccetto che per l'espressione sconvolta sul viso. Drake girò intorno al tavolo e allungò una mano, riuscendo finalmente a trovare le parole.

«Scusami...» disse. «È solo che... sei identica a lei. Quando non è truccata, intendo.»

«Grazie per essere venuto.» disse Josie. «Immagino che la squadra ti abbia aggiornato su tutti gli sviluppi. Non che ci sia molto da riferire. Abbiamo molte più domande che risposte.»

Drake annuì e indicò un fascicolo consistente sul tavolo, di fronte a dove era seduto. «È così. Mi dispiace di non averne potuto parlare al telefono, ma abbiamo parecchio da... approfondire.»

Josie guardò Mettner con aria interrogativa, lasciandogli intendere se avesse detto a Drake dei resti che avevano rinvenuto. Lui scosse leggermente la testa, a indicare che si stava ancora tenendo stretto quel dettaglio. Dal momento che Drake si era presentato in qualità di civile e non di agente dell'FBI, non c'era bisogno di metterlo al corrente dei dettagli dell'indagine che ritenevano più sensibili.

«Cosa c'è in quel fascicolo?» chiese Josie, voltandosi verso Drake.

Drake rimase in piedi, mentre Josie si accomodò tra Gretchen e Mettner. Noah si sedette di fronte a lei, accanto alla sedia di Drake, che intanto aveva avvicinato il fascicolo a sé e vi aveva appoggiato sopra il palmo d'una mano. «Tra un minuto.» disse.

Mettner prese la parola. «Con tutto il rispetto, agente Nally, lei non è qui in veste ufficiale. Lei è qui come conoscente noto di un cittadino di alto profilo che è stato rapito nella nostra città, quindi saremo noi a fare domande.»

Drake stirò le labbra e Josie poté vedere il movimento appena percettibile della sua mascella mentre digrignava i denti. Tolse la mano dal fascicolo, lo spinse verso Mettner e si mise a sedere aggiustandosi giacca e cravatta. Dopo un attimo disse: «Risponderò a tutte le vostre domande, ma ho bisogno di sapere una cosa prima di cominciare. I notiziari affermano che dal veicolo di Trinity potrebbero essere stati portati via alcuni oggetti personali insieme a lei. Posso chiedervi di quali oggetti si tratta?»

«Perché?» chiese Josie. «Come mai vuoi saperlo?»

«Perché mi ha portato via una cosa e ho il diritto di sapere se quell'oggetto era tra quelli prelevati durante il suo rapimento.»

Mettner non aveva ancora aperto la cartella e la passò invece a Gretchen, che si mise gli occhiali da lettura e la aprì. Josie diede un'occhiata al contenuto e vide la familiare impaginazione di un referto autoptico.

Mettner tornò a guardare Drake: «Due scatole portadocumenti. Una conteneva gli effetti personali della defunta conduttrice del notiziario, Codie Lash, che l'assistente di Trinity le aveva spedito da New York. Invece, il contenuto dell'altra scatola ci è ignoto.»

Drake emise un lungo sospiro, si passò le mani sul viso e afflosciò le spalle.

«Intuisco che tu sappia cosa conteneva.» disse Noah.

«Era un dossier. Un dossier molto grande. Trinity lo aveva compilato negli ultimi due mesi. Ne era ossessionata. Era una storia che voleva approfondire. Su un serial killer.»

Gretchen sfogliò altre pagine del fascicolo fino ad arrivare alle fotografie di uno scheletro, ma non si trattava di uno scheletro normale. «Mettner...» disse Gretchen, con un tono di voce più alto del normale. Josie dovette afferrare i braccioli della sedia per non saltare in piedi. Gretchen scorse altre foto. Erano tutte uguali. Il busto al centro, circondato da piccole ossa. Le ossa delle braccia unite a ore sei con l'osso pelvico posizionato alle loro estremità nodose, insieme al cranio, e le ossa delle gambe a ore due. In una delle foto, l'osso pelvico e il cranio erano a ore due, alle estremità delle ossa delle gambe invece che delle ossa delle braccia.

«Mett...» disse Josie.

Si appoggiò allo schienale della sedia in modo che lui potesse sporgersi di fronte a lei e vedere le foto con i suoi occhi. Drake aprì la bocca per parlare, ma Mettner alzò una mano per farlo tacere e guardò Noah, che si alzò, girò intorno al tavolo e osservò le foto. Un attimo dopo, posò una mano sulla spalla di Josie, spostò lo sguardo su Drake e chiese: «Che cos'è questa roba?»

«È il caso seriale di cui vi parlavo poco fa. L'Artista delle Ossa.»

«Perché mi suona familiare?» si chiese Josie.

«È stato attivo in Pennsylvania a partire dal 2008.» rispose Drake.

«Una delle sue vittime fu trovata a Philadelphia, ma non me ne occupai io...» disse Gretchen. «toccò a qualcuno del turno di giorno, ma poi intervenne l'FBI e prese il controllo delle indagini. È stata l'ultima volta che ne ho sentito parlare. Avevo il mio carico di lavoro. Da allora non ne ho più saputo nulla. Crearono addirittura una squadra speciale, ma non riuscirono mai a catturarlo.»

Un muscolo della mascella di Drake si irrigidì. «La vittima di Philadelphia era un trentatreenne di nome Kenneth Darden. Viveva in un sobborgo. Era uscito di casa dopo cena per una visita medica in tarda serata. La sua auto fu trovata nel parcheggio davanti all'ambulatorio, ma lui non era mai arrivato all'appuntamento e non tornò a casa.»

«Non c'erano telecamere nel parcheggio del dottore?» intervenne Mettner.

«No. Non all'epoca. Non in un sobborgo con un basso indice di criminalità. Esattamente trenta giorni dopo la sua scomparsa, le sue ossa furono trovate disposte sulla riva del fiume Schuylkill a Philadelphia.»

«Hai detto "disposte"?» chiese Josie. «Come in queste foto?»

Drake tese una mano verso Gretchen e lei gli diede una pila di foto. Lui le sfogliò, ne estrasse una a colori e la porse a Josie, che si ritrovò a guardare una inquietante riproduzione della scena che aveva trovato dietro la baita di Trinity quella mattina. «Il caso fu raccontato di tanto in tanto al notiziario, ma non furono mai mostrate... queste. Queste foto non sono mai state rese pubbliche. Alcuni testimoni che avevano visto le ossa ne parlarono, ma non furono mai diffuse fotografie.»

«Erano tutte così?» chiese Noah.

«Sì tutte.» confermò Drake. «Il torso, cioè gabbia toracica e colonna vertebrale insieme... sempre al centro, con tutte le piccole ossa delle mani e dei piedi e le clavicole a circondarlo. Le ossa delle braccia a ore sei e quelle delle gambe a ore due. L'unica differenza è che alcune volte l'osso pelvico e il cranio sono posizionati vicino alle ossa delle braccia e talvolta vicino alle ossa delle gambe. Altre volte le posizioni dell'osso pelvico e del cranio sono invertite.»

Dalla cartella davanti a Gretchen, Josie estrasse un'altra foto, anch'essa di un insieme di ossa umane disposte proprio come le aveva descritte Drake, questa volta in quello che sembrava un campo sterrato abbandonato. «Che differenza c'è? Perché le ha lasciate in luoghi diversi?»

«Non lo sappiamo.» rispose Drake. «Nel corso degli anni sono state sviluppate svariate teorie sul perché, ma nessuna ci ha mai aiutati ad avvicinarci a questo tizio. Abbiamo incaricato delle squadre di studiare le disposizioni per cercare di capire quale fosse il loro significato. Si tratta sicuramente di un rituale, ma nessuno è riuscito a giungere a una conclusione definitiva. Posso farvi avere quei rapporti se volete leggerli, ma non sono sicuro che il significato di queste esposizioni ci aiuterà a trovare l'assassino.»

Mettner guardò sopra la spalla di Josie. «Quante sono le vittime in totale?»

«Quattro.» rispose Drake. «Darden, a Philadelphia, è stata la terza vittima.»

«Qual è stata la causa della loro morte?» chiese Gretchen.

«Non lo sappiamo con certezza.» ammise Drake.

«Nessuna delle ossa mostrava segni per accoltellamento, arma da fuoco o traumi... di qualsiasi genere?» domandò Mettner.

«No.» disse Drake. «Sappiamo solo che tutte le vittime sono state rapite e uccise negli anni pari. Nel 2008 Anthony Yanetti, nel 2010 Terri Abbott, nel 2012 Kenneth Darden e nel 2014 Robert Ingram. Tutti quanti nello Stato della Pennsylvania. In ciascun caso, esattamente trenta giorni dopo la scomparsa, le loro ossa sono saltate fuori da qualche altra parte, disposte in quel modo.»

Josie pensò ai post-it che aveva visto nella stanza di Trinity prima che lei li strappasse. Su uno di essi c'era scritto disturbo ossessivo compulsivo. Pensò che sono molti i serial killer ad avere dei rituali, il che però non significa che siano affetti da disturbo ossessivo compulsivo; in ogni caso, era legittimo supporre che fosse possibile che l'Artista delle Ossa ne soffrisse. Anni pari. Trenta giorni esatti tra il rapimento e la sistemazione dei resti. Era abbastanza evidente per quale motivo Trinity aveva sollevato l'ipotesi di un disturbo ossessivo compulsivo.

Noah si abbassò e batté un dito sulla foto davanti a Josie. «Trenta giorni? Secondo noi non è un tempo sufficiente perché un corpo si decomponga in modo così avanzato.»

«Ci sono dei modi.» lo corresse Drake.

Per un attimo il cuore di Josie ebbe come un singhiozzo prima di tornare al suo ritmo regolare. Pensò a Nicci Webb, scomparsa da soli diciassette giorni e ridotta a uno scheletro. Guardò il nome *Abbott, Terri*, in un angolo della foto. Con il dito tracciò la cassa toracica della donna, dicendo: «C'è del materiale sfilacciato qui, sulla cassa toracica.» Indicò entrambi i femori. «E anche qui. Questo di solito indica il passaggio di un animale spazzino, non è vero? Gli animali possono accelerare la decomposizione di un corpo se lo... se lo attaccano?»

Alzò gli occhi dalla foto. Drake sostenne il suo sguardo per un lungo momento. Mentre la tensione riempiva la stanza, resistette all'impulso di allentarsi il colletto. «Sono stati fatti degli studi in un centro di ricerca di antropologia forense in Texas...» riprese a bassa voce. «Gli uccelli spazzini, in particolare gli avvoltoi urubù, in un numero sufficiente, per esempio un gruppo di venti o trenta esemplari, possono ridurre un corpo a resti scheletrici in appena quattro ore.»

Josie sentiva la gola tremendamente secca. Quando parlò, aveva la voce incrinata. «Lascia le sue vittime all'aperto? Esposte alle intemperie finché non vengono ripulite?»

«Questo è ciò che pensiamo. Quattro diversi esperti hanno esaminato i resti e ipotizzato che le vittime siano state ridotte a scheletri da animali selvatici in un periodo di tempo relativamente breve. Tranne che nel caso di Anthony Yanetti, la prima vittima, su cui non c'erano indicatori di roditori o canidi che avessero attaccato i resti.»

«Allora i resti della prima vittima furono esposti ad altri animali selvatici.» concluse Gretchen.

«È quello che crediamo, sì.»

«*Pensiamo... crediamo...*» ripeté Josie. «Intendi dire l'FBI?»

«Esatto. La squadra speciale è stata sciolta nel 2018 dopo che l'Artista delle Ossa non aveva ucciso per quattro anni. Ormai è inattivo da sei anni in tutto.»

Josie e la sua squadra si scambiarono alcune occhiate, che a Drake non sfuggirono. «Cosa?» chiese. «Cosa c'è?»

«Avete qualche idea del perché si sia fermato?» chiese Noah, ignorando le sue domande.

«Nessuna.» rispose Drake. «Un tempo pensavamo che il motivo per cui un serial killer smette di uccidere è perché muore o finisce in prigione. Poi è scoppiato il caso di Dennis Lynn Rader, noto con l'acronimo di BTK Killer per il suo modus operandi - Legare, Torturare, Strangolare - che ha stravolto l'intera teoria: aveva iniziato a uccidere negli anni Settanta e poi si era preso una pausa di otto anni prima di uccidere altre tre persone. Il suo ultimo omicidio risale al 1991 e da allora è rimasto inattivo, conducendo una vita perfettamente normale per tredici anni, finché nel 2004 ha contattato nuovamente i media.»

«Come l'Artista delle Ossa. Anche lui aveva contattato la stampa, no?» domandò Gretchen. «Se non ricordo male, mi sembra di averlo visto al notiziario...»

«Infatti.» confermò Drake. «È stato poco prima del ritrovamento della sua ultima vittima. La stampa lo aveva soprannominato l'Assassino del Camposanto, ma a lui non piaceva. Scrisse a diversi giornalisti chiedendo di essere chiamato l'Artista delle Ossa. Tuttavia, non siamo mai riusciti a rintracciarlo nonostante tutte queste comunicazioni.»

«Codie Lash era tra quei giornalisti?» chiese Josie.

«No.» disse Drake.

«Come mai Trinity era ossessionata da questo caso?» chiese Mettner.

Drake sospirò e scosse leggermente la testa. «Era convinta di riuscire a "entrare in contatto" con lui.»

Josie abbassò lo sguardo sui resti di Terri Abbott, sistemati come una sorta di oscena installazione artistica. *Oh Trinity,* pensò. *In che situazione sei andata a cacciarti?*

VENTISETTE

Hanna passò un pennello sulla cipria color pelle per darla sul viso di Alex. «Chiudi gli occhi, amore mio.» gli disse. Il pennello per il trucco gli solleticava la fronte, il naso e il lato della bocca. «Ecco fatto.» annunciò quando ebbe finito.

Lui aprì gli occhi e osservò l'espressione sul viso di sua madre mentre esaminava il risultato. «Così va molto meglio!» gli assicurò lei, ma lui non faticò a notare le rughe sottili agli angoli degli occhi e un irrigidimento delle guance quando chiuse le labbra.

«La cicatrice si vede appena.» aggiunse poi. Un attimo dopo, disse: «Zandra, tesoro, non credi che con il trucco vada molto meglio? La cicatrice di Alex praticamente non si vede.»

Zandra incontrò lo sguardo della madre. «Sì, più o meno.» Hanna la fissò. «Zandra!»

«Che ho detto?»

«È davvero importante che non ci siano altri incidenti!»

«Stai scherzando, vero?» chiese Zandra.

Hanna sembrò colpita. Lasciò cadere il pennello per il trucco sul mobiletto che rimbalzò con un ticchettio. «No, non sto scherzando. Non puoi più farmi del male. Alex cerca di fermarti, ma non ci riesce e poi viene punito. Quindi devi smetterla, hai capito? Devi trattenerti. Non voglio che Alex dorma nel capanno come un cane e non voglio che tu sia rinchiusa.»

Zandra alzò lo sguardo su Hanna con aria di sfida. «Allora fa' qualcosa.»

Alex vide le mani di Hanna tremare mentre le stringeva ai fianchi e si alzava in piedi.

«Hanna!» disse una voce dall'ingresso. «Cosa sta succedendo qui?»

La tensione nella stanza era così densa e opprimente che nessuno di loro aveva sentito Francis che entrava in casa e saliva i gradini. Si affacciò nella camera da letto e li osservò.

Hanna mise le mani sulle spalle di Alex e lo allontanò dallo specchio. «Niente.» rispose. «È tutto a posto. Stavamo solo passando un po' di tempo insieme.»

Francis fece un altro passo all'interno e ripiegò le braccia sul petto. «Sai che non ci si può fidare dei bambini. Non dovrebbero stare qui dentro.»

«Zandra ha promesso di non farmi più del male. Hanno promesso entrambi di essere buoni.»

«Stanno mentendo, Hanna.»

Abbassò le mani dalle spalle di Alex e si mise di fronte a lui, come per proteggerlo da quelle accuse. «Sono proprio qui, Francis. Li sto guardando io.»

Un ghigno gli arricciò il labbro superiore. «Come stavi guardando Alex il giorno in cui ha rischiato di carbonizzarsi la faccia?»

Alex sentì che tutto il corpo di Hanna fremeva, per la rabbia o per il dispiacere, non avrebbe saputo dirlo. Lei non rispose nulla.

«Zandra...» disse Francis. «Torna nella tua stanza.»

VENTOTTO

Josie si sentì invadere da uno struggente senso di terrore mentre guardava Gretchen setacciare il fascicolo dell'Artista delle Ossa che Drake aveva portato, preparando delle pile per ognuna delle quattro vittime dall'altra parte del tavolo. «Quattro vittime, diverse giurisdizioni, una squadra speciale.» disse Josie. «Il dossier non può limitarsi a questo.»

«C'è dell'altro, infatti. Questi sono solo i punti salienti.»

«Trinity aveva accesso a tutto questo?» chiese Noah.

Josie notò una vena gonfiarsi sulla fronte di Drake.

«È impossibile che tu le abbia permesso di visionare i file riservati dell'FBI.» proseguì Noah.

«Avrei perso il lavoro, avrei avuto problemi legali.» concordò Drake.

«Ma lei ha trovato un modo, non è vero?» inferì Josie. «Non sei venuto per lei, dico bene?»

Drake non disse nulla.

«Agente Nally?» lo incalzò Mettner.

«Sei qui perché non vuoi che le informazioni che è riuscita a prendere o a copiare dagli archivi dell'FBI diventino di dominio pubblico.» lo accusò Josie. «Perché se si venisse a sapere che ti ha ingannato o che ti ha rubato delle informazioni mentre uscivate insieme, la tua carriera sarebbe finita.»

La vena sulla fronte di Drake cominciò a pulsare.

«Hai detto che le foto non sono mai state rese pubbliche.» continuò Josie. «Quindi, a cos'altro è arrivata? Le perizie? I referti delle autopsie?»

La sua voce era così sommessa che Josie dovette sforzarsi per sentirla. «Tutto quello che avevamo.» disse. «I sospetti scagionati, le indagini, tutto quanto, temo. C'erano cose di cui lei parlava e che avrebbe potuto sapere solo se avesse avuto accesso agli archivi.»

«È per questo che avete litigato.» disse Josie.

«Come fai a sapere che abbiamo litigato?»

«Perché quando ti ho chiamato hai pensato che fossi lei e mi hai detto: "Non ho cambiato idea." Non hai chiesto "Come stai?", non hai detto "Che bello sentirti!". Su che cosa non hai cambiato idea?»

«Aiutarla.» disse Drake. «Voleva risolvere il caso.» Il suo sguardo si spostò sul tavolo, accompagnato da un mezzo sorriso che gli arricciava un lato della bocca. «Quella ragazza... pensava di poter risolvere un cold case che una squadra speciale e l'FBI non sono stati in grado di risolvere.»

Anche Josie dovette respingere un sorriso che le stava per sfuggire. «Puoi scommetterci. È di Trinity che stiamo parlando. E non era in errore: a volte un paio di occhi nuovi fanno la differenza. Una blogger del Minnesota ha collaborato a risolvere il caso del rapimento di Jacob Wetterling ventisette anni dopo la sua scomparsa. Venne aiutata dalle forze dell'ordine, naturalmente, ma è stato il suo contributo a portare al responsabile del rapimento.»

«Perché Trinity pensava di poter entrare in contatto con lui?» chiese Mettner. «Che cosa ha notato che nessun altro aveva visto?»

«Magari lo sapessi.» disse Drake. «Non ha voluto dirmelo.»

Josie pensò che questo era un classico di sua sorella: non l'avrebbe mai detto a Drake senza avere la certezza di non essere esclusa dalle indagini.

«Si era costruita una specie di teoria...» spiegò Drake. «Ma non so quale fosse.»

«Cosa le ha chiesto di fare?» chiese Gretchen.

«Voleva farlo uscire allo scoperto in modo che io potessi arrestarlo, così ha detto.» Alzò gli occhi al cielo. «Sembrava una specie di trovata pubblicitaria che sarebbe potuta essere – e molto probabilmente sarebbe stata – un vero disastro.»

«E tu non volevi correre il rischio.» disse Noah.

Drake si girò verso di lui. «Non è così che funziona con queste cose. Lo sapete bene. Se aveva una pista o una teoria, avrebbe dovuto dirmelo e lasciarmi fare il mio lavoro.»

«Non è così che funziona con Trinity.» disse Josie.

«Ma non mi dire...»

«Come mai si è fissata proprio su questo caso?» chiese Gretchen. «Perché ha scelto questo assassino?»

Drake si passò una mano sul viso. «Subito dopo aver iniziato a frequentarci, aveva avuto un battibecco in diretta con un corrispondente. Sarà successo all'incirca quattro mesi fa. Il corrispondente stava realizzando un servizio di cronaca nera. Ogni settimana sceglieva un'area geografica e preparava un pezzo sugli assassini di quelle zone che non erano mai stati catturati. Quella settimana, in particolare, aveva preparato un pezzo sui serial killer del nord-est. Stava seguendo una sua teoria secondo la quale l'Artista delle Ossa e altri due killer della zona erano stati uccisi da un gruppo di persone che non erano mai state catturate. Trinity pensava che quella fosse solo una soluzione di comodo; sosteneva che se un serial killer era rimasto inattivo per un certo periodo di tempo non significava che non fosse più una minaccia. Così aveva suggerito che forse alcuni di loro si erano fatti abbastanza furbi da capire quando dovevano prendersi una pausa per non essere catturati. Insomma, la situazione l'aveva fatta infervorare abbastanza. Credo che ai piani alti le abbiano fatto una lavata di capo, anche se gli spettatori avevano apprezzato il suo intervento. L'avevano vista come una giornalista "determinata". Ma in quel momento, era più che altro irritata. Ne avevamo parlato a cena e mi aveva fatto un resoconto di tutta la faccenda. Al che le avevo detto che in realtà la teoria corrente era che l'Artista delle Ossa fosse morto o rinchiuso in prigione. Allora lei mi aveva chiesto come diavolo facessi a saperlo, così le avevo risposto che era un caso di cui mi ero occupato.»

Josie gli rivolse uno sguardo dubbioso. «A Trinity sarai anche piaciuto, ma non si sarebbe lasciata ossessionare tanto da un caso seriale irrisolto solo perché tu avevi il fascicolo.»

«Beh, invece ne ha fatto un'ossessione, tanto che era pure infastidita che non mi fossi schierato dalla sua parte in un caso del genere. Credo che volesse dimostrare che mi sbagliavo.»

«Forse all'inizio.» puntualizzò Josie. «Ma più si è addentrata nei dettagli del caso, più deve essersi convinta di poterlo risolvere. E così, quando è stata spedita qui a Denton, dopo il suo passo falso in diretta, deve aver pensato di sfruttare l'intera faccenda per tornare alla ribalta.»

«Sa dirci in che modo aveva intenzione di mettersi in contatto con lui?» riprese Mettner.

«Non ne ho idea.» rispose Drake.

«Quando l'Artista delle Ossa ha contattato i giornalisti nel 2014, come ha fatto?» chiese Noah.

«Con delle lettere.» rispose Drake.

«Francobolli?» fece Noah.

«Nessun francobollo. Non siamo ancora sicuri di come le abbia fatte entrare nell'ufficio smistamento posta delle reti, c'erano troppe persone che entravano e uscivano da quegli edifici ogni giorno e ogni notte perché potessimo individuare qualche sospetto a posteriori.»

«Ha mai lasciato dei pacchi?» chiese Josie.

«No.»

«Però ha consegnato le lettere di persona senza essere visto o notato da nessuno.» disse Josie.

Drake annuì.

«L'Artista delle Ossa ha preso Trinity.» concluse Noah.

Drake sorrise. «È impossibile che l'Artista delle Ossa abbia preso Trinity. Quella in cui si stava imbarcando era la caccia a un fantasma. Non è questo che mi preoccupa. La cosa che mi preoccupa è che chiunque l'abbia presa sia entrato in possesso di numerose informazioni riservate.»

«Il tenente Fraley ha ragione, agente Nally.» reiterò Gretchen. «L'Artista delle Ossa ha sequestrato Trinity.»

«L'Artista delle Ossa è morto.» disse Drake.

Mettner tirò fuori il suo telefono, lo accese, lo scorse e lo avvicinò per farlo vedere a Drake. «Questa foto è stata scattata stamattina dietro la baita che Trinity aveva preso in affitto.»

Drake fissò la foto, con il volto che perdeva rapidamente colore. «Non ci posso credere...» mormorò. «Non è... non può essere vero. Non è possibile.»

«Pensi che sia un emulatore?» chiese Noah.

«No, io...» balbettò Drake. «Non può essere un imitatore. Le fotografie delle ossa non sono mai diventate di dominio pubblico. Nessuno le ha mai viste, a parte gli agenti che sono intervenuti e quelli della squadra speciale.»

«Allora non può che averla rapita lui.» sentenziò Josie. «Non può essere altrimenti.»

Drake si passò le mani sul viso, recuperando un po' di compostezza. «Cosa ha usato per fissare le ossa al terreno?»

«Picchetti per tende da campeggio e filo da pesca.» rispose Mettner. «I picchetti sono già stati esaminati dalla nostra Squadra di Raccolta delle Prove, sono di una marca generica di Walmart. Possono essere acquistati in qualsiasi parte del paese. Così come il filo per la pesca, lo si può reperire in qualsiasi negozio di articoli specializzato.»

«Non ci posso credere.» disse ancora Drake. «E quella è... quella è...»

«Non è Trinity.» lo rassicurò Noah e cominciò a informarlo di tutto quello che avevano scoperto su Nicci Webb e sulla sua scomparsa.

«Ma questo è assurdo.» disse Drake. «Diciassette giorni... non ha mai lasciato uno scheletro in esposizione dopo soli diciassette giorni, erano sempre trenta... e poi stavolta ha rapito due persone. Questo non è il suo schema!»

«Però è quello che è successo.» obiettò Noah.

«Dobbiamo esaminare questi fascicoli.» gli disse Gretchen. «Dobbiamo consultare tutto il materiale che Trinity ha esaminato per capire in che modo lo ha contattato. Se riusciamo a capirlo, forse possiamo trovarlo.»

«Puoi procurarci quello che ci serve?» gli chiese Josie.

«Faremo una richiesta ufficiale.» intervenne Mettner.

«Ho tutto il materiale sul caso dell'Artista delle Ossa. Mi è stato assegnato come caso irrisolto dopo che l'ultimo agente che ci ha lavorato è andato in pensione. Posso procurarvi quello che le serve.»

«Grazie.» disse Josie.

«Ma c'è un'altra cosa che dovete capire...» aggiunse Drake. «Avete detto che Trinity è scomparsa tre settimane fa. Se l'ha presa lui... anche se è chiaro che con questa Nicci Webb di mezzo il suo schema è completamente sballato... a parte questo, il nostro uomo dispone i resti sempre al trentesimo giorno. Quindi, Trinity potrebbe essere già...»

«Lo sappiamo.» disse Noah, interrompendolo. «Ma questo non cambia nulla. Qualunque cosa accada, noi gli daremo la caccia con tutto quello che abbiamo.»

VENTINOVE

«Ci spieghi tutto.» lo sollecitò Mettner. «L'intero caso, pezzo per pezzo.»

Drake guardò ciascuno di loro. «Non abbiamo tutto questo tempo.»

«Allora condensalo.» disse Noah. «Ma è meglio che cominci a raccontare quello che sai e quello che Trinity può aver scoperto. Prima scopriamo cosa sapeva, prima troveremo lei e l'Artista delle Ossa.»

Drake guardò Noah con aria di sufficienza. «Senza offesa, ma stiamo dando la caccia a questo tizio da oltre dieci anni. Avete idea di quanti agenti delle forze dell'ordine e altri esperti abbiano esaminato questo fascicolo? Credete che basti che io vi faccia una presentazione del caso perché voi ne veniate a capo, così? Specie quando nessun altro ci è riuscito?»

«Beh, perché no?» fece Gretchen. «Trinity ne ha capito abbastanza per riuscire a mettersi in contatto con questo tizio.»

«Qualsiasi cosa la nostra Squadra di Raccolta delle Prove scopra sul rapimento di Trinity e sull'omicidio di Nicci Webb potrebbe essere utile.» aggiunse Mettner.

Drake scosse la testa. Con le dita della mano destra tamburellava sul tavolo un ritmo nervoso. «Dunque, siete convinti che la vostra squadra troverà qualcosa che il Federal Bureau of Investigation non ha trovato?»

Josie si alzò, raggruppò tutti i documenti rimasti davanti a Gretchen, si avvicinò a Drake e sbatté la cartella sul tavolo di fronte a lui. Il suo sussulto fu appena percettibile, ma Josie lo vide bene. Si abbassò fino a trovarsi a pochi centimetri dal suo viso. «Io sono convinta che ogni secondo che passi a mettere in dubbio la nostra competenza sia un secondo in più che avremmo potuto dedicare a ritrovare mia sorella. Non me ne importa niente di quanto tempo avete passato a dare la caccia a questo assassino o di quante persone non sono riuscite a trovarlo in passato. Ora abbiamo un caso da risolvere. È molto semplice. Abbiamo un sacco di lavoro da fare, quindi se non hai intenzione di aiutarci, allora chiudi il becco e vattene dalla mia stazione di polizia. Mi metterò in contatto con il tuo superiore in comando. Sono certa che sarà felice di fornirci tutta l'assistenza possibile.»

Josie si scostò e allungò il braccio, indicandogli la porta. Drake si alzò con lentezza, lisciandosi il risvolto della giacca. «Sei proprio come lei.» disse a bassa voce.

Prese il fascicolo e le passò accanto, ma non andò alla porta. Fece il giro del tavolo e si avvicinò alla grande lavagna in fondo alla stanza. Appoggiò il fascicolo sul tavolo e lo aprì, spargendo i rapporti su tutta la superficie. Poi fece un cenno verso le pile ordinate da Gretchen. «Le dispiace?»

Lei glieli passò. Lui prese il pennarello dal ripiano della lavagna, lo aprì e cominciò a scrivere un elenco di date, nomi e brevi annotazioni mentre parlava.

«Non avevamo capito che si trattasse di un caso seriale finché non trovammo la terza vittima. Ed è per questo motivo che i primi due casi vennero gestiti dai dipartimenti locali. Anzi, non era nemmeno chiaro che i due casi avessero qualche collegamento fino a poco prima che la terza vittima scomparisse.»

Drake batté il pennarello sulla lavagna dove aveva scritto Anthony Yanetti, 2008. «Quest'uomo era un camionista, di quarantuno anni, con moglie e un figlio. Vivevano a Newtown, in Pennsylvania.»

«È nella parte sudorientale dello Stato, giusto?» chiese Mettner.

«Sì.» confermò Josie. «A un paio d'ore da qui.»

Drake proseguì: «Era addetto alle consegne per un negozio di mobili locale e quel giorno era partito per uno dei suoi giri. Si fermò alle undici del mattino, lasciò la sua consegna e si diresse verso la sua destinazione successiva. Però, non ci arrivò mai. Il cliente chiamò il negozio per lamentarsi del ritardo. Nessuno riuscì a mettersi in contatto con lui. Qualche ora più tardi, il suo furgone venne ritrovato su una strada provinciale fuori Newtown. Le chiavi erano ancora nell'accensione. Portafoglio, telefono e pranzo erano ancora nel furgone. Era come se avesse fatto una sosta, fosse sceso e non fosse più tornato. Trenta giorni più tardi, un tizio che lavorava per uno sfasciacarrozze trovò le ossa disposte su uno dei suoi lotti posteriori a King of Prussia, a circa trentacinque miglia dal luogo della scomparsa. Gli agenti di quella giurisdizione riuscirono a identificarlo grazie alla documentazione odontoiatrica. Lo considerarono come un caso di omicidio.»

Drake prese una serie di fotografie e le fece girare. Ritraevano i primi piani di ogni gruppo osseo, come quelli che Josie e Noah avevano intravisto nella stanza degli ospiti nei giorni in cui Trinity era rimasta con loro.

«Prima hai detto che l'assassino colpisce ogni due anni.» osservò Noah. «Intendevi dire il giorno preciso? E quando scattano i due anni, dal rapimento o dalla sistemazione delle ossa?»

Drake tracciò una freccia dal nome Anthony Yanetti al nome Terri Abbott. «Le vittime venivano sempre rapite a marzo e le loro ossa venivano sempre ritrovate ad aprile, di solito ai primi del mese. Sono due anni allo scadere dei trenta giorni.»

Josie cercò di reprimere il brivido che la attraversava dalla testa ai piedi. Erano quasi in aprile. «E le date esatte non avevano importanza?» domandò.

«Non sembrano avere importanza, no. Per intenderci, non lasciava i resti ogni quindici aprile o altri giorni particolari. Terri Abbott era un'operatrice diurna di ventotto anni, veniva da Pittsburgh, e stava tornando a casa dopo una partita pre-stagionale dei Pirates. Il suo ultimo contatto noto fu una telefonata con la sua coinquilina, alla quale disse che stava attraversando il ponte Roberto Clemente.»

«Siete riusciti a individuarla in qualche ripresa di sorveglianza?» chiese Mettner.

Drake scosse la testa. «Era troppo affollato. Troppe persone. Non siamo mai riusciti a identificarla. Il suo telefono e la sua borsa furono trovati nel canale di scolo dall'altra parte del ponte, quindi pensammo che fosse riuscita ad attraversarlo.»

Josie aveva la gola secca. «Poi, trenta giorni dopo...»

«Le sue ossa furono rinvenute nel parcheggio di un'acciaieria abbandonata fuori Pittsburgh. Una fondazione l'aveva acquistata e aveva intenzione di metterci un'installazione artistica. È così che furono trovate le sue ossa.»

Gretchen si accigliò. «Come faceva l'assassino ad assicurarsi che le ossa venissero trovate il trentesimo giorno se le lasciava in luoghi remoti?»

«Con biglietti consegnati a mano.» spiegò Drake sfogliando alcune pagine del fascicolo finché non arrivò a due foto. Entrambe mostravano un normale foglio di carta bianca per fotocopie con la stessa scritta in stampatello che Josie aveva visto sul pacco che Trinity aveva ricevuto. Su uno c'era scritto semplicemente: *Si prega di controllare immediatamente il lotto posteriore. È urgente.* L'altro recitava: *C'è un problema all'impianto. L'installazione non può essere effettuata. Per favore, controllate il parcheggio immediatamente.*

Josie e la sua squadra si passarono le foto mentre Drake

continuava: «La prima fu trovata attaccata alla porta d'ingresso dell'ufficio dello sfasciacarrozze, lasciata lì durante la notte, presumiamo, dopo aver disposto le ossa. All'epoca non c'erano telecamere all'esterno o nei due lotti posteriori. La seconda fu lasciata nella cassetta della posta dell'artista che era stato scelto per l'installazione.»

«Nessuna impronta sulla carta?» chiese Noah.

«Neanche una. Analizzammo la carta e l'inchiostro usato, ogni minima cosa. Ma non c'era niente che portasse da nessuna parte. È questo il punto. Non lasciava nulla dietro di sé.»

«Tranne le ossa.» disse Josie.

«Certo. Ma a parte quello, non è mai stato ripreso dalle telecamere, non ha lasciato impronte, né di scarpe, né di pneumatici, né di DNA. È un fantasma.»

TRENTA

«Non è stato un fantasma a prendere mia sorella.» protestò Josie. «Abbiamo anche un'altra pista. Un pettine.»

Drake le rispose con uno sguardo carico di scetticismo. «Cosa? Un pettine per capelli? Come fate a sapere che è legato al nostro uomo?»

«L'ha lasciato lui nella nostra cassetta della posta, era indirizzato a Trinity.» spiegò Noah.

Mettner tirò fuori il suo telefono e gli mostrò una foto del pettine che Josie gli aveva inviato all'inizio della giornata: «Crediamo che sia fatto di osso. Non può essere una coincidenza che Trinity si sia addentrata in questo caso e poi abbia ricevuto questo pettine in forma anonima.»

Drake fissò la foto. «Non potete esserne sicuri.»

«E altrimenti da dove potrebbe provenire?» chiese Josie.

Mettner passò alla foto della scatola.

Drake chiese: «Avete mandato tutto questo in laboratorio per farlo analizzare?»

«Certo che l'abbiamo fatto.» intervenne Gretchen.

«Non otterrete nulla. È troppo prudente. Non otterrete nulla nemmeno dal pettine.» obiettò Drake.

«Se abbiamo ragione...» disse Josie, «ed è fatto di osso, dobbiamo sapere da chi proviene. Possiamo fare il test del DNA, passarlo al Combined DNA Index System.»

«Sì, ma non vi aiuterà a trovarlo.» obiettò Drake.

Josie sostenne il suo sguardo. «Alle quattro vittime nel tuo fascicolo mancava qualche osso?»

«No, però...»

«Questo significa che potrebbe aver fatto altre vittime. Vittime di cui non sappiamo ancora nulla. Inoltre, adesso ne abbiamo una nuova. Tra l'omicidio di Nicci Webb e il rapimento di Trinity, potrebbe esserci un modo per rintracciare quest'uomo.»

«Non si lascia mai indizi alle spalle.» argomentò Drake.

«Ma è una strada che non possiamo ignorare.» disse Josie.

Dato che Drake non replicava, Mettner disse: «Prima ci stava parlando della terza vittima, Kenneth Darden. Scomparve nel 2012 da Paoli e trenta giorni dopo le sue ossa furono ritrovate a Philadelphia.»

«Esatto.» rispose Drake, distogliendo lo sguardo da Josie e riprendendo il riassunto del caso dell'Artista delle Ossa. «Le aveva lasciate in un luogo particolarmente frequentato, quindi non aveva avuto bisogno di accompagnarle con un biglietto.»

«È vero.» confermò Gretchen, prendendo una foto dei resti di Darden con un fiume sullo sfondo. «Quella particolare zona sulla riva del fiume Schuylkill è davvero trafficata tra jogger, ciclisti, escursionisti, canottieri e senzatetto. Insomma, c'è di tutto. Inoltre, all'epoca non c'erano telecamere, quindi fu una mossa intelligente.»

«La chiamata al 911 arrivò alle cinque e mezza del mattino.» disse Drake.

La porta della sala conferenze si spalancò e tutti si voltarono per vedere chi era entrato: c'era Hummel che faceva capolino, con un computer portatile in mano. «Boss...» disse rivolgendosi a Josie. «Ho pensato che lo rivolesse. È di sua sorella.»

«Grazie, Hummel.» disse Josie andando a prendere il portatile e tornando a sedersi. Poi si rivolse a Mettner e a Gretchen, chiedendo: «C'erano dei documenti sull'Artista delle Ossa?»

«No.» rispose Mettner. «Il che non mi sorprende, visto quello che ha detto la sua assistente. Se Trinity era tanto preoccupata che le rubassero l'indagine, non avrebbe di certo lasciato appunti sul computer.»

«Controllerò nelle e-mail.» disse Josie, aprendo il portatile e accendendolo.

«Scusi l'interruzione.» disse Mettner rivolgendosi a Drake. «Vada avanti, ci parli della quarta vittima.»

Drake annuì e continuò: «La quarta vittima era un agente di borsa di trentasette anni, si chiamava Robert Ingram e viveva a East Stroudsburg, nell'upper east side dello Stato della Pennsylvania. Aveva una riunione a New York quel giorno e sua moglie lo lasciò davanti alla stazione ferroviaria. Non è mai entrato in stazione. Trenta giorni più tardi le sue ossa furono ritrovate nella zona fieristica di Bloomsburg.»

Lo schermo del portatile si animò, mostrando la foto di una villa francese. Il piccolo occhio sotto la webcam iniziò a scansionare in cerca del volto di Trinity. Sotto di essa lampeggiava la scritta *Looking for You*. Josie si avvicinò e rimase immobile. L'occhio si concentrò su di lei. Poi la scritta scomparve e fu sostituita da *Welcome, Trinity Payne*, subito prima della schermata iniziale.

«East Stroudsburg?» chiese Mettner. «È a quasi cento miglia da Bloomsburg. Perché così lontano?»

«Non lo sappiamo.» ammise Drake. «Non sembra che segua uno schema nella scelta dei luoghi in cui lascia le ossa.»

«Se non che devono essere posti privi di telecamere.» aggiunse Noah. «Sono stato alla fiera di Bloomsburg. Quando non c'è la fiera, è vuoto. Non ci sono telecamere e l'area è piuttosto grande. E anche quella volta fu trovato un biglietto che indicasse dove trovare le ossa?»

«No. Le aveva lasciate in una zona della fiera dove potevano essere facilmente viste dalla Route 11 o dal cavalcavia che porta alla Route 42. Infatti, le notarono non appena spuntò il sole.»

La schermata iniziale del computer di Trinity mostrava una foto dell'intera famiglia Payne davanti a un albero di Natale. Josie la riconobbe, era stata scattata l'anno precedente. Erano passati appena quattro mesi. Rivederla in un momento del genere le mise addosso una grande tristezza. Aveva fatto sviluppare e incorniciare la stessa foto e l'aveva messa nel soggiorno di casa sua. Aprì la casella di posta elettronica di Trinity e iniziò a sfogliare le e-mail in arrivo, mentre ascoltava la sua squadra e Drake che continuavano a parlare del caso dell'Artista delle Ossa.

«Quindi questo tizio è abbastanza attento da non farsi riprendere mentre preleva le sue vittime ed è abbastanza attento da sistemare i loro resti in luoghi dove non ci sono telecamere di sicurezza, però si assume il rischio di consegnare dei bigliettini.» disse Gretchen. «Lascia sempre i corpi in aprile, esattamente trenta giorni dopo averli presi, ma non segue alcuno schema nella scelta dei luoghi in cui li lascia. Le prime tre vittime sono state ritrovate relativamente vicine a dove sono scomparse, mentre l'ultima è stata rinvenuta molto lontana dal luogo dell'ultimo avvistamento.»

«E riguardo alle vittime?» chiese Noah. «Ci sono dei punti in comune tra di loro? Per caso si conoscevano? O magari avevano amici o conoscenti in comune?»

Drake scosse la testa. «Niente.» Scorse altre foto nel fascicolo finché non arrivò a quelle di ogni vittima. Sembravano tutte estratte dai profili dei loro social media. «Non avevano amici, parenti o conoscenti in comune, né tantomeno a livello lavorativo. Non si assomigliavano nemmeno, a parte il fatto che erano tutti caucasici. Perfino dal confronto delle loro anagrafiche mediche non è emerso alcun punto in comune. Ne abbiamo dedotto che le vittime fossero state scelte per convenienza: l'assassino vedeva l'opportunità di rapire una persona in un luogo senza telecamere né testimoni o, come nel caso di Terri Abbott, in un posto così affollato che nessuno poteva accorgersi che se la stava portando via.»

«Quindi non è un tipo esigente.» concluse Mettner. «Non ha un modello.»

Intanto Josie non aveva trovato niente nelle e-mail di Trinity che indicasse di aver mai conosciuto o essere entrata in contatto con Nicci Webb. Non c'era nulla di insolito nella sua posta, nulla che facesse pensare a qualcosa di strano. Erano tutti messaggi legati al lavoro. C'erano tre e-mail scambiate tra Trinity e la sua assistente tre mesi prima, in cui le chiedeva di informarsi se il network avesse mai fatto dei pezzi su casi seriali irrisolti. In seguito, Jaime le aveva inviato i link ad alcuni reportage sul Killer Zodiac, sugli Alphabet Murders, sugli Omicidi con il Tylenol a Chicago e sul Freeway Phantom. Apparentemente, l'unico link che Trinity aveva consultato era quello sugli Alphabet Murders. Anche Josie lo guardò: mise il video in muto, ma lesse rapidamente la trascrizione nella didascalia. Gli omicidi erano avvenuti negli anni Settanta a Rochester, nello Stato di New York. Il nome e il cognome delle tre vittime iniziavano tutti con la stessa iniziale. Josie vide che Trinity aveva visitato il sito solo una volta. Nella cronologia delle sue ricerche non risultavano altri collegamenti agli Alphabet Murders, ma solo all'Artista delle Ossa e a diverse notizie sull'omicidio di Codie Lash. Josie riprese a scorrere la casella della posta elettronica: lo scambio di e-mail tra Trinity e la sua assistente riguardo agli effetti personali di Codie Lash era esattamente come lo aveva descritto Jaime e non lasciava intravedere alcun particolare sul perché Trinity avesse voluto quegli oggetti.

Josie sospirò e chiuse il portatile. Erano ancora a mani vuote.

TRENTUNO

Josie riportò l'attenzione su Drake e la squadra che continuavano a esaminare la documentazione sull'Artista delle Ossa.

«C'è anche un'interruzione nello schema geografico.» osservò Noah. «Tre vittime nella parte orientale della Pennsylvania e una in quella occidentale. Perché?»

«Non lo sappiamo, davvero.» ammise ancora Drake.

Josie ripensò ai post-it che era riuscita a intravedere nella stanza degli ospiti prima che Trinity li strappasse. *Disturbo ossessivo compulsivo? Simmetria? Omicidi allo specchio?*

«Sei assolutamente sicuro che non ci siano stati altri casi legati all'Artista delle Ossa nella parte occidentale dello Stato?» gli chiese.

«Sicuro.» rispose Drake.

Trinity aveva cercato degli schemi, proprio come stavano facendo loro. Come se le leggesse nel pensiero, Noah disse: «L'unico caso anomalo è l'omicidio di Pittsburgh: era una donna. Le altre tre vittime sono uomini. La vittima di questa mattina era una donna. Di solito i serial killer non si concentrano su un solo tipo di vittima?»

«Ci sono sempre delle eccezioni. Però, sì, di solito i serial killer hanno una preferenza.»

«Perché, allora?» chiese Josie. «Perché si sarebbe spinto fino all'altra parte dello Stato per scegliere la vittima successiva? E perché quella volta avrebbe scelto una donna? Non poteva trattarsi di un emulatore, perché in quel momento non sapevate nemmeno di avere per le mani un serial killer.»

«Esatto.» confermò Drake. «Terri Abbott fu la seconda vittima. Secondo noi è probabile che volesse procedere a zig-zag nello Stato e alternare il sesso delle sue vittime, ma per qualche motivo, con la quarta vittima, Robert Ingram, prese un uomo invece di una donna.»

«Cosa può averlo spinto a rompere il suo schema?» insistette Josie.

«Forse una qualche forma di stress personale.» propose Drake. «Oppure potrebbe aver dovuto cambiare i suoi piani in base alle sue possibilità di farla franca. Forse Ingram era una vittima più conveniente. Magari intendeva dirigersi di nuovo verso ovest, ma per motivi logistici non fu in grado di farlo e allora prese qualcuno da questa parte dello Stato. Non abbiamo modo di sapere perché abbia cambiato schema, ammesso che il suo schema fosse davvero quello di alternare vittime maschili e femminili, a est e a ovest dello Stato.»

«È presumibile che avesse degli schemi per la questione dei trenta giorni.» gli fece notare Mettner. «Le età delle vittime erano diverse. Il loro status socioeconomico era diverso. Alcune avevano figli e altre no.»

«È vero.» disse Drake. «Per ogni schema che possiamo stabilire, ci sono altri elementi che non rispondono a quello schema. A parte il modo in cui le vittime venivano prelevate, come se sparissero nel nulla, e il modo in cui le loro ossa venivano sistemate esattamente trenta giorni dopo la loro scomparsa, non ci sono somiglianze.»

«Potrebbe aver cercato di depistarci rompendo lo schema con l'omicidio di Nicci Webb.» suggerì Mettner.

«Ci sono mai stati sospetti validi?» chiese Noah.

Drake tirò fuori un altro rapporto. «La risposta breve è no.»

«Com'è possibile?» chiese Mettner.

Drake non rispose e disse invece: «Abbiamo concentrato la nostra ricerca sugli addetti alle pompe funebri, sui chirurghi ortopedici, sui cacciatori, sui tassidermisti, sugli antropologi, sugli archeologi, sui protesisti, sugli artisti e sugli studenti d'arte dell'area orientale dello Stato. Abbiamo anche considerato i coroner e i medici legali. Ci sono capitati per le mani un paio di personaggi bizzarri, ma nessuno che sembrasse in grado di compiere questi omicidi.»

«E gli ornitologi?» chiese Josie.

«Come hai detto?» domandò Drake.

«Gli ornitologi. Esperti di uccelli.»

Drake la fissò.

«Hai detto che si serviva degli uccelli spazzini per accelerare la decomposizione.» intervenne Noah. «È logico che possa essere una persona che si intende un po' di uccelli.»

«Ci sono uccelli necrofagi in tutto lo Stato.» disse Drake. «Lungo la strada, mentre venivo qui, ho visto almeno due dozzine di gruppi di questi uccelli che si nutrivano di carogne. Non è necessario essere un esperto ornitologo per sapere cosa fanno gli uccelli spazzini.»

«Vale comunque la pena di indagare.» disse Gretchen.

«Avete fatto un controllo sui veterinari o sui tecnici veterinari?» continuò Josie.

«Perché avremmo dovuto?» chiese Drake.

«Perché ovviamente vi siete già occupati della questione delle ossa, il che ha senso. Avete cercato qualcuno che lavori con le ossa o che sia vicino alle ossa o che abbia una certa affinità con le ossa. Oppure avete cercato degli artisti, perché questo tizio pensa di essere un artista. Ma nessuno di questi ha prodotto alcun sospetto. Se sapete che usa gli animali per accelerare la decomposizione, il passo successivo più logico dovrebbe essere quello di cercare tra le persone che lavorano con gli animali.»

«Abbiamo controllato cacciatori e tassidermisti.» ripeté Drake.

«Ha senso.» convenne Josie. «E che dire delle persone che hanno lavorato negli zoo? O anche qualcuno della commissione statale per la caccia? Sono incaricati di raccogliere e smaltire gli animali investiti lungo la strada.»

Drake non si pronunciò.

Mettner prese un appunto sul suo cellulare. «Faremo un controllo anche su di loro.»

«E le grandi proprietà?» chiese Josie. «Dovrebbe aver avuto bisogno di una proprietà abbastanza grande per poter lasciare un corpo all'aperto per giorni o settimane, in modo che gli avvoltoi potessero trovarlo senza attirare l'attenzione.»

Drake prese un plico di pagine dalla cartella e le fece scorrere sul tavolo. «Questi sono tutti i proprietari di immobili che avevamo interrogato. Abbiamo attraversato mezzo Stato. Nessun individuo sospetto.»

Josie si ricordò di un particolare che aveva notato tra le cose di Trinity mentre ripuliva la stanza degli ospiti. «E il profilo psicologico?»

Drake passò al setaccio le pagine rimaste nel fascicolo finché non arrivò al rapporto. «Maschio caucasico, tra i trentacinque e i quarant'anni. Questa ipotesi si basava sulla sofisticazione dei suoi crimini: essere in grado di rapire persone adulte senza lasciare tracce e senza farsi riprendere; riuscire ad accelerare la decomposizione dei corpi ricorrendo agli spazzini aviari senza attirare l'attenzione sulle sue attività; e riuscire a sistemare i resti, anche in questo caso, senza farsi scoprire. Crediamo anche che abbia almeno un minimo di formazione universitaria. Non fraintendetemi, questo individuo è intelligente. Probabilmente ha un QI superiore alla media. Probabilmente riesce a stare bene in società, ma è un tipo solitario. Potrebbe non sopportare la presenza di altre persone.»

«Perché?» chiese Noah.

«Perché ha un'enorme considerazione di sé.» osservò Josie.

Drake annuì. «Esattamente.»

«Cosa te lo fa pensare?» le chiese Mettner.

«Perché ha sentito il bisogno di contattare la stampa.» rispose Josie. «Non gli bastava uccidere. Voleva che la gente si rendesse conto di quanto è intelligente, di quanto è furbo, di quanto è sofisticato. Voleva che la gente vedesse che la stava facendo franca.»

«È quello che credeva anche il nostro profiler.» disse Drake.

«I messaggi che ha inviato ai membri della stampa dimostrano che voleva mantenere il controllo sulla sua storia, in particolare sul modo in cui voleva essere conosciuto, con il nome Artista delle Ossa e non come Assassino del Camposanto.» osservò Gretchen.

«Pensare a se stesso come a una sorta di artista con un ego smisurato.» concordò Mettner.

«Chi contattò tra i giornalisti?» chiese Noah.

«Una manciata di conduttori dei principali notiziari televisivi mattutini.» rispose Drake.

«La posizione che Trinity occupa ora...» disse Gretchen. «O meglio, che ricopriva.»

«Precisamente.» disse Drake. Sfogliò di nuovo le pagine del fascicolo finché non trovò una grande fotografia a colori. La fece scorrere sul tavolo in modo che tutti potessero vederla. Raffigurava un foglio di carta per fotocopie riempito di lettere nere a caratteri cubitali, come sulla confezione che Trinity aveva ricevuto e sui biglietti che l'assassino aveva lasciato all'acciaieria e allo sfasciacarrozze.

Gretchen si sistemò gli occhiali da lettura sul naso e lesse ad alta voce:

Signore e signori, è quello che voi chiamate "l'Assassino del Camposanto" che vi parla. È vero che ho fatto cose diaboliche. Il diavolo dentro di me è diventato forte. Nemmeno io sono in grado di fermarlo ormai. La polizia non è in grado di fermarlo. Non mi hanno mai preso. Non mi prenderanno mai. Nessuno è abbastanza intelligente da fermare questo meccanismo. Ora il diavolo si è stufato. Vuole iniziare un nuovo gioco. Vi invito a giocare. Se darete un segnale in diretta, potrete salvare una vita. La prossima vittima è pronta. La salverete? Vostro, nella vita e nella morte,

L'Artista delle Ossa

Mettner emise un fischio basso. «Questo tizio stava cercando di dirci che è totalmente schizzato?»

«Non direi.» disse Drake. «A questa gente piace far credere di essere fuori controllo o sopraffatti da qualche forza ultraterrena perché, come ha detto la detective Palmer, cercano di controllare la narrazione. Sostenendo che tutte le cose atroci che hanno fatto sono il risultato di qualche mostro o del male, sembrano più comprensibili o addirittura innocenti. "Non sono stato io, è stato il diavolo" disse intorno al 1890 Henry Howard Holmes, un serial killer di Chicago; affermava di avere il diavolo dentro di sé, proprio come questo tizio. Dennis Rader, il BTK Killer del Kansas, disse che c'era un mostro dentro di lui. Tutto questo ha lo scopo di manipolare la loro immagine. Questi assassini sanno esattamente cosa stanno facendo e si divertono.»

«Perciò, dopo averla fatta franca per anni voleva iniziare un gioco?» commentò Noah.

«Perché pensava di essere più intelligente di chiunque altro.» ribadì Josie. «Ne traeva soddisfazione. Aveva messo in ridicolo la polizia per lungo tempo ormai. Non erano avversari degni per lui. Contattare la stampa, fare il suo "gioco" era un altro modo per ostentare quella che considerava la sua intelligenza superiore.»

Drake annuì. «Proprio così. Solo che nessuno fece il suo gioco. I membri della stampa che avevano ricevuto questa lettera la consegnarono immediatamente all'FBI.»

Gretchen indicò la parte superiore della lettera dove qualcuno, presumibilmente un agente dell'FBI, aveva scritto a mano *Ricevuto da un conduttore della CBS il 3 aprile 2014*. «Non pensavate di poter salvare la vittima?» domandò. «Chiedendo a uno di questi conduttori di fingere di stare al suo gioco?»

Drake sospirò. «I dirigenti dell'FBI e delle reti ritennero che affrontare quest'uomo in quel modo, quando aveva tutte le carte in mano e dettava tutte le regole, fosse troppo rischioso. Nessuno della squadra speciale credeva davvero che avrebbe lasciato andare una vittima. Infatti, la conferma arrivò cinque giorni dopo, quando furono ritrovati i resti di Robert Ingram. Non aveva mai avuto intenzione di lasciarlo andare. Anzi, crediamo che Ingram fosse già morto quando inviò quelle lettere.»

Mettner aggrottò la fronte. «Ma qual era il segnale? Il messaggio non lo dice.»

«Questo è il punto.» concordò Drake. «Era solo una trovata per cercare di coinvolgere la stampa. La stampa non abboccò e lui smise di uccidere. Fino a oggi.»

«Perché avrà ricominciato?» domandò Mettner senza rivolgersi a nessuno in particolare.

«Perché Trinity lo ha fatto uscire allo scoperto.» spiegò Drake.

«Trinity l'avrà fatto uscire allo scoperto...» disse Gretchen, «ma lui uccideva da molto prima che lei stabilisse un contatto e probabilmente avrebbe ucciso di nuovo anche se lei non l'avesse fatto. Per quanto ne sappiamo, potrebbe aver continuato a uccidere senza sosta dal 2014, senza però mettere in mostra nessuna delle sue vittime, in modo che nessuno se ne accorgesse.»

Josie capì dall'espressione di Drake, come se gli avessero appena tirato uno schiaffo, che l'idea non gli piaceva, perché probabilmente era fondata.

«Cos'altro ci dice il profilo psicologico?» chiese. «Oltre al fatto che è un maschio bianco di quasi quarant'anni con un po' di università alle spalle e un quoziente intellettivo superiore alla media? Si parla della possibilità che abbia un lavoro che gli chiede di guidare? Sarebbe plausibile, no? Le sue vittime sono molto lontane le une dalle altre.»

«Sì.» disse Drake, riportando l'attenzione su Josie. «Riteniamo che debba guidare per lavoro, ma in modo molto indipendente, cioè con pochissima supervisione, cosa che lui preferisce perché non gli piace avere un supervisore. Come abbiamo detto, lui crede sempre di essere più intelligente e più qualificato di chiunque altro. È probabile che guidi un veicolo poco appariscente ma adatto alla sua attività, quindi un furgone o un pick-up, e presumibilmente un modello vecchio, niente che possa attirare particolare attenzione. Inoltre, dovrebbe essere una persona che si trova a suo agio all'aperto e con gli animali.»

Drake spinse il rapporto sul tavolo verso Josie. «Senti, puoi leggerlo da sola, ma non c'è niente lì dentro che ci abbia mai aiutato a trovare questo tizio.»

Il cellulare di Josie squillò. Tutti la fissarono mentre lo tirava fuori dalla tasca. «È Shannon.» disse, perfettamente consapevole degli sguardi di tutti che la fissavano mentre scorreva su "Rispondi".

«Josie?» chiese Shannon. «Sei sveglia?»

«Sì, che succede? Siete ancora a Callowhill?»

«Sì, siamo qui. Ci sono novità?»

Gli occhi di Josie furono attratti dalle foto sparse sul tavolo, dalle orrende esposizioni che l'assassino considerava opere d'arte. Le si rivoltò lo stomaco. «Ancora nessuna notizia.» disse Josie. «La mia squadra sta ancora seguendo delle piste. Avete trovato le lettere?»

«No, purtroppo. Abbiamo messo sottosopra tutta la soffitta, ma non c'è niente qui. Christian ha controllato anche tra le nostre vecchie cose, pensando che forse uno di noi le avesse conservate visto che facevano parte della sua terapia, ma non ci sono.»

«E la terapeuta?» chiese Josie. «Potremmo metterci in contatto con lei.»

Dall'altra parte, Shannon rimase in silenzio, e solo dopo un po', disse: «Non è possibile. Abbiamo pensato la stessa cosa, così Christian l'ha cercata su Google. Ci bastava trovare il suo numero di telefono. Pensavamo di chiamarla in orario di lavoro, ma abbiamo trovato soltanto il suo necrologio.»

«Questa non ci voleva.»

«È terribile, Josie. Non era molto giovane quando Trinity la vedeva. A quanto pare, in tarda età ha sviluppato la SLA, la malattia di Lou Gehrig, ed è morta per le complicazioni derivanti. Adesso che cosa facciamo?»

«Credo che dobbiate tornare qui. Potete stare da me. C'è già Lisette nella camera degli ospiti, ma possiamo trovare una soluzione. Io...»

Le si ruppe la voce. Le parole che Lisette le aveva detto poco prima le sussurrarono all'orecchio. *La conosci quanto basta, Josie... stava cercando di dirti qualcosa, tesoro, di indicarti una direzione.*

«Josie?» chiese Shannon, con la voce roca.

«Sono qui.» si affrettò a rispondere. «Shannon, le lettere che Trinity mi ha scritto per la terapeuta erano in stenografia?»

«Oh, no. La terapeuta le lesse tutte. Erano come un compito a casa.»

«Voi le avete mai lette?»

«No. Trinity le aveva chiesto espressamente se poteva tenerle riservate. Disse che era già abbastanza difficile che dovesse mostrarle a lei. Né Trinity né la terapeuta le hanno mai condivise con noi, ma pensavamo che Trinity le avesse tenute. Perché?»

«Devo venire da voi.»

«Josie...» disse Noah. «Sono le undici e mezza di sera.»

Ignorandolo, disse a Shannon: «Rimanete lì, mi raccomando. Vi raggiungo in macchina. Cercate di riposare un po'. Dormite, se potete. Ci vediamo tra poco.»

«Boss...» intervenne Gretchen quando Josie riattaccò. «Anche tu hai bisogno di riposare.»

Josie si alzò. «Dormirò quando arriverò lì. Te lo garantisco. Ma prima devo occuparmi di un'altra cosa.»

«Qualcuno vuole dirmi di quali lettere state parlando?» chiese Drake.

«Ti spiegherà tutto Mett.» disse Josie. «Io tornerò il prima possibile.»

«Josie...» disse Noah, «vengo con te.»

«No.» gli rispose, anche se avrebbe voluto ardentemente che lui andasse con lei. «Ho bisogno che tu stia qui con mia nonna e Trout.» Poi guardò Mettner. «Dovrò dire a Shannon e a Christian dell'Artista delle Ossa.»

Mettner sostenne il suo sguardo. «È una tua decisione, ma devi assicurarti che non arrivi alla stampa.»

«Mett e io ci mettiamo al lavoro.» disse Gretchen. «Iniziamo a seguire le piste.»

Mettner guardò Noah. «Vai a casa e riposati anche tu. Vi chiameremo entrambi se ci saranno sviluppi.»

Josie era riluttante ad andarsene. Voleva seguire lei stessa ogni pista, ma sapeva che non era possibile. La sua squadra non avrebbe deluso né lei né Trinity, questo lo sapeva con assoluta convinzione. Per il momento, doveva seguire la pista che Trinity aveva lasciato per lei. Indicò tutta la documentazione dell'Artista delle Ossa, ora sparsa sul tavolo della sala conferenze. «Solo una cosa: vorrei portarne una copia con me.»

TRENTADUE

Alex si scrollò la neve dagli scarponi davanti alla porta sul retro e bussò tre volte. Hanna gli aprì con un gran sorriso. L'ondata di aria calda che lo inghiottì di lì a poco cominciò a dargli fastidio e farlo sudare. Si era così abituato a stare all'aperto e al freddo, che adesso il caldo dell'interno lo soffocava e lo opprimeva. Ma aveva bisogno di mangiare. Si sedette a tavola davanti al piatto che Hanna aveva preparato per lui.

«Mamma...» disse esitante, «è un po' di tempo che non ci sono stati incidenti. Ho dato una mano con Zandra, le ho impedito di farti del male. Le cose sono andate bene. Inoltre, ora ha dodici anni. È più grande. Stavo pensando che forse... forse le cose potrebbero cambiare.»

«Beh, vostro padre...» iniziò Hanna, ma poi si interruppe e, in quel momento, lui la odiò per non essersi mai opposta a Francis.

La porta d'ingresso si aprì di scatto. Alex rimase immobile sentendo Francis nell'ingresso che sbatteva gli scarponi per togliere la neve e si toglieva il cappotto, il cappello e i guanti. Entrò in cucina, lanciando ad Alex una rapida occhiata prima di sedersi a tavola. Mentre Hanna gli serviva la cena, lui raccontò della sua giornata, del tempo, degli imbecilli con cui aveva a che fare nel suo lavoro. Quando finì, lei gli servì il caffè, poi andò nell'altra stanza e tornò con una pila di fogli che gli mise davanti.

«Che roba è?» chiese Francis.

«Un contratto di acquisto per la proprietà dietro a questa. Quaranta ettari! Ho intenzione di comprarla.»

Lui scorse il documento. «Perché dovresti fare una cosa del genere?»

«Perché abbiamo sempre desiderato una proprietà tutta nostra. Questa è la nostra occasione.»

«E tu ti aspetti che io riesca a mantenere quaranta ettari?»

«No, io...»

«Su quel terreno non c'è nemmeno una casa!»

«Beh, potremmo costruire un...»

«No.» sbottò. «È un'idea stupida.»

Spinse via i figli e si alzò. Quando raggiunse l'ingresso, Hanna disse: «Non te lo stavo chiedendo. I soldi sono miei. Posso comprare quella terra se voglio. Non siamo sposati. Non ho bisogno del tuo permesso.»

Alex sentì come un'onda d'urto attraversare la stanza. Francis si voltò verso di lei e le puntò un dito in faccia. «Sai perché non potrei mai sposarti. Questi bambini...»

Lei lo interruppe. «Hanno bisogno di un'eredità. Qualcosa per quando non ci sarò più.»

Lui si avvicinò al tavolo, prese il contratto di vendita e lo strappò a metà. «Se vuoi tenerti i tuoi preziosi figli, di questo non ne dovrai parlare mai più.»

TRENTATRÉ

Callowhill era una piccola città a due ore a est di Denton. Città, pensò Josie, mentre ne attraversava le strade nelle prime ore del mattino, era una parola forte per Callowhill. C'era una strada principale in cui erano raggruppati i servizi essenziali: una stazione di polizia, un ufficio postale, una biblioteca, un benzinaio, una caserma dei pompieri, una farmacia e un centro di pronto soccorso. Il resto della città si estendeva su due miglia quadrate di dolci colline e piccole montagne che circondavano il centro. I Payne vivevano in una grande casa di lusso in mattoni finti situata su quattro acri di terreno. Una stretta strada a una sola corsia conduceva al loro vialetto. Josie sapeva che c'erano altre case lungo la strada, ma raramente vedeva dei vicini quando andava a trovarli.

Accostò davanti al garage, abbastanza grande da ospitare tre auto, parcheggiando accanto al SUV di Shannon, e si diresse verso la porta d'ingresso. Le avevano dato una chiave la prima volta che era andata a trovarli, ma non riusciva a liberarsi dalla necessità di dover suonare il campanello. Come faceva ogni volta che andava in visita, si fermò davanti alla porta d'ingresso e si guardò intorno. Avrebbe potuto crescere in quel posto.

Avrebbe *dovuto* crescere in quel posto. Come sarebbe stato se non fosse stata strappata alla sua famiglia appena nata? *Lei* come sarebbe stata?

Trinity come sarebbe stata?

Christian aprì la porta d'ingresso interrompendo questo turbinio di pensieri nella sua testa.

«Stai bene?»

Josie gli fece un debole sorriso ed entrò. «Sì, scusa...» disse. «Sono solo... stanca.»

Le fece cenno di attraversare l'atrio, che le ricordava una caverna rivestita di marmo, e di entrare in cucina, dove Shannon la aspettava seduta al bancone dell'isola, con una tazza di caffè tra le mani. Josie diede ai suoi genitori un'attenta occhiata. Era evidente che non avevano dormito. I capelli sale e pepe di Christian erano unti e in disordine, un'ombra di barba gli copriva il viso e sotto gli occhi venati di rosso pendevano due grosse borse. Sembrava più piccolo in pantaloni da ginnastica e maglietta. Josie era abituata a vederlo in giacca e cravatta. Shannon indossava un pigiama di cotone e si era tirata indietro i capelli in una coda di cavallo. Anche lei aveva due notevoli occhiaie e il naso era diventato di un rosso vivo a forza di piangere. Le sembrò che fosse invecchiata di dieci anni in poche ore.

E lei era venuta per sconvolgerli ancora una volta con le sue notizie.

Shannon incrociò il suo sguardo, posò la tazza sul piano di lavoro e sussurrò: «Diccelo e basta.»

Josie rimase al suo posto, con i piedi come blocchi di cemento. «Crediamo che Trinity sia stata rapita da un serial killer.»

Le parole rimasero sospese nell'aria per diversi secondi. Poi a Shannon sfuggì dalla gola un grido strozzato. Si chiuse la bocca con entrambe le mani, come se volesse impedire alla voce di uscire. Christian si mise dietro di lei, la avvolse tra le sue braccia e premette il viso sulla sua testa.

Josie fece un passo avanti e, con il massimo distacco professionale a cui poté fare appello, fece loro un breve riassunto delle ragioni che stavano alla base della teoria formulata dalla sua squadra secondo cui l'Artista delle Ossa aveva preso Trinity e di quel poco che sapevano su di lui, stando attenta a non dire nulla che li avrebbe devastati ancora di più. Sapeva già che avrebbero cercato da soli altre informazioni sul killer, e questo sarebbe bastato a scatenare la loro ansia a livelli potenzialmente pericolosi.

Shannon piangeva in silenzio mentre Josie parlava. Christian rimase calmo finché Josie non ebbe finito e poi si appoggiò alla moglie, singhiozzando a sua volta. Josie li guardò crollare a pezzi. Una parte di lei voleva raggiungerli, fondersi nel loro abbraccio e liberare tutto il suo dolore e la sua paura. Erano i suoi genitori, dopo tutto. Ma non poteva farlo. Nel momento in cui si fosse arresa a quei sentimenti schiaccianti, nel momento in cui avesse smesso di spingersi in avanti, tutto sarebbe andato perduto. Trinity aveva bisogno di lei. Che volesse o meno essere sua sorella, Josie avrebbe fatto tutto il possibile per trovarla.

Dopo qualche istante, il pianto di Shannon e Christian si placò, Shannon prese un tovagliolo dal sostegno al centro del bancone e lo porse al marito, poi ne prese uno per sé e mentre si asciugava gli occhi chiese: «Sei venuta qui per dirci solo questo?»

«Non solo questo.» disse Josie. «Devo guardare io stessa tra le cose di Trinity.»

«Josie, se quelle lettere fossero state qui, credimi, le avremmo trovate.» le assicurò Christian.

«Non le lettere. Aveva un diario. Ecco cosa diceva il suo messaggio. *Leggi il mio diario*. Non le mie lettere. L'ha scritto in stenografia, non solo perché ha avuto letteralmente una manciata di secondi a disposizione tra il momento in cui il killer ha fermato la macchina nel vialetto della baita e quando è sceso per andarle incontro, ma perché stava cercando di dirmi qualcosa. Il suo diario, ovunque sia, è scritto in stenografia. Qualsiasi cosa contenga, non voleva che nessuno riuscisse a leggerlo.»

«Tesoro...» disse Shannon, «non c'è nemmeno il diario. Ti avremmo chiamata subito se avessimo trovato un diario scritto tutto a caratteri stenografici.»

«L'ha nascosto da qualche parte.» disse Josie.

«Dove?» chiese Christian.

In un posto dove solo io potrei andare a guardare, pensò Josie. Mentre quelle parole le riempivano la mente, pensò a quanto fosse assurda quell'affermazione: l'ultima volta che avevano parlato, Trinity l'aveva accusata di non conoscerla affatto. Allora perché avrebbe dovuto pensare che lei, e solo lei, potesse scoprire dove aveva nascosto il diario dei tempi delle superiori?

«Non so da dove iniziare.» disse Josie. «So solo che devo cercarlo.»

Christian la condusse al piano superiore. Passarono sotto la porta della mansarda, un semplice pannello a soffitto a cui era fissata una scala pieghevole, ed era già aperta. C'erano scatoloni disseminati lungo tutto il corridoio. Alcuni erano stati depositati per terra, altri erano aperti e il contenuto sparso in giro. Christian passò sopra a mucchi di vestiti, dischi, libri tascabili, videocassette, scarpe e altri oggetti. Indicò la porta della camera da letto di Trinity. Josie sapeva che da quando Trinity si era trasferita anni prima, l'avevano risistemata e che ora era praticamente una stanza per gli ospiti. Tuttavia, quella rimaneva la sua stanza e ci dormiva ogni volta che tornava a casa. «Dai pure un'occhiata.» disse Christian.

Josie entrò nella camera e vide che Shannon e Christian non avevano lasciato nulla di intentato. Il materasso era spostato dalla rete, i cassetti del comodino pendevano aperti, l'anta dell'armadio era socchiusa, le lenzuola e gli asciugamani sugli scaffali all'interno erano tutti appallottolati.

«Hai bisogno di aiuto?» le chiese Christian.

«No.» rispose Josie. «Ti ringrazio.»

«Allora ti lascio sola.»

Josie passò diversi minuti a perlustrare ogni angolo della stanza, cercando di pensare a dove Trinity avrebbe potuto nascondere un diario segreto. Diede un'occhiata approfondita in giro, controllando anche i bordi della moquette per assicurarsi che non ci fossero punti in cui si staccava, prima di concludere che, da adulta, Trinity non avrebbe nascosto alcun diario in quella stanza. In effetti, era facile immaginare che l'ultima volta che Trinity doveva aver scritto su quel diario andasse ancora alle superiori. Partendo da questa ipotesi, Josie tornò nel corridoio e cominciò a cercare metodicamente nelle scatole e tra gli oggetti che Shannon e Christian avevano già tolto e lasciato sparsi sul pavimento. Controllò i vani di ogni portagioie, borsa di cosmetici, borsetta e persino nelle scatole da scarpe. Ogni oggetto che avesse uno scomparto, per quanto piccolo, Josie lo mise sottosopra.

Non trovò niente.

Niente, se non la consapevolezza che lei e Trinity, nonostante fossero cresciute a distanza di ore l'una dall'altra, in due ambienti molto diversi, e nonostante fossero molto diverse da adulte, avevano avuto gusti molto simili da adolescenti. Trinity aveva molti degli stessi dischi, film, libri e persino vestiti che erano piaciuti a lei quando era ragazza. Josie non aveva potuto permettersi neanche la metà di quello che Trinity aveva collezionato, ma di certo aveva ammirato e apprezzato molte delle stesse cose. Entrambe indossavano jeans attillati e ascoltavano una gamma eclettica di musica che comprendeva album di Nelly Furtado, Jennifer Lopez, Matchbox 20, Leanne Womack e Rascal Flatts. Sentì una punta di commozione nel chiedersi se anche Trinity avesse mai cantato gli stessi inni dell'adolescenza che aveva cantato lei, se avesse provato la stessa voglia di evasione che si respirava in "I'm Like a Bird" di Nelly Furtado e quella sensazione di tranquillità con "I'm Gonna Be Alright" di

Jennifer Lopez. Entrambe avevano comprato anche la stessa trousse rosa e turchese, un grande astuccio di plastica per cosmetici per il quale le ragazze della loro età andavano matte nei primi anni Duemila. Josie aveva dato via il suo secoli prima. Con una punta di nostalgia, aprì quello di Trinity e trovò due tubetti secchi di glitter per il viso, che la fecero ridere nonostante la situazione. Le erano piaciute la maggior parte delle cose che piacevano alle adolescenti di quell'epoca, ma non si sarebbe fatta trovare neanche morta con i brillantini addosso. Cercò negli scompartimenti, ma erano vuoti.

Trovò una scatola da bigiotteria placcata in argento e la aprì trovando un braccialetto con ciondolo di Tiffany. Josie lo toccò con riverenza. Sembrava così grande e massiccio dopo tanti anni, con le sue maglie di catena in argento e l'enorme ciondolo a forma di cuore con su scritto: *Please return to Tiffany & Co.* Molte delle ragazze più ricche della scuola di Josie ne avevano uno. Lei lo aveva desiderato per tutto il liceo, ma sapeva che era costoso e Lisette non aveva certo modo di comprarglielo. Lo mise da parte e passò a un nuovo raccoglitore che conteneva i film che Trinity aveva collezionato durante gli anni dell'adolescenza.

La voce di Shannon la distolse dai suoi pensieri. «Nessuno guarda più le videocassette...» disse, indicando una pila di film dei primi anni Duemila sulle ginocchia di Josie. «Non sono nemmeno sicura che si possano vendere su eBay come articoli vintage. Dovrò dirle di sbarazzarsene quando...»

Si interruppe e si coprì gli occhi con una mano. Josie spinse le videocassette da parte e si alzò in piedi. Con delicatezza, scostò la mano che Shannon si premeva sul viso. «Quando tornerà...» concluse per lei, «potrà rivedere queste cose quando tornerà. Guarda questi film: erano anche i miei preferiti quando avevo quell'età: *Miss Detective, Return to me, Erin Brockovich, Notting Hill, Shakespeare in Love.*»

Shannon sorrise. «Amava guardare i film. Si sedeva per ore

nella sua camera da letto e ne guardava uno dopo l'altro. Credo che fosse una piacevole distrazione per lei.»

Josie prese una delle altre cassette. «Questo era il mio preferito: *Contact*. Ricordi di cosa parla?»

«Mi sembra di sì...» disse Shannon.

«Parla di una bambina che dal padre prende la passione per le trasmissioni radio. Un giorno il padre ha un malore e muore perché la bambina non fa in tempo a portargli le medicine. Per questa tragedia la bambina perde la fede in Dio e diventa un'esperta ricercatrice di telecomunicazioni. Ed è così che capta un segnale che contiene un messaggio per la costruzione di una macchina concepita per il trasporto interstellare di un singolo passeggero. E solo dopo una lunga controversia sorta sulla sua qualifica a presentarsi come ambasciatore della razza umana non essendo credente, la ragazza trova uno stratagemma per compiere il viaggio che le permette di raggiungere uno degli extraterrestri, il quale le appare con le sembianze di suo padre. Mi piaceva molto perché mio padre...»

Il resto della frase le morì in gola, soffocato da un singhiozzo.

Shannon le prese la videocassetta dalle mani, la posò in cima alla pila sul pavimento e accarezzò i capelli di Josie. «Perché tuo padre è morto quando avevi sei anni e avresti voluto cambiare le cose.»

Josie non riusciva a parlare e si limitò ad annuire. La donna che l'aveva sottratta ai Payne quando aveva solo tre settimane di vita, Lila Jensen, all'epoca frequentava saltuariamente il figlio di Lisette Matson, Eli. Era tornata da lui dopo una lunga rottura e gli aveva detto che Josie era sua figlia e lui l'aveva cresciuta fino all'età di sei anni, quando Lila lo aveva ucciso. Eli era stato un padre meraviglioso, l'unico che Josie avesse mai sentito tale, e a Josie era mancato terribilmente per tutta la vita. Solo decenni dopo la morte di Eli, Josie aveva scoperto che Christian Payne era il suo padre naturale, ma anche sapendo la verità, era difficile pensare a Eli come a qualcosa di diverso da un genitore.

Shannon indicò un'altra videocassetta. «*Erin Brockovich* era il preferito di Trinity.»

A Josie sfuggì una leggera risata. «Non mi sorprende...»

«Josie...» disse Shannon. «Sono quasi le otto del mattino, non hai dormito. Mi ha chiamato Noah.»

«Vuole che mi riposi un po'.»

Shannon sorrise. «E che mangi un boccone.»

«Mi sembra giusto.» Era evidente che Noah non si era preoccupato di chiamarla per raccomandarle di riposarsi e di mangiare, perché sapeva che lei non gli avrebbe dato retta.

«Ti preparo la colazione e poi potrai dormire. Hai trovato quello che cercavi?»

Josie guardò le cianfrusaglie intorno a lei. Era come se un centro commerciale dei primi anni Duemila fosse esploso nel corridoio di casa Payne. «No.» gracchiò. «Non credo che sia qui.»

Fissò il disordine ancora per un attimo prima che Shannon la prendesse per un braccio. «Lascia stare.» disse. «Scendiamo in cucina.»

TRENTAQUATTRO

Josie si sedette al bancone dell'isola a guardare Shannon che cucinava un'omelette. Christian era seduto di fronte a Josie, con il portatile aperto, e faceva delle ricerche su Internet sull'Artista delle Ossa, e più leggeva più il viso assumeva una tonalità verdastra. «Non mi sembra che sia una buona idea... papà.» disse Josie.

Lui la guardò, illuminandosi improvvisamente in volto. Così com'era stato per Shannon quando l'aveva chiamata "mamma", aveva provato a chiamare lui "papà" ma solo una o due volte. La gioia euforica e la speranza disperata che si sprigionavano dai loro volti ogni volta che lei li chiamava mamma e papà la mettevano sempre a disagio: non avrebbe cancellato il passato, né avrebbe riempito il vuoto che la sua assenza trentennale aveva lasciato. Lo sapeva bene. Tutta la sua vita era stata una sfilata di crude verità e un'ininterrotta corsa sulle montagne russe di realtà ancora più crude. Solo che non era sicura che i Payne lo sapessero. Non voleva essere una delusione per loro.

Come se avesse percepito il suo disagio, Christian distolse lo sguardo e poi, quando tornò a guardarla, la sua espressione era diventata più moderata. «Lo so.» concordò. «Ma devo sapere.

Non posso farne a meno. È sempre meglio avere più informazioni. Voglio dire, non è... non per il mio stato mentale, ma di solito più informazioni ho su un particolare argomento, meglio mi sento.»

«Anch'io sono un po' così.» convenne Josie. In effetti, il suo bisogno di sapere le cose, di svelare i misteri e di ricomporre i puzzle la metteva spesso in pericolo.

«Trinity è uguale.» osservò Shannon da sopra le spalle. «Quando sua nonna si ammalò, fece ricerche su tutto ciò che c'era da scoprire sul cancro ai polmoni. Noi pensavamo che non fosse salutare, ma non ci fu modo di fermarla.»

A Christian sfuggì una risatina triste. «Ricordi che pensava che tu potessi sviluppare un farmaco che l'avrebbe salvata?» disse alla moglie.

Shannon spense il fuoco del fornello. Si asciugò una lacrima dall'occhio. «Oh, sì. È stato un momento molto brutto per me come genitore: Trinity si rese conto che, anche se ero un chimico di un'importante azienda farmaceutica, non potevo salvare sua nonna.»

«Raggiungere la consapevolezza che i suoi genitori non potevano risolvere la situazione fu la parte più devastante.» affermò Christian.

«Almeno voi c'eravate.» commentò Josie. «Lei poteva contare su di voi, un conforto quando aveva il cuore spezzato.»

«Non sono sicura di esserle stati tanto di aiuto.» disse Shannon con un sospiro. Prese una spatola per trasferire l'omelette dalla padella a un piatto che mise davanti a Josie. Non aveva mangiato dalla sera prima e non aveva ancora appetito, ma prese la forchetta che Shannon le porgeva e si mise a mangiare. Aveva bisogno di tutto il carburante possibile per continuare a cercare sua sorella.

«Gli anni dopo la morte della mamma sono stati terribili.» concordò Christian.

«Sì, me l'hai detto.» disse Josie. «Ma lei è venuta su bene.»

«Tu dici?» chiese Shannon. «Non ha amici. Questi ultimi due mesi sono stati a dir poco difficili, anche peggiori di quelli all'inizio della sua carriera, quando quella fonte le aveva fornito informazioni sbagliate su una storia e l'aveva fatta cacciare dal programma della rete mattutina. Non ha nessuno tranne noi. Pensavamo che avesse superato tutti quei problemi di bullismo e di socializzazione dalle scuole medie e superiori, ma forse non è così.»

«Non ha importanza adesso.» disse Christian. «La cosa importante è riportarla a casa viva.»

«Non aveva una migliore amica al liceo?» chiese Josie.

«No.» disse Shannon. «Era sempre parecchio malinconica. Avremmo voluto portarla in tanti posti, così le avremmo suggerito di invitare un'amica che venisse con noi, ma non aveva nessuno a cui dirlo. Tutte le altre ragazze si erano trovate una migliore amica, ma lei era sempre sola. Ogni tentativo che faceva per farsi degli amici cadeva sempre nel vuoto.»

«Ti ricordi di quella ragazzina?» chiese Christian. «Quella che era in vacanza al mare con la sua famiglia nello stesso periodo in cui c'eravamo anche noi, l'estate prima che Trinity cominciasse il liceo.»

«La ragazzina che faceva parasailing? Certo che me la ricordo. Una stronzetta come poche...» Shannon guardò Josie e le spiegò: «Questa ragazzina era una compagna di classe di Trinity, avevano fatto insieme le scuole medie. E avrebbero frequentato anche lo stesso liceo. Per tutta la settimana che trascorremmo al mare, passò del tempo insieme a Trinity. Le accompagnammo a fare parasailing insieme e si divertirono un mondo. Pensai che questo le avrebbe fatte legare molto, dato che era un'esperienza piuttosto intensa. Trinity era al settimo cielo. Per la prima volta dopo un paio d'anni, avevo qualche speranza per lei, perché finalmente aveva un'amica, una coetanea con cui condividere la vita. Appena tornati a Callowhill, la ragazzina si comportò come se non la conoscesse.»

«Credo che sia quello che oggi chiamano "ghosting".» disse Christian.

«Si chiama "essere una persona da dimenticare".» sbottò Shannon. «Allora come oggi. Chiamai anche sua madre, cercai di organizzare qualche uscita insieme, ma anche lei mi mandò a quel paese. Trinity passò il resto dell'anno a chiedersi cosa avesse detto o fatto di male.»

Josie sentì una fitta per la sua gemella. «È terribile.»

Christian scosse la testa. «No, questo non è niente. Dopo ciò che le successe al primo anno, quell'episodio fu quasi uno scherzo.»

Shannon ebbe un'altra crisi di pianto. «Si potrebbe pensare che, dopo tutti questi anni, quegli stupidi screzi da liceali non dovrebbero darmi più fastidio, invece è ancora così.»

«Che cosa accadde?» chiese Josie.

Shannon si avvicinò al lavandino e cercò nel mobiletto soprastante finché non trovò delle bustine di tè. Mentre raccontava, mise a scaldare l'acqua in un bollitore sul fornello. «Tutto cominciò con una borsa che aveva trovato in un negozio dell'usato a Philadelphia. Era una cosa in stile anni Ottanta, un patchwork con molti colori e motivi diversi. Le piaceva moltissimo. Dio solo sa perché, ma ne era a dir poco entusiasta. Diceva che era diversa da qualsiasi altra cosa che chiunque altro avesse.»

«Ci credo, all'epoca era già di vent'anni prima...» commentò Christian.

Shannon scosse la testa. «Non era questo l'importante. Le piaceva. Era una borsa. Insomma, la portò a scuola e per quelle ragazzine orribili fu come invitare la lepre a correre. Iniziarono subito a prenderla in giro, chiamandola "la poveretta con la borsa brutta".»

«Quanta creatività.» disse Josie.

«Sì, beh, non sono mai state molto intelligenti quelle ragazzine.» disse Shannon. «Le dissero anche che se la portava in giro perché non poteva permettersi una vera borsa e cominciarono a chiamarla "Povera Payne" e questo ha dato il tono praticamente a tutto l'anno.»

«Trinity non riusciva a capire perché la prendessero in giro dicendo che era povera quando era evidente che non lo eravamo. Dovemmo spiegarle che non era quello il punto: quelle ragazzine erano crudeli solo per il gusto di esserlo.» disse Christian.

«Le spiegammo che fare commenti sullo status socioeconomico di un'altra persona era un comportamento inaccettabile per chiunque e che, a prescindere da quello, se non l'avessero chiamata "Povera Payne" avrebbero trovato qualche altro pretesto per prenderla in giro.» gli fece seguito Shannon.

Josie fece un rapido catalogo mentale delle borsette che aveva trovato tra le cose di Trinity al piano di sopra. «Che fine ha fatto quella borsa?»

Shannon versò dell'acqua calda in una tazza e vi immerse una bustina di tè. «La buttò via. Prima ancora di uscire da scuola. Era umiliata. La riaccompagnai subito a scuola per riprenderla dalla spazzatura, perché volevo che continuasse a portarla per dimostrare la sua convinzione...»

Christian sorrise. «E cioè che quelle ragazzine potevano infilarsi le loro provocazioni in quel posto, anche se credo che tu, cara, usassi un linguaggio molto più forte all'epoca.»

«Ma quando arrivammo a scuola» continuò Shannon, «tutti i bidoni della spazzatura erano stati svuotati e nel cassonetto ci saranno stati un centinaio di sacchi della spazzatura. Era già stata una giornata tremenda per Trinity, non volevo peggiorarla facendole rovistare nel cassonetto per trovare proprio quello che l'aveva resa oggetto di scherno.»

Josie poteva solo immaginare cosa sarebbe successo se qualche compagno di scuola l'avesse vista. La "Povera Payne" che grufolava nei cassonetti insieme a sua madre? Non avrebbe più avuto tregua con i pettegolezzi e gli abusi verbali.

«Hai fatto la cosa giusta.» disse a Shannon.

«Le dicemmo di ignorare i loro commenti, di non darci peso e di tenere la testa alta. Si stavano solo comportando in maniera crudele senza motivo e, proprio per questo, non avrebbe dovuto desiderare di essere amica di persone del genere!»

Tutti argomenti che i genitori ben intenzionati dicono ai figli vittime di bullismo, Josie lo sapeva, che però raramente erano d'aiuto in quel genere di situazioni. Ma del resto, cos'altro c'era che potessero dire o fare?

«Il giorno dopo...» riprese Shannon, «prese una delle mie costosissime borse dall'armadio senza dirmelo e la portò a scuola.»

Josie annuì. Sebbene al liceo lei e Trinity avessero avuto gusti simili, le loro personalità non avrebbero potuto essere più diverse. Se a quattordici anni fosse stata Josie a sopportare tutti quei maltrattamenti per una borsa vintage degli anni Ottanta, alla fine della giornata l'avrebbe fatta indossare come cappello al bulletto più sguaiato e insopportabile, e poi lo avrebbe costretto a sfilare in modo che tutti i suoi compari sapessero che non dovevano più mettersi contro di lei. Poi avrebbe messo da parte un'intera collezione di borse vintage anni Ottanta e ne avrebbe portata una diversa a scuola ogni giorno della settimana, sfidando chiunque a prendersi gioco di lei.

Non poté fare a meno di chiedersi se per lei sarebbe stato così perché non era stata cresciuta da Shannon e Christian. Era stata la sua infanzia problematica a darle una grinta che altrimenti non avrebbe sviluppato? Scrollandosi quei pensieri dalla testa, si concentrò sui suoi genitori. «Che cosa accadde dopo?»

Shannon posò una tazza davanti a Josie. «È camomilla» disse, «ti aiuterà a dormire.»

«Le sue compagne la accusarono di averla rubata.» rispose Christian. «Una di loro gliela prese e disse che l'avrebbe consegnata alla preside, accusandola di furto. Lei rispose che era di sua madre e a quel punto arrivarono in quattro, se non sbaglio, e la distrussero.»

«La fecero a pezzi.» disse Shannon.

«Ma è assurdo...»

«Sì, piuttosto spiacevole.» disse Christian. «Quella fu la goccia che fece traboccare il vaso e decidemmo di coinvolgere la preside. Shannon chiamò perfino la polizia.»

«Per una borsa?» non poté fare a meno di chiedere Josie.

Shannon scosse la testa. «Non per la borsa. Non mi importava della borsa. Quelle ragazzine le avevano strappato con la forza la borsa di dosso e l'avevano distrutta. Riesci a immaginarti di camminare per le strade in pieno centro dove qualcuno ti si avvicina, ti strappa la borsa dal braccio e poi la riduce a pezzi proprio davanti a te? Non è un comportamento accettabile. Da adulti che vivono in un mondo con delle conseguenze, non potevamo tollerare un comportamento del genere, figurati se avremmo permesso che dei liceali si comportassero in quel modo.»

«Capisco...» concesse Josie.

«Immaginati dei giovani del genere che entrano nel mondo del lavoro pensando di potersi comportare così! Che possono fare quello che vogliono e che non ne pagheranno mai le conseguenze! Che possono aggredire verbalmente e fisicamente le persone, distruggere le proprietà altrui! Se gli adulti devono rispettare le regole di una società civile, perché gli adolescenti non dovrebbero fare lo stesso?»

«Shannon...» la riprese Christian.

Shannon sventolò una mano in segno liquidatorio. «Lo so, lo, so, scendo dal mio palco ora. Scusate.»

«Non fa niente.» la tranquillizzò Josie. «Che cosa è successo dopo?»

«Beh, quelle compagne in particolare vennero punite e da quel momento non osarono più prendersela con Trinity, almeno non fisicamente, ma misero contro di lei tutti gli altri compagni di scuola. "Non avvicinarti alla Povera Payne o chiamerà la polizia e dirà che le hai dato fastidio". Questo genere di cose. Aveva ancora diversi problemi. Anzi, parecchi, contando anche una rissa con una ragazza di un'altra scuola durante una gita scolastica. Fu questo a scatenare tutta la faccenda dei servizi sociali.»

«Ma non trovò mai il suo posto al liceo.» disse Shannon. «Fu un inferno dall'inizio alla fine. Mi chiedo ancora se non avremmo dovuto farla studiare a casa, se abbiamo fatto la cosa sbagliata costringendola ad andare in quella scuola ogni giorno.»

«A questo non so darvi risposta.» disse Josie. «Forse quell'esperienza è servita a prepararla per il lavoro che ha adesso. Il suo è un settore piuttosto spietato e lei è eccezionalmente brava in quello che fa.»

«Può darsi.» disse Shannon. «A volte nella vita non sai se stai facendo la cosa giusta nel momento in cui la stai facendo davvero.»

TRENTACINQUE

La prima volta che Alex vide gli avvoltoi urubù fu in una delle sue avventure con il padre. Spesso li scambiava per falchi quando volavano in alto e solo quando si avvicinavano al suolo e lui poteva vedere il piumaggio nero delle loro grandi ali, capiva che erano avvoltoi. Suo padre gli disse di ignorarli. "Sporchi spazzini" li chiamava. «Non si fanno nemmeno il nido. Si appollaiano a terra e negli edifici abbandonati.»

Alex non vedeva il problema. Anzi, a parer suo gli avvoltoi erano quelli intelligenti. In questo modo non c'erano sprechi. Si nutrivano di cose già morte. Erano due volte più grandi della maggior parte degli altri rapaci che suo padre invece adorava tanto.

"Brutti e stupidi" li chiamava Francis. Faceva tutto il possibile per assicurarsi che non toccassero terra, ma c'era troppa fauna selvatica. Inevitabilmente, un cervo o un coyote o un animale più piccolo come un coniglio o un procione morivano e loro si avventavano sul cadavere, ripulendolo con selvaggia efficienza.

Questa era la cosa che Alex trovava più impressionante.

Gli piaceva andare vicino alle rocce e lasciare loro un

regalo: non c'era carenza di carcasse nel bosco. Poi aspettava l'arrivo degli avvoltoi. Da quando era stato bandito dalla casa, aveva tutto il tempo per farlo, a parte il momento dei pasti. Un giorno stava guardando gli avvoltoi mentre facevano razzia dei resti di una volpe rossa, quando sentì un rumore alle sue spalle. Aspettandosi di vedere Francis, si girò di scatto, pronto a ricevere la solita dose di insulti e pronto a essere allontanato dalle attività degli "stupidi, sporchi spazzini". Invece era Zandra.

«Cosa ci fai qui?» le chiese.

«Sto esplorando.»

«No.» disse lui. «Come hai fatto a uscire?»

«Le ho raccontato di quello che lui faceva in quella stanza stanza.»

Alex si sentì travolgere da un'ondata di disgusto. Deglutì. «Quale stanza?»

«So che non sei così stupido.» disse lei. «La mia camera da letto.»

Lui non disse nulla.

Raccolse dei ramoscelli che si erano accumulati nelle fessure delle rocce e li lanciò verso il gruppo di avvoltoi, ma questi non si fecero scoraggiare, mantenendo la stessa concentrazione. Quando facevano il loro lavoro, poche cose potevano disturbarli e questa loro caratteristica piaceva particolarmente ad Alex.

«È davvero disgustoso.» disse Zandra.

«No, non lo è.»

«Sì, invece. Fa proprio schifo.»

Non riusciva a vedere la bellezza, non solo dei maestosi uccelli neri, ma anche dell'arte della saprofagia, perciò non le rispose.

Un momento dopo, lei riprese a parlare. «Voglio stare fuori, con te.»

«Non puoi.» disse lui. «Hai fatto del male alla mamma. Io

dovrei fermarti. Però qualche volta non mi va di farlo. Qualche volta vorrei lasciarti... fare del male.»

«Davvero?» chiese lei.

Alex scrollò le spalle. «Ho dei brutti pensieri.»

«Sulla mamma?»

«Su tutti.» sussurrò lui.

«Anche su di me?» chiese lei.

«Sì.»

«Per esempio?»

Lui distolse lo sguardo dalla scena che si svolgeva davanti a loro, dove uno degli avvoltoi aveva appena staccato un piccolo ossicino e aveva spiccato il volo portandolo via. «Voglio sapere come sei fatta senza pelle.» disse Alex.

TRENTASEI

Considerata la portata di quelle rivelazioni sull'infanzia di Trinity, Josie dubitava seriamente di riuscire a dormire. Non c'era da stupirsi che sua sorella fosse fatta così: ambiziosa, determinata fino all'eccesso e quasi spietata nella ricerca di una storia. Stando a quello che dicevano tutti e agli album fotografici che Josie aveva sfogliato quella mattina, la prima infanzia di Trinity era stata idilliaca, a differenza della sua, che era stata un vero e proprio inferno. Poi ai tempi delle superiori, quando lei era andata a vivere con sua nonna e la sua vita si era finalmente rimessa in carreggiata, Trinity era precipitata nel suo particolare tipo di inferno. Stesa sul letto della camera degli ospiti, con le tende oscuranti tirate, Josie si chiese perché Trinity non le avesse mai detto nulla di tutto questo. Poi si rese conto che era lo stesso motivo per cui lei stessa non aveva mai parlato volentieri della donna che l'aveva rapita e cresciuta. Quegli orrori appartenevano al passato ed era lì che dovevano rimanere. Josie non aveva alcun desiderio di riviverli, per nessuno. Tuttavia, mentre stava scivolando nel sonno, il suo cuore era appesantito dal rimpianto per tutte le parole che non aveva mai scambiato con sua sorella.

Quando si svegliò, tre ore dopo, il suo telefono indicava che era da poco passata l'una del pomeriggio e che aveva due chiamate perse da Noah. Lo richiamò prima ancora di avere la possibilità di scacciare il sonno dagli occhi. «Che succede?» gli chiese quando le rispose. «Ci sono novità?»

«Non ancora, purtroppo.» disse Noah. «Però, Drake ha fatto qualche telefonata e ha richiesto il trasferimento delle prove dalla scena del crimine alla baita al laboratorio dell'FBI per accelerare i tempi, dato che si tratta di un caso seriale. Non so che tipo di fili abbia dovuto tirare, ma far analizzare tutto questo materiale in tempi brevi non può far male.»

«E sulle impronte trovate nella baita, nell'auto di Trinity e sulla custodia del suo telefono?» chiese Josie. «Sono state analizzate nell'AFIS?»

«Sì, ma non ci sono riscontri. Abbiamo alcune impronte sconosciute sia nell'auto che nella baita, ma non possiamo essere certi che appartengano all'assassino. Non ci sono impronte sulla scatola del pettine, tranne le mie e quelle di Trinity. Stanno ancora analizzando la custodia e il pettine, ma ci vorrà più tempo. Inoltre, Drake ha mandato degli agenti a seguire le piste che hai suggerito tu: gli ornitologi, i veterinari, i funzionari della commissione per la caccia. E Mettner ha dato loro una lista.»

«Sei riuscito a dormire?» chiese Josie.

«Un paio d'ore.»

Josie si alzò e lanciò uno sguardo al corridoio. Dal piano di sotto saliva il profumo del pranzo sui fornelli. «Credo che Shannon cercherà di farmi mangiare qualcos'altro prima che mi rimetta in strada.»

«Lasciala fare. Noi siamo tutti qui.»

Josie riattaccò, andò in bagno e scese al piano di sotto. In cucina, invece di Shannon, trovò Christian ai fornelli. «Tua madre è in soffitta a riordinare un po'.» le disse. «Anzi, mi sorprende che tu non l'abbia sentita.»

«Ero piuttosto stanca.» ammise Josie.

Un attimo dopo, Christian le fece scivolare davanti un piatto con pasta e verdure al forno. «Mangia.» disse. «Devo fare qualche telefonata, visto che per il momento non andrò al lavoro. Hai tutto quello che ti serve?» Josie annuì. Non appena lui se ne fu andato, lei andò alla sua borsa e tirò fuori la copia del fascicolo dell'Artista delle Ossa che aveva portato con sé. La prima cosa che fece fu infilare le copie delle foto in fondo al fascicolo così che se Shannon o Christian fossero rientrati non le avrebbero viste. Mentre mangiava, esaminò i referti delle autopsie, i campioni di DNA, i profili delle vittime, cercando di capire che cosa avesse scoperto Trinity che le aveva permesso di sbloccare il caso. Doveva aver messo insieme qualche dettaglio fondamentale se era riuscita a mettersi in contatto con l'assassino, soprattutto visto che le forze dell'ordine avevano passato oltre dieci anni a cercarlo. Ma non c'era niente che le saltasse all'occhio. Tornò al profilo psicologico, leggendolo con più attenzione stavolta. Qualcuno, forse Drake, aveva scritto a margine e a fondo pagina: *brama attenzione e riconoscimento della sua intelligenza; vuole sentirsi importante; ricorrere alla strategia del Superpoliziotto?* Josie si appuntò di chiederlo a Drake più tardi. Rilesse il profilo due volte, cercando di vedere le cose con gli occhi di Trinity. Sempre niente. Finì di mangiare e lavò il piatto nel lavandino. Tornata al suo posto, rimase immobile e si sforzò di percepire la presenza di Shannon e Christian in casa. La voce di Christian si diffondeva tranquillamente dal suo studio al piano di sopra, evidentemente era ancora al telefono. Alcuni colpi provenienti dal piano superiore le assicurarono che Shannon stava sistemando il corridoio. Fiduciosa che entrambi sarebbero stati impegnati per qualche altro minuto, fece un respiro profondo e tirò fuori le foto che aveva nascosto poco prima. Si irrigidì, rendendosi conto troppo tardi che non era stata una buona idea mangiare prima di vederle. Fece un altro respiro profondo. Costringendo gli occhi a concentrarsi sui resti contrassegnati con il nome di Robert Ingram, cercò di pensare in modo analitico piuttosto che emotivo. Doveva eliminare la sensazione orrorifica e cercare di pensare come l'assassino: lui non era inorridito da ciò che faceva. La maggior parte dei serial killer ama il proprio lavoro e questo assassino in particolare, non solo amava il suo lavoro, ma cercava di affermare un concetto. Ma di che tipo? Considerava se stesso un artista e opere d'arte quelle esibizioni appariscenti. Il simbolo di qualcosa. Josie cercò nella sua borsa e tirò fuori penna e taccuino.

Iniziò a disegnare la forma dell'esposizione, partendo da un cerchio, come un orologio. All'interno di quel cerchio disegnò un altro cerchio per rappresentare il busto. Dove avrebbe dovuto esserci il sei, tracciò una linea che rappresentava le ossa delle braccia, poi altre forme alle estremità per farle corrispondere al cranio e all'osso pelvico. Passò a tracciare una linea a partire da dove sarebbe stato il due, dove erano state disposte le ossa delle gambe, e si fermò di colpo.

«Ma che diavolo...»

Girò una pagina del suo blocco note e ricominciò facendo un cerchio, tracciando una linea verso il basso a partire dalle ore sei e poi un'altra linea che la attraversava.

Sfogliò le foto fino a trovare quella dei resti di Terri Abbott. In quell'esposizione il bacino e il cranio erano stati collocati in posizione inversa all'estremità delle ossa delle gambe, che si trovavano a ore due. Josie girò un'altra pagina del suo quadernino e disegnò un nuovo cerchio, questa volta con una linea verso l'esterno a partire dalle ore due e una linea alla fine di questa. Non era una linea, si rese conto: una freccia.

Si rimise seduta e fissò gli schizzi che aveva fatto.

Erano simboli. Maschio e Femmina.

Chiuse il fascicolo, tirò fuori il cellulare e chiamò Noah.

TRENTASETTE

Rispose al secondo squillo. «Ehi, tutto bene?» chiese. «Stai tornando?»

«Parto tra poco.» gli disse Josie. «Dove sei? Sei con la squadra?»

«Gretchen è andata a casa a dormire, mentre Drake e Mettner sono appena arrivati. Si sono fatti un paio d'ore di sonno questa mattina. Che succede? Avete trovato il diario?»

«No.» disse Josie. «Non si tratta di quello. Ma credo di aver capito il significato delle esposizioni. Tira fuori le foto, per favore.»

«Aspetta.»

Lo sentì muoversi, parlare, chiamare Drake e Mettner, lo scalpiccio di passi che scendevano le scale, il cigolio di una porta che si apriva, dei fogli che frusciavano. Poi Noah tornò in linea. «Eccoci, abbiamo le foto. Ti metto in vivavoce.»

Seguì un segnale acustico e Mettner e Drake la salutarono. Lei non perse tempo in convenevoli. «Le foto delle vittime maschili, guardatele. Il cranio e le ossa pelviche sono in basso, a ore sei.»

«Lo vediamo.» confermò Mettner.

«Coprite le ossa delle gambe a ore due. Fate finta che non ci siano. Tutto ciò che rimane è un cerchio con una linea che parte dal fondo e un'altra che lo attraversa.»

Qualcuno emise un fischio basso. Poi Drake disse: «È il simbolo della femmina.»

«Esatto.» disse Josie. «Ora guardate quella di Terri Abbott, l'unica vittima femminile, l'osso pelvico e il cranio sono vicini alla parte superiore, a ore due.»

«Ci siamo.» la avvertì Noah. «Se copriamo le ossa a ore sei, abbiamo il simbolo del maschio. Porca miseria...»

«Esatto, sono i simboli di Maschio e Femmina.» confermò Josie.

«Ma perché la vittima femmina ha il simbolo maschile e il maschio quello femminile?» chiese Mettner.

Josie pensò ai post-it di Trinity. Simmetria. Qualcosa sulla simmetria. Ma cosa? Non avrebbe avuto più senso che i maschi fossero contrassegnati con il segno maschile e le femmine con il segno femminile?

«Non lo so.» disse Josie. «Ma questo è già qualcosa.»

Ci fu un lungo silenzio. Poi Drake disse: «È geniale, detective Quinn, ed è molto probabile che tu abbia ragione sul fatto che si tratti dei simboli maschio e femmina. Sfortunatamente, questo non ci avvicina alla ricerca di quest'uomo.»

Josie si accasciò sulla sedia. Aveva ragione.

«Però...» aggiunse Drake, «parlerò con il mio contatto dell'Unità di Analisi Comportamentale e vedrò se riescono a dare un senso a tutto questo o se riescono a pensare a un modo per utilizzarlo nella nostra indagine.»

«Grazie.» disse Josie, sentendosi sconfitta. «Mi metto in strada tra qualche minuto. Ci vediamo tra poco.»

Raccolse le sue cose, salutò Shannon e Christian, che le promisero di raggiungerla a Denton più tardi in giornata, e salì in macchina. Mentre percorreva una serie di strade rurali alberate fuori Callowhill, nonostante fosse stanca, rifletté ancora su ciò che aveva appena capito. L'aveva capito anche Trinity? Sicuramente sì. Se sì, a cosa l'aveva condotta? Com'era riuscita, partendo dai simboli di maschio e femmina, a far uscire l'assassino dal suo nascondiglio dopo tanti anni?

Strinse le mani sul volante mentre la strada si snodava davanti a lei. Alla sua destra c'era una scarpata che portava a un burrone e alla sua sinistra c'erano alberi a perdita d'occhio. Un attimo dopo, alla sua sinistra, apparve un furgone. Era stato accostato a un'apertura tra gli alberi, sul ciglio della strada. La cabina bianca sporgeva tra le fronde. La parte inferiore della portiera era coperta di sporcizia e qualcuno aveva scritto con un polpastrello la parola "Lavami". Le scappò da ridere mentre ci passava davanti. Con la coda dell'occhio, sotto quelle parole, qualcosa di diverso attirò la sua attenzione. Un simbolo.

Aveva già superato il furgone di parecchio quando si rese conto del suo significato.

È probabile che guidi un veicolo poco appariscente ma adatto alle sue attività, quindi un furgone o un pick-up, e presumibilmente un modello vecchio, niente che possa attirare particolare attenzione.

Mise rapidamente in moto il cervello per valutare tutte le possibilità. Possibile che avesse ragione? Oppure la tensione del caso e la mancanza di sonno la stavano facendo impazzire? Josie scosse la testa, come per riordinare i pensieri. Non poteva essere una coincidenza, si disse. Tutto quello che accadde successivamente sembrò durare ore, ma in realtà fu solo una questione di secondi.

Fece inversione e andò a tavoletta, ritornando verso il furgone. Premette il pulsante di comando vocale della sua Ford Escape per comporre il numero di Noah. Prima che lui potesse dire qualcosa, lei urlò: «Noah, credo di averlo trovato. L'Artista delle Ossa.»

«Josie, che dici? Di cosa stai parlando...»

«Ascoltami, non c'è molto tempo!» Gli ripeté la sua posizione come meglio poté stimarla. «Sembra un pick-up Chevrolet bianco. Un vecchio modello.»

Prima che potesse dire altro, un uomo uscì dal bosco e salì a bordo del furgone. Non l'aveva vista. Era alto, forse un metro e ottanta, e indossava jeans e camicia di flanella. Aveva i capelli castani e gli spuntavano da sotto un berretto da baseball calato sul viso. Alzò lo sguardo appena prima che lei lo raggiungesse e si guardarono negli occhi.

«Eccolo!» disse Josie. «E la sua faccia è... c'è qualcosa...»

L'uomo schiacciò l'acceleratore e il suo furgone scattò in avanti, spruzzando erba e fango dietro di sé. Puntò direttamente contro di lei, andando a schiantarsi con la parte anteriore del suo furgone contro il lato del passeggero della macchina di Josie. L'impatto la fece sobbalzare e la sballottò da una parte all'altra; sbatté la testa contro il finestrino e il dolore le fece vedere le stelle. Si aggrappò salda al volante nel tentativo di riprendere il controllo della sua auto ma senza riuscirci. L'uomo continuò ad accelerare, spingendo la sua auto fino all'altro lato della strada. Josie si rese conto a malapena dell'impatto, mentre la sua auto veniva schiacciata contro il guardrail. Il metallo strideva contro il metallo. Il furgone continuava ad avanzare. Poi la sua auto si ribaltò, rotolò giù per il burrone, i vetri si schiantarono e andarono in frantumi. La cintura di sicurezza le si strinse sul petto, togliendole per un attimo l'aria dai polmoni. L'auto atterrò sottosopra, sospesa tra due enormi alberi e lei si ritrovò a testa in giù.

Le sembrò di essere avvolta dalla nebbia. Il parabrezza si era frantumato. C'erano frammenti di vetro ovunque. Cercò di muoversi. Allungò una mano per raggiungere la cintura di sicurezza e per premere il pulsante che l'avrebbe liberata, ma non scattò.

Da qualche parte le sopraggiunse la voce di Noah che fluttuava all'interno del veicolo, aumentando il suo disorientamento. «Josie!» gridava. «Josie! Stai bene? Josie!»

«In... incidente...» rantolò lei.

La voce di Noah si affievolì, anche se lei poteva sentirlo parlare con qualcun altro in sottofondo, impartendo ordini. «Rimani dove sei.» disse tornando al telefono. «I soccorsi stanno arrivando.»

Nonostante il disorientamento, la sua mente cercò di dirle qualcosa di molto importante. Lui era lì. Era vicino. *Ha cercato di ucciderti.*

Inspirò e sbatté rapidamente gli occhi, scatenando una tempesta di fuoco tra le palpebre. Fitte di dolore le esplosero sulle cornee.

«Non toccarli.» disse una voce maschile mentre lei cercava di strofinarseli. Ogni muscolo del suo corpo si irrigidì per il panico. Non riusciva ad aprire gli occhi. Il dolore era insopportabile. Allungò le mani come per respingerlo e gli intimò, con voce stridula: «Sta' lontano da me! Non toccarmi!»

Lo sentì avvicinarsi. Ci fu un grugnito e poi sentì che la portiera si apriva. Lei fece come per indietreggiare, ma la voce dell'uomo rimase calma. «Hai del vetro negli occhi.» disse. «Non strofinarli e non sbattere le palpebre.»

Un urlo le proruppe dal corpo e cominciò ad agitare braccia e gambe quando sentì le sue mani su di sé, che la strattonavano e la tiravano. Poi ci fu uno scatto e lei si trovò a cadere nel vuoto. Pochi secondi dopo, atterrò con un tonfo sul terreno tra gli arbusti. Delle braccia scivolarono sotto le sue ginocchia e le sue spalle e la sollevarono. Il suo corpo sobbalzò contro quello dell'uomo, mentre la trasportava, ma poi lo sentì fermarsi quando la voce metallica di Noah giunse da sopra le loro teste. «Josie! Josie! Parlami!»

Lo sentì che si abbassava e sentì di nuovo la terra sotto di sé. Aprì lentamente un occhio, nonostante il dolore, ma non vide altro che un'ombra indistinta che si allontanava da lei. Cercò di alzarsi, ma fu assalita dalle vertigini e cadde in ginocchio.

«Aspetta.» disse con voce strozzata. «Aspetta. Mia sorella.»

Lui si fermò ma non tornò indietro. Josie cercò la fondina a tracolla, tentò di estrarre la pistola, ma quella maledetta fondina non si sganciava. Oppure erano le sue dita a tremare troppo forte. «Dov'è?» gli chiese Josie. Dov'è Trinity?»

Nessuna risposta. Nessun movimento. Gli occhi le bruciavano.

«È ancora viva?» chiese ancora. «Ti prego, dimmi se è ancora viva!»

Lo sentì che ricominciava a camminare. Josie strisciò dietro di lui, disperata, mentre il suo unico collegamento con la sorella si allontanava. «Aspetta!» gridò, con voce impastata dal pianto, il bruciore delle cornee era ormai un inferno, la sua vista era uno strano caleidoscopio deformato. «Portami con te! Portami con te!»

I passi si fermarono. La sua sagoma incombeva davanti a lei, ridotta a una macchia che si staccava dal ripido pendio del burrone. Le sue parole fluttuarono nell'aria, attraverso la distanza apparentemente interminabile che li separava. «Non ancora.» disse.

TRENTOTTO

Josie strisciò in cima alla scarpata, raggiungendo il ciglio della strada, servendosi delle mani per guidarsi e cercando di non sbattere le palpebre o di non pensare ai suoi occhi infuocati. Le sembrarono passate ore, finché non avvertì un veicolo sfrecciare sulla strada. Voleva aprire gli occhi per vedere chi fosse. Erano arrivati i soccorsi? O era tornato? L'avrebbe portata con sé? L'avrebbe portata da Trinity? Pochi istanti dopo, sentì lo strepito di una radio della polizia e si sentì travolgere da un'ondata di sollievo. La sollevarono, la riempirono di domande a cui cercò di rispondere al meglio, ma riusciva a stento a concentrarsi perché il dolore era veramente forte, non solo agli occhi, ma in tutto il corpo, soprattutto al collo. Tuttavia, fece del suo meglio per fornire una descrizione del veicolo e dell'uomo.

«La sua faccia...» disse. «C'è qualcosa di strano nella sua faccia.»

Una voce maschile le chiese: «Che cosa? Una cicatrice?»

«No. Sì. Una specie.» Che cosa aveva visto di preciso? Era accaduto tutto così velocemente. Era soltanto un'ombra o l'angolazione da cui l'aveva visto quando lui aveva alzato gli occhi e le aveva restituito lo sguardo?

«Mi sembrava una bruciatura, sul lato sinistro del viso. Rossa.»

«D'accordo. Andiamo.»

La portarono in ospedale. La sottoposero a una visita completa, poi la portarono in giro su una sedia a rotelle, le vennero fatte delle radiografie e una TAC. Un'infermiera gentile le sciacquò gli occhi più volte, versando acqua su tutta la testa come un battesimo freddo e doloroso. Alla fine, la raggiunsero voci familiari. Noah, Gretchen, Shannon e Christian. Voleva parlare con loro, prenderli per mano, ma i medici li tennero lontani. Seguirono cicli di collirio e un medico che le aprì le palpebre per toglierle minuscole schegge di vetro. Poi si ritrovò in un letto, con una flebo inserita nell'incavo del braccio.

Sentì di nuovo la voce di Noah e poi una voce che non conosceva disse: «Ha una commozione cerebrale e qualche livido. Le abbiamo tolto tutto il vetro dagli occhi. È stata fortunata: ha riportato solo abrasioni corneali che dovrebbero guarire in fretta con le dovute cure. Ha comunque avuto una giornata piuttosto travagliata. La lasceremo riposare un po'.»

Un attimo dopo, Josie sentì la familiare sensazione della mano di Noah che scivolava nella sua. Cercò di opporsi alla stanchezza schiacciante che attaccava ogni fibra del suo corpo, ma era troppo pesante. Stringendo la mano di Noah, cadde in un sonno profondo.

Quando si svegliò era già scesa la notte fuori dalla sua stanza d'ospedale. Noah sonnecchiava su una sedia accanto al letto. Sbattendo le palpebre nella penombra della stanza, cercò di mettersi a sedere. Per la rigidità e il dolore ai muscoli del collo e della schiena si sentiva come se avesse partecipato a una gara di triathlon. «Noah...» disse, sentendo la sua voce come un sussurro spezzato.

Si svegliò di scatto, balzando dalla sedia e sporgendosi verso di lei. «Sono qui. Mi hai spaventato a morte. Stai bene?»

Lei sbatté le palpebre più volte e si sentì sollevata quando riuscì a mettere a fuoco il suo viso sopra di lei. «Sto bene. Mi sento come se qualcuno mi avesse versato della sabbia negli occhi.»

«Sì, sarà così per un po'.» disse lui. «Il dottore mi ha dato delle gocce da metterti per due settimane: dovrebbero aiutarti.»

«L'avete... l'avete preso?»

Dalla sua espressione capì che non l'avevano preso. «Mi dispiace, non ci siamo riusciti. Callowhill è piccola. La polizia locale non aveva le risorse per salvarti e per organizzare una ricerca su larga scala. Abbiamo chiamato la Polizia di Stato, ma finora non hanno trovato tracce. Abbiamo diramato un mandato di cattura in tutto lo Stato per un vecchio modello di pickup Chevrolet bianco.»

«Con danni sulla parte anteriore.» puntualizzò Josie. «Mi è venuto addosso.» Noah si irrigidì. «È stato lui a ridurti così?»

Lei iniziò ad annuire, ma il dolore le scese dalla nuca fino alla base del collo. Ansimò e chiuse gli occhi finché le lancinanti fitte che pulsavano non si attenuarono. Quando li riaprì, Noah la fissava con curiosità.

«Il suo furgone era nascosto nel bosco, quindi non ho potuto vedere la sua targa. Però mi è sembrato di vedere qualcosa sulla portiera del lato del passeggero. Sembrava, una specie... una specie di...»

«Una specie di...?» la incalzò Noah.

Con la mente annebbiata tentava di mettere in evidenza ciò che aveva visto. «Simbolo stenografico.» disse alla fine. «Come quelli nella macchina di Trinity.»

«Forse dovrei richiamare il dottore...» disse Noah, con la fronte aggrottata dalla preoccupazione.

«No.» disse Josie. «Ascolta e basta.» Gli raccontò della scritta "Lavami" che aveva letto nella sporcizia sulla fiancata del furgone e di come avesse visto quello che le era sembrato un carattere stenografico subito sotto. E quando si era resa conto di ciò che quel simbolo e quel vecchio, anonimo modello di pick-up potevano essere, aveva già percorso un bel tratto di strada.

«Secondo te perché si trovava a Callowhill?» chiese Noah. «Pensi che ti stesse pedinando?»

«O me o Shannon e Christian.» disse lei. «È difficile da dire. Patrick è ancora all'università, a Denton?»

«Sì, è a Denton. È venuto a stare a casa nostra con Lisette ed è al sicuro.»

«Non so perché l'Artista delle Ossa fosse qui a Callowhill.» disse Josie. «Ma sapeva chi sono. Ho girato la macchina e mi sono diretta verso di lui, e non appena mi ha vista...»

«Se il nostro artista guarda la televisione o va su internet, saprà che Trinity Payne ha una sorella gemella.» disse Noah. «Quindi sì, probabilmente ha capito subito chi eri.»

«È venuto contro di me. Senza esitazione. Mi ha spinta fuori strada e poi... la mia macchina.» disse Josie. «La cintura di sicurezza è stata tagliata?»

«Sì.» disse Noah. «Cosa hai usato per tagliarla?»

«Non l'ho tagliata io.» disse lei. «Mi ha tirata fuori lui.»

«Josie, ora però cominci a preoccuparmi. Hai battuto la testa...»

«Sì, lo so, lo so, ho una commozione cerebrale. Ma ti assicuro che è andata così! È sceso lungo la scarpata fino alla mia macchina, ha tagliato la cintura e mi ha tirata fuori. Mi ha portata in braccio ma poi ha sentito la tua voce... il vivavoce in macchina era ancora attivo. Quando l'ha sentita, mi ha messa a terra e si è allontanato. Gli ho chiesto dove fosse Trinity e se fosse ancora viva, ma non ha voluto dirmi nulla.»

«Quindi ti ha parlato?»

«Sì.» disse Josie, con un brivido che le percorse tutto il corpo. «Ma poi ha sentito la tua voce. Deve aver pensato che i primi soccorritori sarebbero arrivati troppo in fretta. Deve esser-sene andato perché non voleva correre il rischio.»

Noah rimase in silenzio per alcuni secondi. Poi disse: «Dopo una cosa del genere, non puoi stare da sola. Hai capito? Non finché non avremo preso questo maniaco.»

«Sto bene.» disse Josie, anche se la sua testa cominciava a pulsare a ritmo costante.

Noah sorrise e le scostò una ciocca di capelli dal viso. «Lo so, tu stai sempre bene. Perché pensi che volesse trovarti? Ti ha detto qualcosa?»

«Non lo so.» ammise Josie. «No, non ha detto nulla.»

«Questo però non rientra nello schema di questo pazzo.» disse Noah. «Prendere due persone in tempi così ravvicinati, tre se si conta Nicci Webb.»

«Lo so.» Aveva bisogno di più tempo per riflettere. In quel momento i suoi pensieri erano ancora confusi. Si guardò intorno, osservò la stanza.

«Sono ricoverata? Quando posso andarmene?»

«Domani. Vogliono tenerti sotto osservazione. Francamente, credo che sia opportuno.»

Josie diede un'occhiata alla stanza. C'era un televisore fissato alla parete di fronte al suo letto, trasmettevano il noti-ziario con due giornalisti seduti a una scrivania. Su uno schermo alle loro spalle c'era una foto di Trinity, sotto la quale c'era la scritta: "Conduttrice sequestrata". Il volume era basso, ma Josie riusciva comunque a sentire i giornalisti che discutevano del caso.

«Siamo a Callowhill?»

«A circa venti miglia di distanza da Callowhill. Questo era l'ospedale più vicino. Domani sarai dimessa e tornerai a Denton con me, Gretchen, Shannon e Christian.»

Sapeva di non poter discutere. Non solo non era in grado di opporsi, ma era anche dolorante ed esausta. Il servizio del noti-ziario tagliò su Hayden Keating davanti all'entrata della stazione di polizia di Denton, che parlava a un microfono con un'intensa espressione di preoccupazione sul volto. Continuava a riferirsi a Trinity chiamandola "la mia partner", anche se da due mesi non condivideva più la postazione di conduttore con lei. Josie scosse la testa, provocandosi una fitta di dolore lungo il collo fino alla base del cranio. Si voltò verso Noah.

«Avete parlato con Hayden Keating?»

«Sì.» rispose Noah. «È venuto in centrale. Non ha saputo dirci nulla di utile, anzi ha fatto più domande di quante gliene abbiamo fatte noi.»

«Mettner sta ancora lavorando al caso?»

«Sì, con l'assistenza dell'FBI. Gretchen si sta coordinando con la polizia di Callowhill e la Polizia di Stato per vedere se riusciamo a individuare l'Artista o il suo furgone.» Tirò fuori il telefono e mandò un messaggio. «Le dico subito che ha un danno alla parte anteriore. E hai detto che lui aveva una bruciatura sul viso?»

«Così mi è sembrato. È successo tutto così in fretta. Aveva un berretto calato sugli occhi, ma c'era qualcosa che gli scendeva sul lato sinistro del viso, di colore rosso scuro o una tonalità simile. Prima che potessi vederlo bene, mi si è schiantato contro come un forsennato. Quando è sceso verso la mia auto, avevo il vetro negli occhi. Non riuscivo a vedere. Accidenti a me.»

«Non è colpa tua. Sei stata bravissima. Ora riposati un po'. Vengo a svegliarti se ci sono novità.»

TRENTANOVE

Tornarono a casa. La cucina era fredda e buia. Hanna non c'era. Non c'era nessuno ai fornelli a preparare la cena. Una volta nell'ingresso, Alex capì il perché: il corpo di Francis giaceva in uno scomposto accartocciamento in fondo ai gradini. Una delle sue gambe era piegata con un'angolazione innaturale. Per un attimo Alex pensò che fosse morto. Era immobile e una pozza di sangue gli circondava la testa come un'aureola. Alex lo osservò attentamente, cercando di vedere se il suo petto si alzava e si abbassava, ma non riuscì a capirlo. Poi Francis batté le palpebre. Il ragazzo fece un salto indietro. Zandra ridacchiò e andò avanti ancora per diversi minuti. Alex si voltò e vide Hanna: era a piedi nudi, seduta sui gradini, teneva i gomiti appoggiati sulle ginocchia e da una mano penzolava una sbarra di metallo che Alex riconobbe: era una gamba di uno dei suoi cavalletti.

Quando Zandra smise di ridere, Hanna si voltò, come se si fosse accorta di Alex soltanto in quel momento. I suoi occhi erano più grandi di quanto lui li avesse mai visti. Puntando la sbarra indicò Francis. «Non era come noi.» disse.

Alex si avvicinò e cercò di prenderle la spranga dalla mano, ma lei se la strinse al petto. «No.» disse.

«Penseranno che sei stato tu. Finirai nei guai. Ti porteranno via. L'ho fatto per te, hai capito?»

«Non è vero, stronza egoista.» disse Zandra avvicinandosi a Francis e fissandolo attentamente. Lasciò che un lungo filo di saliva le colasse dalle labbra screpolate e glielo fece cadere in uno occhio, poi riprese a ridacchiare.

Hanna la ignorò. Con gli occhi implorava Alex. «Non era come noi, lo capisci?»

«No.» mormorò Alex.

Zandra sferrò un calcio nelle costole di Francis. «Non è nostro padre, scemo. È quello che sta cercando di dirti. Non l'ha voluta sposare perché aveva due bastardi.»

Alex guardò Hanna per avere conferma. Lei annuì. Cercò di ricordare un momento in cui Francis non era stato presente nella loro vita, ma non ci riuscì. Francis era sempre stato il loro padre.

«Mi dispiace.» sussurrò Hanna.

«Risparmia le scuse per la polizia.» disse Zandra, che ora sembrava annoiata. «Vado a prepararmi qualcosa da mangiare.»

QUARANTA

Come Noah le aveva anticipato, il giorno dopo Josie fu dimessa e insieme a Gretchen la riaccompagnò a Denton, con Shannon e Christian al seguito. Josie voleva tornare alla stazione di polizia, ma nessuno glielo permise. Avevano detto che aveva bisogno di riposo. Riposo, riposo, riposo. Nessun riposo avrebbe riportato indietro Trinity. Noah la lasciò a casa e tornò alla centrale per raggiungere il resto della squadra. Seduta sul divano del soggiorno, con Lisette da una parte e Trout dall'altra, Josie cercò per ore di riprodurre il simbolo stenografico che aveva visto sulla fiancata del furgone dell'Artista delle Ossa. Ogni volta che ci provava, Lisette lo studiava e scuoteva la testa, pronunciando un "Non sono sicura, tesoro". Quando a Josie fece troppo male la testa per tenere ancora gli occhi aperti, diede a Shannon e Christian la sua tessera per la biblioteca locale e chiese se potevano andare loro a chiedere di consultare un libro sul Sistema Gregg.

Josie mandò giù un po' di ibuprofene e si distese sul letto con gli occhi chiusi. Non riusciva a dormire, riusciva a pensare solo a Trinity e al caso. Nella sua testa, ripassò più volte il fascicolo dell'Artista delle Ossa. Cosa era riuscita a scoprire

Trinity che lei non era riuscita a vedere? Che cosa le era sfuggito?

Simmetria. Maschio. Femmina. Simboli. Giochi.

Riaprì gli occhi di scatto. Stava trascurando una parte importante di ciò che Trinity aveva studiato. Strisciando al piano di sotto, vide Trout accoccolato sul divano accanto a Lisette. Shannon e Christian erano ancora fuori. Riuscì ad arrivare in cucina per prendere la borsa che Gretchen era riuscita a recuperare dalla sua auto distrutta prima di lasciare Callowhill. Josie la portò al piano di sopra e in camera da letto. Tirò fuori il fascicolo sull'Artista delle Ossa e ne sparpagliò il contenuto sul letto, alla ricerca dei bigliettini che il killer aveva inviato ai conduttori dei principali notiziari nel 2014, prima che la sua ultima vittima fosse trovata e che lui sparisse dalla circolazione.

Mise in fila i biglietti uno accanto all'altro. Erano stati consegnati tutti nella stessa settimana, indirizzati a diversi conduttori. Negli Stati Uniti c'erano tre grandi reti radiotelevisive con programmi mattutini molto seguiti. L'Artista delle Ossa aveva consegnato un biglietto indirizzato a un conduttore uomo e a una conduttrice donna di ciascuna delle tre reti. Invece, la rete per cui lavorava Trinity faceva eccezione: tra i dipendenti del network solo un conduttore uomo aveva ricevuto una lettera dall'assassino, ma non una conduttrice donna. Josie cercò la foto della busta in cui era arrivata la lettera e lesse il nome di quell'uomo: *Hayden Keating*.

Il co-conduttore di Trinity.

L'Eudora era l'hotel più bello della città, quindi era probabile che Keating alloggiasse lì. Un breve scambio di messaggi con l'assistente di Trinity glielo confermò. Josie iniziò a prepararsi, cambiando i pantaloni della tuta con i jeans e la maglietta con una polo della polizia di Denton. Si allacciò la fondina e trovò una giacca leggera nell'armadio. Ignorò le vertigini che la fecero quasi cadere a terra quando si chinò per mettersi le scarpe. Infilò il cellulare in tasca e passò dieci minuti a cercare le chiavi prima di ricordarsi che non aveva più una macchina. La sua fidata Ford Escape era andata distrutta nell'incidente del giorno prima. Avrebbe dovuto aspettare l'assegno dell'assicurazione e poi andare a comprare una nuova auto.

Sprofondò sul letto con un gemito. Poi chiamò Gretchen, spiegandole con calma cosa voleva fare. «Boss...» cominciò a dire Gretchen, a bassa voce. «Lo sai che finisco nei casini se ti porto in giro per la città. Hai spaventato a morte tutti quanti. Noah mi ucciderà se lo viene a sapere.»

«Non ti sto chiedendo di portarmi in giro per la città.» spiegò Josie. «Ti sto chiedendo di portarmi con te per condurre un interrogatorio. Sei ausiliaria in questo caso. Dovrai comunque farle tu le domande. Ti chiedo solo di farmi partecipare.»

Una risata filtrò attraverso la linea. «Certo. E se non ti faccio venire con me?»

Josie sospirò. «Gretchen, non farmi andare a piedi fino all'Eudora Hotel. È a diversi chilometri da casa mia...»

Gretchen si accodò al sospiro di Josie. «Va bene. Ci vediamo fuori tra quindici minuti.»

«A un isolato da casa mia.» disse Josie. «Se i miei genitori tornano prima che tu arrivi, sono fregata.»

Fedele alla parola data, un quarto d'ora più tardi Gretchen si fermò a un isolato di distanza dalla casa di Josie, che salì e la ringraziò. Gretchen partì, indicando un caffè grande del Komorrah's Koffee nel portabicchieri. «Bevi questo. Magari ti allevia un po' il mal di testa.»

«Come fai a sapere che ho mal di testa?» chiese Josie prendendo il bicchiere.

«Perché hai una commozione cerebrale, ecco come.» disse Gretchen. «Ora bevilo. Appena abbiamo finito, ti riporto a casa.»

«Grazie.» disse Josie assaporando il caffè e sentendosi già un po' meglio, in un certo senso, lasciandosi avvolgere dal sapore e dall'aroma.

«Sei sicura che non sia un abbaglio?» chiese Gretchen.

«Codie Lash era la co-conduttrice di Hayden Keating quando l'Artista delle Ossa ha inviato un biglietto a tutte le reti. Ha scritto rivolgendosi ai conduttori e alle conduttrici di tutti i programmi mattutini delle reti nazionali, tranne che alla rete di Trinity, dove solo Hayden Keating ne ha ricevuto uno. Questo vorrebbe dire che il numero di biglietti è dispari. Ma non mi sembra il tipo a cui piacciono molto i numeri dispari.»

«Lo deduci dal fatto che uccide solo negli anni pari?»

«Precisamente.»

«E quindi avrebbe mandato cinque lettere alla stampa invece di sei?»

«Sì. È fuori dal suo equilibrio, fuori dal suo schema.»

«Dici? Ha rapito Nicci Webb, Trinity e poi ha cercato di catturare anche te. Fanno tre persone. Numero dispari. Anche questo è fuori dai suoi schemi. Come facciamo a capire qual è il suo schema adesso?»

«Trinity deve averlo provocato.» concluse Josie. «È lei la causa per cui l'Artista ha rotto lo schema.»

«E i resti di Nicci Webb? Sono stati trovati diciassette giorni dopo la sua scomparsa, non trenta. Anche questo è fuori dallo schema.» argomentò Gretchen.

Josie sospirò e si massaggiò le tempie. «Ora sta uscendo dai suoi schemi, è vero, ma io sto parlando di sei anni fa, quando era all'apice della sua attività. Allora aveva una formula rigorosa, nella quale anche i numeri erano importanti per lui. Quindi perché avrebbe inviato lettere ai conduttori e alle conduttrici delle altre due reti, ma solo al conduttore maschio dell'ultima rete?»

«A rigor di logica anche Codie Lash deve aver ricevuto una lettera.»

«È quello che penso.» concordò Josie. «Altrimenti per quale motivo Trinity avrebbe dovuto indagare su di lei?»

«Pensi che Hayden Keating sapesse che Codie Lash aveva ricevuto una lettera e non l'abbia detto alla polizia?»

«Non lo so.» disse Josie. «Mi sembra improbabile, ma d'altra parte è stata uccisa in una rapina finita male un paio di settimane dopo che la stampa aveva ricevuto le lettere. Forse non pensava che fosse rilevante. O forse non lo sapeva. Lo scopriremo.»

«Dobbiamo stare attente con lui.» disse Gretchen. «Mettner non vuole ancora che la stampa sappia che l'Artista delle Ossa è coinvolto. Se gli facciamo capire che c'è un collegamento tra il Trinity e l'Artista delle Ossa, ci costruirà sopra una storia.»

«Certo.» disse Josie.

QUARANTUNO

All'Hotel Eudora, Josie lasciò che fosse Gretchen a parlare. Il concierge telefonò alla stanza di Hayden Keating, parlò con lui per un breve momento e poi disse a uno dei suoi colleghi di accompagnarle fino alla stanza del loro ospite, al decimo piano. Hayden Keating si avvicinava alla sessantina, aveva un torace robusto e folti capelli grigi e ondulati, e i denti più dritti e bianchi che Josie avesse mai visto. In televisione indossava sempre degli abiti fatti su misura; adesso se lo ritrovarono di fronte con indosso un paio di jeans scoloriti e una camicia button-down color salmone parzialmente aperta, che rivelava i peli grigi del petto. Rivolse loro il suo sguardo più serio, quello che usava quando leggeva dal gobbo notizie su disastri naturali e altre tragedie. «Signore...» le accolse, «benvenute. Prego, entrate e accomodatevi.» disse indicando il piccolo tavolo e le sedie della sua stanza, dove si accomodarono tutti e tre. A Josie sembrò di sentire scorrere dell'acqua. La porta del bagno era chiusa. Keating aveva compagnia? O il suo cervello in piena commozione cerebrale le stava giocando brutti scherzi?

«Ci sono novità su Trinity?» chiese Hayden.

Josie gli rivolse la sua attenzione e intrecciò le mani davanti a sé sul tavolo. «Purtroppo non abbiamo novità, non ancora.»

Sembrò deluso. Josie si chiese se fosse perché era sinceramente preoccupato per Trinity o perché gli andava bene qualsiasi notizia purché gli facesse fare bella figura quando l'avrebbe riferita in televisione. Probabilmente era per la televisione.

Josie sentì distintamente che il rubinetto dell'acqua nel bagno veniva chiuso. Poi si udirono dei fruscii da dietro la porta chiusa.

A quel punto era sicura che non fosse la sua immaginazione. Scambiò un rapido sguardo di conferma con Gretchen. Se Hayden se ne accorse, non lo fece capire.

Gretchen tirò fuori il taccuino e la penna, infilò gli occhiali da lettura e lo guardò. «Mr. Keating, stiamo indagando su tutti i progetti a cui Trinity stava lavorando prima di essere rapita.»

Lui scoppiò a ridere. «Lavorando? Trinity non stava lavorando a niente. Ascoltate, non so come dirlo e probabilmente non dovrei perché è una cosa riservata.» e lanciò un'occhiata attenta a Josie. «Non voglio turbarla, ma...»

«Il network sta sostituendo Trinity con Mila Kates.» finì per lui Josie.

Keating sembrò sorpreso.

Josie sorrise. «È il nostro lavoro scoprire le cose, Mr. Keating. Trinity non stava lavorando a niente per la rete. Pensiamo che forse stesse cercando di sviluppare una storia, qualcosa che avrebbe avuto molto interesse per i telespettatori, da proporre alla rete nel tentativo di salvare il suo lavoro. Oppure l'avrebbe usata come leva per ottenere una posizione in un'altra rete.»

Keating sorrise. «Questo sembra proprio da lei.» Si guardò alle spalle verso la porta chiusa del bagno. «Beh, se lo sapete già, allora non vi dispiacerà...»

«Dispiacere di cosa?» chiese Josie.

«Tesoro...» chiamò lui. «Ti va di unirti a noi?»

Quando la porta del bagno si aprì, comparve una donna con uno spesso accappatoio di spugna bianca intenta ad asciugarsi i corti capelli biondi. Si diresse verso di loro a piedi nudi, con gli occhi azzurri puntati su Josie. «Cavolo...» disse. «Le assomiglia davvero molto.»

Josie dovette ricordarsi di tenere la bocca chiusa.

Hayden cominciò a dire: «Questa è...»

«So chi è.» sbottò Josie.

La donna allungò una mano verso Gretchen. «Mila Kates.» disse. «E lei è?»

«Detective Palmer. Siamo qui per parlare con Mr. Keating.»

Mila appoggiò un fianco alla spalla di Hayden e gli passò un braccio sulla nuca. «Avete qualche pista?»

Josie sentì il viso avvampare. Afferrò i bordi della sedia, pronta a scattare in piedi, pronta a esplodere. Gretchen le posò delicatamente una mano sul polso, ricordandole di tenere a freno la rabbia, e sul suo viso si allargò un sorriso tirato. «Miss Kates, mi dispiace ma non possiamo discutere i dettagli di un'indagine in corso. Conosceva Trinity?»

«Oh, non bene. Ci incontravamo di tanto in tanto in diverse occasioni.»

«Mr. Keating non vi ha presentate?» chiese Josie.

I due si guardarono l'un l'altra, sorridendo. Quando si voltarono a guardare Josie e Gretchen, assunsero le stesse espressioni di disagio. «Non abbiamo ancora reso pubblica la nostra relazione.» disse Hayden.

«Dev'essere dura.» commentò Gretchen.

Annuirono tutti e due.

Cercando di evitare una nota di accusa nella sua voce e scegliendo invece un tono di profonda preoccupazione, Josie disse: «Deve essere stato davvero difficile per entrambi dopo che quello stalker ha attaccato Miss Kates in diretta televisiva.»

Hayden alzò lo sguardo verso Mila, con gli occhi lucidi di lacrime non versate. «È stato molto difficile.» ammise. «Volevo andare da lei, ma la copertura della stampa era così intensa, come c'era da aspettarsi, che ho dovuto mantenere le distanze.»

Mila gli toccò la guancia e lo guardò con tanto amore che Josie si sentì quasi nauseata. «E tutto ciò che volevo era vederti, ma non potevo. Non prima che le cose si calmassero.»

L'uomo che aveva attaccato Mila Kates aveva fatto notizia a livello nazionale molto prima che il lavoro di Trinity fosse in pericolo. Seguendo la linea di Josie, Gretchen chiese con una perfetta nota di innocenza: «È stata un'idea di Mr. Keating quella di trasferirla nella sua rete? In modo che non doveste rimanere separati?»

Per quanto appena percettibile, il lieve movimento che Hayden fece per scostarsi da Mila non sfuggì a Josie. Si schiarì la gola. «Perché non ti vesti mentre io finisco qui?»

Lei gli rispose con un'occhiata delusa. «Pensavo di sentire cosa hanno da dire le detective sul caso di Trinity.»

Hayden sorrise. «Dolcezza, le hai sentite, hanno appena detto che non possono parlarne.»

Lei incrociò le braccia sul petto e lo fissò, e allora lui aggiunse: «Trinity è stata la mia co-conduttrice per anni. Sono perfettamente in grado di rispondere a qualsiasi domanda su di lei.»

Senza dire un'altra parola, Mila girò sui tacchi e se ne tornò in bagno, sbattendo la porta alle sue spalle. Hayden emise un sospiro ed esibì uno dei suoi sorrisi da telecamera. «Dovete capire...» disse a bassa voce, «io faccio parte del network da decenni. Molto più a lungo di Trinity. Lei ha talento. Può ottenere un posto da conduttrice ovunque. Non avrei chiesto alla rete di inserire Mila se non avessi pensato che Trinity sarebbe riuscita a rimettersi in piedi.»

Il cuore di Josie rimbombò nel petto. Dovette fare appello a tutte le risorse che trovò dentro di sé per non saltare sul tavolo e stringere le mani intorno alla gola di quell'uomo pomposo. Sentì aumentare la pressione delle dita di Gretchen sul suo braccio. Calma. Doveva rimanere calma. Strangolare quel bastardo traditore davanti a lei non avrebbe fatto tornare Trinity a casa. Avevano bisogno delle informazioni che poteva dare. Fece un respiro profondo e un attimo dopo Gretchen le liberò il braccio.

Ignorando la dichiarazione di Hayden, Gretchen disse: «Come le abbiamo detto, Trinity stava lavorando su qualcosa prima di essere rapita. Crediamo che una delle storie su cui stava indagando fosse l'omicidio di Codie Lash.»

La sua espressione si affievolì. «Codie Lash. Diamine. Beh, qualsiasi storia su Codie sarebbe oro. Era una donna di successo e molto amata, ed è tragicamente finita ammazzata. Non hanno mai risolto il caso, lo sapete?»

«Sì, ne siamo al corrente.» disse Gretchen. «Lei e Codie eravate intimi? Gli appunti di Trinity indicano che quello che le interessava particolarmente erano le poche settimane precedenti alla sua morte. Ha idea del perché?»

«Codie era in lizza per un premio umanitario, questo me lo ricordo. Infatti, stava andando a un gala di beneficenza con il marito quando sono stati uccisi entrambi. Non mi era capitato di vederla spesso prima che morisse, anche se andavamo in onda insieme. C'era stato un...» si interruppe. «Non sono sicuro di poterlo dire.»

Josie, dopo aver recuperato tutta la compostezza possibile, si protese in avanti e toccò la mano di Hayden esattamente nello stesso modo in cui aveva visto fare a Trinity innumerevoli volte in diretta. «Qualunque cosa sia, rimarrà tra noi. Stiamo solo cercando di fare tutto il possibile per trovare Trinity.»

Lui guardò le dita di Josie che indugiavano sul dorso della sua mano e con l'altra mano le accarezzò. Josie si sforzò di non ritirare la sua. «Certo.» disse. «Comunque, non ha niente a che fare con Trinity. È accaduto tanto tempo fa. All'epoca in circolazione c'era un serial killer. Non dirò quale perché non ne dovrei parlare. Mi mandò una lettera al network. Voleva che facessi una specie di gioco malato con lui durante la trasmissione. Ovviamente la consegnai subito all'FBI.»

«Cavolo...» commentò Gretchen, «deve essere stato spaventoso.»

«È stato sconvolgente, sì. Ad ogni modo, seguì una raffica di incontri e riunioni con i vertici del network e con l'FBI.»

«Codie non aveva ricevuto nessuna lettera?» chiese Josie.

«No. L'avrebbe consegnata subito.»

«C'erano degli addetti che controllavano la posta prima che arrivasse a lei?» chiese Gretchen.

«No.» rispose Keating. «Aprivamo noi la nostra posta e, in ogni caso, lettere e pacchi erano rari, e ora lo sono ancora di più. Adesso tutte le comunicazioni viaggiano per e-mail o messaggi sui social media.»

«Codie sapeva che lei aveva ricevuto una lettera?»

«Certo. Era la mia co-conduttrice. Eravamo sempre insieme. Partecipava a tutte le riunioni.»

«Riunioni?» lo incalzò Gretchen.

«Riunioni organizzate per discutere la possibilità di un mio coinvolgimento con questo... assassino, come indicato nella sua lettera. C'era una manciata di agenti dell'FBI che pensava di poterlo stanare senza problemi. Invece, gli avvocati della rete e il mio avvocato personale avevano ritenuto che sarebbe stato troppo rischioso per me. Perciò, senza il consenso generale, l'intera faccenda cadde nel vuoto.»

«Cosa ne pensava Codie di tutta questa storia?» si informò Josie. «Avrebbe partecipato alla trasmissione insieme a lei se avesse cercato di farlo uscire allo scoperto.»

«Non pensava che fosse un rischio. Anzi, credeva che avrei dovuto farlo perché avrei potuto salvare delle vite.»

«Invece lei non pensava di poter salvare delle vite, giusto?» chiese Gretchen.

«Non dipendeva da me. Dipendeva dagli avvocati, dalla rete. Inoltre, era tutto uno scherzo. L'assassino uccise di nuovo, poco tempo dopo. Poi Codie è morta e, insomma, la vita va avanti, no?»

Josie dovette mordersi un labbro per evitare che le uscisse un commento sgradevole. Quell'uomo aveva usato la sua influenza sul network per sbarazzarsi di Trinity, approfittando di uno dei suoi errori per assicurarsi che uscisse di scena, in modo da poter portare la sua donna, molto più giovane di lui, in una posizione che non si era nemmeno guadagnata. Le sue azioni avevano provocato un effetto domino che alla fine aveva portato Trinity a cercare disperatamente una storia che la riportasse in vetta. Una storia sull'Artista delle Ossa. E adesso era scomparsa e Josie non sapeva se l'avrebbe ritrovata. La vita sarebbe andata avanti per lui e per Mila Kates, ma che ne sarebbe stato di quella di Trinity? E di Josie, Shannon, Christian e Patrick? E di Nicci Webb? Di sua figlia e sua nipote? L'Artista delle Ossa l'aveva catturata perché Trinity l'aveva trascinato sotto i riflettori? I volti di Monica Webb e della piccola Annabelle balenarono nella mente di Josie. Aveva un lavoro da fare, ricordò a se stessa. Questo non sarebbe cambiato, per quanto fosse arrabbiata con Hayden Keating. Ingoiando la sua rabbia, Josie gli chiese: «Il nome Nicci Webb le dice qualcosa?»

Scosse la testa, le rughe agli angoli degli occhi si strinsero in un'espressione di perplessità. «No, non mi dice niente. Chi è?»

Josie tirò fuori il telefono e cercò la foto di Nicci Webb. La stampa non aveva ancora saputo del suo omicidio. Tutta l'attenzione era rivolta a Trinity. Non era assolutamente possibile che sarebbe stata lei a fare la soffiata a quel serpente, perciò ignorò la sua domanda. «Riconosce questa donna?»

Fissò la foto. «No, mi dispiace, non la conosco. Chi è?»

Josie rimise in tasca il telefono. Si alzò e Gretchen la seguì. «Mr. Keating, grazie per il suo tempo.» disse Josie. «Se dovessimo avere altre domande, ci metteremo in contatto.»

Hayden saltò in piedi, facendo cadere la sedia. Alzò entrambe le mani davanti a sé. «Aspettate, aspettate un momento!» le trattenne lui. «Chi è quella donna? È collegata al rapimento di Trinity?»

«Pensavamo che potesse esserlo, ma è chiaro che non lo è.» rispose semplicemente Gretchen. «Come abbiamo detto, Trinity stava lavorando su diverse storie prima di essere rapita, cercando di sviluppare un suo servizio, ma non tutte sono andate a buon fine.»

«Oh, capisco.» disse Keating. Fece un giro intorno al tavolo e le seguì fino alla porta. «Vi prego di farmi sapere al più presto se scoprite qualcosa.» le implorò. «Ho lavorato fianco a fianco con Trinity per tre anni. Qualsiasi cosa possiate dirmi basterà a tranquillizzarmi.» Sorrise e Josie notò che era lo stesso sorriso che esibiva in onda quando si occupava dei programmi di cucina.

QUARANTADUE

In macchina, Josie si lanciò in una sfilza di improperi. «Che figlio di puttana. Ha rovinato la vita di mia sorella!»

«Mi dispiace, Boss.» disse Gretchen, girando la chiave nell'accensione. «Hai mostrato un ammirevole autocontrollo prima.»

Josie strinse le mani a pugno premendole in grembo e a denti stretti, disse: «È evidente che non crede che Trinity tornerà. Per questo non gli importava farci sapere di lui e di Mila Kates.»

«Allora è meglio che ci mettiamo a cercarla.» disse Gretchen. «Se tornasse viva sarebbe una notizia clamorosa. Abbastanza grande da rendere Mila Kates un lontano ricordo.»

Josie guardò Gretchen e sorrise, la sua rabbia si attenuò un po'. «Sì.» disse, allentando la mascella. «Sarà meglio.»

«Codie Lash aveva ricevuto una lettera dall'Artista delle Ossa.» cominciò Gretchen.

«Non c'è dubbio.» concordò Josie. «Ma non credo che l'avesse detto a Hayden. Né a nessun altro.»

«Perché non la consegnò?»

«Forse la ricevette dopo che Hayden Keating aveva ricevuto

la sua, o forse l'aprì solo dopo che lui aveva aperto la sua. Se si guarda nel fascicolo sull'Artista delle Ossa, i conduttori delle altre reti ricevettero le loro lettere in giorni diversi ma nella stessa settimana.» le fece notare Josie.

Gretchen uscì dal parcheggio dell'Eudora Hotel e si diresse verso casa di Josie. «L'ipotesi più probabile è che Keating abbia ricevuto la sua e l'abbia consegnata immediatamente, cosa che ha dato inizio agli incontri con l'FBI. Avevano cominciato a discutere su come procedere: se fare il gioco dell'Artista per tentare di farlo uscire allo scoperto oppure se ignorarlo del tutto.»

Josie prese la sua tazza del Komorrah's Koffee dal portabicchieri e finì quel poco di caffè che era rimasto, felice che fosse ancora tiepido. In quel momento si accorse con preoccupazione che, dopo quel breve colloquio, si sentiva molto più stanca di quanto avrebbe dovuto. Evidentemente, trattenersi dal tirare un pugno sulla faccia compiaciuta di Hayden Keating le aveva tolto parecchie energie. «Partecipando alle riunioni, Codie aveva appreso che la rete non avrebbe mai permesso ai conduttori di provare a fare il gioco dell'Artista delle Ossa.» disse. «Perciò non si preoccupò di consegnare la lettera. Probabilmente non le sarà sembrato importante consegnarla o meno, visto che sia lei che Keating avevano ricevuto esattamente la stessa lettera.»

«A parte il fatto che la lettera rappresentava una prova.» disse Gretchen. «E avrebbe dovuto consegnarla affinché l'FBI la potesse almeno analizzare.»

«Sono d'accordo.» disse Josie. «È stato irresponsabile da parte di Codie non consegnarla. D'altra parte, era una conduttrice, non un'agente di polizia. Oppure pensava di diventare un'eroina e quindi non avrebbe avuto importanza il fatto che non avesse consegnato la lettera.»

«Sono propensa a credere che stesse cercando di fare l'eroina.» affermò Gretchen. «Probabilmente sperava di poter fare la sua parte per risolvere il caso in qualche modo o di costringere l'Artista a esporsi, proprio come ha provato a fare Trinity. Ma indipendentemente da queste considerazioni, non possiamo dimostrare che abbia ricevuto una lettera. Pensi che fosse tra gli effetti personali che Trinity ha chiesto alla sua assistente di recuperare?»

«No.» rispose Josie. «Penso che, se una cosa del genere fosse rimasta in giro dopo la morte di Codie, a quest'ora lo avremmo saputo. Probabilmente l'aveva distrutta. Ma questo non ha importanza.»

Gretchen distolse lo sguardo dalla strada abbastanza a lungo da rivolgere a Josie un'occhiata perplessa. «Non è così?»

«No, non è così. Dobbiamo soltanto accertarci se lei aveva cercato di affrontarlo o meno. Per questo ci bastano i filmati della rete dal momento in cui Keating ha ricevuto la lettera fino all'omicidio di Codie Lash. Possiamo verificare se ha detto o fatto qualcosa che potrebbe aver dato un segnale all'Artista delle Ossa. Del materiale che Trinity potrebbe aver consultato.»

Quando arrivarono al vialetto, Gretchen seguì Josie dentro casa, salutò Lisette e fece le coccole a Trout. Shannon e Christian non erano ancora tornati dalla biblioteca. Un altro mal di testa cominciava ad affiorare dietro gli occhi di Josie. Aveva una gran voglia di dormire, ma il pensiero che in qualche maniera potessero fare dei passi avanti nelle ricerche di Trinity la stimolava a non fermarsi. Perciò andò in cucina, accese il suo portatile e, insieme a Gretchen, cercò su YouTube i filmati del network che mostravano Codie Lash in un periodo di due settimane nel 2014. Lisette si trascinò a fatica in cucina per preparare il caffè e poi tornò a guardare la televisione con Trout.

Shannon e Christian arrivarono poco dopo, portandosi dietro un dizionario di stenografia con i Sistemi Gregg e Patrick al seguito. Ordinarono una pizza e raggiunsero Lisette in salotto, dove sia Shannon che Christian si misero a fare avanti e indietro. Patrick sparì al piano di sopra.

Dopo due ore passate incollata al computer, Josie aveva gli

occhi secchi, irritati e doloranti, la testa le martellava senza pietà e sentiva braccia e gambe pesanti per la stanchezza. Sullo schermo del portatile partì un nuovo servizio di Codie Lash: era un pezzo sulle forze dell'ordine che utilizzavano la nuova tecnologia per la guida in stato di ebbrezza. Poi la telecamera tornava su di lei e su Hayden Keating. Facevano qualche commento, con il solito sorriso stampato in faccia.

«Credo che l'abbiamo trovato.» annunciò Gretchen.

«Ah sì?» chiese Josie.

Gretchen cliccò sul mouse per mandare indietro il filmato. Il servizio terminava, la ripresa tornava ai conduttori e Hayden Keating diceva: «Questa tecnologia ha dell'incredibile, non ti sembra, Codie?»

Codie sorrideva ampiamente verso la telecamera. «È incredibile, senza dubbio, Hayden. Nelle mani delle forze dell'ordine, guardate cosa può fare! La polizia non gioca, vero?»

Lui le lanciava uno sguardo stranito, che durava giusto un paio di secondi, prima di rispondere a quell'affermazione. «Oh, puoi dirlo forte!» concordava. «Ma ora passiamo a...»

Codie lo interrompeva. «Fanno il loro lavoro e non permettono ai criminali di avere il controllo della situazione. Non accettano di fare giochetti con i sospettati in nessuna circostanza. Non è ammissibile.»

L'espressione di Keating si trasformava in una via di mezzo tra la confusione e l'orrore. «Bene...» diceva rigidamente. «Come stavo dicendo, ora passiamo a una storia commovente avvenuta in Iowa...»

Riguardarono quella scena sei o sette volte e alla fine Josie disse: «Credo che tu abbia ragione. Questo era il primo segnale. Gli stava dicendo che le forze dell'ordine avevano il suo biglietto e che la "polizia non fa giochetti"; in altre parole, non avrebbero fatto il suo gioco.»

Gretchen annuì. «È evidente che non si stava riferendo solo a questo servizio sulla guida in stato di ebbrezza.»

«Naturale.» concordò Josie. «La scelta delle parole non si addice completamente alla situazione, non ti sembra? Ecco perché Keating la guarda storto. E poi direi che si è dilungata un po' troppo.»

Gretchen aggiunse il video tra i preferiti e annotò la data sul suo taccuino. «Se gli ha fatto un segnale in quel momento, è stato circa una settimana dopo che Hayden ha ricevuto il suo biglietto, ma una settimana prima che venisse uccisa...»

«E prima del ritrovamento dei resti di Robert Ingram.» intervenne Josie.

«Potrebbe averla contattata di nuovo.»

«E lei potrebbe avergli dato di nuovo un segnale di qualche tipo.» concordò Josie.

«Ma che tipo di segnale? Questo lo abbiamo capito solo perché sapevamo cosa diceva la lettera dell'Artista delle Ossa. Ma se lui si fosse messo di nuovo in contatto con lei e se lei avesse continuato a stare al suo gioco, come potremmo saperlo?»

«Non lo sapremmo.» si limitò a dire Josie. «Ma potrebbe valere la pena di guardare il resto dei video di quella settimana. Potrebbe saltarci all'occhio qualcos'altro.»

Guardarono altri filmati. Josie si sforzò per rimanere sveglia mentre guardavano diversi spezzoni. Come co-conduttrice, Codie Lash andava in onda per diverse ore al giorno. Dopo il terzo servizio di cucina su tre giorni di riprese, Josie iniziò a pensare al flacone di ibuprofene nel suo comodino. Si strofinò gli occhi e cambiò diverse posizioni sulla sedia, nel tentativo di rimanere sveglia. Il video continuava fino all'ultima parte della giornata, che riguardava le località di vacanza a basso costo.

«Boss, posso continuare da sola se vuoi riposarti un po'.» disse Gretchen.

Il servizio dedicato alle vacanze si concluse e il video successivo mostrava Hayden e Codie che davano il via al programma leggendo le notizie più importanti della giornata. Soffocando uno sbadiglio, Josie disse: «No. Posso farcela.

Devo assolutamente vedere le stesse cose che ha visto Trinity, qualsiasi cosa l'abbia aiutata a stabilire il collegamento con Codie Lash. Abbiamo guardato tre giorni di filmati da quando ha dato il primo segnale all'Artista delle Ossa. Se c'è qualcos'altro da trovare, dev'essere...» in quell'istante si precipitò in avanti, afferrando con foga il mouse per mettere in pausa il filmato.

«Guarda! Guarda!» esclamò Josie. «Eccolo. È proprio quello!»

Sullo schermo c'era il volto di Codie, con un'espressione di cupa serietà. Tra i suoi corti capelli castani, sul lato destro, c'era un grande pettine francese color osso.

Il cuore di Josie batteva a doppia velocità mentre lei lo indicava. «Ecco!» disse trionfante.

Rimasero entrambe a fissarsi per un lungo momento. Alla fine, Gretchen disse: «Porca vacca...»

Josie scattò un fermo-immagine della schermata e poi cercò di ingrandire la foto per vedere meglio i dettagli del pettine; più ingrandiva l'immagine e più la vedeva sfocata, ma non c'era dubbio che fosse estremamente simile a quello che Trinity aveva ricevuto per posta. Gretchen annotò la data sul suo taccuino.

«Questo risale a due giorni prima del ritrovamento dei resti di Robert Ingram e tre giorni prima che Codie e suo marito venissero uccisi. Lei aveva fatto il suo gioco e lui aveva ucciso Robert Ingram lo stesso. Deve esserne rimasta devastata.»

«Ma guarda la linea cronologica.» disse Josie. «Robert Ingram era probabilmente già morto prima che l'Artista delle Ossa inviasse le lettere alla stampa. Non ha mai avuto intenzione di lasciar andare nessuna delle sue vittime, proprio come ha detto Drake.»

«Ma poi l'Artista delle Ossa si è fermato.» disse Gretchen. «Aveva convinto un membro della stampa a fare il suo gioco. Anche se non aveva parlato del suo caso in modo specifico in televisione, si era messa in gioco con lui. Aveva ottenuto ciò che voleva. Perché fermarsi?»

«Non aveva ottenuto quello che voleva, però.» disse Josie. «Non esattamente, almeno. Voleva attenzione, popolarità e l'unico modo per ottenere tutto questo era che la stampa dedicasse un servizio su di lui. Codie aveva fatto il suo gioco, ma non nel modo in cui voleva lui, perché le uniche persone a sapere che stavano giocando erano loro due. Senza la copertura della stampa, non avrebbe potuto ostentare la sua presunta intelligenza.»

«Forse avrebbe continuato se non fosse stata uccisa.» pensò Gretchen.

«Forse. O forse era così arrabbiato perché non aveva reso pubblico il loro gioco che si prese una rivincita su di lei.»

Gretchen scosse il capo. «È un'ipotesi azzardata, Boss. Codie e il marito sono stati uccisi in una rapina.»

«Una rapina che non è mai stata chiarita.» sottolineò Josie. «Vale la pena di indagare. Magari Drake potrebbe procurarci tutto quello che c'è nel fascicolo sul loro omicidio. Insomma, non mi sembra un'ipotesi così assurda. Una giornalista entra in contatto con un serial killer e pochi giorni dopo finisce ammazzata. Certo che se le cose stanno così, non è di buon auspicio per Trinity...»

Gretchen le diede delicatamente una gomitata. «La troveremo, Josie. Non ci fermeremo finché non l'avremo trovata.»

Josie fissò ancora lo schermo: Codie Lash era congelata di profilo, con il pettine infilato ordinatamente nei capelli. «Aspetta qui.» disse a Gretchen.

Raggiunse le scale e chiamò Patrick, attirando così anche tutti gli altri membri della famiglia. Lui scese di corsa i gradini, scostandosi i capelli castani dal viso. «Che succede?»

«Puoi venire in cucina a vedere una cosa per me?» gli chiese Josie.

Patrick la seguì e a loro si accodarono Lisette, Christian e

Shannon. Anche Trout si avvicinò, curioso di sapere cosa stessero studiando tutti gli umani sul tavolo della cucina. Gretchen fece guardare loro lo spezzone del servizio di Codie Lash, mettendolo in pausa nel momento in cui l'angolazione migliore permetteva di vedere il pettine. «Patrick...» disse Josie, «è per questo che il pettine ti sembra familiare? L'avevi già visto in televisione?»

Tutti gli occhi si voltarono verso il ragazzo, che fissò lo schermo congelato per un lungo momento.

«Patrick...» lo spronò il padre, ma prima che potesse continuare, Shannon gli afferrò il braccio, mettendolo a tacere.

Tutto d'un tratto, Patrick divenne teso e pallido per l'orrore. «Oh porca di quella...» rantolò.

«Cosa c'è?» chiese Josie.

Lui indicò lo schermo. «No, no. Non era qui che l'avevo visto.»

«E allora dove?» chiese Josie.

Lui tirò fuori il telefono dalla tasca, lo sbloccò e fece qualche passaggio.

«Figliolo...» ricominciò Christian, ma Shannon lo zittì di nuovo.

Quando Patrick ebbe trovato quello che cercava, girò lo schermo verso di loro. «È la pagina Facebook di Trinity.» spiegò. «Ha girato questo video per la rete quando è arrivata qui sei settimane fa. Quando stava in casa da te. La troupe era ancora in città.» Si ammassarono intorno al piccolo schermo. Si vedeva Trinity in piedi davanti alla centrale della polizia di Denton, con un microfono in mano. La sua espressione era tutta professionale mentre diceva: «Tutto è iniziato in questa piccola città cinque anni fa, con la scomparsa della diciassettenne Isabelle Coleman...»

Josie smise di ascoltare e rimase a bocca aperta quando vide il motivo per cui Patrick era diventato improvvisamente così agitato. Tra i capelli di Trinity c'era un pettine come quello che

Codie Lash aveva indossato in trasmissione sei anni prima e come quello che Hummel aveva trovato nella valigia di Trinity dopo il suo rapimento.

«Quando hai detto che è stato registrato?» chiese Gretchen.

«Sei settimane fa.» disse Patrick. «Pochi giorni dopo il suo arrivo in città. Il network voleva che facesse un servizio sul quinto anniversario del caso delle ragazze svanite e sul suo impatto su Denton.»

Josie lo fissò e cercò di calmarsi prima di dire: «Patrick, io l'ho vissuto. È stata una delle esperienze più devastanti della mia vita. So che è il lavoro di Trinity ripercorrere queste vicende, ma io non posso farlo. Per questo non l'avevo guardato, scusami.»

Gretchen disse: «Questo è stato girato quando è arrivata qui a Denton. Prima di trasferirsi nella baita. Josie, tutto questo è accaduto prima che ricevesse il pettine che abbiamo trovato nella sua valigia.»

«Allora, dove l'ha preso quello?» chiese Shannon, indicando il telefono di Patrick.

«Tra le cose di Codie Lash.» disse Josie. Tornò al tavolo e prese il suo telefono per inviare un messaggio a Jaime Pestrak. *Ti ricordi se c'era un pettine francese bianco tra le cose di Codie Lash quando le hai mandate a Trinity?*

Qualche minuto dopo, Jaime rispose: *Credo di sì. C'era della roba piuttosto brutta in quella scatola.*

Josie si guardò intorno: «L'assistente di Trinity crede che nella scatola di Codie Lash ci fosse un pettine simile.»

«Allora rimbocchiamoci le maniche. Andiamo a vedere a che punto è la squadra.» disse Gretchen.

QUARANTATRÉ

Due ore più tardi, Josie era seduta alla sua scrivania alla centrale e stava sfogliando il dizionario di stenografia con il Sistema Gregg che Shannon e Christian le avevano procurato, cercando di trovare il simbolo che aveva visto sul furgone dell'Artista delle Ossa. Pagina dopo pagina si susseguivano colonne di parole affiancate a colonne di linee irregolari, vortici, archi, cerchietti, lineette... Josie non si capacitava di come si potesse dare un senso a tutti quei ghirigori, perché i simboli stenografici le sembravano tutti uguali. Avrebbe dovuto chiedere a sua nonna di farle un corso intensivo quando sarebbe tornata a casa. Nel frattempo, si limitava a fare un lieve segno con la matita accanto a tutti i simboli che le sembravano familiari.

«Hai trovato qualcosa?» le domandò Noah entrando nella stanza.

«Credo che la lettera iniziale fosse una C. Almeno, mia nonna ha detto che quello che stavo disegnando sembrava iniziare con una C. Continuerò a cercare.»

Un attimo dopo entrarono Gretchen, Mettner e Drake, che portava sottobraccio un computer portatile. «C'è un video dell'aggressione a Codie Lash e a suo marito. È stato ripreso dall'ingresso di un bancomat dall'altra parte della strada rispetto a dove è avvenuto.»

«Lo so.» disse Josie. «Era nella cronologia delle ricerche di Trinity.»

«Giusto, ma ho fatto qualche telefonata e sono riuscito a ottenere l'intero video, anche le parti che non sono state diffuse alla stampa.»

«Ma stiamo seguendo le tracce di Trinity.» disse Josie. «Sto guardando le cose che ha visto lei e sto cercando di capire come sia passata dal non sapere nulla del caso a mettersi in contatto con quel killer.»

Drake sorrise. «Cosa ti fa pensare che Trinity non abbia visto l'intero video?»

Josie ricambiò il sorriso. «Chi è riuscita a convincere nella polizia di New York a lasciarglielo vedere?»

«Non posso dirlo.» rispose Drake. «Non vorrei mettere nei guai quel poveretto. Ad ogni modo, non ne ha mai avuto una copia. L'ha solo guardato sotto la sua supervisione. Tua sorella sa essere... persuasiva.»

«Io direi più che altro che sa essere determinata.» disse Josie.

«Io avrei detto ostinata.» intervenne Gretchen.

«Una spina nel fianco.» disse Noah.

Josie e Drake annuirono entrambi. «Tutte cose vere.» ammise Josie. «In qualche modo deve essere stata in grado di fare leva su quell'agente della polizia di New York per avere accesso a questo.»

«È proprio così.» ammise Drake. «Una relazione che lui non voleva venisse resa pubblica.»

«Come l'hai scoperto?» chiese Gretchen.

Drake si guardò intorno.

«Lei potrà avere i suoi metodi, ma anch'io ho i miei.»

Mentre Noah, Gretchen e Mettner si avvicinavano, Drake

mise il portatile davanti a Josie e lo aprì, facendo apparire il video in bianco e nero dell'aggressione. Era stato ripreso da un'angolazione leggermente sopraelevata, dall'altra parte di una strada stretta, illuminata solo dai lampioni. Si vedeva Codie Lash che camminava lungo il marciapiede, a braccetto con il marito, la gonna le ondeggiava intorno e portava stivali col tacco alto. Il marito indossava un trench da cui spuntavano quelli che sembravano i pantaloni di un completo. Si fermavano di fronte a un'attività commerciale di qualche tipo, l'entrata era chiusa con una saracinesca di sicurezza che ne copriva l'ingresso. All'improvviso un uomo arrivava dalla direzione opposta. All'inizio né Codie né il marito se ne accorgevano. Stavano parlando tra loro, lei con la testa leggermente rivolta verso l'alto, alla sua destra, e lui ricambiava con un sorriso. L'uomo che avanzava verso di loro indossava un paio di jeans, degli scarponi e una felpa scura con il cappuccio calato sopra un berretto da baseball. Il berretto era tirato in basso sul viso e il cappuccio impediva alla telecamera di riprenderne il profilo. Alzava una mano e poi, evidentemente, doveva dire qualcosa, perché marito e moglie si fermavano.

Josie contò i secondi che scorrevano sul timecode nella parte superiore sinistra della schermata. Si chiese se si stessero parlando. L'uomo doveva aver parlato con loro. Ma dall'angolazione del video era difficile vedere i loro volti. Alla fine, si avvicinava di più alla coppia.

Il marito di Codie si faceva avanti e alzava entrambe le mani; Josie capì dal modo in cui gesticolava e dal modo in cui la sua testa oscillava che stava dicendo qualcosa all'uomo di fronte a lui, ma era impossibile capire se questi gli rispondesse, perché teneva il berretto troppo calato e il cappuccio gli copriva il resto della testa. Con un braccio, Mr. Lash spingeva la moglie delicatamente dietro di sé, ma lei gli si aggrappava. Allora l'aggressore allungava entrambe le mani verso la coppia e il marito si girava e appoggiava la schiena alla saracinesca di sicurezza, trascinando la moglie con sé. Rimanevano così, entrambi con le spalle contro la saracinesca, ma non accennavano in alcun modo a voler scappare. Mr. Lash si limitava ad alzare le mani come in segno di resa. Avendolo già visto, Josie si ricordò che il video che era stato reso pubblico finiva in quel momento.

Per il resto della squadra, Drake disse: «E questo è ciò che il pubblico non ha visto.»

L'assalitore dava le spalle alla telecamera, ma lo si vedeva sollevare la visiera del berretto. Codie lo guardava in faccia e improvvisamente indietreggiava, allontanandosi dal marito, ma non potendo andare da nessuna parte, si limitava a spingere ulteriormente la schiena contro la saracinesca del negozio, tanto da piegarla leggermente. Il marito spalancava gli occhi e poi calava lo sguardo, puntandolo verso il suolo. Josie intuì che l'aggressore stava parlando con loro, perché Codie continuava a fissarlo, immobilizzata, con la mascella tesa in un'espressione di orrore.

«Non vedo armi.» osservò Mettner. «Che diamine stanno facendo? Perché non scappano?»

«Sono troppo spaventati.» disse Josie.

«Infatti, capita a molte persone di bloccarsi in situazioni come queste.» commentò Gretchen.

«Non si tratta di questo...» disse Josie. «Non è ancora una minaccia. Non ha armi. Loro sono in due e lui è da solo e davanti hanno ancora parecchio spazio per allontanarsi. È la sua faccia. Guardate come lo fissano.»

«Di cosa stai parlando?» chiese Drake.

«Mandalo indietro così vediamo cosa succede quando lui solleva la visiera del berretto così che loro possano vederlo in faccia. Sono terrorizzati.»

«Perché c'è qualcosa di strano nel suo viso.» spiegò Noah. «Magari è sfigurato.»

Josie alzò lo sguardo verso di lui. «Esatto, credo sia per questo.»

Drake mandò indietro il video e lo guardarono tutti di nuovo. «Ecco, in quel punto.» disse Gretchen.

«Sfigurato come il tizio che ti ha buttato fuori strada?» chiese Drake. «Pensi che questo individuo sia l'Artista delle Ossa?»

Josie sostenne il suo sguardo. «Sì, secondo me potrebbe essere lui. Credo che abbia contattato Codie e Hayden Keating. Lei non l'ha riferito perché sapeva che il network e l'FBI non avrebbero fatto niente. Pensava di poter stare al gioco con questo pazzo scatenato e salvare la vita a qualcuno, ma sappiamo che non ha avuto successo perché i resti di Robert Ingram sono stati ritrovati poco prima che questa aggressione avesse luogo. Probabilmente perché l'Artista delle Ossa non ha ottenuto la copertura mediatica che si aspettava; non voleva che il gioco rimanesse tra loro due. Pretendeva che il mondo intero sapesse che era più furbo della stampa e della polizia.»

Intanto, nella ripresa di sorveglianza la coppia rimaneva immobile, stretti l'uno all'altra a braccetto, con la postura rigida. Il marito di Codie alzava lentamente lo sguardo e fissava il volto dell'altro uomo. Poi Codie iniziava a gesticolare con rabbia, puntandogli un dito al petto mentre gli diceva qualcosa. Allora l'aggressore faceva un piccolo passo indietro. «Cosa gli starà dicendo?» chiese Mettner.

Questa volta fu Josie a mandare indietro il video. «Noah?» chiese. Lui si avvicinò e lei lo fece ripartire. Noah parlò in sincronia con il filmato: «Sembra che gli dica: "sei un... pazzo... uno psicopatico e..." rimandalo indietro.» Dopo altri tre tentativi, Noah concluse: «Lo chiama psicopatico e bugiardo.»

Drake si avvicinò al computer e mandò il video indietro, guardandolo ancora una volta. «Come cavolo fai a capirlo?»

«La mia ex ragazza era sorda ma sapeva leggere le labbra e ho imparato a farlo anch'io.»

«Ed è piuttosto bravo.» disse Josie.

«Nessuno della polizia di New York ha fatto analizzare

questo video?» chiede Gretchen. «Non hanno pensato di chiamare un esperto di labiolettura? Era un caso di alto profilo!»

«Datemi un attimo.» disse Drake. Mentre si allontanava, tirò fuori il telefono, digitò un numero e lo premette all'orecchio.

«Intanto vediamo il resto.» disse Mettner, facendo ripartire il filmato.

Lasciando scorrere il resto della ripresa videro che apparentemente l'aggressore riprendeva a parlare, a giudicare dall'attenzione che Codie gli rivolgeva. Poi abbassava il viso. Gli diceva qualcos'altro che Josie non riuscì a capire. «Sta dicendo: "Rapina? Rapina? Perché vuoi rapinarmi?"»

Noah riguardò quella parte più volte. «No.» disse. «Penso che stia dicendo: Robert? Cosa vuoi dire con "Robert"?»

«No è possibile, che senso ha?» disse Mettner.

«Ha senso se conosceva quell'uomo.» argomentò Gretchen. «Gli ha dato del bugiardo, il che significa che deve sapere chi è.»

«Ma se sa chi è...» disse Noah, «perché è così scioccata dalla sua faccia?»

«Perché non l'ha mai incontrato di persona.» concluse Josie. «Quello è l'Artista delle Ossa, ve lo dico io. Li ha avvicinati, loro si sono allontanati, lui si è mostrato in faccia e loro sono rimasti scioccati. Poi lui ha iniziato a dire qualcosa e da quello che ha detto lei ha capito che si trattava dell'Artista delle Ossa. I resti di Robert Ingram erano appena stati ritrovati. Codie lo chiama bugiardo perché lui aveva detto che avrebbe lasciato andare la vittima se lei avesse fatto il suo gioco, ma non era stato di parola.»

«Allora "Robert" è Robert Ingram, giusto?» chiarì Mettner.

«Sembrerebbe di sì.» disse Gretchen. Premette play e guardarono Codie afflosciarsi contro le falde della saracinesca alle sue spalle e dire un'altra cosa che fu chiara a tutti: «Oh mio Dio.» Poi si portava una mano alla testa, sfregandosi le tempie con il pollice e l'indice.

Da quel momento tutto andava a rotoli.

Il marito di Codie liberava il braccio da quelle della moglie e si fiondava sull'Artista delle Ossa, avvolgendogli entrambe le mani intorno alla gola. I loro corpi si fondevano in un vorticoso derviscio di braccia e gambe finché non si ritrovavano a terra, rotolando, ciascuno a cercare di prendere il sopravvento sull'altro.

Inchiodata al suo posto, Codie urlava: «No!» e anche questo era piuttosto inconfondibile.

Poi faceva qualche tentativo di separare l'uno dall'altro, ma i loro corpi si dimenavano al punto da farla cadere a terra. Poi uno dei due uomini si afflosciava e l'altro si alzava in piedi. Josie vide che l'uomo rimasto in piedi era l'aggressore.

«Ha un coltello in mano?» chiese Gretchen.

Noah mise in pausa il filmato e ingrandì l'immagine. «Sì, mi sembra di sì. Piccolo, ma comunque letale.»

Riavviò di nuovo il filmato e guardarono l'aggressore che si avvicinava a Codie, stesa a terra. Lei cercava di sfuggirgli, ma lui era troppo veloce. Josie contò sette coltellate, tutte sferrate rapidamente ed efficacemente, e poi fu tutto finito. L'aggressore scappava, ma il video continuava. Sedici secondi dopo, capirono perché: l'uomo tornava, perquisiva tutte le tasche del marito e alla fine trovava quella che conteneva il portafoglio. Poi andava a strappare la piccola borsetta a tracolla dal corpo di Codie e si allontanava di nuovo.

«Non è stata una rapina.» sentenziò Mettner. «È tornato indietro e ha preso le loro cose per farla sembrare una rapina.»

«Per questo smise di uccidere.» aggiunse Gretchen. «Era stato ripreso dalle telecamere. Parte di questo filmato venne diffuso subito dopo la morte di Codie, fece il giro di tutti i notiziari.»

«Esatto.» concordò Josie. «Non era mai stato ripreso prima di questo momento. Era un punto di orgoglio per lui.»

«E questo lo ha scosso.» suppose Noah. «E non poco. Ma

non riusciamo nemmeno a vederlo in faccia. Al massimo, quello che riusciamo a ricavare da questo video, o almeno dalla parte che è stata resa pubblica, è la stima della sua altezza e del suo peso. Non c'è niente che lo identifichi.»

«Non è questo il punto.» lo corresse Josie. «Questo è il suo primo errore, e non è in linea con...» Si interruppe, il solo pensiero le fece rivoltare lo stomaco.

«Non è in linea con cosa?» la incitò Mettner.

«Con il suo lavoro.» disse lei con voce soffocata. «Lui si considera un artista. Probabilmente non si considera nemmeno un assassino.»

«Chiaramente no.» concordò Gretchen. «Specie considerando che ha scritto espressamente alla stampa perché voleva essere chiamato "l'Artista delle Ossa" anziché "l'Assassino del Camposanto".»

«Non voleva e non vuole essere identificato in questo modo.» disse Josie. «Questo è un macello. Questo non è all'altezza del suo modo di fare. Credo che qui abbia perso il controllo. Anzi, ha perso il controllo, senza dubbio. Soprattutto quando il marito lo ha caricato.»

Guardarono il video un'altra volta senza metterlo in pausa mentre aspettavano che Drake tornasse. Rientrò nel giro di pochi minuti, con un taccuino in mano. Lesse dai suoi appunti scarabocchiati: «La polizia di New York aveva trovato un esperto in labiolettura. Credevano che Codie lo avesse chiamato sicofante e bugiardo e che lo avesse anche chiamato Robert. Ritennero che questa persona conoscesse i coniugi Lash. Sottoposero a interrogatorio tutte le persone che i signori Lash conoscevano. Tra queste c'erano circa cinque uomini che rispondevano al nome di Robert, ma tutti avevano un alibi per quella particolare serata. Non rinvennero tracce di DNA o impronte dalla scena del crimine e quindi questo era tutto ciò che avevano a disposizione.»

«Non un sicofante» lo corresse Josie, «uno psicopatico. Non

stava chiamando lui Robert. Stava parlando di qualcuno che si chiamava Robert.»

«Robert Ingram.» disse Mettner.

«L'unico elemento che la polizia di New York aveva in quel frangente era questo video.» spiegò Josie. «È logico che abbiano cercato qualcuno che la coppia conosceva con quel nome. È esattamente quello che avrei fatto io. Ma ora, con quello che abbiamo scoperto sui contatti tra Codie Lash e l'Artista delle Ossa, dobbiamo considerare la cosa in un contesto diverso.»

Drake si grattò il cuoio capelluto. «Va bene, seguiamo questa teoria. Codie Lash aveva fatto il gioco dell'assassino ed è rimasta uccisa. Trinity l'aveva capito e per questo ha chiesto di farsi spedire gli effetti personali di Codie Lash, per cercare un legame più stretto.»

«E lo ha trovato.» inferì Josie. «Era il pettine. Se n'è servita per attirarlo allo scoperto. Lo ha indossato durante un servizio e subito dopo lui le ha recapitato un altro pettine.»

«Sì, ma a parte il pettine, come accidenti avrà fatto Trinity a stanarlo?» domandò Noah. «Voglio dire, a quel punto il killer non era attivo da sei anni. Non è che l'ha chiamata al telefono e le ha detto di fargli un segnale di qualche tipo. Tanto per cominciare, come è riuscita ad attirare la sua attenzione? E poi, non credete che allora avrebbe dovuto attirare la sua attenzione anche prima di indossare il pettine di Codie Lash? Alla fine, Trinity ha fatto un solo servizio con quel pettine tra i capelli. Quante probabilità c'erano che lui stesse guardando proprio quel servizio su quel canale e in quel particolare momento?»

«Aveva attirato la sua attenzione mesi prima.» rispose Josie. «Anzi, il network l'aveva fatto. Ricordate che Drake ha detto che stavano facendo dei servizi sui casi seriali irrisolti per regione geografica? A un certo punto, supponendo che quest'uomo guardasse i programmi del mattino - e penso che possiamo tranquillamente supporre che lo abbia fatto, considerando che ha contattato i conduttori mattutini delle tre reti principali nel 2014 - si sarebbe imbattuto in questo servizio in diretta. Avrebbe guardato ogni settimana perché sperava di entrare in una delle liste. Si sarebbe sentito insultato se non fosse entrato nella lista dei casi seriali del Nordest.»

«Sono d'accordo.» disse Drake. «Questo corrisponde al profilo, alla sua sete di attenzione, al suo desiderio di essere ammirato e stimato per la sua intelligenza nel sottrarsi alla cattura per tutto questo tempo. Trinity ci è finita dentro quando ne ha parlato con il corrispondente. Infatti, ha usato la parola "intelligente" nella sua argomentazione. Questo deve aver attirato immediatamente la sua attenzione.»

«E a quel punto lui deve essersi fissato su di lei.» ipotizzò Josie. «Poi, poco dopo, lei si è lasciata ossessionare dal caso e ha seguito un percorso contorto verso Codie Lash e il suo pettine.»

«Ha indossato quel pettine in onda subito dopo il suo arrivo qui.» andò avanti Noah. «Probabilmente sperava di attirare la sua attenzione, ma poi è passata una settimana senza che lui si avvicinasse a lei. Ricordi che era andata a pranzo con Patrick e gli aveva detto che pensava di avere una storia importante che poi non era andata in porto?»

«Ma poi è successo.» disse Josie. «Perché a casa nostra è stato consegnato un pettine uguale al suo.»

«Così lei ha scoperto che Codie Lash era coinvolta in tutta questa storia.» disse Drake. «Ha avuto la fortuna che Codie avesse lasciato il suo inquietante pettine per il serial killer nel suo ufficio e che qualcuno l'avesse impacchettato e messo in magazzino. L'ha indossato e si è fatta rapire. Nel frattempo, il nostro Artista ha rapito una donna qualunque della Pennsylvania centrale, l'ha uccisa e l'ha lasciata nel luogo in cui ha preso Trinity.»

Josie aggiunse: «E l'Artista ha dovuto lasciare una delle sue opere per farci capire che era stato lui.»

Drake annuì. «Sì, torna.»

«Va bene, ma perché ha abbandonato il suo schema?» chiese

Mettner. «Nicci Webb era scomparsa da soli diciassette giorni prima che i suoi resti venissero ritrovati dietro la baita di Trinity. Perché non ha aspettato tutti e trenta i giorni?»

Gli rispose Josie: «Perché il contratto d'affitto di Trinity per quel mese era quasi scaduto. Aveva affittato la baita per trenta giorni. Ci è rimasta per sette. Mancavano soltanto ventuno giorni prima che il padrone di casa o l'inquilino successivo si facessero vivi e trovasse la sua auto abbandonata.»

«Ma non voleva che qualcuno trovasse solo l'auto abbandonata di Trinity.» osservò Noah. «Voleva che tutto il mondo sapesse che l'Artista delle Ossa era stato lì.»

«Esatto.» confermò Josie. «La sistemazione dei resti era il suo segnale che era vivo e vegeto e che continuava a uccidere.»

«Si stava annunciando.» concordò Drake.

«Non fa una piega.» disse Josie. «Ma ha preso Nicci Webb dopo aver preso Trinity. Se avesse aspettato tutti i trenta giorni dal rapimento di Nicci Webb alla sistemazione dei suoi resti, avrebbe superato la data di scadenza del contratto di locazione di Trinity e avrebbe perso così l'occasione per assicurarsi che qualcuno trovasse la sua mostra morbosa quando avesse rinvenuto la macchina di Trinity.»

«Ma l'Artista delle Ossa non poteva sapere che la baita era in affitto, tantomeno la data di scadenza del contratto.» le fece notare Gretchen.

«È vero anche questo.» concesse Josie. «Ma non deve avergli richiesto grossi sforzi o ricerche per scoprire questi dettagli. Probabilmente ha scavato parecchio nella vita di Trinity prima di avvicinarsi a lei. Ha appreso abbastanza su di lei da sapere che la sua famiglia vive a Callowhill e sicuramente sapeva che ha un appartamento a New York. Si vanta di essere intelligente, ricordi? È un pianificatore. È attento. Deve aver fatto una ricognizione prima di andare alla baita. Non gli sarà stato difficile controllare i registri immobiliari, o anche su internet, e scoprire che le baite di Whispering Oaks sono in affitto.»

«Quindi, in qualche maniera, ha scoperto che lei aveva preso in affitto la baita.» ricapitolò Noah. «Ha fatto abbastanza ricerche per sapere che ci sarebbe stata da sola e l'ha raggiunta per portarla via. Oppure ha scoperto in anticipo che l'aveva presa in affitto soltanto un mese. O magari lo ha scoperto da lei dopo averla sequestrata.»

«Probabile.» disse Josie. «Ha dovuto lasciare i resti di Nicci Webb in anticipo perché non aveva trenta giorni di tempo.»

«Mi torna anche questo.» disse Drake annuendo. «Perfetto, allora adesso sappiamo cosa è successo e perché è successo. Ma non sappiamo in che modo tutto questo può aiutarci a trovare Trinity o l'assassino...»

«E per quale motivo ha lasciato scritto "Vanessa" nella sua auto?» domandò Gretchen.

«E perché vuole che tu legga il suo diario?» aggiunse Mettner. «Un diario che, possiamo presupporre, abbia scritto ai tempi delle superiori, se hai ragione sulla scia degli indizi che stai seguendo.»

Josie chiuse il portatile di Drake e appoggiò la testa tra le mani. «Non lo so.» ammise. «Non lo so proprio.»

QUARANTAQUATTRO

Nell'aula del tribunale Hanna sedeva accanto ad Alex, insieme all'avvocato. Allungò una mano, trovò quella del figlio e gliela strinse forte.

L'avvocato si avvicinò al banco del giudice per discutere la conclusione dell'accordo di patteggiamento. Hanna si sporse verso l'orecchio di Alex e sussurrò: «Sei sicuro di volerlo fare?»

Lui annuì.

«Ti faranno svolgere dei lavori socialmente utili. Non so di cosa si tratti. L'avvocato ha detto che cercheranno di trovare qualcosa di adatto. Magari qualcosa all'aria aperta.»

«Ho capito.» mormorò.

L'avvocato tornò al tavolo con un documento in mano e disse ad Alex di alzarsi. Il giudice, seduto dall'altra parte della stanza, si rivolse direttamente a lui: «Figliolo, questa è una faccenda molto seria.»

«Sì, signore.» disse Alex.

«Tuo padre è rimasto gravemente ferito e avrà bisogno di assistenza per il resto della sua vita e mi risulta che abbia perso la maggior parte delle sue facoltà a causa del trauma cranico che gli hai procurato.»

«Sì, signore.» ripeté Alex.

«Però, hai solo sedici anni e c'è la possibilità di cambiare le cose. Una volta compiuti i diciotto anni, la tua fedina penale sarà ripulita. Potrai ricominciare da capo. Mi rendo conto che le cose in casa tua non sono state delle migliori.»

«Sì, signore.»

«Mi hanno anche detto che sei un figlio molto devoto.»

«Sì, signore.»

«Hai qualcosa da dire prima che io decida se approvare o meno il patteggiamento che il tuo avvocato ha concordato con il Procuratore Distrettuale?»

Alex ricordò la risposta che lui e Hanna avevano preparato la settimana precedente e la recitò a memoria. «Non volevo fare del male al mio papà.»

Avevano deciso che Alex avrebbe dovuto dire "al mio papà" e non "a mio padre", perché in questo modo sarebbe sembrato che Alex provasse affetto per Francis. Ne aveva provato, una volta, molto tempo prima. Prima di sapere cosa fosse davvero Francis.

«Era violento.» spiegò Alex.

Il giudice si accigliò. «Sì.» disse. «Tua madre ha delle cicatrici che lo confermano.»

«La mia mamma ha cercato di fermarlo e ho pensato che le avrebbe fatto del male. Voglio molto bene alla mia mamma. Avevo paura per la sua vita, così sono intervenuto. Volevo solo proteggerla, non volevo fare del male al mio papà. Se potessi rifare tutto da capo, chiamerei il 911. Ma in quel momento ero davvero spaventato ed è successo tutto così in fretta... Non ho fatto la cosa più giusta e mi dispiace molto.»

Sentì Hanna che gli dava una stretta al braccio.

Il giudice lo studiò per un lungo momento. Poi, con un sospiro, disse: «Molto bene. Approvo il patteggiamento. Dovrai svolgere centoventi ore di servizi sociali. Invece di farti scontare un periodo di detenzione in un carcere minorile, ti metterò in libertà vigilata e ti permetterò di tornare a casa in modo che tu possa aiutare tua madre a prendersi cura di tuo padre. Avrà bisogno del tuo aiuto ora più che mai.»

«Grazie, signore.»

QUARANTACINQUE

Erano a un punto morto. Josie si sentiva a pezzi e tutto quello
che voleva era solo riposare; però era anche l'ultima cosa che
voleva fare perciò si impose di resistere finché riuscì a sopportare le vertigini e il dolore che le pulsava nella testa. Arrivata al
limite chiese a Noah di riaccompagnarla a casa. Una volta arrivata fece un bagno caldo e poi si infilò nel letto. Trout si arrampicò accanto a lei e si accoccolò contro il suo fianco.
Accarezzandogli la schiena setosa, cadde in un sonno profondo
e non si svegliò fino al mattino seguente, quando la luce del sole
attraversò le finestre della sua camera. Si rigirò tra le coperte.
Accanto a lei, Trout russava, immerso in un sonno di totale
abbandono. Josie pensò di alzarsi, ma non era ancora pronta.
Perciò, chiuse ancora una volta gli occhi e lasciò che la sua
mente fosse trasportata da tutte le cose che la sua squadra aveva
scoperto sul caso, cercando di collegare gli elementi più dispa-
rati, cercando di cogliere quali dettagli aveva visto Trinity.

Aveva seguito lo stesso percorso compiuto da sua sorella fino
a quel momento, dalla sua ossessione per un caso di cui il suo
amante era l'investigatore principale, al collegamento con Codie
Lash, fino a... che cosa? Cosa le sfuggiva ancora?

Stava seguendo una sua teoria, così aveva detto Drake.

E qual era? E cosa aveva a che fare con un vecchio diario che aveva scritto alle superiori? Cosa aveva a che fare con il suo passato? L'assassino era stato un suo compagno alle superiori?

Josie aprì gli occhi, prese il telefono e scrisse rapidamente un messaggio a Mettner per chiedergli di indagare su quella possibilità. Senza il diario vero e proprio, Josie non aveva idea di quale strada Trinity avesse cercato di farle percorrere. Era sul punto di riaddormentarsi quando i vari elementi presero a scorrere sullo schermo della sua mente. I post-it. *Disturbo ossessivo-compulsivo? Simmetria? Omicidi allo specchio?* I pettini, prima quello tra i capelli di Codie Lash e poi quello tra i capelli di Trinity. Gli Alphabet Murders nella cronologia delle ricerche sul suo portatile. La bocca di Codie che formava le parole: *Robert? Cosa vuoi dire con "Robert"?* I simboli. Maschio e Femmina. Omicidi allo specchio. Simmetria. Maschio. Femmina. Robert. No, non Robert. Roberta.

Il corpo di Josie si sollevò da solo, facendo trasalire Trout, che emise un piccolo guaito e poi le lanciò un'occhiataccia. «Oh, scusami, bello.» gli disse.

Lanciò i piedi oltre la sponda del letto, ma quando cercò di mettersi in piedi, il suo corpo ondeggiò. Si rimise rapidamente a sedere. Il cane saltò giù e si stiracchiò davanti ai suoi piedi, poi si avvicinò alla porta della camera da letto e le diede un colpetto con il naso, in modo che si aprisse, poi aspettò che Josie si alzasse. Qualche minuto dopo, dall'altra parte della porta semiaperta si udì qualcuno bussare sommessamente. Trout prese a scodinzolare. Patrick fece capolino. «Ehi, stai bene?»

Josie sorrise. «Sì, sto bene. Sono solo un po' instabile.»

«Posso portarti qualcosa? Un caffè? Un succo di frutta?»

«Il mio computer.» disse Josie.

Lui alzò gli occhi al cielo. «Oh, giusto. Dimenticavo. Sei una Payne. È naturale che tu voglia il tuo portatile prima della colazione.»

«È solo che credo di...» cominciò a dire, ma lui alzò una mano. «Ti stavo solo prendendo in giro, Josie. Era una battuta. Non dovrei avere grosse difficoltà a portarti sia il computer che il caffè...»

Lei gli sorrise. «Sarebbe perfetto.»

In meno di cinque minuti, Josie era appoggiata alla testiera del letto con il portatile sulle gambe e una tazza di caffè fumante sul comodino. Patrick aveva portato Trout a fare una passeggiata. Noah era in centrale e Lisette, Shannon e Christian erano al piano di sotto, "a preoccuparsi" come le aveva detto Patrick.

Per trovare quello che cercava, Josie dovette ricorrere a quattro banche dati e a una ricerca su Google. Scaricò un articolo dal *Pocono Record* datato due settimane dopo che l'Artista delle Ossa aveva allestito i resti di Robert Ingram. Il titolo recitava: La Polizia Non Ha Indizi Sul Caso Della Donna Scomparsa Ritrovata Viva Che Vagava Sulla Route 209.

Poi controllò sul National Missing and Unidentified Persons System e passò un'altra ora a mettere insieme i rapporti di polizia necessari per confermare la sua teoria. Inviò tutto alla stampante del suo studiolo e intanto chiamò Noah alla centrale. «Qualcuno dovrebbe venire a prendermi.» gli disse. «Ci sono tutti?»

«Ci sono solo io.» rispose lui. «Mett e Gretchen sono andati a casa a dormire. Drake è in albergo, probabilmente sta dormendo anche lui.»

«Svegliali.» disse Josie. «È una cosa importante.»

Nel giro di mezz'ora, la squadra e Drake erano riuniti nella sala conferenze del comando di polizia. Drake lanciava occhiatacce a Josie, mentre Mettner continuava a strofinarsi il sonno dagli occhi. Gretchen sorseggiava con calma un caffè, in attesa di sentire gli ultimi aggiornamenti sul caso. Noah si sedette accanto a Josie, con in mano la pila di copie dei rapporti che lei gli aveva chiesto di fare. Josie annuì e lui iniziò a distribuirle al resto della squadra prima di cominciare il suo resoconto: «Credo di conoscere la teoria sulla quale Trinity stava lavorando. Sappiamo che a quest'uomo piace la simmetria. Sappiamo che ha degli schemi, anche se non abbiamo ancora capito quali siano. Ora sappiamo che le sue espressioni artistiche si basano su una combinazione di simboli maschili e femminili. Gli appunti di Trinity, i pochi che sono riuscita a leggere prima che facesse le valigie, parlavano di omicidi allo specchio che all'inizio non avevano senso per me. Ma poi ho pensato a Codie Lash e a quello che aveva detto all'Artista delle Ossa la notte in cui è stata uccisa. Gli ha detto: "Cosa vuoi dire con Robert?". Era già al corrente dell'omicidio di Robert Ingram. Allora perché sembrava sorpresa? A meno che, dicendo "Robert", non si stesse riferendo a Robert Ingram, ma a una donna di nome Roberta.»

«Quindi, stai suggerendo che ci sia sfuggita la "a", che Codie Lash abbia detto "Roberta"?» chiese Gretchen.

«Esattamente.» disse Josie mentre prendeva uno dei rapporti che aveva stampato. «Roberta Ingram, una igienista dentale di ventisette anni di Bloomsburg, scomparsa il giorno prima di Robert Ingram da East Stroudsburg.»

Mettner fissò il rapporto del National Missing and Unidentified Persons System che aveva tra le mani. «Porca puttana!» esclamò.

Josie sventolò in aria l'articolo del *Pocono Record*. «Trenta giorni dopo Roberta Ingram venne ritrovata mentre vagava nei boschi di East Stroudsburg, lungo la Route 209, nuda, in grave stato di disidratazione e completamente disorientata, con quelle che il notiziario si limitò a definire "ferite gravi". Disse di essere stata rapita da un uomo con dei "segni sul viso".»

«Buon Dio...» sussurrò Drake.

«Abbiamo chiamato la polizia di East Stroudsburg.» aggiunse Noah. «Hanno confermato tutto quanto. Hanno detto che si erano impegnati molto su questo caso, ma non erano riusciti a sviluppare alcuna pista.»

«Si è ripresa dalle ferite?» volle sapere Gretchen.

«Dalle lesioni fisiche, sì.» rispose Josie.

«La polizia di East Stroudsburg ci ha dato il suo indirizzo.» riprese Noah. «Hanno detto che pensavano che avrebbe accettato di parlare con noi e si sono offerti di chiamarla per avvertirla.»

Mettner si alzò. «Andiamo allora. Dove vive adesso?»

«Al momento si trova a Danville.» rispose Noah. «A circa dieci miglia da Bloomsburg.»

«C'è un'altra cosa...» aggiunse Josie mentre stendeva i rapporti del National Missing and Unidentified Persons System. «Tutti gli omicidi hanno degli specchi. Nel 2008, fuori Newtown, in Pennsylvania, pochi giorni precedenti al rapimento della prima vittima, Anthony Yanetti, una donna di nome Antonia, detta "Toni", Yanetti fu rapita a King of Prussia.»

«King of Prussia è il luogo in cui l'Artista delle Ossa ha lasciato i resti di Anthony Yanetti.» osservò Drake.

«Fammi indovinare...» disse Mettner. «Più o meno nello stesso periodo in cui Terri Abbott scomparve a Pittsburgh, un uomo di nome Terrence Abbott scomparve appena fuori Pittsburgh.»

«Corretto.» disse Josie.

«E uno o due giorni prima, o dopo, la scomparsa di Kenneth Darden a Paoli, una donna di nome...» aggiunse a sua volta Gretchen, lanciando un'occhiata al rapporto del National Missing and Unidentified Persons System, «Kendra Darden fu rapita a Philadelphia.»

«Proprio così.» confermò Josie. «Nessuno degli omicidi allo

specchio - Antonia Yanetti, Terrence Abbott o Kendra Darden - è mai stato provato; non sono stati trovati i corpi. L'unico specchio che l'Artista delle Ossa ha liberato è Roberta Ingram.»

«Lei è stata lasciata andare perché Codie Lash stava facendo il suo gioco.» spiegò Noah. «Si era messa il pettine in onda, come voleva lui.»

«Ma poi ha ucciso Codie lo stesso.» obiettò Drake.

«Perché il marito lo aveva attaccato e lui perse il controllo.» spiegò Josie. «Una volta ucciso il marito davanti a lei, e dato che lei lo aveva visto in faccia, non poteva proprio lasciarla andare.»

«Allora questo cosa significa nel caso di Nicci Webb?» domandò Mettner. «Che c'è un Nicholas Webb da qualche parte che è scomparso? Un caso di scomparsa di cui non sappiamo nulla?»

Josie scosse la testa. «Ci ho pensato anch'io e ho controllato tutti i database e i notiziari che mi sono venuti in mente, ma non ho trovato niente. Ci sono tre Nicolas Webb in Pennsylvania.»

«E sono tutti vivi e vegeti.» precisò Noah. «Prima che voi arrivaste, ho chiamato i dipartimenti di polizia delle città in cui vivono e ho chiesto se potevano darci un riscontro immediato sulle loro condizioni.»

«Quindi Nicci è l'unica che l'Artista ha lasciato senza specchio?» chiese Drake. «Perché l'avrebbe fatto?»

«Per depistarci?» propose Noah.

«Abbiamo già sottolineato quanto l'omicidio di Nicci Webb sia fuori dagli schemi.» sentenziò Mettner. «Abbiamo a che fare con un criminale seriale. Cosa può spingere una persona del genere a cambiare il suo modo di fare?»

«Forse un fattore di stress di qualche tipo.» suggerì Noah.

«Sì, un fattore di stress potrebbe causare un cambiamento.» confermò Drake. «Ehi, e Trinity? Non aveva uno specchio. Non c'è un equivalente maschile di Trinity, giusto?»

Josie si sentì raggelare «No, ma in realtà lei ha uno specchio. Uno specchio in senso letterale.»

Le guance di Drake assunsero una tonalità rosata. «Giusto. Non ci pensavo.»

«Ecco perché ha cercato di rapirti.» disse Noah guardando Josie. «È andato fuori dai suoi schemi in termini di tempistiche, visto che ha aspettato così tanto tempo dopo aver preso Trinity per provare a rapirti, ma ci ha provato lo stesso.»

«Il che rende quello di Nicci Webb un fatto ancora più anomalo...» disse Gretchen, «perché, in altre parole, è l'unica senza un caso speculare.» disse Gretchen.

«Forse ha assistito a qualcosa che non doveva vedere.» ipotizzò Mettner. «Dovremmo approfondire le ricerche su di lei.»

Noah ne approfittò per dire: «Ho esaminato il fascicolo della Polizia di Stato. Hanno indagato attentamente su di lei e su tutte le sue attività nei giorni precedenti il rapimento, e non hanno trovato nulla.»

Drake incrociò lo sguardo di Josie. «A volte un paio di occhi nuovi fanno la differenza. Chiederò a qualcuno della mia squadra di rivedere il caso di Nicci Webb.»

«Grazie.» dissero all'unisono Mettner e Josie.

Gretchen bevve un altro sorso di caffè e chiese: «Cosa ne farà degli specchi che non mette in mostra? Non pensi che siano ancora vivi, vero?»

Josie scosse la testa. «No, non credo. Forse il DNA dei pettini corrisponderà a quello di uno o due specchi.»

Gretchen fu percorsa da un brivido che la costrinse a riporre la tazza di caffè sul tavolo.

Mettner aveva un colorito verdastro ma si tirò su e fece un respiro profondo. «Va bene. Non possiamo andare tutti a parlare con Roberta Ingram. Non c'è bisogno di spaventare a morte quella povera donna presentandoci in cinque sulla soglia di casa sua. Accompagnerò io il Boss a parlare con lei. Ora che sappiamo degli specchi, dobbiamo ripercorrere i nostri passi ed esaminare attentamente le circostanze della loro scomparsa per vedere se l'Artista delle Ossa ha lasciato indizi o prove che possiamo usare per rintracciarlo. Palmer... dovresti occupartene tu con Fraley.»

«E io rimarrò qui ad aiutarvi in questa fase e a indagare su Nicci Webb.» si offrì Drake. «Non guasterà che vi presentiate con il sostegno dell'FBI quando indagherete presso le giurisdizioni di polizia in cui sono scomparse le vittime allo specchio.»

«Allora mettiamoci al lavoro.» li esortò Mettner.

QUARANTASEI

Durante il viaggio verso Danville, Mettner ricevette una telefonata dalla polizia di East Stroudsburg che lo informava che Roberta Ingram sarebbe stata a casa quel pomeriggio e che era disposta a parlare con loro. Arrivarono a Danville un'ora e mezza più tardi. Era una piccola città sul fiume Susquehanna ed era la sede dell'immenso Geisinger Medical Center. Roberta viveva in un condominio in un complesso vicino alla scuola superiore della città. C'erano dei bambini che giocavano e andavano in bicicletta su e giù per la strada, fiancheggiata da un lato da condomini e dall'altro da case unifamiliari. Era un luogo bellissimo e idilliaco. Roberta li accolse sulla porta. Aveva ancora indosso il camice da lavoro e si stava asciugando le mani con un canovaccio. Era alta più o meno come Josie, ma era più formosa di lei, con fianchi larghi e un seno abbondante. Aveva i capelli castani raccolti all'indietro e legati in una treccia che le scendeva lungo la schiena. «Entrate...» disse, conducendoli in un piccolo corridoio e in una cucina con un angolo per la colazione. La casa era ordinata e decorata con i toni del legno. Quando Josie e Mettner si sedettero al tavolo della cucina un gatto soriano li fissò da sopra il frigorifero. Roberta offrì loro qualcosa da bere, ma loro rifiutarono.

«Hanno detto che siete qui per quello che mi è successo.» «Esatto.» confermò Mettner.

Roberta si avvicinò al frigorifero e sussurrò qualcosa finché il gatto non si spostò sul bordo, così lei poté allungarsi e prenderlo in braccio prima di sedersi di fronte a loro. Sulle sue ginocchia, il gatto cominciò a fare le fusa mentre lei gli accarezzava la testa e la schiena.

«Gli agenti della polizia di East Stroudsburg furono gentili.» cominciò Roberta. «Ma non hanno mai trovato nulla.»

«È quello che hanno detto anche a noi.» rispose Mettner. «Ci dispiace molto per quello che le è successo.»

«Abbiamo per le mani il caso di un'altra donna scomparsa...» disse Josie, «che crediamo possa essere collegato al suo. Quindi, tutto ciò che può dirci su quello che le è accaduto potrebbe esserci utile.»

L'espressione di Roberta si contrasse e nascose il viso nel pelo del collo del gatto, il quale agitò la coda avanti e indietro con fare indifferente. Un attimo dopo, Roberta alzò lo sguardo. Le lacrime le rigavano le guance, ma non le asciugò. Con lo sguardo perso nel vuoto, fece un sospiro tremolante e cominciò a raccontare. «Ogni giorno, prima di andare al lavoro, camminavo nel quartiere fieristico di Bloomsburg. Quando non ci sono eventi in corso, è un posto piuttosto deserto. Alcune persone ci arrivano in macchina con i loro cani per lasciarli correre. Eravamo agli inizi di marzo e quel giorno si gelava. La temperatura era scesa sotto lo zero e io ero tentata di non uscire, ma stavo cercando di perdere peso. Così, pensando di non stare fuori a lungo, mi ero infagottata ed ero partita.»

«C'era qualcun altro in giro?» chiese Mettner.

Roberta fece una risata amara. «No. Ero l'unica idiota. Abitavo a pochi isolati di distanza, ma quando sono arrivata in fondo ho capito di aver commesso un errore. Mi sono girata e ho iniziato a risalire la Route 11 prima della svolta in Main Street, vicino a dove c'è la rampa per la Route 42 che sale in direzione del centro commerciale, e lì c'era un furgone fermo.»

«Che tipo di furgone?» chiese Josie.

«Mi pare che fosse un Chevrolet, ma potrei sbagliarmi perché all'inizio non ci avevo fatto caso. Comunque era un pickup bianco. La polizia mi ha mostrato circa due dozzine di foto di furgoni e il modello della Chevrolet sembrava il più simile, ma non sono riuscita a dirlo con certezza. E no, non ho preso la targa. Non mi ero affatto accorta di quel dannato furgone. Non mi è venuto in mente nemmeno per un secondo che avrei dovuto ricordare qualche dettaglio di quello stupido furgone o della persona che lo guidava.»

«Non dovrebbe esserci il bisogno di ricordare queste cose.» disse Josie. «Le persone non dovrebbero fare cose del genere. Che cosa è successo poi?»

«Beh, mi stavo congelando da morire e passando accanto al furgone mi è caduto l'occhio sullo scarico che usciva dalla marmitta e ho pensato: "Cavolo, mi piacerebbe essere lì dentro". E un attimo dopo il finestrino si è abbassato e quel tizio si è allungato sul sedile del passeggero e ha detto qualcosa del tipo: "Non voglio spaventarla, signorina".»

«Perché avrebbe dovuto spaventarsi?» chiese Mettner.

«Perché aveva un passamontagna, anche se non mi era sembrato così strano: sono molti i cacciatori che li indossano quando fa freddo. Non sono insoliti in inverno nella mia zona. Potevo vedere i suoi occhi, erano marroni, e c'era un segno rosso che andava dalla fronte al naso; all'inizio non ci avevo nemmeno fatto caso, non l'ho notato finché non mi sono avvicinata. Aveva tutta l'aria di una bruciatura o una cicatrice o qualcosa del genere. L'ha indicata e mi ha detto che si era scottato con l'olio bollente da bambino. Ha detto che lo metteva a disagio e che per questo a volte indossava un passamontagna in inverno.

Avrei voluto dirgli che poteva coprirla con del trucco, ma non mi era sembrato opportuno.»

Mettner stava scrivendo furiosamente sull'app del suo telefono con cui prendeva appunti. «Le ha detto il suo nome o da dove veniva o qualcos'altro?»

Roberta scosse la testa. «No. Ha detto solo che veniva da fuori città e che stava cercando l'ospedale. Ha detto che andava a trovare un amico. Aveva dei fiori sul sedile. Gli ho dato le indicazioni e lui mi ha ringraziato. Poi ho proseguito. Pochi secondi dopo si è fermato e mi ha detto che gli dispiaceva non avermi offerto un passaggio dopo che l'avevo aiutato con le indicazioni. Se non fosse stato così freddo, gli avrei detto di no.»

Le sue dita scavarono nella folta pelliccia del gatto, mentre il suo sguardo si perdeva lontano. «Invece gli ho detto di sì.» disse, come se non stesse più parlando con loro ma narrando un film nella sua testa. «Sono salita. Gli ho dato le indicazioni. È passato davanti a casa mia. Quando ho iniziato ad andare nel panico, lui mi ha detto: "Calmati, Roberta" e allora ho capito che ero nei guai perché non gli avevo detto il mio nome. Non mi sono quasi resa conto di essermi messa a urlare e lui mi ha infilato un ago nella coscia. Ho cercato di rimanere sveglia, ma non ci sono riuscita.»

«Le ha fatto un'iniezione intramuscolare di qualche tipo.» osservò Josie.

«Sì.» concordò Roberta. «Da quel momento, sono caduta e uscita dal sonno in continuazione. Lui guidava e guidava. Alla fine si è fermato in un lungo viale di ghiaia. Sembrava passata un'eternità. Gli ho fatto un sacco di domande, ma non ha mai risposto. Si è fermato davanti a un vecchio container.»

«Un container?» disse Mettner. «Come quelli di metallo che si vedono sui moli?»

Lei annuì. «O quelli che mettono sui treni. Era grande e di metallo.»

«Aveva finestre?» chiese Josie.

«No. Ma non si stava male là dentro. Almeno era riscaldato. C'erano un materasso, una coperta, un po' d'acqua, una torcia e un piccolo gabinetto da campeggio per liberarmi. Mi ha lasciata là dentro. Ho urlato a squarciagola per giorni, ma lui non è mai venuto. Nessuno è venuto. Mi ha lasciato lì finché l'acqua non è finita e ho cominciato a sentire i morsi della fame.»

«Che cosa è successo quando è tornato?» chiese Mettner.

«Temevo che volesse farmi del male o addirittura ammazzarmi, ma non era questo che gli interessava. Mi ha portato da mangiare. Erano merendine e snack, roba confezionata, come se l'avesse presa in un mini-market o qualcosa del genere, e altra acqua. Gli ho fatto delle domande, ma non ha mai detto una parola. La batteria della torcia a un certo punto si è esaurita. Quello è stato il momento peggiore.»

Josie combatté con un senso di claustrofobia immaginando l'oscurità totale e la privazione sensoriale che quella povera donna doveva aver provato, e tutto ciò mentre era bloccata in uno spazio chiuso. «Mi dispiace tanto, Roberta.» mormorò.

«Grazie.» disse lei.

«Le ha mai fatto del male?» chiese Mettner. «L'ha mai picchiata o ferita?»

«No.» rispose Roberta. «A parte respingermi quando ho cercato di attaccarlo. Ero così debole che per lui è stato facile. Mi ha scansato come se fossi un insetto.»

«L'ha drogata di nuovo?» chiese Josie.

«Non come aveva fatto nel furgone. Un giorno, verso la fine, è arrivato e ha detto che doveva portarmi da qualche parte. Io ho detto che volevo andare a casa. Lui mi ha risposto che mi avrebbe lasciato andare. Non gli ho creduto, non fino in fondo, perché non c'era altro motivo perché mi portasse via se non per uccidermi. Ha detto che prima aveva bisogno di qualcosa da me. Mi ha bendata, mi ha legato le mani dietro la schiena e mi ha portata fuori al freddo. Abbiamo camminato, camminato e camminato. Ero così debole che un paio di volte mi ha dovuto portare in braccio. Mi ha caricato sulle sue spalle come se non pesassi nulla. Poi ci siamo ritrovati in un posto caldo. Da sotto la benda, potevo vedere che c'era della luce. Credo che fosse una casa. Ho sentito porte aprirsi e chiudersi. Poi mi ha steso su qualcosa, un letto o un divano, e mi ha legato le braccia e le gambe.»

Rabbrividì.

«Roberta... se vuole possiamo fare una pausa.» le disse Josie.

Roberta scosse la testa. Il gatto strofinò la testa contro il suo mento e lei lo accarezzò ancora. «No. Preferisco continuare. È tutto a posto. Non c'è molto altro. Mi ha infilato una flebo nel braccio.» Indicò l'incavo del braccio sinistro. «Qui. Almeno credo che sia stato lui. Ho sempre avuto la sensazione che ci fosse qualcun altro in quella stanza, ma non ho mai sentito nessuno. Era solo una... sensazione. Ho sempre pensato che me l'abbia messa lui la flebo. L'ho capito dai calli sulle sue dita: quando mi aveva legato le mani nel container, li ho sentiti bene. Comunque, questa è l'ultima cosa che ricordo. Poi mi sono ritrovata completamente nuda a vagare per il bosco. Faceva freddo, ma non come il giorno in cui mi aveva rapita, grazie al cielo. E il dolore...» Mise il gatto a terra e lui se ne andò, agitando la coda. Roberta indicò il lato sinistro dell'addome, dove finiva la gabbia toracica. «Proprio qui. Era straziante. Più camminavo e più peggiorava. Ogni movimento era una tortura. Mi aveva messo dei punti, sembravo la Creatura di Frankenstein, e perdevo sangue.»

Josie deglutì quando Roberta sollevò la maglietta del camice per rivelare una grande cicatrice nodosa di una quindicina di centimetri. Mettner sbiancò di colpo prima di riprendere a scrivere i suoi appunti. Anche quando Roberta ebbe riabbassato la maglietta, Josie fece fatica a togliersi dalla testa quell'immagine.

«Va tutto bene.» li rassicurò. «Lo so che è raccapricciante. Quando mi hanno trovata e portata in ospedale, i medici hanno detto che l'uomo che me lo aveva fatto non aveva idea di cosa stesse facendo. Hanno detto che ero fortunata a essere ancora viva. Ho avuto la sepsi. Sono quasi morta. Mi aveva ricucito con del filo comune.»

«Cosa voleva?» chiese Mettner. «Perché l'ha fatto?»

«Una costola.» rispose Roberta. «Mi ha preso l'ultima costola. L'ha spezzata. Ho dovuto subire un'operazione per riparare il casino che aveva fatto lì dentro. Hanno detto che è stato un miracolo che non abbia lesionato gli organi interni o fatto altri danni.»

«Posso usare il bagno?» chiese Mettner.

«Ma certo.» disse Roberta. «Al piano di sopra, seconda porta a destra.»

Lo guardò andare via, poi si girò verso Josie e disse: «Gli uomini non la prendono bene. Le donne invece sembrano sopportarlo meglio.»

«Il detective Mettner starà bene.» la rassicurò Josie. «Mi dispiace molto che le sia toccato sopportare un simile calvario, Roberta. La cosa importante è che sia sopravvissuta. Mi dica, riesce a ricordare qualche altro dettaglio sull'uomo che l'ha sequestrata? Le hanno mai fatto fare un identikit?»

«Purtroppo no. Ogni volta che veniva da me, indossava il passamontagna. Riuscivo a vedergli soltanto gli occhi e parte della fronte.»

Josie lo aveva visto in faccia soltanto per pochi secondi. Non abbastanza tempo per cogliere il tipo di dettagli che sarebbero stati necessari a un disegnatore della Scientifica per creare un identikit. L'unica cosa che poteva confermare era che la cicatrice rossa che Roberta aveva visto correva dal centro della fronte, lungo il lato sinistro del naso fino al lato della bocca.

Roberta proseguì con il suo resoconto: «La polizia pensava che vivesse dove mi hanno trovato e hanno controllato tutte le proprietà della zona ma non sono mai riusciti a trovare nessun container. Hanno controllato molti posti vicino alle ferrovie, ma non hanno mai trovato quello che cercavano.»

«Perché vicino alla ferrovia? Per via del container? O ha sentito i treni che passavano quando era chiusa dentro?»

«Niente treni.» disse Roberta. «Ma ho sentito un suono. Non proprio come una campana, ma qualcosa del genere. Non la sentivo sempre, solo a volte. Suonava spesso e a lungo e poi si fermava per giorni. Sembrava metallo, ma non era metallo. Non riesco a spiegarlo. Il suono più simile a cui posso paragonarlo è quello che fanno i posatori di rotaie quando martellano le traverse.»

Mettner tornò nella stanza e riprese il suo posto mormorando delle scuse. Josie lo aggiornò su ciò che si era perso e lui ricominciò a prendere appunti scrivendo a tutta velocità sullo schermo del telefono. Quando finì, chiese: «Le è capitato di sentire altri rumori mentre era nel container?»

Gli occhi di Roberta si allontanarono di nuovo da Josie e Mettner, di nuovo con un aspetto vitreo. «Uccelli.» disse. «Un sacco di uccelli.»

QUARANTASETTE

Dalla bocca di Francis colava un filo di bava che andava a intridere ulteriormente il bavaglino. Il suo corpo era inclinato di lato, con un braccio che pendeva dalla sedia a rotelle. Zandra lo aveva girato di nuovo verso la parete del soggiorno. Si sedette sul divano, sfogliando una rivista e mangiando popcorn da una ciotola. Lei non si era nemmeno accorta di Alex. Ma Francis sapeva che era lì.

«Ahhhmmaax!» gridava. «Ahhhmmaax.»

Alex attraversò la stanza e afferrò le maniglie della sedia a rotelle. «Non farlo!» esclamò Zandra. «Gli piace il muro. Non è così, Francis? Ti piace fissare il nulla tutto il giorno, dico bene? È divertente, non è vero?»

Francis emise il verso che faceva quando iniziava a piangere, cosa che faceva spesso adesso.

«Ahhmmaax.» provò di nuovo. «M-m-max.»

Zandra rise. «Sta cercando di dire "Alex", ma continua a uscirgli Max. È così che ti chiamerò d'ora in poi. "Max".»

Hanna entrò in quel momento: aveva le guance arrossate e un sorriso da un orecchio all'altro. Teneva una busta in mano.

«Mamma!» la salutò Zandra. «Abbiamo deciso di chiamare Alex "Max" d'ora in poi.»

Francis emise un "Ahhhmmaax" strozzato e Hanna e Zandra risero insieme.

Hanna si buttò sul divano e diede due colpetti al cuscino accanto a lei. «Vieni, "Max", unisciti a noi.»

Alex si sedette accanto a lei. «Che cosa c'è lì dentro?» chiese.

Hanna tirò fuori dalla busta un insieme di fogli. «È l'atto di proprietà dei quaranta ettari di terreno dietro di noi. L'ho comprato a titolo definitivo. È nostro. Quando non ci sarò più, passerà a voi.»

Zandra storse il naso. «Preferirei avere dei soldi. Cosa dovremmo farci con un mucchio di terra?»

«È un come una tela bianca, Zandra.» Hanna accarezzò una guancia di Alex. Lo fissò intensamente negli occhi, mentre i suoi si riempivano di lacrime non versate. «È una tela bianca, amore mio. Tutta per voi.»

QUARANTOTTO

Tornati alla centrale, si riunirono ancora una volta nella sala conferenze e Drake prese subito la parola: «Non c'erano costruzioni ferroviarie nell'area di East Stroudsburg nel marzo del 2014.»

«Non sappiamo se quello che ha sentito avesse un nesso con la ferrovia. Ha detto di non aver mai sentito nessun treno.»

«Cos'altro potrebbe essere?» chiese Drake.

«Non lo so ancora.» disse Josie.

«Non sappiamo con sicurezza se l'ha tenuta nei pressi di East Stroudsburg.» osservò Noah. «È solo dove l'ha lasciata andare. L'ha lasciata andare nella stessa città in cui ha rapito Robert Ingram. Fa parte del suo schema. Questo non significa che viva in nessuno dei luoghi in cui ha rapito le persone o esposto i loro resti.»

«Hai ragione.» disse Josie. «Dobbiamo ampliare la ricerca se vogliamo rivolgere la nostra attenzione alla rete ferroviaria.»

Drake abbassò la testa. «Hai idea di quanti chilometri di ferrovia ci siano in questo Stato? Potrebbero volerci anni per esaminarli tutti.»

«Iniziate con il confine orientale dello Stato.» suggerì Mettner. «È lì che sembra concentrarsi la maggior parte delle attività di questo tizio. A che punto siamo con le vittime allo specchio? Cosa avete scoperto?»

Gretchen aprì il suo taccuino. «La storia è sempre la stessa, più o meno: ogni persona sembra svanire nel nulla, lasciandosi tutto alle spalle. Nessuna traccia. Nessun filmato. Niente di niente. Nel 2008, la trentacinquenne Antonia Yanetti andò a fare una corsetta mattutina in un parco vicino al suo appartamento a King of Prussia. Non tornò più a casa. Il fidanzato convivente ne denunciò la scomparsa. Il suo telefono e i documenti d'identità furono ritrovati nella boscaglia del parco. Nessun testimone. Non si sono più avute notizie di lei. Nel 2010, il cinquantatreenne Terrence Abbott finì il suo turno come cameriere in un ristorante del centro. Erano le undici e mezza di sera, uscì per tornare a casa e non arrivò mai a destinazione. Il suo portafoglio, l'orologio, il telefono e le sigarette vennero ritrovati nel cortile del suo condominio. Non c'erano telecamere. Era stato dentro e solo la madre si teneva in contatto con lui. Quando non ebbe sue notizie per una settimana, sporse denuncia. Nel 2012, Kendra Darden, ventisei anni, dipendente di una gastronomia, uscì per una passeggiata a Fairmount Park e non fu più vista. La sua borsa fu ritrovata vicino al torrente Wissahickon, con dentro il suo telefono. Viveva con la nonna che ne denunciò la scomparsa.»

«Hai fatto un ottimo lavoro, ma non ci aiuta a trovare il nostro uomo.» brontolò Mettner.

«È vero.» concesse Josie. «Ma abbiamo scoperto molti dei suoi segreti. Non è così furbo o intelligente come crede di essere. Dobbiamo sfruttarlo in qualche modo.» Si rivolse a Drake. «Stavo guardando il fascicolo quando ero a Callowhill. C'è una nota scritta a mano sul profilo psicologico che dice qualcosa tipo: "ricorrere alla strategia del Superpoliziotto". Di cosa si trattava?»

Drake sospirò. «È stato il mio contatto nell'Unità di Analisi

Comportamentale a suggerirmelo. Si trattava di una strategia sviluppata e messa in pratica da John Douglas e dal suo dipartimento negli anni Ottanta per catturare determinati criminali, in particolare quelli seriali, per i quali ritenevano che sarebbe stata più efficace. In sostanza, si basa sull'idea di scegliere un membro delle forze dell'ordine che si metta davanti alle telecamere e si rivolga direttamente all'assassino, cercando di entrare nella sua mente. Si tratterebbe di una persona con cui l'assassino si identificherebbe e che considererebbe come il principale punto di contatto con la polizia. Il Superpoliziotto dovrebbe cercare di costruire con lui un'intesa in modo che l'assassino entri in contatto e quindi commetta degli errori.»

«Intendi dire che dovrebbe creare un rapporto?» chiese Noah. «Come si fa a creare un rapporto con un assassino? Di fronte a una telecamera per di più?»

«Gli fai capire che pensi che sia intelligente, che sai che è intelligente, ma che tu sei altrettanto in gamba.» spiegò Josie. «Gli fai capire che hai scoperto alcuni dei suoi segreti e che gli stai addosso. A quel punto lui crederà che sei un degno avversario. Non potrà trattenersi dal portare avanti il suo giochetto. Prima o poi farà qualche stupido errore e allora verrà scoperto.»

«Ma non c'è garanzia che funzioni!» obiettò Mettner. «Guardate cosa è successo a Codie e a Trinity, con tutto il rispetto Boss.»

«Ti sfugge qualcosa, Mett.» lo corresse Josie. «Codie Lash aveva intrapreso da sola uno scambio di comunicazioni segrete con l'Artista. E anche Trinity ha cercato di farlo uscire allo scoperto da sola. Noi siamo una squadra e abbiamo un sacco di risorse a disposizione. Più comunicazioni abbiamo con lui, maggiori sono le possibilità che commetta uno sbaglio e si tradisca. Se qualcuno di voi ha un'idea migliore mi piacerebbe sentirla, perché è in gioco la vita di mia sorella.»

Rimasero tutti in silenzio per un lungo momento. Poi Noah lo ruppe, dicendo: «Stai proponendo di usarti come esca?»

«Ha già provato a prendermi una volta.» disse Josie. «Sono letteralmente lo specchio di Trinity. Per quale altro motivo avrebbe cercato di prendermi? Vi dico a cosa ho pensato: convocate una conferenza stampa, mettetemi di fronte alle telecamere e fatemi parlare con questo tizio.»

«Cosa gli diresti?» chiese Drake.

«Che questo caso è personale. Che so che ha mia sorella e che lo troverò a costo di perderci il resto della mia vita. Assicurandogli che dedicherei la mia vita a cercarlo e a stanarlo, parlerei direttamente al suo smisurato senso di autostima. Ma quello che dirò non sarà importante quanto quello che vedrà.»

«Hai bisogno di oggetti di scena...» convenne Noah. «Come il pettine.»

«Il pettine di Trinity è già andato in laboratorio.» disse Gretchen. «Non possiamo recuperarlo.»

«Non abbiamo necessariamente bisogno di un pettine.» rispose Josie. «Faremo in modo che alla conferenza stampa voi siate tutti dietro di me, in modo che veda che non sono sola. Potremmo chiedere a Roberta Ingram di stare in mezzo a voi, se riusciamo a convincerla.»

«Suggerirei anche di far venire Hayden Keating in mezzo a noi, magari facendogli indossare qualche segno che evochi Codie Lash.»

«Giusto.» convenne Josie, anche se il pensiero di stare di nuovo vicino a Hayden Keating le faceva rivoltare lo stomaco. «Vogliamo che sappia che abbiamo scoperto molto di più di quanto stiamo facendo credere. La stampa non saprà cosa significano quegli oggetti, ma lui sì. Vedrà che lo stiamo prendendo sul serio, che stiamo facendo il gioco che ha sempre voluto fare. Che gli stiamo dando l'attenzione che desidera.»

«Che ne dite di chiamare anche Monica Webb a partecipare alla conferenza?» suggerì Mettner.

«Ottima idea.» concordò Josie. «Dovremo convocarla e dirle cosa sta succedendo. Sono sicura che sarà d'accordo.»

«E dopo?» chiese Noah.

«E dopo aspettiamo.» disse Drake. «Il nostro Artista verrà fuori. Si metterà in contatto in qualche modo.»

«Non mi piace l'idea che la detective Quinn venga usata come esca.» disse Noah. «E credo di poterlo affermare a nome di tutti.»

Gretchen e Mettner annuirono.

«Non sarò un'esca.» disse Josie. «Non ho intenzione di aspettare di essere rapita da questo criminale. Stiamo solo cercando di metterci in contatto. Vogliamo che ci consegni qualcosa, una lettera o un pacco.»

«Non credo che qualcuno voglia un altro dei suoi pacchetti inquietanti.» commentò Gretchen.

«Sì, ma al momento non abbiamo nulla.» disse Drake. «Dobbiamo forzargli un po' la mano.»

Josie si girò a guardare Mettner. «Sei tu il responsabile delle indagini, Mett. Cosa ne dici?»

Mettner si sfregò il mento. «Per prendere una decisione così importante dovrò discuterne con il Capo Chitwood e avere la sua approvazione. Una volta che avremo fatto saltare il coperchio dicendo a tutto il mondo che sappiamo che è stato l'Artista delle Ossa a rapire Trinity, non potremo più richiuderlo e dovremo essere pronti a qualsiasi cosa possa succedere in seguito.»

«Sono pienamente d'accordo.» disse Josie.

Mettner si guardò intorno. «Allora, perché non andate tutti a riposare? Noah, puoi darmi il cambio tra circa quattro ore. Poi Gretchen. Faremo una rotazione. Intanto io parlerò con Chitwood e poi ne ridiscuteremo domani.»

QUARANTANOVE

Il giorno dopo la stazione di polizia era in fermento, pervasa da un'energia nervosa: gli agenti andavano da una parte all'altra, preparavano podi, microfoni e altre attrezzature per la conferenza stampa che intendevano tenere proprio davanti all'entrata. Mettner aveva ottenuto il consenso del capo Chitwood e quella mattina aveva avvisato la stampa che avrebbero dato la notizia della scomparsa di Trinity Payne.

Aveva anche contattato Roberta Ingram, la quale si era resa disponibile ad apparire davanti alle telecamere, e aveva mandato qualcuno a prenderla.

La sera prima Josie aveva esposto a lungo a Shannon, Christian e Patrick la strategia che avrebbero seguito e anche loro avevano accettato di apparire in secondo piano mentre lei avrebbe parlato. Adesso si trovava nell'ufficio del capo, al secondo piano della centrale, e guardava i giornalisti riuniti nella strada sottostante. Si sentiva come se lo stomaco fosse pieno di bolle. Udì i passi di qualcuno alle sue spalle e si preparò a ricevere una strigliata del capo per aver violato il suo spazio. Invece, quella che sentì era la voce di Noah. «Ti senti abbastanza pronta?»

Josie si voltò e gli rispose con un sorriso nervoso. «Più pronta di così non potrò mai essere.»

Lui fece un passo in avanti verso di lei. «Ci siamo quasi.»

Lei gli prese il braccio quando lui glielo offrì e insieme scesero nell'atrio. Il capo Chitwood, Mettner, Gretchen, Drake, Shannon, Christian e Roberta Ingram erano tutti lì. Hayden Keating, leggermente in disparte rispetto al resto del gruppo, era intento a scorrere il suo telefono. Indossava un sobrio completo grigio con una spilla sul bavero, lucida e con incise le iniziali *CL*. Josie si avvicinò e lo salutò per guardarla da vicino. Lui indicò la spilla e disse: «Il network l'ha fatta fare dopo l'omicidio di Codie. Tutti noi le abbiamo indossate per un anno intero, dopo la sua morte. È sufficiente?»

«È perfetta.» disse Josie. «Grazie.»

Josie sentì un leggero colpetto sulla spalla, una gradita interruzione. Non voleva parlare con Hayden Keating più del necessario. Si voltò e vide Monica Webb, vestita elegantemente con pantaloni neri con la piega, tacchi da cinque centimetri e una camicetta viola aderente. Josie poteva vedere le sbavature sotto gli occhi dovute al pianto e al tentativo di pulire il mascara che era colato. La detective della Polizia di Stato Heather Loughlin l'aveva portata in centrale diverse ore prima, mentre una delle sue amiche si prendeva cura della piccola Annabelle. Josie e Gretchen avevano brevemente conferito con lei e le avevano rivelato che, stando alle loro conclusioni, sua madre era stata uccisa dall'Artista delle Ossa. Monica, come aveva fatto a casa sua a Keller Hollow, si era scusata, era andata in bagno a piangere e poi era tornata con un'espressione più determinata sul viso e aveva annunciato: «Farò tutto il possibile per aiutarvi a catturare questo bastardo.»

Guardandola così, di fronte a lei, dimostrava molto di più dei suoi ventuno anni. «Come si sente?» chiese Josie.

Monica abbassò lo sguardo sul pavimento. «Non benissimo.» ammise. «Ma è meglio stare qui.» Fece un gesto a indicare i presenti. «Vedere che sono tutti così impegnati mi dà l'impressione che finalmente si stia facendo qualcosa per catturare l'assassino di mia madre.»

Josie le accarezzò un braccio. «Può contarci.» disse. «Stiamo facendo tutto il possibile ed è di grande aiuto averla qui.»

Monica incrociò lo sguardo di Josie. Tese la mano e dischiuse le dita in modo che Josie potesse vedere la grande spilla che teneva nel suo palmo. Si trattava di una pietra levigata di forma ovale, di colore blu scuro, con molteplici striature. A racchiuderla c'era un sottile filo di rame, attorcigliato in vari giri, proprio come il lungo filo che Josie aveva visto nel giardino di Nicci Webb. «L'ha fatta mia madre.» spiegò Monica.

«È bellissima.» disse Josie, avvicinandosi per guardarla da vicino.

«Ho pensato che magari volesse indossarla.» le disse Monica. «Durante la conferenza stampa.»

«Ne sarei onorata.»

«Oh... io ne sarei onorata.» disse Josie portandosi una mano al petto e drizzando le spalle per lasciare che Monica le appuntasse la spilla sul bavero della giacca.

In quel momento Noah le si avvicinò e le chiese: «Sai dov'è Patrick?»

Josie si guardò intorno e domandò: «Qualcuno ha visto Patrick?»

Anche gli altri si guardarono intorno.

«Non è ancora arrivato?» chiese Shannon.

Christian tirò fuori il telefono. «Lo strozzerei quel ragazzo...» ma proprio mentre iniziava a digitare il codice di accesso, la porta principale si aprì di colpo e un soffio d'aria irruppe nella stanza, seguito dal cacofonico vociare dei giornalisti che aspettavano con ansia che Josie uscisse. Patrick apparve sulla soglia, con indosso pantaloni cachi e una polo blu navy al posto del solito abbinamento di jeans e felpa. I suoi capelli, normalmente arruffati, erano pettinati di lato. Josie ebbe un lampo improvviso di quello che avrebbe detto Trinity se lo avesse visto così: lo avrebbe preso in giro, di sicuro. Probabilmente gli avrebbe chiesto se doveva partecipare a un servizio fotografico all'università o un appuntamento galante. Tra le mani stringeva una scatola di cartone.

«Ma si può sapere dov'eri finito?» lo rimbrottò Christian.

Ignorando i rimproveri del padre, Patrick si avvicinò a Josie e le porse la scatola. «Ho fatto una cosa per te. Ho ripensato a tutto quello che ci hai detto ieri sera sul tuo piano e ho immaginato che questo potrebbe essere d'aiuto.»

Lei lo aprì e quando vide cosa c'era dentro non poté trattenere un sussulto e quasi lasciò cadere la scatola per terra. «Santo cielo, Patrick, dove l'hai preso?»

Noah le prese la scatola dalle mani e fissò il contenuto: un pettine francese per capelli, color osso.

Patrick sorrise. «Ehi, non è mica vero, ragazzi! Però, dalla vostra reazione, posso dire che lo avete pensato. Vi chiedo scusa, so che avrei dovuto dirvelo prima, ma dovevo vedere quale sarebbe stata la vostra reazione autentica. Se voi, di persona, avete pensato che fosse vero, allora l'Artista delle Ossa penserà che sia vero quando lo vedrà in televisione.»

Noah passò la scatola e ognuno di loro diede un'occhiata all'interno. A Shannon tremavano le mani mentre porgeva la scatola a Drake. «Patrick, dove hai preso quell'affare?»

«L'ho fatto io.» rispose pieno di orgoglio.

Josie pensò che a momenti si sarebbe sentita male. «L'hai... l'hai fatto tu?»

Quando si rese conto che tutti i presenti lo stavano guardando con orrore, Patrick alzò le mani in aria. «L'ho fatto con una stampante 3D!» esclamò. «Ecco, vi faccio vedere.» Tirò fuori il telefono e fece partire un video che aveva realizzato. Josie poté vedere che l'aveva montato per mostrare solo i punti salienti. Si era ripreso davanti al computer mentre utilizzava un software di qualche tipo con cui aveva progettato virtualmente il pettine.

«Il software che ho usato per la progettazione si chiama Maya.» spiegò. «Bisogna fare qualche altro passaggio prima di arrivare alla stampa vera e propria, ma come potete vedere qui, la stampante ha utilizzato un filamento di plastica per creare il mio progetto.»

Sullo schermo, un video velocizzato mostrava la stampante che produceva il pettine a strati. Iniziava con poche linee di filamento e gradualmente ne aggiungeva e stratificava altri fino a creare tutto il pettine. «È per questo che ero in ritardo...» spiegò Patrick. «Ci vogliono ore prima che la stampante finisca un progetto. Poi ho dovuto chiedere a un mio amico di dipingerlo per farlo sembrare vero e non di plastica. E dopo ho dovuto aspettare che si asciugasse.»

Alla fine del video, appariva un altro ragazzo dell'università di Patrick con il pettine di plastica in una mano e un pennello nell'altra. Un altro spezzone del video lo mostrava mentre usava diversi pennelli e colori per dare al pettine l'aspetto di osso vero.

Josie gli gettò le braccia al collo. «Patrick, hai avuto un'idea brillante!»

Lo liberò dall'abbraccio e riprese la scatola dalle mani di Drake tirando fuori il pettine e ammirandolo. «Lo metterò sul lato destro per tenere indietro i capelli. In questo modo la mia cicatrice sarà visibile. Sarà un altro modo per rispecchiare quest'uomo.»

Alzò lo sguardo e vide Christian che fissava il figlio con un'espressione che si poteva solo definire di stupore, prima di dire con voce roca: «Ottimo lavoro, figliolo.» Shannon, con gli occhi pieni di lacrime, strinse il figlio tra le braccia. Gretchen aiutò Josie a sistemarsi il pettine tra i capelli in modo che la cicatrice fosse ben visibile. Alle quindici in punto, uscirono tutti fuori e si radunarono dietro il podio, proprio come avevano detto Mettner e Josie, tutti allineati come un muro di sostegno per Trinity. Una manciata di agenti in uniforme li seguì e li affiancò, rendendo ancora più evidente la loro unità. Familiari, colleghi e forze dell'ordine. Solo Monica Webb e Roberta Ingram erano fuori posto, ma la presenza di Monica sarebbe stata presto spiegata e Roberta, nel suo elegante completo pantalone color caffè, sembrava in tutto e per tutto una dei produttori del network, ed era proprio per questo motivo che l'avevano messa accanto a Hayden. Poteva anche passare per un'addetta alle pubbliche relazioni di uno dei rami delle forze dell'ordine o addirittura per una specie di assistente.

Josie era abbastanza convinta che a nessuno dei giornalisti di fronte a lei sarebbe importato più di tanto delle persone che si stavano schierando alle sue spalle; non una volta che avessero ascoltato quello che aveva da dire. Non c'era niente che potesse attirare più ascolti della notizia del sequestro di una conduttrice di un notiziario nazionale per mano di un serial killer.

Josie si avvicinò al basso podio e al banchetto di microfoni che i vari membri della stampa avevano predisposto. Iniziò immediatamente a sudare sotto i fari e i flash delle fotocamere. I giornalisti cominciarono a urlare domande prima ancora che lei iniziasse il suo discorso, così si schiarì la gola e aspettò che calasse il silenzio assoluto.

«Sono la detective Josie Quinn.» annunciò. «Sono un membro del Dipartimento di Polizia di Denton. All'inizio di questa settimana, i resti di Nicci Webb, insegnante di quaranta-cinque anni residente a Keller Hollow, sono stati ritrovati a Denton. Più precisamente, sono stati rinvenuti vicino a una baita presa in affitto da Trinity Payne, che molti di voi cono-scono come collega in qualità di co-conduttrice di un programma mattutino di un'importante rete televisiva, nonché mia sorella gemella. Pressappoco nello stesso frangente in cui sono stati ritrovati i resti di Nicci Webb, si è scoperto che Trinity Payne era scomparsa. Come è stato riferito inizialmente, la sua auto, la borsa e il telefono sono stati rinvenuti, abbandonati, nella baita che aveva noleggiato. Mancavano alcuni effetti personali. Siamo pronti a rendere noto che quegli effetti personali consistevano in appunti e documenti personali che Trinity Payne aveva accumulato mentre lavorava a un servizio sull'Artista delle Ossa. Per coloro che non se lo ricordano o non ne sono a conoscenza, l'Artista delle Ossa è un serial killer che è stato attivo tra il 2008 e il 2014 qui, in Pennsylvania. Dopodiché, a quanto ci risulta, è rimasto inattivo negli ultimi sei anni. Riteniamo che il lavoro di Trinity Payne sul pezzo che stava preparando relativo a questo killer seriale l'abbia portata a mettersi in contatto con l'assassino stesso.»

Un sussulto collettivo si diffuse tra la folla. Josie tenne lo sguardo alto e dritto davanti a sé, guardando le telecamere. «Inoltre, il ritrovamento dei resti di Nicci Webb dietro la baita presa in affitto da Trinity Payne, avvenuto nel corso delle nostre indagini, ci ha portato a ritenere che vi siano stati lasciati dallo stesso Artista delle Ossa, che sarebbe perciò il responsabile del suo omicidio e del rapimento della stessa Trinity Payne che, crediamo, sia tenuta in ostaggio da qualche parte nella Pennsylvania orientale. Questo è l'identikit dell'uomo che stiamo cercando: un uomo caucasico di età compresa tra i trenta e i quarant'anni, alto circa un metro e ottanta, con capelli castani, occhi marroni e una cicatrice rossa che corre lungo il lato sinistro del viso.»

Con un gesto lento, Josie tracciò una linea sul proprio volto, partendo dalla fronte e facendo scorrere il dito sul naso e verso sinistra, sulla guancia e sulla bocca. «Potrebbe essere alla guida di un pick-up Chevrolet bianco danneggiato nella parte anteriore. Stiamo collaborando attivamente con l'FBI per localizzarlo e arrestarlo.»

Josie si voltò e fece cenno a Drake di avvicinarsi. Lo presentò e lui aggiunse qualche dettaglio sul caso prima di restituire la parola a Josie, che tornò sul podio e si assicurò di parlare direttamente nei microfoni, tenendo lo sguardo fisso sugli obiettivi delle telecamere in un'espressione di cupa determinazione, prima di dire: «All'Artista delle Ossa vorrei dire questo: anche se dovesse costarmi il resto della mia vita, ti troverò e mi riprenderò mia sorella. Non mi fermerò finché non sarai catturato. Non mi fermerò mai. La mia vita è questa adesso, lo capisci? Mi riprenderò Trinity e ti sbatterò in galera.» Fece una pausa per ottenere un effetto drammatico. Poteva praticamente sentire il silenzio collettivo dei giornalisti che trattenevano il fiato. Poi si avvicinò un po' di più per assicurarsi che le sue parole fossero udibili forte e chiaro e disse: «Che i giochi abbiano inizio.»

Poi girò sui tacchi e entrò nella stazione di polizia, con il resto della squadra che camminava dietro di lei con passo lento ma orgoglioso, mentre la stampa gridava domande alle loro spalle.

CINQUANTA

Josie aveva concluso la conferenza stampa completamente stremata. Una volta a casa, buttò giù tre pasticche di ibuprofene e si raggomitolò sul divano con Trout. Chiuse gli occhi e rimase ad ascoltare i movimenti della sua famiglia per tutta la casa. Lisette, Shannon, Christian, Patrick e Noah. Il volto di Trinity le balenò nella mente. *Ti prego, resta viva*, pensò Josie. *Ti supplico... resisti. Ti riporterò a casa.*

«Josie.» la chiamò Noah. Lei aprì gli occhi e lui si sedette accanto a lei sul divano, prendendo il telecomando per accendere la televisione. «Hayden Keating è su tutte le reti per essere intervistato. Sta facendo esattamente quello che gli abbiamo detto di fare.»

Quando la televisione si accese, il volto di Hayden Keating riempì lo schermo. Esibiva la sua espressione più compartecipe mentre parlava del fatto che la polizia aveva molte piste che non poteva divulgare, ma che riteneva fossero molto vicini alla soluzione del caso dell'Artista delle Ossa. La sua spilla con le lettere *CL* scintillava sul petto. Hayden passava poi a sottolineare i casi di alto profilo che Josie aveva risolto nel corso della sua carriera e la presentava come la persona più adatta per quell'indagine. Josie non riusciva a sopportare la faccia di quell'uomo, odiava sentire il nome di Trinity uscire dalla sua bocca, soprattutto dopo il trattamento che le aveva riservato, ma si rendeva conto che aveva una funzione preziosa nella manipolazione dell'Artista delle Ossa. Era un mezzo per raggiungere un fine, ricordò a se stessa, e quel fine era avere indietro sua sorella.

Intanto, un giornalista della CNN chiedeva a Hayden: «L'FBI non teme che il coinvolgimento personale della detective Quinn in questo caso possa essere un ostacolo?»

«Sebbene sia vero che normalmente un ufficiale delle forze dell'ordine non dovrebbe essere autorizzato a collaborare alle indagini su un caso così personale, l'FBI ritiene che le specifiche informazioni di cui è in possesso la detective Quinn su sua sorella e l'esperienza che ha accumulato nel risolvere alcuni dei casi di più alto profilo della Pennsylvania superino qualsiasi impatto negativo che il suo legame emotivo potrebbe esercitare sul caso.»

Era una vera e propria stupidaggine, ma Hayden Keating l'aveva venduta bene.

«La polizia crede che Trinity Payne sia ancora viva?» chiedeva a quel punto il giornalista.

«Questo non è stato detto.» rispondeva Hayden. «Ma tutti ci auguriamo, e preghiamo, che sia ancora viva. E in ogni caso, avete sentito le parole della detective Quinn: non si darà pace finché l'assassino non verrà assicurato alla giustizia.»

La trasmissione andò avanti. Noah fece il giro dei canali solo per scoprire che Hayden era praticamente in tutti i programmi. «Quante interviste pensi che abbia rilasciato nelle ultime due ore?» chiese Josie.

«Perlomeno una dozzina. Fortuna che sta rispettando gli accordi. Secondo te funzionerà?»

«Non ne ho idea, ma è la nostra migliore possibilità.»

Trout alzò la testa quando Lisette entrò nella stanza spingendo il suo deambulatore. Saltò giù e corse verso di lei, annusandole i piedi con entusiasmo. Lei gli diede un po' di attenzione e poi si sistemò sul divano accanto a Josie. Dalla borsa che teneva sul davanti del suo deambulatore, tirò fuori il dizionario di stenografia che Shannon e Christian avevano preso in biblioteca dalle cui pagine spuntavano dei post-it gialli. «Credo di aver capito cosa stavi cercando di disegnare, tesoro.» annunciò Lisette.

Si mise il dizionario in grembo, lo aprì alla lettera C e lo sfogliò fino ad arrivare a pagina cinquantatre. La prima parola della prima colonna era "Capraldeide". Lisette fece scorrere un dito fino alla terza colonna e si fermò alla parola "coartazione".

«Ecco.» disse. «Forse stava cercando di scrivere qualche variante della parola "Coartazione"? "Costrizione"? "Costringere"?»

Josie studiò i simboli stenografici, osservando ogni parola della colonna. «No», disse. «Non "costringere".»

«Sei sicura?» le chiese Lisette. «Perché quello che hai disegnato ricorda proprio la parola "Costringere".»

Josie la guardò a lungo: in effetti era così, ma aveva visto il simbolo solo per un secondo e poi aveva subito una commozione cerebrale in un incidente d'auto ed era stata quasi rapita da un serial killer. Era comprensibile che il suo cervello fosse annebbiato quando aveva cercato di ricreare quella parola. A parte questo, perché Trinity aveva scritto la parola "costringere"? Doveva aver capito che Josie sarebbe andata a cercarla e avrebbe cercato di liberarla. Ma che motivo c'era di comunicarglielo in codice? Era chiaro che aveva avuto pochi secondi per tracciare quell'unico simbolo sulla portiera del lato passeggero del furgone. *Come* ci era riuscita era facile da capire. Non avrebbe dovuto far altro che fingere di cadere e cercare di rialzarsi quando l'assassino l'avesse trascinata fuori dal furgone. Invece, il *motivo* per cui l'aveva fatto rimaneva ancora un mistero. Trinity come faceva a sapere che Josie l'avrebbe visto?

Perché sapeva che l'Artista sarebbe andato a cercarla. Sapeva degli omicidi allo specchio. Sapeva più cose sull'Artista delle Ossa di quante ne avesse mai saputo chiunque altro. Josie non aveva idea se Trinity fosse ancora viva, ma sapeva che sua sorella avrebbe usato tutte le informazioni sull'assassino di cui disponeva per convincerlo a non ucciderla. Gli avrebbe parlato, avrebbe giocato con lui, senza tregua. Avrebbe fatto tutto il possibile per attirarlo, interessarlo, farlo parlare.

«Sapeva che mi stava venendo a cercare.» rispose Josie. «Che il motivo fosse che ero il suo omicidio allo specchio o che lui le avesse semplicemente detto che sarebbe venuto a prendermi, lei lo sapeva. Oppure lui la stava spostando da un luogo a un altro e le ha dato l'opportunità di disegnare questo simbolo sul furgone. O magari lei lo ha convinto a farla tornare sul furgone per qualche motivo.»

«Quello che ha scritto era un avvertimento, quindi?» domandò Lisette.

«Non lo so.» disse Josie.

Noah guardò e indicò la parola successiva, sotto le variazioni di "coartazione". «Container?» chiese. «Roberta ha detto che è stata tenuta in un container. Forse è questo che stava cercando di dirti? Di cercare un container merci?»

Josie scosse la testa. «No, non è questo.»

Le tre parole successive erano "Contattare", "Contatteria" e "Contatto".

Il cuore di Josie rimbombò contro lo sterno quando il significato si fece strada tra i suoi pensieri. «Oh mio Dio!» esclamò. «È così.»

Saltò in piedi. «Shannon!» urlò. Lisette e Noah la fissarono. «Josie?» disse Lisette.

Josie corse nell'ingresso. «Mamma!» gridò. «Papà!»

Shannon uscì di corsa dalla cucina e Christian si precipitò giù per le scale, dicendo: «Josie, cosa c'è? Cosa c'è che non va?»

«So dov'è il diario!» annunciò lei. «Dobbiamo tornare a casa vostra. A Callowhill. Devo cercare in soffitta.»

«Adesso?» chiese Shannon. «Sono le cinque. Stavo per preparare la cena per tutti!»

«Prenderemo una pizza per strada o qualcosa da asporto!» ribadì Josie. «Adesso dobbiamo andare a Callowhill.»

CINQUANTUNO

Due ore più tardi, Josie, Noah, Shannon e Christian raggiunsero la soffitta di casa Payne a Callowhill e si misero a rovistare tra le scatole che Shannon aveva faticosamente rimesso in ordine solo pochi giorni prima.

Noah si asciugò il sudore dalla fronte con l'avambraccio e aprì una nuova scatola. «Ridimmi... cos'è che stiamo cercando di preciso?»

«Un film.» disse Josie. «Si intitola *Contact*. Dovete cercare la collezione di videocassette che aveva Trinity... sarà tra quelle.»

«Non capisco perché dobbiamo trovare questo film.» disse Christian da dietro una pila di vecchi vestiti e borse. «Non potete semplicemente guardarlo? Sono sicuro che ormai puoi vederlo in streaming.»

«Non è questo il problema!» lo rimbrottò Josie. «Contiene il diario. Ne sono sicura.»

«Come fa una videocassetta a contenere un diario?» chiese Christian, con una punta di frustrazione nella voce.

«Cerca quella dannata cassetta.» sbottò Shannon.

«Non mi sgridare.» ribatté Christian. «Voglio solo dire

quello che nessun altro vuole ammettere: tutto questo è assurdo. È una caccia ai fantasmi.»

Shannon, china davanti a una scatola per rovistare dentro, si alzò e lanciò un'occhiata al marito. «Stai zitto, Christian. Stai zitto e basta. Fai quello che ti abbiamo chiesto di fare.»

Lui rimase immobile, con una borsa da cosmetici in mano, e le lanciò un'occhiataccia in risposta. «Shannon, è ridicolo. Senza offesa, Josie, ma credo che questo non porti a nulla.»

Josie non aveva mai visto Christian in quel modo, frustrato al punto di accanirsi verbalmente sugli altri, ma ora capiva da dove derivava la tensione tra lui e Patrick. Poteva anche capire da dove sia lei che Trinity avevano preso i loro lati più forti. Così gli disse: «Non ho bisogno che tu pensi che questo ci porti da qualche parte. Ho solo bisogno che mi aiuti a cercare.»

Shannon si premette una mano sul petto. «Mi fido dei nostri figli, Christian. Se Josie dice che ha bisogno di quella cassetta, la dobbiamo aiutare a trovarla.»

Senza rispondere, Christian chinò il capo e riprese a cercare. Pochi minuti più tardi, Noah gridò: «Trovata!» tenendo la cassetta in aria. Josie saltò in piedi e attraversò di corsa la soffitta, scavalcando gli scatoloni e gli oggetti che i suoi genitori avevano lasciato sul pavimento. La strappò dalle mani di Noah e la girò in modo da poter vedere la base dalla quale usciva la cassetta. Era come tutte le altre videocassette VHS, un rettangolo di plastica nera; solo che, quando cercò di farla scivolare fuori dalla custodia, la cassetta non si mosse. Dovette infilare un'unghia all'interno del bordo di cartone per staccarlo dalla plastica. La cassetta si sfilò: dentro non c'erano le bobine con la pellicola, la cassetta era stata solo reincollata e rimessa all'interno della scatola. Josie rovesciò la cassetta e la scosse tirando fuori un piccolo libriccino marrone. «Porca puttana...» disse Noah.

Josie aprì la copertina che quasi le cadde di mano. All'interno, le pagine erano piene di annotazioni che Trinity aveva scritto con inchiostro nero, scarabocchiate in segni stenografici. Josie le sfogliò. «Cavolo...» disse.

«Ci vorrà un'eternità per leggerle tutte.» commentò Noah.

Christian si avvicinò e tirò su la copertina che aveva scartato, leggendone il retro. Alzò lo sguardo verso Josie. «Come lo sapevi?»

Josie si strinse il diario al petto. «Se avessi la possibilità di tornare indietro nel tempo e cambiare qualcosa, lo faresti?»

Gli occhi di Christian si riempirono di lacrime. Tese una mano e Shannon si avvicinò per prenderla. «Lo sai cosa cambieremmo, Josie. Saresti rimasta con noi. Non ci saremmo mai separati.»

Fu proprio in quel momento che Josie capì qual era la cosa peggiore che fosse mai capitata a sua sorella. Cullando il diario, disse: «Devo portarlo a mia nonna.»

Ripartirono verso Denton. Lisette preparò il caffè e liberò il tavolo della cucina. Lei e Josie si sedettero una accanto all'altra, Josie con un blocco per appunti in bianco e Lisette intenta a sfogliare il diario. Di tanto in tanto doveva cercare qualcosa nel dizionario. Lentamente, iniziò a leggere le pagine ad alta voce.

Vanessa:

Mamma e papà mi hanno fatto andare da questa stupida terapeuta. Pensano che io sia pazza e psicotica perché ho detto a un paio di ragazze a scuola che tu eri reale. Voglio dire, tu sei stata reale. Ora sei solo morta, come la nonna. Ma non è che non sei mai esistita. Mi piace pensare che tu sia lassù, da qualche parte, a vegliare su di me, come aveva promesso di fare la nonna. E mi piace pensare che voi due stiate insieme adesso.

Ad ogni modo, quella vecchia e stupida terapeuta mi ha fatto scrivere delle lettere da indirizzare a te, solo che poi lei le ha volute leggere. Santa invasione della privacy. Le ho scritte, ma non ho scritto quello che pensavo davvero né quello che volevo dirti davvero. Se tu fossi qui con me, ti direi tutto. Staremmo sveglie fino a tardi la sera e parleremmo di tutto. Saremmo sempre insieme. Le cose andrebbero meglio. Questa è la cosa che mamma, papà e la dottoressa Chi-Se-Ne-Frega-Di-Come-Si-Chiama non capiscono. So che pensano che io sia davvero disturbata. Dicono che ho "una fissazione malsana verso di te". Ma dovrei davvero fingere che la mia vita sarebbe stata altrettanto schifosa se tu fossi ancora viva? Non credo proprio. Se tu fossi qui, avrei almeno un'amica. A volte ho bisogno di immaginare che tu sia qui o che magari tu esista ancora come uno spirito o in qualche altra dimensione o che so io. A volte ho bisogno di pensare che tu possa sentirmi, altrimenti impazzisco davvero. Nessuno sa cosa significhi per me. Nessuno sa com'è davvero. Essere sempre sola. Presa di mira, presa in giro in continuazione.

«Basta.» disse Josie con voce strozzata. Un singhiozzo le stava salendo in gola. *Io sono sempre stata qui,* avrebbe voluto dire alla sorella quattordicenne.

Shannon rimase sulla porta con le lacrime che le scendevano sul viso. Lisette si aggiustò gli occhiali da lettura e girò altre pagine. «Fammi dare un'occhiata e vediamo...» disse. «Forse riesco a capire cosa voleva che tu leggessi.»

«No.» disse Josie. «Voglio sentire il resto. Ti prego. Continua a leggere.»

Shannon si avvicinò e si sedette accanto a Josie. Mentre Lisette riprendeva a leggere, Shannon avvicinò la sua sedia a quella di Josie fino a farle toccare. Josie si appoggiò alla madre, appoggiando la testa sulla spalla di Shannon; Lisette lesse fino a notte fonda. I dettagli erano strazianti. L'esperienza al liceo di Trinity era stata di gran lunga peggiore di quanto anche Shannon e Christian fossero al corrente. Gli atti di bullismo erano talmente inarrestabili che, alla fine, Trinity aveva iniziato a pranzare in un bagno.

Il suo armadietto veniva vandalizzato praticamente tutti i giorni, di solito con qualcosa di maleodorante, tanto che doveva andare in giro tutto il giorno con uno o più libri che puzzavano di urina o di feci di cane. Non riusciva nemmeno a coinvolgere i compagni di banco quando gli insegnanti assegnavano alla classe dei progetti di gruppo. Durante la lezione di biologia, quando avrebbe dovuto lavorare con un compagno, aveva invece saltato la lezione, troppo imbarazzata per lavorare da sola. A ogni nuovo episodio, la rabbia si accendeva nel cuore di Josie.

Poi un'annotazione diede un tono più speranzoso.

Vanessa,

Oggi ti ho incontrata. Sì, va bene, non "ti ho incontrata" di persona, ma nel modo in cui immagino che saresti stata se fossi sopravvissuta. In effetti, la ragazza che ho incontrato mi assomigliava molto, solo che aveva una sciarpa verde acqua al collo che non si sposava per niente bene con il suo abbigliamento. Io non avrei mai indossato una cosa del genere con una maglietta corallo, ma non è questo il punto. Il punto è che non potevo fare a meno di immaginare che lei fosse te. A volte mi piace fingere che tu non sia morta nell'incendio, ma che invece siamo state separate alla nascita. Se fossimo state separate alla nascita e tu fossi viva, saresti sicuramente come la ragazza che ho incontrato oggi. A parte questo, mi sono cacciata in guai seri, ma non mi importa. Non ho capito il suo nome, ma va bene così, perché mi piace

pensare che fossi tu. Stavamo facendo quella stupida gita
scolastica di cui ti ho parlato, quella a cui non volevo
partecipare perché dovevano portarci in un allevamento
di cervi e in un campo di zucche. Si può immaginare
una gita più stupida? Ma dove siamo, all'asilo? Naturalmente ho dovuto sedermi da sola sull'autobus e quella
stronza di Melanie mi ha preso in giro per tutto il tempo.
Mi ha persino lanciato una gomma da masticare che mi
è finita nei capelli e a quel punto si sono messi tutti a
ridere istericamente. Il viaggio in autobus più lungo
della storia. Poi siamo arrivati alla fattoria e ognuno è
andato per conto suo e io ero contenta in realtà, perché
almeno in quel momento potevo starmene per i fatti
miei. Volevo provare a togliermi la gomma dai capelli,
ma c'erano solo dei bagni chimici. Che schifo.
Comunque, c'erano anche gruppi di altre scuole. Alla
fine della giornata stavo tornando verso l'autobus
quando ho sentito Melanie e le sue amiche stronze che
parlavano dietro di me. All'inizio non pensavo che mi
avessero notata. Poi un gruppo di ragazze di un'altra
scuola mi è passato davanti nella direzione opposta e
Melanie mi ha spinta contro quelle ragazze. So che è
stata lei. Sono caduta addosso a una ragazza e l'ho fatta
cadere a terra. Si è incavolata di brutto. Una pazza col
botto. Si è alzata e ha iniziato a urlarmi contro. Prima
che potessi spiegarle, mi ha dato una spinta. Sentivo
Melanie e le sue amiche che se la ridevano. Ho perso la
testa. Ho iniziato a spintonare la ragazza e in un attimo
ci stavamo rotolando per terra. Io cercavo di colpirla e lei
mi tirava i capelli. Mi ha fatto un male cane. Poi la
ragazza è finita sopra di me e Melanie si è messa dietro
di lei e ha urlato che mi aveva vista che la spingevo a
terra e che faceva bene a prendermi a calci nel sedere.
Cosa che ha iniziato a fare. Mi vergogno a dirlo, ma "per-

dere la testa" non mi ha portato molto lontano. A dire la verità – e sai che la direi solo a te e a nessun altro - sono stata davvero patetica. La parte peggiore è stata quando sono scoppiata a piangere.

Poi, dal nulla, sei apparsa tu. Pensavo di avere le allucinazioni. Ripeto, lo so che non eri tu. Era la ragazza di cui ti ho parlato, quella con la sciarpa verde acqua non intonata alla maglietta. Non ho idea di chi fosse o a quale scuola andasse, ma mi ha tolto di dosso quella pazza a suon di calci. Penso che la conoscesse perché l'ha chiamata per nome. Ha detto: «Beverly, lasciala stare.» Poi ha dato una gomitata in faccia a Melanie. È stato incredibile. È un vero peccato che non le abbia rotto il naso. Sicuramente ha perso un mare di sangue ma, a quanto pare, non gliel'ha rotto. Poi ha trascinato quella Beverly per i capelli e le ha detto di lasciarmi in pace. Allora Beverly le ha intimato di starne fuori, ma lei le ha risposto: «Non c'è niente da cui starmene fuori, perché se non la lasci in pace ti farò pentire di esserti alzata dal letto stamattina.» E per finire ha lanciato a Beverly un'occhiata. È stato pazzesco. Non avevo mai visto niente di simile. Beverly sembrava che stesse per farsela addosso. Nel frattempo, quella cretina di Melanie si è messa a piangere per finta e ha attirato l'attenzione di alcuni insegnanti, che si sono lanciati di corsa verso di noi e a quel punto ho capito che ero fregata, ma non mi importava. Nemmeno a te importava. Hai spinto da parte quella Beverly e hai puntato un dito in faccia a Melanie che, per la paura, ha fatto un salto all'indietro. E hai detto che avresti fatto pentire anche lei. Poi le hai detto che se voleva tenersi i denti in bocca, avrebbe dovuto smettere di prendermi di mira. A quel punto erano arrivati gli insegnanti. Ti ho detto di andartene per non metterti nei guai. Non sembrava nemmeno che ti impor-

tasse. Hai lanciato un'occhiata di avvertimento, prima a una poi all'altra, e alla fine te ne sei andata, lentamente, come se sapessi che nessuna delle due avrebbe fatto la spia... e non l'hanno fatta. La cosa migliore è che Melanie mi ha lasciata in pace per tutto il viaggio di ritorno in autobus. Non vedo l'ora di vedere la sua faccia domani a scuola!

Il cuore di Josie era un treno merci che sembrava volesse uscire dal petto. Quando Lisette smise di leggere, Shannon disse: «Non me l'ha mai raccontato. Mi ha sempre detto che aveva litigato con una ragazza di un'altra scuola e che per sbaglio aveva colpito Melanie. Finirono nei guai tutte e tre.»

«È stato allora che ha dovuto svolgere i servizi per la comunità.» sussurrò Josie.

«Sì.»

Josie sentì gli occhi di Lisette su di sé. Lo sapeva. Non aveva idea di come, ma Lisette lo sapeva. Certo che lo sapeva. Josie viveva con sua nonna quando andava al liceo.

«Josie...» cominciò a dire.

«Non è il momento, nonna.»

«Cosa?» chiese Shannon, passando lo sguardo da Josie a Lisette e viceversa.

«Niente.» disse Josie. «Solo una cosa che devo dire a Trinity quando la troveremo.»

Lisette sorrise. Girò una pagina e ricominciò a leggere, ma fu subito interrotta da Noah. «Josie!» la chiamò dalla porta. Lei alzò lo sguardo e si accorse che era rosso in viso. Si alzò di scatto. «Cosa c'è?»

«L'Artista delle Ossa si è appena messo in contatto.»

CINQUANTADUE

L'alba stava sorgendo all'orizzonte in sprazzi di rosa e viola. Lisette e Shannon promisero di continuare a lavorare sul diario, mentre Noah e Josie si precipitavano alla stazione di polizia. Gretchen, Mettner e Drake erano già arrivati e avevano l'aria di chi non dorme da una settimana e, in effetti, era proprio così. Si incontrarono nel grande ufficio comune, tutti riuniti intorno alle scrivanie dei detective. C'era anche il capo Chitwood, con le braccia conserte sul petto magro.

«Che succede?» chiese Josie.

«L'Artista delle Ossa ti ha lasciato un pacco al Moss Gardens Trailer Park.» le rispose Gretchen.

Josie la fissò per un lungo momento, convinta di non aver capito bene quello che le aveva detto.

«L'assenza di telecamere costituisce un grande vantaggio per questo tizio, ma la tua squadra dice che il parco ha un significato speciale per te.» disse Drake.

Josie annuì lentamente, mentre la sua mente ripartiva. «Sono cresciuta in quel parco. Ed è lì che eravamo io e Trinity quando abbiamo parlato per la prima volta della concreta possibilità che fossimo sorelle.»

«L'unico modo in cui l'Artista delle Ossa poteva conoscere il significato del parcheggio per roulotte sarebbe se...» iniziò Mettner, ma si interruppe. Nessuno di loro voleva dirlo. Era come se dirlo potesse portare sfortuna in qualche modo. Ma Josie sapeva con quali parole stavano completando quella frase: Trinity fosse stata ancora viva.

«Portatemi al parcheggio delle roulotte.» sentenziò Josie.

Si misero sulla strada, una carovana di veicoli non contrassegnati. Non c'era bisogno delle luci di emergenza perché a quell'ora del mattino non c'era anima viva in giro. Il Moss Gardens Trailer Park si trovava in cima a una collina dietro il parco pubblico e contava circa due dozzine di roulotte. All'ingresso, un arco in ferro battuto riportava il nome del parco a grandi lettere ornate.

All'interno c'erano roulotte ben tenute e dipinte con colori vivaci, i cui piccoli cortili erano decorati con allegria. Era tutt'altra cosa rispetto al grigiore che lo caratterizzava quando era bambina. La carovana passò davanti al lotto dove un tempo c'era stata la casa in cui aveva passato l'infanzia. La roulotte in cui aveva vissuto con le persone che aveva creduto fossero i suoi genitori era stata demolita molto tempo prima, dopo che un incendio ne aveva distrutto la maggior parte. L'ultima volta che Josie era tornata in quel parco, in quel lotto non c'erano che alcuni tubi che spuntavano dall'erba ingiallita. Nel frattempo, avevano installato una nuova roulotte con i rivestimenti color crema e le finestre tinte di bordeaux. Il vialetto era stato asfaltato di fresco e il piccolo giardinetto antistante era stato convertito in una grande aiuola fiorita con una vasta gamma di colori vivaci.

Josie la guardò mentre la colonna di macchine si dirigeva verso il fondo del parco, raggiungendo una strada asfaltata a una corsia che costeggiava una valle boscosa compresa tra il parcheggio delle roulotte e uno dei quartieri popolari di

Denton. I veicoli si fermarono in fila lungo il bosco e scesero tutti.

Josie si rivolse a Mettner: «La famiglia Price vive ancora qui?»

Lui annuì e le rispose con un sorriso cupo. «È da loro che abbiamo ricevuto la chiamata.»

Tre anni prima, durante un'altra indagine, Maureen Price e i suoi due figli, Kyle e Troy, erano stati fondamentali per aiutare Josie e la sua squadra a risolvere un caso difficile. L'ultima volta che Josie li aveva visti, Kyle aveva dodici anni e Troy undici. Incamminandosi verso la loro roulotte, Josie riconobbe a malapena Kyle, ora quindicenne e più alto di lei. Era ancora magro, con folti capelli castani che gli cadevano appena sopra gli occhi, ma sembrava molto più grande. Aveva l'aria di uno studente universitario, pensò Josie. Si trovava sul ciglio del vialetto della loro roulotte, indossava un paio di jeans e una maglietta grigia con una stampa della tavola periodica e, sotto, la scritta: "Indosso questa maglietta periodicamente". Quando la vide sorrise. «Detective Quinn!»

«Per te solo Josie, Kyle.» disse lei. «Come stai? Come stanno tua madre e Troy?»

«Abbastanza bene.» rispose, scuotendo la testa. Indicò un'area che andava dal loro giardino alla strada e che aveva delimitato con delle mazze da hockey. Al centro c'era una scatola di cartone, leggermente più grande di quella che Trinity aveva ricevuto a casa di Josie e Noah. Sul coperchio, a grandi lettere, c'era scritto il nome di Josie.

«L'ho vista al notiziario ieri sera.» disse Kyle. «Mi dispiace per sua sorella.»

«Ti ringrazio.» rispose Josie, poi si rivolse a Mettner e disse: «Chiama Hummel.»

«L'ho già fatto.» rispose. «Sta arrivando con tutta la sua squadra.»

«E chiama la dottoressa Feist.» aggiunse Josie.

«Come mai?» disse Mettner.

Josie si girò e vide tutti e tre i membri della sua squadra e Drake che la fissavano. «Non può che esserci una cosa in quella scatola.» sentenziò. «Resti. Possiamo solo sperare che non siano di Trinity.»

Nessuno parlò.

Torno di nuovo a guardare verso Kyle. «Sei riuscito a vedere chi ha lasciato questa scatola?»

Kyle scosse la testa. «Purtroppo no. La mia camera da letto è da questo lato della roulotte e si affaccia sulla strada. Mi sono svegliato perché ho sentito un rumore, sembrava come un rombo basso. Mi ci sono voluti alcuni minuti per capire che si trattava di un'auto o di un furgone con il motore al minimo. Ma direi che era un furgone, a giudicare dal rumore. Quando mi sono alzato per guardare fuori dalla finestra, ho sentito un suono stridente, come di pneumatici che sgommavano per allontanarsi da qui.»

«Faremo un sopralluogo nel parco.» disse Gretchen facendo cenno a Noah e a Drake di seguirla.

Kyle riprese il suo resoconto: «Ho visto i fanali posteriori, da quella parte, ma non sono riuscito a distinguere la targa o il modello. Mi sembrava un pick-up bianco, ma era molto buio. Mi dispiace.»

«Non preoccuparti.» disse Josie. «Sei stato bravissimo.»

«Ho preso una torcia, sono venuto qui fuori e ho guardato in giro. Sono andato a controllare se le nostre biciclette c'erano ancora, perché avevo paura che fossero venuti a fregarle, ma erano al loro posto. Allora sono andato a dare un'occhiata alla macchina di mia madre, perché ho pensato che potesse esserci qualcuno lì dietro a fare danni. Purtroppo, da queste parti capitano cose del genere. Ma anche la macchina era a posto. Stavo giusto facendo luce tutto intorno per vedere se c'era qualcosa di strano quando ho visto la scatola. Poi ho visto che sopra c'era il suo nome e ho avuto un brutto presentimento. A quel punto ho capito che c'era qualcosa sotto perché, come ho detto, l'abbiamo vista al notiziario ieri sera.»

«Ti ringrazio per averci chiamato.» disse Josie. «Hai messo tu le mazze da hockey intorno alla scatola?»

«Sì, non volevo che qualcuno passasse e cercasse di toccarla, calpestarla o guardarci dentro. Sono stato qui fuori tutto il tempo. Mia madre si è alzata e ha fatto un giro per vedere se riusciva a trovare il furgone, ma non c'era più. Poi ha dovuto accompagnare mio fratello a scuola ed è andata al lavoro. Ho pensato che non c'era problema se facevo tardi a scuola per una cosa come questa.»

Josie gli sorrise. «Sono sicura di poter trovare una soluzione con il tuo preside. Quello che hai fatto è stato molto intelligente.»

Il sole faceva capolino all'orizzonte quando Hummel e i suoi colleghi arrivarono per analizzare la scena. Mentre la Squadra di Raccolta delle Prove si metteva al lavoro Josie e Mettner si confrontarono con Noah, Gretchen e Drake; sfortunatamente, nessun altro nel parcheggio delle roulotte aveva notato un pick-up bianco o qualcos'altro di insolito. Ancora una volta l'Artista delle Ossa si era dileguato nella notte come un fantasma.

«Boss.» la chiamò Hummel.

Josie lo raggiunse nell'area che Kyle aveva delimitato con le mazze, dove ora era inginocchiato Hummel. Si era messo i guanti per aprire il coperchio della scatola ed esaminare il contenuto. All'interno, sopra un letto di quelli che sembravano fazzoletti di carta, giaceva un piccolo osso ricurvo di pressappoco sette centimetri di lunghezza. Josie capì subito di cosa si trattava e si sentì soffocare di bile. Pensò all'orribile cicatrice che Roberta Ingram aveva sul fianco e pregò che l'osso della costola che stava guardando non appartenesse a Trinity.

«Vorrei che la dottoressa Feist lo analizzasse per vedere se riesce a ricavare qualche informazione a una prima occhiata. Poi deve essere inviato immediatamente al laboratorio dell'FBI per un'elaborazione rapida.» ordinò Josie, cercando di mantenere la voce ferma. «Non c'era nessun biglietto?»

«Solo questo.» disse Hummel. Girò completamente uno dei lembi del coperchio e indicò le parole scritte con un pennarello indelebile nero: "Fa' la tua mossa".

Josie sentì una calca di corpi alle sue spalle e si spostò per permettere al resto della squadra di dare un'occhiata. Fece qualche passo verso la strada, dove Jenny Chan, un membro di recente acquisizione nella Squadra di Raccolta delle Prove, si era accucciata per esaminare qualcosa. «Detective Quinn!» la chiamò. «Sembra che l'assassino abbia lasciato qualcosa dietro di sé.»

Josie non osò entusiasmarsi mentre si avvicinava a Chan e scrutava l'asfalto. «Qui.» disse Chan, indicando una piccola massa di fango sulla strada altrimenti incontaminata. «Guardi la forma che ha.»

Il cuore di Josie ebbe un piccolo sussulto. «Un battistrada di pneumatico.»

Chan annuì. «Di un furgone, a giudicare dalle dimensioni. Lo porteremo in laboratorio e vedremo se la terra può dirci qualcosa sulla provenienza di questo tizio.»

Josie sapeva che era improbabile, ma era più di quanto l'assassino avesse mai lasciato sulle altre scene del crimine. «Grazie, agente Chan.»

CINQUANTATRÉ

«Credo di aver trovato quello che Trinity voleva che tu leggessi.» annunciò Lisette quando Josie e Noah rientrarono in casa. «Siediti.»

Josie aveva la mente annebbiata dalla stanchezza, ma si sedette comunque a capotavola in cucina. La testa le pulsava più forte che mai. Sapeva di dover riposare, ma non ci sarebbe riuscita finché non avesse saputo cos'altro c'era nel diario.

Noah preparò altro caffè. Shannon era andata a letto, mentre Christian e Patrick erano andati a sedersi in salotto. Christian si era appisolato e Patrick guardava il telefono. Una volta che Noah ebbe rifornito Josie e Lisette con altre tazze di caffè, Lisette riprese a leggere.

Vanessa:

Accidenti, se mi sono messa nei guai. Tutto perché mi hanno spinta addosso a una ragazza che, come se non bastasse, mi ha presa a calci nel sedere. Non è affatto giusto, ma non m'importa. La buona notizia è che anche Melanie è finita nei guai. E di brutto. Insomma, siamo state sospese entrambe. Io però sono nei guai più di lei perché ha detto a tutti che sono stata io a darle una gomitata sul naso. Ho promesso che non avrei fatto la spia su di te... hai capito, sulla ragazza che l'ha colpita davvero. Quindi me la prendo io la colpa. Sua madre ha sporto denuncia contro di me. Riesci a crederci? Secondo me quella non si rende conto di che razza di strega maligna, bugiarda e manipolatrice è sua figlia. Mamma e papà mi hanno preso un avvocato che ha trovato un accordo con il giudice o con il procuratore distrettuale o con chiunque altro se ne sia occupato, così devo svolgere soltanto dei lavori socialmente utili. Pensavo che mi avrebbero fatto raccogliere la spazzatura lungo la strada o qualche lavoraccio del genere, ma invece mi fanno andare in una riserva naturale a dare una mano. Si tratta per lo più di raccogliere rifiuti e di aiutare a pulire i recinti degli animali. La cosa potrebbe anche sembrare eccezionale. La mamma ha detto: "Oh, che cosa affascinante!" Ma è disgustosa. Non avrei mai immaginato che ci fossero così tanti tipi di cacca. (Vomito).

La buona notizia è che ci sono un paio di altri ragazzi della mia età che fanno volontariato e sono tutti piuttosto simpatici. Degli adolescenti che non mi trattano come immondizia, pensa un po'! Non credo che nessuno di loro si trovi lì per obbligo, però. Sembrano tutti molto interessati alla natura e agli animali. Hanno la possibilità di fare cose stimolanti, come organizzare visite guidate per le persone e svolgere attività manuali con i gruppi di bambini che vengono a trovarli, per esempio dagli asili, dalle scuole elementari e così via. Ma c'è un ragazzo, Max, che probabilmente si trova lì in libertà vigilata come me. Ha un'aria un po' inquietante, ma credo che sia solo per via del suo aspetto: ha una grossa cicatrice rossa che gli attraversa il centro della faccia.

Non so quale scuola frequenti, ma se i ragazzi di lì sono come quelli della mia scuola devono metterlo in croce.

«Non posso crederci!» esclamò Josie.

«Conosciamo il nome e la posizione di questa riserva naturale?» domandò subito Noah.

«Vai a chiamare Christian e fatti dire se si ricorda. Altrimenti vai a svegliare Shannon e fattelo dire da lei.»

Noah si precipitò nell'altra stanza.

«Continua.» disse Josie a Lisette.

«Molto di quello che ha annotato in seguito riguarda solo il disgusto che ha provato lavorando alla riserva.» disse Lisette. «Parla di Max, ma soprattutto di quanto fosse misterioso e di come non parlasse mai con nessuno. Ma questo... ecco, ascolta questo.»

Vanessa:

Oggi finalmente sono riuscita a far aprire bocca Max. Ho scoperto che ha sedici anni. Sostiene di non essere lì per i servizi sociali. Si è messo a ridere quando ha scoperto che invece è il motivo per cui ci sono io. All'inizio me la sono un po' presa, ma poi ha detto che era difficile immaginare che una ragazza come me si fosse messa nei guai tanto da farsi mandare ai lavori per la comunità. Volevo chiedergli cosa intendesse con "una ragazza come me", ma non ne ho avuto la possibilità perché poi ci hanno mandato a pulire le gabbie dove tengono i rapaci in convalescenza. In questo momento ci sono una poiana della Giamaica e due gufi. Sono piuttosto belli. A Max non piacciono molto, però sa un sacco di cose su di loro. Pare che suo padre sia una specie di professionista specializzato in uccelli o qualcosa del genere. Lavora in un college. O meglio, lavorava in un college, se ho capito bene. Da come Max me ne ha parlato, non ho capito bene se suo padre sia ancora vivo o meno. È diventato molto strano quando ho iniziato a chiedergli della sua famiglia, così ho smesso.

«Un ornitologo.» mormorò Josie. «O un biologo. Aspetta, chiedo agli altri di approfondire la questione.» disse scrivendo rapidamente un messaggio al resto della squadra.

Shannon, Christian e Noah entrarono in cucina. Shannon si strofinava gli occhi pieni di sonno. «Noah ci ha detto cosa avete scoperto. Non ricordiamo il nome di quel posto, ma era a un'ora da Callowhill.»

«Esiste ancora questo posto?» chiese Josie.

«Non lo so.» rispose Christian.

Josie aprì il portatile e lo fece ruotare verso di loro. «Pensate di poterlo trovare su Google Maps?»

«Possiamo provarci.» disse Shannon. Si sedettero fianco a fianco davanti al computer. Intanto, Lisette continuò a leggere.

Vanessa:

Ho quasi scontato tutta la pena alla riserva naturale. Sono un po' dispiaciuta, il che è strano, no? Odio il lavoro, ma sono tutti gentili con me e non mi danno il tormento. Anche l'inquietante Max. In realtà, ha smesso di parlarmi dopo che gli ho chiesto di suo padre, ma io muoio dalla voglia di sapere della sua cicatrice. La settimana scorsa ho sentito una ragazza che gli ha chiesto come se l'è procurata: gli si è avvicinata e glielo ha chiesto. Così, all'improvviso. Lui mi è sembrato un po' infastidito e ha borbottato qualcosa sulla cucina e sull'olio bollente o qualcosa di analogo. Non sono riuscita a capire bene, perché ero troppo distante. Poi lui si è allontanato. Avrei voluto andare da quella ragazza e chieder-

*glielo, ma non volevo fare la figura della ficcanaso. Ho
provato a parlargli di nuovo, ma non ci incrociamo mai
durante i turni di lavoro. Ultimamente è sempre nei
boschi. Non so nemmeno cosa ci va a fare laggiù tra gli
alberi.*

Lisette smise di leggere e sfogliò altre pagine. Di fronte a sé,
Josie vide Noah che si chinava tra Shannon e Christian per
studiare lo schermo del computer.

«C'è altro, nonna?» chiese Josie.

Lisette alzò lo sguardo da sopra gli occhiali da lettura e
disse: «Oh sì, c'è un'altra cosa che potrebbe interessarti.»

Vanessa:

*Oggi ho visto Max nel bosco. Non so se dovrei dire qual-
cosa alla direttrice della riserva o meno. È stato parecchio
strano. In realtà non è che stesse facendo qualcosa di
male. Ero in giro a raccogliere rifiuti e l'ho visto su uno
degli altri sentieri. Stava armeggiando con un animale
morto. Non è strano che ci fosse un animale morto,
capita di frequente di trovarne nei boschi. Ho visto più
animali morti lavorando in questa stupida riserva di
quanti tu possa immaginare. Comunque, non è questo il
punto. Era piccolo, doveva essere un coniglio o qualche
tipo di roditore, e già ridotto a scheletro, il che non è insolito perché appena muore un animale nel bosco arrivano
a ripulirlo gli spazzini che, in pratica, sono gli altri
animali. È il cerchio della vita, la catena alimentare,
chiamalo come vuoi. Sono queste le cose che devo scrivere per il giudice quando avrò completato il servizio
alla riserva.
Max stava sistemando le ossa, stava creando forme
diverse con le ossa. Sono rimasta a guardarlo a lungo.*

Non ho idea di cosa stesse cercando di fare, ma qualunque cosa fosse mi faceva venire i brividi. Non gli ho detto nulla. Alla fine, ha semplicemente buttato le ossa nel bosco, tutte sparse, ed è tornato all'edificio principale. Davvero bizzarro, ti pare? Ho pensato di denunciarlo, ma cosa avrei detto? Ho visto che Max ha trovato delle vecchie ossa nel bosco e ci si è messo a giocare? E con questo? Non aveva mica ucciso lui quella bestiola. Non si era mica tenuto le ossa. E poi c'è da dire che è un ragazzo e i ragazzi sono strambi. Per esempio, c'è un ragazzo della mia scuola che prende le bambole della sua sorellina, ne brucia le parti intime e se ne vanta pure, e nessuno si preoccupa di lui! Quindi, a chi importerebbe se Max ha fatto le costruzioni con le ossa di qualche animale! Tutta questa faccenda mi fa venire i brividi.

Shannon, Christian e Noah stavano tutti fissando Lisette quando finì di leggere.

«Non c'è da stupirsi che sia diventata ossessionata dal caso.» osservò Noah. «*Conosceva* quest'uomo.»

«Non lo conosceva davvero, però.» precisò Josie. «Non nel vero senso della parola. Era un ragazzo strano che aveva incontrato a quattordici anni. Ma credo che più si è addentrata nella sua indagine, più ha avuto il sospetto che il bizzarro ragazzo con cui lavorava alla riserva naturale quando era adolescente potesse essere l'Artista delle Ossa.»

«Quindi lo avrà riconosciuto quando si è fermato davanti alla sua baita.» ne dedusse Noah. «Soprattutto quando ha visto la sua cicatrice.»

«Santo cielo.» disse Christian.

Shannon gli toccò il braccio. «Forza, dobbiamo trovare quella riserva. Continuiamo a cercare. Lisette, tu puoi continuare a leggere.»

Annuendo, Lisette sfogliò ancora qualche pagina. Poi ricominciò a leggere.

Vanessa:

Non ti scrivo da qualche giorno perché è stato tutto pazzesco. Finalmente ho finito di lavorare alla riserva naturale. Mi è dispiaciuto andarmene, ma l'ultima settimana mi ha davvero terrorizzata. Ho trovato delle ossa umane! Come quelle di un cadavere! È stato così assurdo! Tra l'altro, non era affatto come me lo immaginavo. Non c'era nemmeno odore o che so io. Immagino sia perché quell'uomo è morto da tanto tempo. Si è scoperto che era un cacciatore scomparso l'anno scorso. Un uomo anziano. È stata una cosa molto triste. Ad ogni modo, ero in giro a rimuovere i rifiuti dai sentieri, ma in realtà stavo cercando Max. Non riuscivo a smettere di pensare a lui e a quelle ossa. Mi chiedevo se fosse per cercare delle ossa che andava sempre in giro. E credo di aver avuto ragione, perché l'ho trovato in piedi davanti al corpo di quel cacciatore con il teschio in mano. Riesci a crederci? Stava toccato il cranio di una persona morta!!!! Il termine "disgusto" non descrive neanche lontanamente come mi sono sentita. Mi ha vista e devo aver avuto un'aria davvero sconvolta perché mi ha detto che aveva trovato quelle ossa mentre faceva una passeggiata. Ho dato un'occhiata più da vicino e da come era messo mi è sembrato che quella persona si fosse raggomitolata su un fianco e si fosse addormentata o simili. La polizia ha già detto che non c'è stato nessun "atto di violenza". Hanno concluso che il tizio si è perso ed è morto assiderato. Comunque, ho chiesto a Max perché diavolo avesse toccato il cranio di una persona morta. Lui mi ha guardato e ha detto qualcosa del tipo:

"Non hai mai voluto vedere una persona senza pelle?"
Mi ha spaventata a morte. Gli ho detto che andavo ad
avvertire la direttrice perché chiamasse la polizia.
Quando sono tornata lì fuori con lei e la polizia, Max era
sparito. Da quel momento non l'ho più rivisto. Mamma e
papà non mi hanno più permesso di tornarci, anche se mi
hanno autorizzata a fare alcune interviste televisive sul
ritrovamento di quei resti.

«Trovata!» esclamò Shannon. «È la Riserva Naturale di Quail Ridge. Sembra che sia ancora attiva. Si trova a poco più di un'ora da qui.»

Noah tirò fuori di nuovo il telefono e guardò Josie. «Chiamo Mettner. Andiamo!»

CINQUANTAQUATTRO

Cheyenne Thomas era l'attuale direttrice della Riserva Naturale di Quail Ridge. Josie ritenne che avesse sui venticinque anni. Ricopriva la posizione solo da due anni, quindi non si ricordava di Trinity, di Max o del cacciatore morto che era stato trovato nei loro boschi quasi vent'anni prima. Tuttavia, si dimostrò estremamente disponibile e permise agli agenti della polizia di Denton e ai diversi agenti dell'FBI intervenuti di perlustrare la riserva senza un mandato, mentre lei controllava i registri del personale. Purtroppo, non andavano così indietro nel tempo. Inoltre, in quel momento non c'erano dipendenti che si trovassero già alla riserva quando ci avevano lavorato Trinity e Max.

Tornarono alla centrale, Mettner accompagnò la squadra alla guida di un SUV in dotazione al dipartimento, mentre Drake lo seguiva con alcuni dei suoi agenti. Josie sedeva accanto a Mettner, con la mente che lottava contro la stanchezza e la confusione. «Scuole superiori.» disse. «Aveva sedici anni. Avrebbe dovuto frequentare uno dei licei locali a un'ora dalla riserva.»

Dal sedile posteriore, Gretchen disse: «A questo penso io.»

«Quanti uomini di nome Max ci saranno in tutto lo Stato?» le fece notare Noah. «Sappiamo la sua età, dovremmo provare a cercarlo tenendone conto, per restringere il campo.»

«Appena torniamo, qualcuno deve iniziare a contattare le università nel raggio di un'ora o due dalla riserva e vedere se riusciamo a rintracciare un professore di ornitologia o di biologia con un figlio di nome Max.» suggerì Mettner.

Josie appoggiò la testa al sedile e chiuse gli occhi. Si stavano avvicinando. Noah, Gretchen e Mettner continuarono a distribuirsi i compiti. Gretchen chiamò Drake al cellulare e lo mise in vivavoce per coordinarsi con lui. Si sarebbero messi all'opera non appena fossero tornati a Denton. Mentre l'auto sfrecciava sull'autostrada, Josie non riuscì più a combattere la stanchezza. Si addormentò, inviando un messaggio mentale a Trinity. *Ci stiamo avvicinando. Tieni duro ancora un po'.*

Quando si svegliò, si era fatto buio. L'orologio del cruscotto segnava le sette e mezza di sera. Erano fuori casa sua. Noah le scosse leggermente la spalla e lei si guardò intorno con gli occhi spenti. «No.» disse. «Non voglio. Vengo alla centrale insieme a voi. Devo aiutarvi.»

«Devi dormire, Boss. Hai una commozione cerebrale e una carenza di sonno.» le disse Gretchen dal sedile posteriore.

«Quando è stata l'ultima volta che hai mangiato?» chiese Noah con tono deciso.

«Nessuno di noi si prenderà un minuto di riposo, d'accordo Boss? Lavoreremo su questo caso finché non troveremo Trinity. Tu dormi un po'. Quando tornerai, uno di noi si alternerà. Ti daremo tutto l'aiuto possibile, te lo garantisco.»

Josie li guardò uno per uno. Capì di aver raggiunto un nuovo livello di stanchezza quando scoppiò a piangere. Non ricordava di aver mai pianto davanti alla sua squadra. «Grazie.» rispose e lasciò che Noah la accompagnasse dentro casa.

Dormì per dodici ore filate e si svegliò in preda al panico perché quando si era stesa sul letto aveva intenzione di dormire al massimo due o tre ore. Controllò il telefono, ma nessuno della squadra l'aveva chiamata. Al piano di sotto, la sua famiglia si aggirava per casa senza meta, ingannando il tempo facendo giocare Trout e coccolandolo. Nessuno di loro aveva avuto notizie da Noah o dagli altri. Josie si preparò in quindici minuti e Christian la accompagnò alla stazione di polizia. Una volta raggiunto l'ufficio, trovò Mettner alla sua scrivania, accasciato sopra a una pila di quelli che sembravano controlli di routine con un rivolo di bava che gli colava dalla bocca. Di fronte a lui, Gretchen era nascosta da una muraglia di quelli che dovevano essere gli annuari del liceo. Ne stava sfogliando uno, girando le pagine con grande lentezza.

Noah era alla sua scrivania e parlava al telefono. «Dovrebbe essere entrato a far parte della vostra facoltà intorno all'anno 2000, forse anche prima... Specializzato in ornitologia, zoologia o biologia... Magari con una sottospecializzazione in rapaci...»

Gretchen rivolse a Josie un sorriso. «È un piacere vederti, anche se vorrei avere notizie migliori da darti.»

Josie sentì il cuore sprofondare. «Ancora niente? Niente di niente?»

Gretchen chiuse l'annuario. «Purtroppo no, Boss. Non lo troviamo in nessuno di questi annuari. È possibile che abbia studiato a casa, soprattutto a causa di quella cicatrice. Può darsi che i suoi genitori non volessero mandarlo a scuola o può darsi che abbia avuto problemi con il bullismo.»

Josie sospirò e si mise a sedere sulla sedia. Noah riattaccò, annunciando: «Quella delle università è una pista morta.»

«Com'è possibile? Ci saranno anche più di cinquanta università nel raggio di un'ora da quella riserva!»

«Ma tra quelle solo poche hanno programmi di ornitologia o zoologia.» specificò Noah. «Drake ha portato i suoi ragazzi a controllare di persona e non hanno trovato niente. Allora abbiamo iniziato a scorrere il resto della lista, per informarci sulle università con dipartimenti di biologia: l'FBI ne ha presa una metà e noi l'altra, e comunque non siamo riusciti a trovare nessuno che corrisponda alla descrizione.»

«Perché è troppo vaga.» intuì Josie. «Quello che stiamo cercando è troppo vago: un professore, forse di ornitologia o forse di zoologia o forse di biologia, che lavorava all'università tra la fine degli anni Novanta e i primi Duemila, con un figlio adolescente di nome Max che aveva una cicatrice sul viso. I dipartimenti non tengono registri della vita privata dei loro docenti!»

«Ora abbiamo un nome.» obiettò Gretchen. «Un maschio bianco di trentacinque anni di nome Max con una cicatrice rossa al centro del viso. Dovremmo rimetterti di fronte alle telecamere.»

«No.» disse Josie. «Sparirebbe di nuovo. Voglio che sappia che gli stiamo addosso, ma non voglio che sappia che siamo in difficoltà. Se torno ai notiziari dicendo che tutto quello che abbiamo capito su di lui è che si chiama Max, saprà che sta vincendo. La mossa è mia ma non sono ancora pronta a farla. Ci serve qualcosa di più.»

Noah guardò Mettner.

Il filo di bava che gli colava dal lato della bocca sulla pagina sotto la testa si stava allargando.

«Mett!» gridò Noah.

Mettner alzò di scatto la testa, facendo volare le pagine su tutte le scrivanie. «Sono sveglio.» biascicò.

Gli diedero un minuto di tempo per ricomporsi, poi Noah gli chiese: «Sei riuscito a trovare qualcosa sui Max che vivono in Pennsylvania?»

Mettner sfogliò alcune pagine. «Ci sono un sacco di uomini che si chiamano Maxwell, Maximus, Maximillian, molti dei quali hanno l'età giusta. Ho fatto una ricerca partendo dalle patenti di guida, ma nessuno di loro ha una cicatrice al centro della faccia.»

Josie scosse la testa. Come era possibile che avessero ottenuto un vantaggio così grande e non fossero ancora vicini a trovarlo? «Nessuna soffiata dalla conferenza stampa?» chiese. «Nessuno ha chiamato per la cicatrice? È piuttosto particolare.»

«Ancora no, Boss.» disse Mettner. «Niente di concreto. Gli uomini di Drake hanno seguito alcune piste, ma non sono servite a nulla.»

«Deve esserci sfuggito qualcosa. Forse Max è il suo secondo nome o forse fa Maxwell di cognome. Dannazione! È proprio sotto il nostro naso. E il furgone? Abbiamo controllato se ci sono furgoni Chevrolet bianchi intestati a qualcuno con il nome Max?»

«Posso controllare.» si offrì Gretchen.

Josie tese una mano verso Mettner. «Fammi vedere i tuoi appunti. Voglio rivedere tutto quanto.»

«Io vado a rintracciare Drake e vedo se possiamo fare un secondo controllo su tutti i professori che abbiamo già individuato, o magari ampliare il raggio di ricerca.» annunciò Noah alzandosi.

«È assurdo...» disse Josie. «È qui da qualche parte. Non è un fantasma. È reale e dobbiamo trovarlo prima che uccida mia sorella, se non l'ha già fatto.»

CINQUANTACINQUE

Nessuno partecipò al funerale di Hanna, tranne Alex e Zandra. Nonostante la sua illustre carriera artistica, che aveva avuto un'impennata in seguito all'incidente di Francis, nella morte era rimasta sola. La seppellirono un martedì, sotto la pioggia, in un cimitero che aveva scelto lei. Aveva avuto anche il tempo di decidere cosa avrebbero fatto dei suoi resti. Aveva avuto il tempo di istruirli su come continuare a vivere la piccola vita che si erano ritagliati nella vecchia casa dopo l'incidente. Non conoscevano molto altro. Alex era l'unico a essere stato fuori nel mondo; Zandra aveva lasciato la proprietà solo poche volte. Aveva detto di volersene andare, ma una volta Hanna l'aveva portata in giro e da allora non ne aveva più parlato. Alex, invece, era affascinato dal mondo esterno. C'erano nuove avventure che poteva affrontare da solo e senza la censura di Francis. Le persone erano molto simili ai rapaci che a Francis piacevano tanto. Non tutti, ma parecchi.

Senza Hanna, i suoi cattivi pensieri emersero come animali che si svegliano dal letargo. Non doveva più sorvegliare Zandra o tenerla sotto controllo. Si sentiva libero per la prima volta in vita sua e si rendeva conto di quanto lei lo avesse reso prigioniero durante l'infanzia. Tutta la sua vita era ruotata intorno alla supervisione di Zandra e dei suoi impulsi, in modo che non facesse del male o uccidesse la madre. Aveva sofferto a causa sua, era stato messo all'addiaccio a causa sua; e forse Zandra aveva percepito il crescente livore che nutriva nei suoi confronti perché, dopo la morte di Hanna, rimaneva chiusa in camera per la maggior parte del tempo. Uscì, però, per vedere la sua prima installazione artistica, che aveva creato in una zona remota del terreno che Hanna aveva lasciato in eredità, tra le fondamenta di un vecchio edificio che si ergevano ancora sotto un gruppo di alberi. Alex aveva trascorso mesi a rimetterle in piedi, un po' alla volta, finché non gli avevano fornito una superficie sufficiente su cui svolgere il suo lavoro. Non sapeva nemmeno che Zandra fosse al corrente di quello che stava facendo, finché un giorno lei non si presentò senza preavviso.

«Ho quasi finito.» disse, spargendo la vernice sul pavimento con una mano.

Zandra si guardò intorno, con occhi avidi in cerca di ogni dettaglio. «È disgustoso.» disse.

Lui smise di verniciare. «No, non è disgustoso. Questa è arte. Nostra madre ci ha lasciato una tela bianca.»

«Ti credi di essere una specie di artista, come lo era lei?»

Lui non rispose e riprese a dipingere.

«Lo sai che questa non è arte, vero? Nessuno penserà che sia arte. Sono abbastanza sicura che finiresti in prigione per una cosa del genere. Dico, ma quanto puoi essere ritardato?»

«Nessuno ti costringe a rimanere.» mormorò lui.

«E questo che diavolo significa?»

«Che potresti andartene.»

«No, non posso.» ribatté lei. «Hai bisogno di me. Hai sempre avuto bisogno di me.»

Lui rise. «Sei così egoista.»

«Che figlio di puttana...» sputò lei. «È davvero questo che credi? Pensi veramente che sia io l'egoista?»

Lui non rispose e si limitò a spargere vernice con maggior lena. Ci mise anima e corpo fino ad ansimare per lo sforzo. Quando fu soddisfatto, rimase accovacciato e si asciugò la fronte con un avambraccio. Zandra era ancora lì.

«Un giorno ti ucciderò.» le disse.

«Lo so.» rispose lei.

CINQUANTASEI

Le ricerche su Max andarono avanti per una settimana. La polizia di Denton e la squadra dell'FBI lavorarono congiuntamente ventiquattr'ore su ventiquattro per cercare di rintracciarlo, ore interminabili passate davanti al computer, a spulciare i documenti, a guidare fino a residenze e proprietà, a interrogare innumerevoli persone. Seduta alla sua scrivania, passando al setaccio per la centesima volta le foto delle patenti di tutti gli uomini della Pennsylvania di età compresa tra i trentacinque e i quarant'anni che di nome facevano Max, Josie non riusciva a fermare neanche per un secondo le domande o il senso di disperazione che turbinavano nella sua mente. Trinity stava scivolando via. Tutto il caso rischiava di disintegrarsi riducendosi in polvere. Cominciava a pensare di essere pazza. O forse si erano sbagliati sul diario. Forse Trinity si era sbagliata.

Ma quella cicatrice, ricordava a se stessa.

Il che portava alla domanda successiva: come faceva quell'uomo a passare inosservato, in tutto lo stato a quanto sembrava, se aveva una cicatrice che gli divideva la faccia a metà? Com'era possibile, considerando che la notizia principale di ogni singolo giorno era che Trinity era stata rapita dall'Artista delle Ossa? Si ricordò di ciò che aveva detto Roberta Ingram: che avrebbe potuto coprire la cicatrice con il trucco. Josie aveva a malapena intravisto il suo volto nel furgone, il giorno in cui l'aveva buttata fuori strada. Era durato solo un secondo, due al massimo, ma l'aveva visto. Era vero, il trucco avrebbe aiutato. Forse non avrebbe coperto del tutto la cicatrice, ma di certo l'avrebbe mimetizzata. Doveva essere facile per lui nascondere il furgone e applicare del fondotinta ogni volta che doveva uscire.

Ma dove diavolo era?

«Quinn!» chiamò Drake entrando nella stanza e sventolando un foglio di carta. Si guardò intorno. «Dove sono tutti quanti?»

«Gretchen e Noah sono andati a casa a riposare. Mettner è giù nella sala ristoro. Perché? Che cos'hai lì?»

Lui sorrise. Nelle due brevi settimane in cui aveva avuto modo di conoscerlo, quella era la prima volta che lo vedeva sfoderare un sorriso che gli arrivava alle orecchie. All'improvviso il ritmo del battito cardiaco aumentò. «Non sorridere così se non hai una pista da seguire.» gli intimò. «Una pista vera, autentica e concreta. Ti prego.»

Drake appoggiò il foglio al centro della scrivania e vi batté sopra un indice. «Ricordi che la vostra Squadra di Raccolta delle Prove aveva prelevato un campione di fango dal parcheggio delle roulotte, dal battistrada del furgone dell'assassino?»

Josie si protese in avanti per leggere il documento: era un rapporto di laboratorio sulla composizione del suolo del campione prelevato dall'agente Chan. L'impronta era stata recuperata dalla Squadra di Raccolta delle Prove di Denton ma poi era stata consegnata al laboratorio dell'FBI in modo che le analisi venissero portate avanti più rapidamente. Il test del DNA sui pettini e sulla costola trovata davanti alla roulotte della famiglia Price avrebbe richiesto settimane, se non mesi, ma per fortuna i campioni di terreno potevano essere analizzati in soli sette giorni. Scorse con il dito l'elenco dei risultati dei test finché non trovò il motivo per cui Drake era tanto allegro.

«Eastonite!» esclamò.

«È un minerale.» precisò Drake. Josie si voltò e lo vide saltellare sulle punte dei piedi.

«Lo so.» disse. «Si trova in soli due posti al mondo: in una piccola località in Norvegia e a Easton, in Pennsylvania.»

Lui smise di rimbalzare e la fissò con un'espressione delusa. «Come diavolo fai a saperlo?»

Josie sorrise. «La sorella di Noah gestisce una serie di cave in Pennsylvania. Ho imparato alcune cosette. Ma non importa come lo so. Ciò che conta è che abbiamo un'area di ricerca! Fammi chiamare il resto della squadra.»

Quattro ore più tardi erano tutti seduti intorno al tavolo della sala conferenze con i computer portatili aperti davanti a loro. Nel mezzo giaceva un cartone di pizza mezza mangiata e tutto intorno erano sparsi bicchieri di caffè e bottiglie di bibite vuote. L'energia con cui avevano iniziato era ormai scemata da parecchio e a quel punto regnava il più totale silenzio, rotto soltanto da qualcuno che di tanto in tanto grugniva o emetteva un pesante sospiro. Un dolore acuto era sbocciato dietro gli occhi di Josie mentre studiava i registri delle proprietà della città di Easton, nella Pennsylvania orientale, e delle aree circostanti che aveva già esaminato almeno una mezza dozzina di volte. Si strofinò gli occhi, stiracchiò le braccia sopra la testa e annunciò: «Non ho trovato un bel niente.»

«Neanche io.» brontolò Gretchen.

Drake disse: «Ci sono degli abitanti di Easton che si chiamano Max, proprietari di immobili che fanno Max di nome o di cognome, ma nessuno corrisponde né per età né per foto sulla patente di guida.»

«Non è possibile che sia così complicato!» sbottò Noah.

«Ci sfugge ancora qualcosa.» concordò Mettner. «Nel frattempo, ho fatto un altro tentativo con le università. Ce ne sono due a Easton: Lafayette College e Aubertine College. Ma nessuno dei loro dipartimenti di biologia ha potuto confermare se alla fine degli anni Novanta o all'inizio degli anni Duemila ci fosse qualche insegnante delle loro facoltà che avesse un figlio di nome Max o un figlio con una cicatrice sul viso, né un membro della facoltà con un particolare interesse per i rapaci.»

«Forse dobbiamo smettere di cercare Max e iniziare a cercare delle proprietà vere e proprie.» propose Noah. «Un posto con un sacco di terra, abbastanza da permettere a un gruppo di venti o trenta avvoltoi urubù di radunarsi senza dare troppo nell'occhio.»

«Potrebbe essere un posto vicino a una ferrovia.» propose Gretchen. «Qualcuno ha guardato le immagini satellitari? Forse possiamo individuare una grande proprietà con uno o più container per spedizioni.»

«Ci ho pensato io.» disse Mettner. «Non è emerso nulla, ma il container potrebbe essere oscurato dalla copertura degli alberi. Oppure le foto satellitari potrebbero non essere aggiornate. Roberta Ingram è stata trattenuta in un container sei anni fa.»

«Ad ogni modo, Noah potrebbe avere ragione...» disse Josie. «Ci stiamo concentrando troppo sul nome. Ci stiamo concentrando troppo sul tentativo di mettere insieme tutti i pezzi. Forse ce ne serve solo uno che ci indichi una direzione.»

Drake sospirò. «E quale?»

Josie chiuse la pagina dei registri immobiliari e si collegò al suo browser internet per visualizzare le immagini satellitari di Google di Easton e delle zone circostanti. «Non lo so.» disse. «Lo sapremo quando lo vedremo. Continuiamo a cercare.»

«Hai le immagini aeree?» chiese Noah.

Lei annuì e lui spostò la sua sedia passando dietro a quella di Mettner e si affiancò a lei. Studiarono insieme le immagini aeree, ingrandendo e rimpicciolendo la visuale, spostandosi da un'area all'altra. Josie tornò più volte su una piccola area quasi circolare con quelli che sembravano massi che si stagliavano tra gli alberi circostanti. Li ingrandì. Era impossibile stabilire l'estensione dell'area che coprivano, ma erano raggruppati strettamente l'uno all'altro, senza lasciare spazio alla vegetazione.

«Che cosa sono?» chiese Noah.

«Macigni.» disse Josie tornando alla visualizzazione normale e accorgendosi che i diversi ettari intorno a quella formazione rocciosa erano verdi, con molti alberi e poco oltre c'era un'area che sembrava quasi una fattoria o il terreno di una grande tenuta. La indicò. «Che cos'è?»

«Fammi vedere.» Noah si servì del mouse per esplorare cosa c'era nei dintorni di quell'area e poi indicò un grande gruppo di edifici. «Beh, questo qui è l'Aubertine College. Forse fa parte del campus.»

Josie guardò di nuovo. «Ma lì c'è solo terra.»

Noah indietreggiò per permettere a Mettner di guardare lo schermo e gli indicò l'area che stavano esaminando. Mettner disse: «Potrebbe essere un arboreto. Gretchen, controlla se l'Aubertine College ha un arboreto.»

«Subito.» disse Gretchen mettendosi a battere sulla tastiera del suo portatile e nel giro di un minuto annunciò: «Ce l'ha, sì. L'Arboreto di Agnes Hill. È di proprietà di una fondazione privata costituita da un ex alunno dell'Ottocento, ma è gestito dall'università. Ospita molti rapaci originari della Pennsylvania e si estende per ventidue ettari, ai quali gli studenti di biologia o zoologia dell'Aubertine College hanno accesso per le loro ricerche.»

Josie ingrandì di nuovo l'immagine e tornò a fissare le pietre. «Cosa c'è?» le chiese Noah.

«Dammi un minuto...» gli disse lei. Le pietre. Cosa c'era di strano in quelle pietre?

Drake e Gretchen si alzarono e si avvicinarono per studiare lo schermo. «Non c'è nessuna ferrovia nelle vicinanze.» le fece notare Drake. «Roberta Ingram aveva detto che...»

Il pezzo mancante andò al suo posto. Josie saltò dalla sedia, facendo quasi sbattere Drake e Gretchen contro il muro alle loro spalle. «Ho capito!» disse. «Ecco dov'è!»

Tutti la fissarono. «Boss...» disse Mettner.

«I suoni che Roberta Ingram ha sentito non erano dei posatori che piantavano le traverse delle rotaie.» spiegò Josie. «Erano rocce musicali.»

Gretchen disse: «Sono rocce risonanti che si trovano nella Contea di Bucks. Sono in un parco statale e sono una grande attrazione turistica.»

Drake disse: «Cosa diavolo sono queste rocce musicali?»

«Sono rocce litofoni.» spiegò Josie. «Risuonano come campane quando vengono colpite. Nella Contea di Bucks lo chiamano "il campo dei macigni", se non sbaglio. Si prendono dei martelli, si va in mezzo ai massi, li si colpisce e quelli suonano. Almeno, il suono ricorda quello delle campane. O quello delle traverse delle ferrovie quando vengono posate. Ce ne sono nel Regno Unito e anche in Australia.»

«Ma Boss...» disse Mettner, «la Contea di Bucks non è l'unico sito in Pennsylvania?»

«No.» disse Josie. «Non è l'unico. Ci sono alcuni siti più piccoli, alcuni dei quali si trovano in proprietà private. Queste qui sono rocce che producono suoni musicali e devono essere quelle che ha sentito Roberta quando era prigioniera dell'Artista.»

«Non vedo nessun container su questo terreno.» sottolineò Drake, allungando una mano per ingrandire l'immagine della proprietà.

«Come ha detto Mettner, potrebbe essere coperto dagli alberi o potrebbe non esserci più.» spiegò Josie. «Ascoltatemi. Nel diario, Trinity ha scritto che il padre di Max lavorava per una università. Non che era un professore, ma che "lavorava" in una università. Magari era un custode. Questo potrebbe spiegare perché non l'abbiamo trovato. Avrebbe avuto familiarità con i rapaci. E magari poteva anche avere un interesse per l'ornitologia. Forse Max ha preso il suo posto o forse Max lavora con lui.»

«E il motivo per cui non riusciamo a trovare il furgone è che non è intestato a nessuno di nome Max, ma all'università o alla fondazione.» aggiunse Gretchen.

Noah si era avvicinato e stava facendo qualche altra ricerca sul suo portatile. «E lì c'è un rifugio per animali con tanto di personale veterinario.»

«Il che significa che hanno forniture mediche e un posto dove operare.» commentò Gretchen.

Mettner fece una smorfia. «Con ventidue ettari, non è da escludere che possa trovare un posto dove lasciare le sue vittime agli avvoltoi senza attirare troppo l'attenzione.»

Josie annuì. «Quest'area a nord è adiacente ad alcuni grandi appezzamenti di terreno. Non sembra che ci sia qualcuno o qualcosa da quelle parti. Tranne forse un affluente del fiume Lehigh, forse una cascata.»

«Il custode dovrebbe avere un proprio alloggio sul terreno.» sottolineò Noah.

«Che tecnicamente sarebbe di proprietà dell'università o della fondazione, quindi sarebbe inutile cercare nei registri immobiliari qualcuno di nome Max.» sospirò Gretchen.

«Facciamo qualche telefonata, andiamo in ricognizione e verifichiamo questa ipotesi.» li esortò Josie.

Drake la guardò negli occhi. «E poi andremo a riprenderci Trinity.»

CINQUANTASETTE

L'aria nell'edificio sembrava improvvisamente carica di energia, gli agenti erano tutti in fermento e nel giro di un'ora avevano raccolto le informazioni necessarie. Il capo Chitwood rimase in piedi al centro della grande sala ad ascoltare gli ultimi sviluppi nelle indagini. Cominciò Mettner: «Il custode dell'arboreto dal 1980 al 1996 era un uomo di nome Francis Thornberg. Viveva negli alloggi privati con una donna di nome Hanna Cahill.»

«Cahill.» ripeté Chitwood. «Mi suona familiare.»

«Era il cognome da nubile di Nicci Webb.» spiegò Josie.

«L'Artista delle Ossa *conosceva* Nicci Webb?» chiese Chitwood incredulo.

«Nel 1975, Hanna Cahill diede alla luce Nicolette Cahill a Philadelphia.» disse Gretchen. «Sul certificato di nascita non è riportato alcun padre.»

«Poi, nel 1985, diede alla luce un figlio, Alexander Thornberg.» intervenne Noah. «Gli diede il cognome di Francis, il quale, però, non venne riportato sul certificato di nascita.»

«Hanna era un'artista piuttosto famosa e di successo negli anni Novanta.» aggiunse Mettner. «Poi, per qualche motivo, è svanita nell'oscurità.»

«Francis e Hanna non erano sposati?» si informò Chitwood.
«No.» rispose Gretchen. «Non siamo riusciti a risalire ad alcun documento che attesti il loro matrimonio.»

«C'erano altri figli?»

«Non siamo riusciti a trovare alcuna prova dell'esistenza di altri figli.» rispose Mettner. «Ma abbiamo scoperto che Hanna ha dedicato una delle sue ultime mostre d'arte a...» e guardò i suoi appunti. *I miei cari Alex e Zandra.*»

«Chi è Zandra?» chiese Chitwood.

«Non lo sappiamo.» disse Mettner.

«Abbiamo pensato che potesse essere il diminutivo di Alexandra.» disse Josie.

Drake disse: «Come Alexander e Alexandra, una specie di gemelli inquietanti? Ma non c'è alcuna prova che Hanna Cahill abbia avuto due gemelli. Non c'è nessuna Alexandra Thornberg o Alexandra Cahill. Ci risultano soltanto Nicolette e Alexander.»

«Ho chiesto a Monica Webb dell'infanzia di Nicci.» disse Josie. «Nicci le aveva raccontato che sua madre morì quando lei aveva quindici anni e che lei dopo se ne andò di casa. Perciò, questo sarebbe avvenuto nel 1990.»

«Ma Hanna Cahill è morta solo nel 2005.» si inserì Mettner.

«Il che significa che Nicci ha mentito alla figlia sul motivo per cui se ne andò di casa.» concluse Noah. «Almeno, questa è la nostra ipotesi...»

«Ma perché Nicci Webb avrebbe dovuto mentire su sua madre?» chiese Chitwood. «Perché non avrebbe dovuto dire di Alexander a sua figlia? È lo zio di Monica Webb.»

«Non c'è modo di saperlo con certezza, ma suppongo che ci sia stato un abuso di qualche tipo in famiglia.» disse Josie. «Nicci è fuggita e il suo fratellino Alex si è rivelato un serial killer.»

«Dopo che Nicci se ne andò, Alex fu istruito a casa, evidentemente, e a un certo punto, verso la fine degli anni Novanta, l'intera famiglia non si fece più vedere in giro.» spiegò Gretchen.

«Il padre è ancora in vita?» chiese Chitwood.

«Non lo sappiamo.» rispose Josie. «Non abbiamo un certificato di morte e lui percepisce ancora uno stipendio dall'università come custode. Anche Alex Thornberg divenne un dipendente ufficiale della Fondazione quando compì diciotto anni. Anche lui è indicato come custode.»

Chitwood si pettinò i capelli che galleggiavano sulla testa. «Che altro abbiamo?»

«Quest'area è molto vasta: ventidue ettari di terreno nell'arboreto in cui si contano cinque strutture.» disse Drake. «Se ne occuperà la mia squadra.»

«E...» aggiunse Josie, «il terreno a nord, adiacente all'arboreto, fu acquistato da Hanna Cahill nel 2001. Si estende su quaranta ettari. Non ci sono strutture, ma c'è un sacco di terreno libero.»

Chitwood scosse la testa. «Stai suggerendo che questo tizio ha un parco giochi di quaranta ettari da quasi vent'anni?»

«Beh, doveva avere sedici anni quando Hanna comprò il terreno.» disse Drake. «Ma sì, il terreno passò a lui quando morì la madre. In parte sarebbe passato anche a Nicci Webb, ma dato che lei non c'era, il problema non si poneva. In ogni caso, l'atto di proprietà non è mai stato cambiato. Le tasse sulla proprietà sono sempre state pagate puntualmente, quindi nessuno si è preoccupato del titolo di proprietà del terreno. Ah, e un container è stato rimosso dalla proprietà tre anni dopo il rilascio di Roberta Ingram.»

«Non c'è più nessun container per le spedizioni?»

«No.» rispose Drake. «Il che significa che deve tenere Trinity nella sua residenza privata.»

«E il nostro uomo, Alexander Thornberg?» chiese Chitwood. «Ha una patente di guida?»

Noah prese un foglio dalla scrivania e lo tenne in mano per farlo vedere a Chitwood. Ciò che vide fece rabbrividire Josie. Era l'uomo che aveva visto nel furgone e che poi aveva cercato di rapirla. Nella foto della sua patente, la cicatrice era appena visibile. Doveva averla coperta con il fondotinta prima di farsi fotografare. Ma nonostante questo, anche se era lieve, il segno si vedeva.

Chitwood lo guardò con attenzione. «Ha precedenti penali?»

«No.» rispose Josie. «Non da adulto. È possibile che ne abbia avuti da minorenne, ma non abbiamo accesso a quei documenti, ammesso che non siano già stati cancellati.»

«Facciamo il punto.» disse Chitwood. «Abbiamo questo tizio, che probabilmente nasconde Trinity nell'alloggio del custode. Delle persone che vivevano ancora in quella casa dopo che Nicolette Webb se n'è andata contiamo la madre, che è deceduta, e il padre, che risulta irreperibile, il che potrebbe suggerire che si trovi ancora nella proprietà.»

«Corretto.» disse Drake.

«Avete ancora parecchio terreno da coprire.» concluse Chitwood. «Ci sono molti posti in cui quest'uomo potrebbe nascondersi se non lo prendete. La vostra squadra ha un piano per porre fine a questa storia?»

«Ci stiamo già lavorando.» garantì Drake.

CINQUANTOTTO

La giornalista era una creatura curiosa. Alex non aveva mai visto nessuno così bello di persona. Era anche insopportabile, con le sue richieste incessanti e il suo continuo parlare. Non aveva mai conosciuto nessuno che parlasse tanto quanto quella donna. Per un lungo momento si era pentito di non aver tenuto il container. Così non si sarebbe dovuto sorbire le sue continue lamentele perché voleva tornare a casa, per la sorella, per il poliziotto.

Trinity non lo sapeva, ma lui aveva visto la sua gemella in televisione. Aveva visto i segnali che lei aveva disseminato, la messinscena che aveva preparato appositamente per lui. Aveva provato un'emozione che non sentiva da tanto tempo. Avrebbe dovuto prenderla quando ne aveva avuto la possibilità. Era stato troppo cauto.

Dal bagno del piano di sopra giunsero dei colpi sulle tubature. Era di nuovo Trinity. Alex salì e si mise ad ascoltare davanti alla porta. La sentì che ci si lanciava contro. «So che sei qui fuori!» gridò lei.

«Quante pagine hai scritto oggi?» chiese.

«Ho finito la... la fascetta o il nastro... o come cavolo si chiama quest'affare! Ti prego, mi serve un portatile. Non posso farcela con una macchina da scrivere.»

«Pensi che io sia stupido?» rispose lui. «So che saresti in grado di accedere a Internet con un portatile, in qualche maniera.»

«Non lo farei, te lo giuro.» esclamò lei. «Non lo farei mai.»

La sorella non gli avrebbe mentito. Non lo avrebbe trattato come uno stupido perché aveva capito quanto era intelligente. Probabilmente era l'unica persona che avesse mai compreso la profondità della sua intelligenza. Non aveva fatto la sua mossa dall'ultima volta che si era messa in contatto. Cominciava a temere che lei avesse capito più di quanto lasciasse intendere. Ma certo, doveva essere così. Non gli avrebbe mostrato la sua mano. Non gli avrebbe reso le cose facili. Non voleva ammetterlo, ma lei gli piaceva.

«Ti procurerò un altro nastro.» promise a Trinity.

«Non mi serve un altro nastro. Mi serve un portatile.»

«No!» sbraitò. «Posso procurarti il nastro, ma devi finire.»

«Non posso finire senza parlare con Zandra. Voglio la sua versione della storia.»

Alex sospirò. «Non puoi incontrarla. Te l'ho detto, se n'è andata molto tempo fa.»

Cadde il silenzio. Si aspettava altre richieste, altre domande, altre lamentele, ma lei non emise un fiato.

«Ora vado a prenderti dell'altro nastro, così puoi finire.» disse Alex. «Non ci resta molto tempo.»

Stavolta Trinity ruppe il silenzio con un tono di voce più acuto. «Molto tempo? Di che cosa stai parlando? Che cosa succederà? Che intenzioni hai con me?»

«I rapaci stanno arrivando.» disse lui. «Devo essere pronto.»

CINQUANTANOVE

Sembravano passati giorni, mentre in realtà erano passate giusto poche ore quando arrivarono alla periferia di Easton. Josie, Noah, Gretchen e Mettner si erano muniti dell'equipaggiamento tattico, ma non parteciparono all'irruzione nella residenza del custode, sul retro della proprietà dell'arboreto. Rimasero ad aspettare fuori dal perimetro stabilito dall'FBI, vicino al college. Drake aveva deciso di fare irruzione poco prima dell'alba, quando il resto del corpo insegnanti, gli inservienti e il corpo studentesco che normalmente frequentavano l'arboreto non sarebbero stati presenti e loro avrebbero potuto insinuarsi col favore delle tenebre, avvicinandosi alla casa proprio mentre si faceva giorno. Per quanto le dispiacesse restare fuori dall'azione, Josie sapeva di non avere scelta e così rimase con la sua squadra ad aspettare fuori dall'auto, ascoltando le comunicazioni via radio degli agenti dell'FBI che effettuavano l'irruzione.

Quando Josie sentì le parole "Il sospettato è in custodia", sentì che le cedevano le ginocchia. Si aspettava che seguissero delle notizie su Trinity, ma non ce ne furono. Ciò che seguì fu, invece, un'altra segnalazione: quella di un "uomo non identificato, in una delle camere da letto del piano superiore. Anziano, disabile e in necessità di cure mediche". Un attimo dopo, attraverso le comunicazioni radio, le giunse un suono orribile, come quello di un coniglio preso in una trappola per orsi. «Ahhhmmaax!»

Si guardò intorno e vide che Noah, Gretchen e Mettner trasalivano nello stesso momento in cui trasaliva lei. «Ma che diavolo è stato?» domandò Noah.

Poi quella specie di grido attraversò di nuovo le comunicazioni, questa volta in forma abbreviata. «Mmmaaxx.» Max.

Una delle ambulanze più vicine in attesa nel parcheggio dell'università sfrecciò davanti a loro e imboccò lo stretto viale che attraversava l'arboreto. A quel punto arrivarono le chiamate di "sgomberare l'area" da parte di vari agenti.

«No!» disse Josie.

«Boss.» disse Gretchen, cercando di afferrarla per un braccio, ma lei la scansò e si mise a correre in direzione dell'arboreto. Avevano studiato a fondo le mappe del luogo prima di procedere all'irruzione, quindi Josie sapeva esattamente dove doveva dirigersi, ma anche se non l'avesse saputo, le sarebbe bastato seguire tutti i veicoli dell'FBI. Quando raggiunse il retro della proprietà, tutto il corpo era madido di sudore. Davanti a lei si ergeva una vecchia casa, grande e signorile, immersa in un boschetto di alberi ad alto fusto, con l'entrata incorniciata da una serie di colonne.

Il furgone era parcheggiato lì accanto, parzialmente coperto da un telone blu. L'ambulanza era parcheggiata a pochi metri dalla porta d'ingresso. Mentre si faceva strada tra gli agenti dell'FBI in equipaggiamento completo, vide i paramedici che trasportavano fuori dalla casa una barella sulla quale giaceva, riverso su un fianco, un uomo ridotto all'ombra avvizzita di se stesso. Indossava soltanto una maglietta e un pannolone per adulti. Le braccia e le gambe erano permanentemente piegate e raggomitolate intorno al corpo. Gli occhi fuori dalle orbite e la pelle tesa sulle ossa del viso. Non sembrava nemmeno un essere vivente.

«Quello era Francis Thornberg?» chiese quando Drake la raggiunse sulla soglia.

«Sì, crediamo che sia lui.»

«Dov'è mia sorella?»

Drake gettò la maschera di professionalità e in quel momento Josie vide una serie di emozioni mutargli in volto: rabbia, frustrazione, panico e dolore.

«Drake...» disse Josie a bassa voce. «Dimmelo e basta.»

Strappa il cerotto, pensò. *Siamo arrivati troppo tardi.*

Drake guardò dietro di sé verso l'ampio atrio. «Non è qui.»

Josie si guardò intorno. «Forse non è in casa, ma deve essere qui. Dobbiamo solo cercarla.»

«Ho già inviato delle squadre di ricerca nel resto della proprietà dell'arboreto e nei quaranta ettari di Hanna Cahill dietro questa casa.»

Josie si mise una mano sul fianco. «Lui dov'è?»

«Detective Quinn...»

«Dov'è?» ripeté lei, alzando la voce fino a trasformarla in un grido.

Lui si fece da parte e lei lo superò, entrando in casa. «Gli sono già stati letti i suoi diritti.» la avvertì Drake seguendola a ruota.

Gli agenti di Drake lo stavano sorvegliando in cucina che, con le pareti rivestite di legno scuro e le credenze, assomigliava a molte altre cucine. Le piastrelle del pavimento in finto mattone erano consumate e scheggiate. Alex Thornberg era seduto su una sedia con le mani ammanettate davanti a sé. Piegato in avanti, teneva i gomiti appoggiati sulle ginocchia e il mento sui pugni. Quando Josie entrò nella stanza, lui si mise a sedere dritto. Le sembrò di vedere un sorriso, o almeno l'accenno di un sorriso. Le ci volle tutto l'impegno a cui poté fare appello per non mollargli un pugno dritto in faccia.

Quando i tre agenti che lo circondavano videro l'espressione di Josie si allontanarono, lasciandole spazio. Lei si prese una delle altre sedie e la spinse il più vicino possibile a quella di Alex, lasciando lo spazio minimo per sedersi. Un'espressione di sorpresa gli illuminò il volto quando lei prese posto davanti a lui, con le ginocchia tra le sue e il viso a pochi centimetri dal suo. Lui non ebbe altra scelta che farsi leggermente indietro, tenendo le mani legate sollevate tra loro due.

Josie gliele spinse delicatamente in grembo. «Tuo padre ti chiama Max» disse, «perché non è in grado di dire Alex, non è vero?»

La confusione gli increspò il viso. «Esatto.» mormorò.

«Hai lasciato le ossa di tua sorella dietro la baita di Trinity.»

«No, ho... ho lasciato una composizione dietro la baita di Trinity. Dovevi sapere che ero io.»

«La "composizione" che hai lasciato dietro la baita era composta dalle ossa di tua sorella.»

«Non è possibile.»

Josie lo fissò. Cosa stava cercando di ottenere negando che Nicci fosse sua sorella? Non aveva senso. Ci riprovò, dovendo fare uno sforzo per parlare. «Nicolette Webb era la tua sorellastra biologica.»

Lui rovesciò leggermente la testa all'indietro. Sbatté le palpebre. Poi si sporse di nuovo verso di lei e disse, con voce quasi infantile: «Noi non diciamo il suo nome. Mai.»

«E per quanto riguarda il nome "Zandra"? Lo possiamo pronunciare questo nome? Dov'è Zandra, Alex? È qui?»

Il mento gli cadde sul petto. «È andata via molto tempo fa. L'ho costretta io. Aveva fatto cose brutte. Peggiori di quelle che ho fatto io.»

Dietro di lui, Drake indugiò sulla porta. Josie incrociò il suo sguardo e lui si strinse nelle spalle e scosse la testa: la sua squadra aveva sgomberato la casa, non c'era nessun altro.

Josie tornò a guardare Alex. «Trinity è con Zandra?»

Lui non rispose. Josie mantenne un'espressione accuratamente neutra, anche se era sconcertata dal suo comportamento. «Alex...» disse con voce alta e decisa.

Lui alzò lo sguardo giusto in tempo perché lei riuscisse a vedere qualcosa che cambiava nei suoi occhi scuri. Era appena percettibile, ma Josie lo vide. Sparito il broncio infantile, a sostituirlo era tornata l'intelligenza acuta che aveva manifestato fino a pochi istanti prima.

«Trinity è con Zandra?» gli chiese di nuovo.

Lui sospirò. «Te l'ho detto, Zandra se n'è andata. Non ha nulla a che vedere con tutto questo.»

«Allora dov'è Trinity?»

«Pensi che te lo direi tanto facilmente?»

«Credo che questo gioco sia finito e che io abbia vinto. Puoi scegliere di dirmi dov'è, e allora io potrei tirare tutti i fili che ho a disposizione per rendere il processo giudiziario più facile per te, per esempio opponendomi alla pena di morte; oppure puoi decidere di non dirmelo e marcire all'inferno, perché indipendentemente dal fatto che io riesca o meno a scoprire dove si trova Trinity, io sarò libera e tu creperai in prigione, e ogni singolo giorno della mia vita farò di tutto per assicurarmi che persone come te non facciano mai più del male a persone come mia sorella. Rintraccerò Zandra e scoprirò quanto sapeva dei tuoi crimini e se sarà necessario sbatterò al fresco pure lei. Allora, cosa scegli, *Max*?»

«Detective Quinn, il gioco non è ancora concluso.»

Josie picchiettò sulle manette che gli cingevano i polsi. «Io penso di sì, Alex.»

Lui sorrise. «No. È tutt'altro che finito. Fa' la tua mossa.»

SESSANTA

«Detective Quinn...» chiamò Drake. «Vieni di sopra!»

Josie si trattenne a fatica dal saltare dalla sedia per precipitarsi nell'ingresso. Fece scorrere lentamente la sedia, la rimise sotto al tavolo e uscì con calma dalla cucina, a testa alta. Si costrinse a salire lentamente i gradini, in modo che Alex Thornberg non sentisse l'impellenza nei suoi passi sulle scale. Drake era fuori dal bagno. «È qui che teneva Trinity.»

Josie sbirciò all'interno da dietro di lui e vide una grande vasca con i piedini e una coperta al suo interno. Sul pavimento c'erano un paio di scarpe di Louis Vuitton. Sopra il lavandino c'era una vecchia macchina da scrivere con accanto una pila di fogli. Josie si infilò un paio di guanti e si avvicinò per sfogliare le pagine. «Questa è la sua storia.» disse poi. «Le stava facendo scrivere la sua storia.»

Drake si passò una mano sul viso. «Potrebbe essere ancora viva.»

«Ma dove?»

«Faremo venire l'unità cinofila. Se è da queste parti, la troveremo.» disse. «Dopodiché, chiederò ai miei uomini di fare qualche ricerca sul passato di questa famiglia di mentecatti. Su tutti e tre, Hanna Cahill, Francis Thornberg e Alex. Voglio trovare questa Zandra una volta per tutte. Potrebbe essere una complice, per quanto ne sappiamo, e aver nascosto Trinity da qualche parte. Non possiamo credere a una sola parola di ciò che dice quello psicopatico al piano di sotto.»

«Ma non possiamo escludere che Zandra sia un'altra vittima.» gli fece notare Josie. «Quando arrivano i cani dovrete cercare sia nell'arboreto che nella proprietà dei Cahill anche i resti delle vittime allo specchio.»

Alex Thornberg venne trasferito a Denton dove fu schedato e rinchiuso nell'area di detenzione, un gruppo di celle collocate nel seminterrato del comando di polizia. Non le usavano spesso, prevalentemente le aprivano per gli studenti universitari chiassosi e gli ubriachi che avevano bisogno di smaltire la sbornia. Avrebbero potuto trattenere Alex solo per un giorno, due al massimo. Una volta incriminato, sarebbe stato trasferito all'ufficio centrale di detenzione della contea, che si trovava a circa quaranta miglia di distanza. Era molto più sicuro, presidiato ventiquattr'ore su ventiquattro e lo sceriffo provvedeva al trasporto dei prigionieri da e verso il tribunale. Una volta là sarebbe stato trattenuto fino all'inizio del processo.

Dopo che Drake aveva inviato una squadra autonoma per cercare di rintracciare la misteriosa Zandra, Josie, Noah, Gretchen e Mettner si unirono all'FBI, alla Polizia di Stato e al Dipartimento di Polizia di Easton in una ricerca a tappeto nell'arboreto e nella proprietà retrostante. La squadra di Josie lavorava a coppie. Lei e Noah cercarono per sei ore, mentre Mettner e Gretchen si riposavano nel veicolo; poi si diedero il cambio. Noah si sistemò sul sedile del passeggero reclinato e si addormentò all'istante. Invece Josie, nonostante la stanchezza opprimente e il mal di testa che non voleva saperne di passare, rinunciò al riposo per leggere le pagine che Trinity aveva scritto a macchina durante la prigionia. La narrazione era frammentaria, c'erano molti errori di battitura e in alcuni punti era del tutto priva di senso. Trinity doveva aver battuto a macchina, cercando di mettere tutto a verbale, mentre Alex raccontava. C'erano riferimenti a Zandra, ma Alex non aveva specificato esattamente chi fosse: infatti, Trinity aveva scritto *sua sorella???* tra parentesi le prime volte che Alex ne aveva parlato. Non c'era alcun riferimento a Nicolette.

Da quello che Josie riuscì a dedurre dalla biografia dell'Artista delle Ossa stilata da Trinity, Hanna era stata la più affettuosa e stabile dei due genitori di quella famiglia solitaria, il che non era un granché se si considerava che permetteva a Francis di fare tutto quello che voleva, compreso far dormire Alex nel capanno per diversi anni, fin dalla più tenera età. Secondo il racconto di Alex, Francis era freddo, manipolatore e crudele. Se c'era stato un grave trauma dovuto a un abuso, oltre alla bruciatura sul viso, Alex non l'aveva confessato a Trinity. Tuttavia, aveva sottolineato che Zandra faceva spesso del male a Hanna e che questo era fonte di grandi contrasti in famiglia, per quanto queste aggressioni sembravano essere cessate dopo "l'incidente" di Francis. Zandra non veniva più menzionata da quel momento, eppure Alex sembrava dare a lei la colpa di tutti i suoi problemi.

Allora chi diavolo era? si chiese Josie. Alex l'aveva uccisa?

Non ebbe tempo per rifletterci, dato che Mettner e Gretchen erano tornati e per lei e Noah era arrivato il momento di unirsi nuovamente alle ricerche. Trascorsero altre sei ore tra le due proprietà insieme a decine di altri agenti.

Ma di Trinity non c'era traccia.

E nemmeno dei resti delle vittime allo specchio. O di qualsiasi resto umano, in ogni caso.

Perfino la fidata unità cinofila non riuscì a trovare nulla. I cani da ricerca e soccorso seguirono le tracce di Trinity fino al furgone e i cani da cadavere fecero diversi segnali nella proprietà dei Cahill dietro l'arboreto, sdraiandosi quando percepivano l'odore di resti umani; tuttavia, dopo aver scavato in diverse aree, non furono trovate ossa umane.

«Questo non significa che non ce ne siano state in passato.» spiegò uno degli agenti dell'unità cinofila. «Se ci sono stati cadaveri che si sono decomposti nei punti in cui i cani si fermano, potrebbero esserci cellule o altro materiale di decomposizione depositato nel terreno. La cosa più probabile è che ci fossero dei corpi in questi luoghi e che siano stati spostati.»

Josie tornò alla casa del custode dove Drake le inflisse un altro colpo. «Non c'è nessuno di nome Zandra. La mia squadra non è riuscita a trovare alcuna prova della sua esistenza. Hanno intervistato il personale e i docenti dell'università da trent'anni a questa parte. Sono in parecchi a ricordarsi di Francis e Hanna, e si ricordano che avevano un bambino, ma niente di più. Due persone si ricordano addirittura di Nicolette e hanno confermato che un giorno scappò e non tornò più. L'unica alternativa che rimane è che Hanna abbia partorito Zandra in casa. È l'unica cosa che spiegherebbe perché non c'è traccia di lei.»

Josie si sfregò la fronte con l'avambraccio. Aveva un gran bisogno di farsi una doccia. Ne avevano bisogno tutti quanti. «Forse.» concesse. «Ma se è così, non abbiamo modo di sapere se è viva o morta. In ogni caso, non è qui. Non c'è nessuno qui. Niente corpi, niente Trinity. Drake, l'ha portata da qualche altra parte. Deve aver previsto che sarebbe bastato portare i cani qui fuori per trovarla.»

«D'accordo, diciamo che aveva capito che potevamo essere sulle sue tracce o che semplicemente aveva deciso di prendere precauzioni nel caso ci fossimo presentati alla sua porta. Questo ha comportato che spostasse Trinity.» disse Drake.

«L'ha spostata, ma è rimasto anche se sospettava che stessimo venendo a prenderlo.» aggiunse Josie.

«Per quale motivo?»

«Perché stiamo ancora facendo il suo gioco.» concluse Josie. «E devo fare la mia mossa.»

«Ma perché?» chiese Drake. «Perché continuare anche quando è stato catturato? Non ne ricava nulla adesso. O almeno così sembra. A meno che lei non sia morta. Allora avrà la soddisfazione che tu capisca il suo gioco criptico e malato, sapendo che alla fine ne sarai devastata. Oppure avrà la soddisfazione che questa Zandra ci sfugga per sempre perché tecnicamente non esiste.»

Josie scosse la testa. «No, Zandra non fa parte di questo gioco.»

«Cosa te lo fa pensare?»

«Il modo in cui ha parlato di lei.»

Drake scosse la testa. «Non puoi credere a niente di quello che dice quell'uomo. Lo sai, Quinn.»

«Non dico il modo in cui ne ha parlato quando gli ho chiesto di lei, ma il modo in cui ha parlato di lei a Trinity quando le stava raccontando la sua storia. Zandra non era gentile con lui. Non credeva in lui. Per lui era soltanto un fastidio. Non so cosa le sia successo, ma non fa parte di questo gioco. Devo ancora trovare mia sorella. Dobbiamo rimanere concentrati su questo obiettivo.»

Drake alzò le braccia al cielo. «Cosa diavolo credi che abbia fatto nelle ultime quarantotto ore, Quinn? Pensi che mi piaccia strisciare per questi sessanta ettari di fango e merda di uccello alla ricerca di resti umani? Cosa pensi, che sia venuto qui a farmi una vacanza?»

«Stai calmo.» gli disse Josie.

Ma la fredda maschera di professionalità si era incrinata. Drake si girò e cominciò a tirare calci alla porta d'ingresso e con una serie di grugniti continuò a prenderla a calci fino a quando il legno non si scheggiò.

«Drake!» urlò Josie.

«Mi calmerò quando l'avremo trovata!» gridò lui. Si mise a

tirare pugni alla porta a velocità della luce. Il sudore gli colava dall'attaccatura dei capelli. I tendini del collo erano tesi. Macchie di sangue punteggiavano la porta d'ingresso. Le nocche sanguinavano.

«Drake!» Josie gridò. Cercò di afferrargli il braccio, ma per poco non si beccò una gomitata in faccia. Nella sua furia, non aveva alcuna possibilità di contrastarlo. Era troppo grosso, troppo potente.

Si guardò intorno per individuare un altro agente dell'FBI, o qualsiasi altro collega delle forze dell'ordine, ma non c'era nessuno nei paraggi. Pensò di chiamare qualcuno della sua squadra, ma ci avrebbero messo almeno una decina di minuti ad arrivare e ad ogni colpo le chiazze di sangue sulla porta erano sempre più grandi.

Decise di saltargli sulla schiena.

Lui si girò, una volta a destra e una volta a sinistra, ma Josie si tenne aggrappata a lui, applicandogli una leggera presa a strozzo mentre gli parlava all'orecchio. «Maledizione, agente Nally. Stai fermo. Stai... fermo!»

Lo sentì ondeggiare sotto di sé, ma almeno la sua lotta con la porta cessò. Ancora barcollando scese dalla scalinata e fece qualche passo sul prato di fronte alla casa. Quando si fermò, Josie mollò la presa. Con le mani maciullate, Drake si strofinò la gola.

«Mi dispiace per averti strozzato.» disse Josie. «Ma ti sei... insomma, hai dato di matto. Drake, non puoi...»

Lui la interruppe, senza guardarla, ma con lo sguardo rivolto all'erba. «Lo so.» ammise. «Sono desolato. Ho perso il controllo.» Si guardò le mani. Una grossa scheggia sporgeva dalla nocca centrale della mano sinistra. Scosse la testa. «Quinn, credo di amarla. Sono innamorato di lei.»

Un'ondata di emozioni minacciò di traboccare, ma Josie la ricacciò indietro. Concentrazione. Doveva mantenere la concentrazione. «Non c'è posto per i sentimenti, agente. Respingili. Subito.»

Finalmente lui la guardò negli occhi. «È questo che fai? È così che fai il tuo lavoro?»

«Non ho alternativa.»

«Una volta ci riuscivo anch'io.» disse lui. «Non avevo mai avuto problemi prima...» Agitò le mani insanguinate. «Prima di tutto questo. Mi dispiace.»

«Non c'è bisogno di scusarsi.» lo tranquillizzò Josie.

Drake rise. «È tua sorella! Come fai a gestire la situazione meglio di me?»

Josie si mise una mano sul fianco. «Ho dovuto farlo fin da bambina.» ammise. «Compartimentare. Mantenere la concentrazione su una cosa alla volta. Oggi mi aiuta nel mio lavoro, ma una volta era una questione di sopravvivenza.»

«Sei sopravvissuta a parecchie situazioni.» osservò Drake. «Da quello che mi ha detto Trinity.»

«Come sarebbe? Ti ha raccontato della mia infanzia? Aspetta che la troviamo e... gliene farò pentire. Giuro che la strozzo... ehi, aspetta!»

All'improvviso un'illuminazione la colpì come un fulmine. Ogni singolo pelo del suo corpo si drizzò. La sua vista si annebbiò momentaneamente e poi tornò a fuoco.

«Ehi, stai bene?» le chiese Drake.

«So come trovare Zandra!» esclamò lei.

SESSANTUNO

Otto ore più tardi, Drake, Josie e la sua squadra erano tornati al comando di polizia e si erano riuniti nella sala di sorveglianza con le telecamere a circuito chiuso accanto alla stanza degli interrogatori numero uno, la stessa in cui due settimane prima Mettner e Gretchen avevano convocato Jaime Pestrak. Adesso c'era Alex Thornberg seduto a quel tavolo, che aspettava tranquillamente il suo avvocato d'ufficio.

«Quinn, se lo fai, manderai all'aria l'intero caso.» la ammonì Drake.

Noah gli rifilò un'occhiata sostenuta. «È un po' eccessivo, non ti sembra?»

Drake puntò un dito verso lo schermo del televisore. «Se lo fai, fornirai a quest'uomo una difesa che potrebbe non solo tenerlo lontano dal braccio della morte, ma addirittura farlo uscire di prigione. Nella migliore delle ipotesi, il caso passerà anni in contenzioso perché sarà ritenuto non competente a sostenere il processo.»

Dal suo posto al tavolo, Gretchen disse: «È a questo che servono gli esperti nei processi giudiziari, a questi problemi. L'accusa si rivolgerà a un esperto di psicologia per sostenere il suo caso. Dopo tutto ciò che questo tizio ha fatto, dopo tutto quello che ha già ammesso di aver fatto, non c'è modo che se la cavi.»

«Se il boss ha ragione, alla fine verrà fuori.» aggiunse Mettner. «Se io fossi l'avvocato della difesa e avessi anche solo il minimo sospetto che questo ragazzo ha un problema psicologico così profondo, lo sfrutterei per tutto il suo valore. Se l'avvocato della difesa non lo scoprisse, e venisse fuori durante le deposizioni, il processo verrebbe annullato.»

Josie fissò Drake. «Hanno ragione. Non sto mettendo a rischio il caso. Sto cercando di trovare mia sorella finché c'è ancora una possibilità di ritrovarla viva. L'avvocato di Alex sarà presente. Niente giochetti. Niente di irregolare.»

Qualcuno bussò alla porta e il capo Chitwood fece capolino nella stanza. «Ragazzi... la legale di Thornberg è qui.» annunciò. «Spegnete tutto e liberate questa stanza mentre si consultano.»

Spensero le telecamere a circuito chiuso e uscirono dalla stanza mentre l'avvocato d'ufficio di Alex entrava nella sala interrogatori. Tornarono in ufficio dove attesero in un silenzio carico di tensione fino a quando l'avvocato non venne a chiamarli. «Il mio cliente è disposto a parlare con la detective Quinn.» disse. «Solo con la detective Quinn.»

«Grazie.» disse Josie e la seguì nella sala degli interrogatori.

Attese a lungo finché non capì che i suoi colleghi erano nella sala di videosorveglianza e vide accendersi la luce rossa sotto la telecamera, a indicare che l'interrogatorio sarebbe stato registrato. Registrò la data, l'ora e i nomi di tutti i presenti per la telecamera prima di guardare Alex.

«Devo parlare con Zandra.»

Il suo avvocato la guardò esterrefatta. «Mi scusi, ma chi è Zandra?»

«Alex sa di chi sto parlando, vero Alex?»

Lui la fissò.

«Alex?» fece l'avvocato. «C'è qualcosa di cui dobbiamo discutere in privato?»

Ignorandola, Alex continuò a fissare Josie. «Le ho detto di non tornare. Ha sempre e solo causato problemi.»

«Non credo che sia vero.» obiettò Josie.

«Sì che è vero.» ribadì Alex protendendosi in avanti, con gli occhi spalancati. «È stata lei a fare del male alla mamma.»

«Perché era arrabbiata con tua madre, Alex. Tua madre ha permesso a Francis di farti del male. Zandra sapeva che nessuno di voi - né tu, né lei, né tua madre - avrebbe potuto fare del male a Francis, così se la prendeva con Hanna.»

«No, io... non è vero... sì, lei ha fatto del male alla mamma, ma papà, lui non... lui non ha mai...»

«Ti ha fatto del male, Alex. Devi esserne consapevole. Da dove pensi che sia venuta Zandra? È arrivata dopo che Nicolette se n'è andata, dico bene? Nicolette era più forte di te, più grande di te. Ha cercato di proteggerti da Francis, ma è stata una battaglia persa, o sbaglio?»

Lui le rivolse un'espressione stizzita.

Josie non si fermò. «Nicolette non riusciva a gestire quello che succedeva in casa vostra. In fin dei conti, anche lei era solo una bambina. Non aveva risorse. Vostra madre non era riuscita a proteggerti da Francis. Tua sorella non sapeva a chi rivolgersi, non aveva modo di evitare che ti facessero del male. Così se ne andò. Un giorno c'era e il giorno dopo non c'era più. E tu sei rimasto con quel mostro. Eri vulnerabile, impotente, indifeso e...»

Gli occhi di Alex si abbassarono sul tavolo e un'emozione indefinita gli contorse il viso. La pelle della fronte si rilassò e il labbro inferiore si sporse in un broncio. Josie abbassò la testa per poterlo guardare negli occhi, che brillavano di lacrime. «Non dobbiamo mai pronunciare il suo nome.» disse con il tono infantile che aveva usato nella casa del custode quando Josie gli aveva parlato per la prima volta.

«Alex.» scattò Josie.

L'avvocato sobbalzò. «Detective Quinn.»

Alex alzò di nuovo lo sguardo su di lei, con i lineamenti più netti e l'espressione sicura. «Questo non fa parte del gioco!» protestò.

«Zandra non fa parte del gioco?» gli chiese Josie. «Non mi sembra corretto. Ha sempre giocato.»

«Forse dovremmo fermarci...» propose l'avvocato. «Temo di non capire cosa stia succedendo. Alex...»

«Chiudi la bocca!» le intimò, poi si rivolse a Josie: «Non sai di cosa stai parlando.»

«Non lo so? Chi ha ucciso Nicci, Alex? Sei stato tu?»

«Certo che no.»

«Chi ha ucciso Codie Lash e suo marito?»

«Non sono stato io!» disse. «È stato un errore.»

«Un errore tuo o di Zandra?» domandò Josie.

Dalla sua gola vibrò un basso ringhio. «Quella puttana. Ho passato tutta la vita a cercare di tenerla fuori dai guai. Rovina ogni cosa.»

«No.» disse Josie. Pensò allo scambio tra Alex e i coniugi Lash. Codie lo aveva rimproverato, prima ancora che il marito lo attaccasse. Lo aveva provocato. Lo aveva provocato e sollecitato fino a spingerlo a un punto di rottura.

«Invece è proprio così!» insistette Alex.

«No, non è vero.» obiettò Josie. «Il suo compito è sempre stato quello di proteggerti perché sei uno psicopatico.»

«Basta così, detective Quinn!» esclamò l'avvocato.

Alex si mise le mani sulle orecchie. «Ti ho detto di chiudere quella boccaccia!» urlò.

Josie gli puntò un dito contro proprio come aveva fatto Codie Lash e disse: «Invece è vero. Sei uno psicopatico e un bugiardo. Lo sapevano tutti, giusto? Tua madre lo sapeva, Francis lo sapeva. Per questo non ti è stato permesso di andare a scuola, perché sei mentalmente...»

L'avvocato si alzò in piedi. «Sta raggiungendo il limite, detective Quinn! Basta così! Questo colloquio è finito. Lei ha esagerato. Non sono venuta qui perché lei potesse maltrattare il mio cliente con degli epiteti!»

Con uno scatto, Alex si allungò sul tavolo e prese Josie alla gola. L'avvocato lanciò un urlo. Josie cadde all'indietro mentre tutto il peso di Alex si abbatteva su di lei. Sfruttò lo slancio per farlo rotolare e mettersi a cavalcioni su di lui. La presa di Alex si allentò e lei riuscì a liberarsi la gola, girandolo rapidamente sullo stomaco e bloccandogli le mani dietro la schiena. Usò le manette attaccate alla cintura per immobilizzarlo. Aveva il fiato corto, ma fu sollevata nel vedere che la sua squadra aveva seguito le sue istruzioni e non era corsa subito in suo soccorso.

«Adesso ci alziamo.» gli disse.

L'avvocato di Alex aiutò Josie a metterlo in piedi e a farlo sedere sulla sedia più vicina. Alex scosse la testa come se avesse i capelli lunghi e se li stesse scostando dalla faccia. I suoi occhi si ridussero a due fessure e li puntò dritti su Josie. Quando parlò, la sua voce suonò diversa. Petulante e acuta. «Quel ritardato non si ricorda niente di queste scemenze, stupida puttana.»

Josie sentì il cuore saltare di due battiti e cercò di mantenere un tono normale quando gli chiese: «Zandra?»

Alex alzò gli occhi al cielo. «Chi altro diavolo ti aspettavi? Stavi cercando di prendermi, non è così?»

Josie guardò l'avvocato di Alex, che stavolta non fece obiezioni, anzi, fece cenno a Josie di continuare. Era questo che preoccupava Drake: che l'avvocato approfittasse dell'idea di addurre il disturbo dissociativo dell'identità alla linea di difesa per il suo cliente.

Josie si rivolse a Zandra: «Sei stata tu a uccidere, vero?»

«Certo che sono stata io. Pensi che avrebbe potuto farlo il piccolo Alex? Pensi che Alex, l'artista sensibile, avrebbe potuto fare il lavoro sporco?»

«Ma avrà capito che eri tu a farlo.» disse Josie.

Un'altra smorfia. «Alex sa quello che vuole sapere. Sente quello che vuole sentire. Mi ascolta quando ha voglia di ascoltare. Non mi interessa quello che dice di me o quanto si risente di me, sa che mi sono presa cura di lui. Sa che mi sono sempre fatta carico delle parti negative, di quelle che non riusciva a gestire. Quindi toccava a me andare ogni volta in quella camera da letto chiusa a chiave con Francis. Lo facevo affinché il piccolo Alex se lo risparmiasse. Ho ucciso le persone che ha catturato, le persone le cui ossa voleva usare per la sua arte e i suoi giochi. Ha cercato di mandarmi via tante volte. Voleva uccidermi da tanto tempo, lo sapevi?»

«Sì, lo sapevo.» rispose Josie. «Tu sai il perché?»

«Perché lui pensa che tu sia così intelligente, ma a me sembri piuttosto stupida.» disse Zandra. «Non hai sentito quello che ho detto un attimo fa? Io sopporto le cose brutte, così non deve farlo lui. Se mi uccide, tutti quei ricordi muoiono con me.»

«Allora perché sei ancora qui?» chiese Josie.

«Perché, a differenza di quell'inutile cretina di Nicolette, io non lo lascerò mai. Non importa quanto le cose si mettano male. Qualunque cosa accada, io non lo abbandonerò mai. Sono io la sua vera sorella. Sono io quella che c'era sempre per lui.»

«Sei il suo specchio.» disse Josie. «Non è Alex che sceglie le vittime, vero? Sei tu.»

«Ma va?» disse Zandra. «Io le scelgo e lui le prende. Io le uccido e lui ne fa arte.»

«Scegli sempre due persone che si rispecchiano in qualche modo l'una nell'altra.» proseguì Josie. «Ecco perché i loro nomi sono simili. Terri e Terry, Kenneth e Kendra, Anthony e Antonia, Robert e Roberta. Maschio e femmina.»

«A lui piace così.» spiegò Zandra. «Nessuno è mai solo, nemmeno nella morte. È così che preferisce. Te l'ho detto, è un bambino. Non vuole che nessuno venga lasciato solo come quella cagna di Nicolette ha lasciato solo lui. Te l'ho detto, sono una sorella migliore di quanto sia mai stata lei.»

«Perché allora ne mette in mostra solo una?»

Zandra scosse la testa. «Sei proprio tonta, vero? Perché sa che io dovrei essere un segreto.»

Josie si ricordò in quel momento che Hanna aveva dedicato una delle sue mostre "ai miei cari Alex e Zandra". «Ma vostra madre sapeva di te.»

«Perché pensi che ci abbia rinchiusi in quella schifosa topaia? Non poteva permetterci di scoprire cosa c'era fuori. La prima volta che aveva mandato quel marmocchio a scuola, io avrei voluto prendere e farlo scappare lontano, dove sarebbe stato al sicuro, e avrei detto agli insegnanti quello che Francis gli stava facendo. Così ci avrebbero portati via e avrebbero sbattuto Francis in prigione. Non c'era verso che uno di loro lo facesse.»

«I tuoi genitori sapevano entrambi che Alex aveva altre personalità?» chiese Josie. Prima di affrontare quell'interrogatorio, aveva fatto delle ricerche sul Disturbo Dissociativo dell'Identità e aveva scoperto che c'era ancora una certa discordanza tra gli studiosi nel campo della psicologia riguardo a questo disturbo, tanto che c'erano diversi schieramenti di coloro che sostenevano addirittura che non esistesse affatto. Tuttavia, gli esperti che avevano approfondito il fenomeno erano tutti concordi su determinate caratteristiche: di solito era la conseguenza di un trauma estremo, spesso verificatosi durante l'infanzia. La psiche della persona colpita sviluppava identità dissociative cosiddette *alters*, ovvero personalità o individui completamente diversi all'interno della sua psiche fratturata. Alcune di queste identità, come Zandra, emergevano proprio per sopportare il peso degli abusi. Non sembrava esserci un limite al numero di alter ego che una persona affetta da Disturbo Dissociativo dell'Identità poteva avere, ma la maggior parte degli esperti concordava sul fatto che c'era sempre un *alter* principale, uno che si mostrava più degli altri e aveva una grande influenza. Esistevano pazienti con questo disturbo le cui diverse identità parlavano tra loro; in altre persone la sintomatologia comportava semplicemente episodi di amnesia corrispondenti ai periodi di tempo in cui i loro *alters* prendevano il sopravvento. Alex sembrava sperimentare un po' entrambi gli effetti. Era ben consapevole della presenza di Zandra e, in base alle pagine che Trinity aveva battuto a macchina, aveva spesso dialogato con lei, ma non ricordava tutte le cose che accadevano quando Zandra era saldamente al comando.

«Lo sapevano entrambi... di me, almeno.» continuò Zandra. «Ce ne sono un paio di cui non hanno mai saputo. Non avevamo molti amici.»

«Perché hai ucciso Nicci?» chiese Josie.

«Perché lui aveva preso la giornalista.» rispose Zandra. «Non la voleva per le sue ossa, sai. La voleva perché raccontasse la sua storia. Come se fosse una storia di proporzioni epiche. Pensa davvero di essere la persona più intelligente del mondo, sai, e questa sua ossessione per l'arte... è anche peggio di nostra madre. Anche lei pensava di essere una grande artista. Comunque, lui voleva tenere la giornalista perché raccontasse la storia della sua vita, ma come poteva essere completa la sua storia con quella donna disgustosa ancora in circolazione, che viveva una vita perfettamente normale? Doveva sparire. Dovevo dimostrargli che sono una parte più importante della sua storia di quanto lo sia mai stata lei. Lei è morta e io sono ancora qui. Proprio come gli ho detto che sarei sempre stata.»

«Cos'è successo alla giornalista?» chiese Josie. Si sentiva la testa leggera in attesa della risposta.

Zandra sorrise. «Oh, pensi che te lo dica così? Non sono come lui, stupida puttana! È a lui che devi chiedere cosa ne ha fatto di lei.»

«L'ho fatto» disse Josie. «Non ha voluto dirmelo.»

«E pensi che io lo farò?» Zandra scosse la testa. «No, non è così che funziona. Devi stare al suo gioco, detective.»

SESSANTADUE

Josie si sentiva come se avesse corso una maratona. Tornata nell'ufficio comune, andò a sedersi alla sua scrivania e si ritrovò con tutta la squadra, incluso Drake, che la fissava.

«Mi sento male.» disse Drake. «Sapete che il suo avvocato ci andrà a nozze con questa faccenda delle identità. Per lei è come aver vinto alla lotteria e noi non abbiamo ancora fatto un passo verso Trinity.»

«Ehi, basta così.» disse Noah. «Rimaniamo concentrati su Trinity, d'accordo? Quindi, non abbiamo ottenuto la sua posizione da... Zandra o da chiunque altro stesse parlando con te in quella stanza. Perciò, dobbiamo continuare a tentare altre strade.»

«Ma dite che era vero?» chiese Mettner. «Non potrebbe aver messo su una recita?»

«No, non era una recita.» disse Josie.

«Il boss ha ragione.» concordò Gretchen. «Ho avuto a che fare con alcuni criminali affetti da Disturbo Dissociativo dell'Identità quando lavoravo a Philadelphia. Non stava recitando, quel tipo ce l'ha eccome. Complessa e complicata. Ma non è un nostro problema. È una rogna che adesso dovranno risolvere gli avvocati prima del processo. Al momento, dobbiamo entrare nella testa di una sola persona, ed è Alex Thornberg. È lui l'Artista delle Ossa.»

«Questo è il suo gioco.» concordò Josie. «Proprio come ha detto Zandra.»

«Va bene.» concesse Noah, iniziando a camminare. «Allora qual è il suo obiettivo? Ogni partita ha un vincitore e uno sconfitto. Lui vuole vincere. Dobbiamo capire come pensa di riuscirci.»

«La copertura della stampa?» suggerì Mettner. «È quello che ha sempre voluto per far sapere a tutti quanto è intelligente... anche se ora che è stato arrestato sta già ricevendo tutta l'attenzione che può desiderare.»

«Non si tratta solo del fatto che vuole che la gente sappia quanto è intelligente.» disse Josie. «Si tratta del tentativo di dimostrare qualcosa.»

«Dimostrare qualcosa?» sbuffò Drake. «E a chi?»

Josie dondolò sulla sedia. «All'unica persona che ha lasciato in vita.»

«Suo padre?»

«Esatto. Hai letto qualcuna delle pagine che Trinity ha scritto a macchina?»

Drake fece una smorfia. «Certo che le ho lette.»

«Il padre pensava che Alex fosse stupido. Alex voleva fare l'artista, come Hanna, ma Francis l'ha stroncato.»

«E allora?» chiese Mettner. «Cosa c'entra questo con Trinity?»

«È la sua cronista.» spiegò Gretchen. «Zandra ce l'ha appena detto. È la sua biografa. Sapeva tutto quello che c'era da sapere sul suo caso prima ancora che lui la portasse via.»

«Compreso il fatto che per ogni vittima che ha mostrato al mondo, ce n'è una che non abbiamo mai trovato.» aggiunse Josie. «Una di cui nessuno sapeva nulla. Dobbiamo ancora trovare quelle vittime. Deve aver usato le loro ossa. Deve averlo fatto, perché non si trovano da nessuna parte nelle proprietà. Ovunque abbia portato Trinity, è il luogo della sua ultima creazione.»

Drake aggrottò le sopracciglia. «Creazione?»

«La sua opera d'arte!» disse Josie. «Ricordate: lui si considera un artista. Da qualche parte della Pennsylvania c'è la sua opera d'arte finale. Se la troviamo, troviamo Trinity.»

«Ma ti stai ascoltando? Dove diavolo potrebbe mettere in mostra una dannata installazione artistica fatta di ossa e una famosa reporter senza che tutto il mondo impazzisca?»

Josie li guardò uno per uno fissandoli negli occhi, rielaborando mentalmente tutto ciò che avevano appreso. Qualcosa continuava a farle ripensare alla relazione tra Alex e Francis. Girò la sedia fino a trovarsi di fronte all'ufficio del capo Chitwood. Era andato a una riunione con il Procuratore Distrettuale e aveva lasciato la porta aperta. Josie si alzò ed entrò nel suo ufficio, e si mise a guardare fuori dalla finestra. Sentì i passi della sua squadra e di Drake che la seguivano. Poi la raggiunse la voce di Gretchen. «Boss?»

Josie guardò dall'altra parte della strada, verso gli alberi che costeggiavano il marciapiede. Poi lo sguardo si spostò verso l'alto, nel cielo azzurro, dove passò un grosso uccello. Un falco pellegrino o un falco pescatore. Non riusciva a distinguerlo con chiarezza. Ma non era un uccello da carogna.

«Rapaci.» disse all'improvviso.

«Che cos'hai detto?» chiese Noah.

Si girò e li guardò tutti accalcati sulla porta del capo Chitwood. «I rapaci uccidono per nutrirsi. Strappano gli esseri viventi dal loro habitat naturale. Si appollaiano in alto, vero?»

Drake scosse la testa. «Hai perso la testa? È così che si presenta un esaurimento nervoso?»

«Sono seria.» disse Josie. «Molti rapaci si appollaiano sulle cime degli alberi, degli edifici o dei pali del telefono, non è vero?»

«Come diavolo faccio a saperlo?» scattò Drake.

«Gli uccelli preferiti di Francis erano i rapaci.» ricordò Josie. «Lo menziona Trinity nelle pagine che ha battuto a macchina. E oltre a questo, nel suo diario c'era scritto che aveva affrontato l'argomento dei rapaci con Alex o Max, come lo conosceva allora, e che lui ne parlava con disagio. Suo padre gli aveva insegnato tutto su di loro, ma non gli piacevano. A lui, invece, piacevano e gli piacciono tutt'ora gli uccelli spazzini.»

«Gli piacciono come animali o gli piace solo il fatto che accelerano la scheletrizzazione?» chiese Noah.

«Non importa.» rispose Josie. «Alex ha dedicato tutta la sua vita a dimostrare a Francis che è intelligente, che è degno, che è un artista di talento come sua madre.»

«Sono abbastanza sicuro che Francis sappia che Alex ha avuto l'ultima parola in questa situazione.» obiettò Mettner.

«Certo.» disse Josie. «Ma ora non stiamo parlando in senso letterale. Stiamo parlando del lavoro di Alex come artista. Del simbolismo. Il suo ultimo, grande pezzo doveva essere in un luogo che, simbolicamente, Francis avrebbe potuto vedere. Francis è un rapace.»

«E Alex è uno spazzino.» disse Gretchen.

«I rapaci hanno un'ottima vista.» disse Drake con un sospiro. Si avvicinò alla finestra e guardò in alto, scorgendo il rapace che Josie aveva visto poco prima scaldarsi al sole sopra di loro. «Si può dire che i rapaci passano più tempo in cielo di quanto non facciano gli uccelli spazzini, dal momento che loro passano molto tempo a terra, a nutrirsi delle carcasse che trovano, giusto?»

«Direi di sì.» concesse Josie. «Drake... è su un tetto. Trinity è su un tetto da qualche parte. Una specie di struttura sopraelevata, un campanile o una torre dell'orologio. Da qualche parte in alto, più vicina al cielo.»

«Ma dove?»

«Dobbiamo seguire lo schema.» disse Josie. «Le vittime allo specchio. Nel suo caso dovevo essere io la vittima speculare.»

«Però le vittime allo specchio erano uomini e donne.» le ricordò Mettner. «Avevano gli stessi nomi: Anthony e Antonia, Kenneth e Kendra, Terrence e Teresa, Robert e Roberta...»

«Come lui e sua sorella... cioè, la personalità nascosta.» aggiunse Noah. «Alexander e Alexandra.»

«Per lui, Zandra era sua sorella in un senso molto più reale di quanto non lo sia mai stata la sua vera sorella.» spiegò Josie. «Quindi sì, lui e sua sorella. Io posso essere lo specchio perché sono la sorella di Trinity. Lascia sempre le sue esposizioni nel luogo in cui ha preso la vittima allo specchio.»

«Ma non ha preso te.» le fece notare Drake.

«No, ma ci ha provato. Vicino a Callowhill, dove Trinity è cresciuta.»

«E allora? Pensi che sia sul tetto della casa dei tuoi genitori o un posto del genere?» chiese Mettner.

«No.» disse Josie. Pensò a Callowhill. Erano a quasi un'ora da casa dei suoi genitori quando lui si era schiantato contro di lei. «Alla riserva.»

SESSANTATRÉ

Arrivarono alla riserva in meno di un'ora, raggiunsero l'edificio principale in una colonna di veicoli della polizia. Era tardo pomeriggio, ma c'era ancora molta luce. La direttrice, Cheyenne Thomas, e alcuni membri del personale della riserva uscirono di corsa dall'edificio in preda al panico. Quando Josie spiegò loro cosa stava succedendo, lei rispose: «Mi dispiace, ma non abbiamo riscontrato alcuna attività insolita. Come può vedere, abbiamo solo un piccolo gruppo di edifici, nessuno dei quali è particolarmente alto. Abbiamo delle scale se vuole salire a controllare.»

Josie si diede un'occhiata intorno, assumendo una postura cadente per la delusione.

Noah le si avvicinò. «Forse non è qui.»

«No.» disse Josie. «Questo è il posto giusto. Ne sono certa.»

Mettner si avvicinò di corsa. «Chiamo l'unità cinofila di questa contea e mi informo se è possibile farla venire qui. Abbiamo ancora delle cose nella sua valigia che possiamo far fiutare ai cani per cercare la traccia.»

«Grazie, Mett.» disse Josie. Si rivolse a Cheyenne. «Avete qualche vecchia cartina della proprietà? Nel 2000 è scomparso un cacciatore i cui resti sono stati ritrovati nella riserva. Ho bisogno di sapere se c'era un'altana per i cacciatori nelle vicinanze.»

«Mi scusi... una cosa?»

«È una piattaforma o una piccola struttura su un albero dove potersi sedere e cacciare.» spiegò Josie.

«Oh, non lo so, ma abbiamo fatto un sopralluogo dei terreni l'ultima volta che abbiamo richiesto un finanziamento. Potrebbe esserci qualcosa su quelle carte.»

Ci volle una mezz'ora buona per trovare quello che stavano cercando. Sulle cartine realizzate nell'ultimo anno, il topografo aveva segnato una "piattaforma su alberi di origine sconosciuta" all'estremità meridionale della proprietà della riserva. I suoi appunti indicavano che c'era qualche incertezza sul fatto che la piattaforma facesse effettivamente parte della riserva o che appartenesse al terreno privato adiacente.

A Josie non importava.

Ci impiegarono un'altra mezz'ora per trovare l'appostamento sopraelevato per la caccia che si presentava come un piccolo capanno appeso al fianco di un albero piuttosto alto. Era sorretto da pali di appoggio in legno che erano stati inchiodati al tronco dell'albero dal terreno fino alla botola sul fondo della struttura. Prima ancora che qualcuno potesse fermarla, Josie aveva già cominciato ad arrampicarsi.

«Josie!» la chiamò Noah. «Aspetta che ti procuriamo un'imbracatura.»

Ma lei era già a metà strada. Si fermò e guardò giù. Da quell'altezza, una caduta non l'avrebbe uccisa né le avrebbe procurato qualche frattura, ma se fosse caduta dall'altana sarebbe sicuramente morta.

«Troppo tardi.» ribadì. Senza guardarsi indietro, si arrampicò fino alla botola e la aprì. Girò la testa e quella che si ritrovò davanti era l'ultima creazione dell'Artista delle Ossa. Per poco non cadde giù mentre il suo cervello elaborava ciò che stava vedendo: tutto l'interno era stato dipinto in un vortice psichedelico di rosa e rosso. Centinaia di ossa erano state affisse al pavimento e alle pareti e lì, lungo la parete di destra, avvolta in una specie di rete e legata a un paletto quadrato che era stato evidentemente installato da Alex, c'era Trinity, afflosciata su se stessa, con la testa che le ciondolava sul petto e i capelli neri che le ricadevano sul viso. Alex aveva fissato dei ganci a vite al soffitto e vi aveva passato diversi giri di filo da pesca. Le altre estremità dei fili erano avvolte intorno ai polsi di Trinity, in modo da tenerle le braccia stese lontano dal busto. Dietro di lei, sulla parete, c'erano migliaia di tipi diversi di piume.

Stava spiegando le ali.

Josie scoppiò in un pianto a dirotto mentre attraversava la piccola botola, facendo attenzione a non smuovere i resti ai suoi piedi. Sentì qualcuno che da terra si arrampicava sull'albero. Guardò in basso e vide Drake a metà strada.

«Non salire ancora!» gli gridò.

«È viva?» gridò lui.

«Per favore...» mormorò Josie.

Si avvicinò a Trinity, aveva quasi timore a toccarla. Non voleva sentirla completamente immobile e con la pelle fredda. «Trinity...» sussurrò con voce incrinata.

Non si mosse.

Le tremava la mano mentre la allungava per scostarle una ciocca di capelli dal viso, dietro l'orecchio. Toccò la guancia della sorella. Si stupì da quanto era gelata. D'un tratto il corpo di Trinity ebbe un sussulto, la testa si sollevò e Josie urlò. Si spaventò così tanto che cadde all'indietro e atterrò sulla schiena, sparpagliando le ossa dappertutto. Sentì le assi del pavimento sotto di lei spaccarsi e cedere. Sentendosi precipitare nel vuoto, allungò le mani per aggrapparsi a qualsiasi appiglio la potesse trattenere. Trovò un pezzo di legno frastagliato che le lacerò i palmi, ma lei lo strinse con tutte le forze.

«Josie?» gridò Trinity.

Josie alzò lo sguardo e vide che era caduta fra le assi di legno marcio proprio ai piedi della sorella. Trinity riuscì a rompere la lenza che le tratteneva un braccio. Tirò con forza anche l'altro braccio, cercando di liberarlo. Dopo vari tentativi, riuscì a spezzarla, ma la parte inferiore del suo corpo era avvolta nella rete che la teneva immobilizzata. Josie si accorse delle grida provenienti dal basso e di quelle di Drake ancora appeso al tronco. Con le gambe a penzoloni, girò la testa per guardare dietro di sé, ma lui era troppo in basso per aiutarla.

«Ce la fai a risalire?» le chiese Trinity. «Afferra la mia mano.»

Josie si aggrappò ai piedi di Trinity, tenendosi con la punta delle dita finché non riuscì a tirarsi su quanto bastava per avvolgere le braccia intorno ai polpacci di Trinity e al palo retrostante. Trinity allungò le mani verso di lei, cercando di raggiungerla. Josie si tirò su ancora un po', finché Trinity non riuscì a infilare le mani sotto le ascelle di Josie e a stringerla in un abbraccio maldestro. Al di sopra del caotico vociare sottostante, Josie riuscì a sentire la voce di Noah che le diceva di resistere. Chiuse gli occhi e allentò la tensione del busto per qualche prezioso secondo, lasciando che Trinity si facesse carico del suo peso. Poi si tirò ancora più su, finché non si trovarono faccia a faccia.

«Tieniti a me.» disse Trinity.

Si avvolsero tra le braccia l'una dell'altra. Josie sentì la guancia gelata della sorella contro la sua. Sentì il suo corpo sconquassato dai singhiozzi. Di riflesso, Josie reagì nello stesso modo, e si ritrovarono così, a piangere abbracciate.

Poco più in basso, Drake gridò: «Quinn! Resta dove sei. L'intera struttura è pericolante. Non muoverti. Stiamo prendendo delle scale. Tieni duro.»

All'orecchio di Trinity, Josie disse: «Mi dispiace per come ci siamo lasciate quando sei scappata da casa mia.»

«Anche a me.» disse Trinity.

«Ho capito qual è stata la cosa più brutta che ti sia mai capitata... quando sono stata rapita da neonata.»

Trinity strinse più forte le braccia intorno a lei. «Sì.» sospirò.

«E ho capito qual è stata la cosa più bella che ti sia mai capitata: quando ci siamo riunite.»

Trinity scoppiò a ridere. «Ti sbagli...» disse.

Josie sentì il clangore di una scala di alluminio che veniva appoggiata contro l'albero e ne avvertì la vibrazione vicino ai piedi.

«La cosa migliore che mi sia mai capitata è che tu mi abbia salvato la vita da un serial killer.» disse Trinity.

SESSANTAQUATTRO
UNA SETTIMANA PIÙ TARDI

Trout partì all'inseguimento di una pallina da tennis nel giardino davanti casa di Josie e Noah. Una volta recuperata, si mise in mezzo alla ressa di persone che affollavano il portico e raggiunse Patrick, depositandogli la pallina in grembo. Ridendo, Patrick la lanciò di nuovo. Questa volta, dopo averla recuperata, Trout cercò Josie, seduta su una sedia pieghevole davanti a uno dei tavolini da esterno che Noah aveva sistemato in giardino. Le lasciò la pallina tra i piedi e le diede un colpetto a una mano con la testa perché lei gli grattasse le orecchie. Di fronte a Josie, Trinity gli rivolse un'occhiata inquisitoria. «Ho come l'impressione di non stare simpatica al tuo cane. A me la palla non l'ha portata nemmeno una volta.»

Josie scoppiò a ridere. «Dipende se gli dai da mangiare. Prova a dargli un morso di quell'hamburger che hai nel piatto e vedrai che non ti liberi più di lui.» Trinity usò la forchetta per tagliare un pezzettino di hamburger che fece penzolare sotto il tavolo. Trout si avvicinò e lo ingoiò senza nemmeno masticarlo. Trinity si mise a ridere e abbassò lo sguardo su di lui. «Oh, avevi ragione. Ora mi guarda come se volesse sposarmi.»

«Te l'avevo detto...» disse Josie.

Rimasero sedute in silenzio, guardando gli amici, i parenti e i colleghi che mangiavano, bevevano e festeggiavano il ritorno di Trinity sana e salva. Era una giornata benedetta da un tempo tiepido. Noah presidiava il barbecue e distribuiva da mangiare. Vicino a lui, Gretchen e Mettner si prendevano in giro a vicenda. Era venuto anche Bob Chitwood che in quel momento stava ascoltando qualcosa che Lisette gli raccontava. In un altro angolo del giardino, Drake teneva desta l'attenzione di Shannon e Christian.

«Questa sì che è vita...» sospirò Trinity.

«Già.» concordò Josie. «Puoi dirlo forte.»

«Ma a costo di rovinare questo momento idilliaco, devo assolutamente sapere una cosa sul caso: il DNA ricavato dai pettini corrisponde a quello di una delle vittime conosciute?»

Josie annuì. «Sì, entrambi provengono da vittime allo specchio. Tutti i resti delle vittime allo specchio sono stati ritrovati nell'appostamento sull'albero dove ti aveva portata.»

Trinity si strinse tra le braccia. «Sapete se ci sono state altre vittime? Qualcuna di cui non si sapeva niente?»

«No. La proprietà dell'arboreto e i quaranta ettari che Hanna Cahill aveva lasciato ad Alex sono stati perlustrati da cima a fondo e non ci risulta che ci siano altre vittime. Quelle ritrovate sono state tutte registrate e le identità delle vittime allo specchio sono state confermate, così presto i loro resti saranno restituiti alle rispettive famiglie.»

«Ottima notizia.» sussurrò Trinity. «Sono contenta che le loro famiglie potranno chiudere la faccenda, almeno.»

«Tu sapevi delle vittime allo specchio quando ti ha rapita?» chiese Josie.

«Sì, l'avevo capito. Avevo degli appunti scritti a mano su di loro. Erano nelle scatole. Speravo che li lasciasse in macchina, in modo che tu potessi seguire la pista che portava a lui, ma ha preso tutti i miei appunti e tutto il materiale che avevo raccolto sul suo caso.»

«Quand'è che hai capito che l'Artista delle Ossa era il ragazzo che avevi conosciuto quando avevi quattordici anni mentre svolgevi i servizi per la comunità alla riserva naturale?»

«Non l'ho capito veramente fino a quando non mi ha bloccato la strada lungo il vialetto della baita ed è sceso. Quando l'ho visto in faccia, quando ho visto la cicatrice, ho capito subito che si trattava di Max.»

«Però lo sospettavi già da prima...» intuì Josie. «Non è per questo che il caso ti ha ossessionata tanto?»

Trinity distolse per un attimo lo sguardo in direzione di Drake, con un lampo di rammarico che le attraversò il viso. «È stata una fortuna sfacciata. Ho avuto una discussione durante la trasmissione con una corrispondente sull'Artista delle Ossa. Lei sosteneva che fosse morto e che era per questo che aveva smesso di uccidere. Io non ci credevo. Quella sera, a cena, mi sono sfogata con Drake su tutta la faccenda. È stato allora che mi ha confidato che il caso lo seguiva lui. Non è stato difficile convincerlo a parlarmene. In un attimo ero già riuscita a persuaderlo a mostrarmi le foto delle scene del crimine. Fotografie che nessuno che non fosse coinvolto nelle indagini aveva mai visto prima.»

«E il modo in cui erano disposte le ossa ti ha fatto ripensare a Max?» immaginò Josie.

Trinity si voltò a guardarla. «Non è stato così semplice. Non proprio almeno. Non si può dire che abbia avuto un momento di epifania. C'era solo qualcosa nel modo in cui le ossa erano disposte che mi aveva colpito. Mi sembrava che ci fosse qualcosa di importante che mi sfuggiva, qualcosa che avrei dovuto ricordare. Non avevo idea di cosa fosse o del perché mi sentissi in quel modo per un caso su un serial killer di cui sapevo così poco.»

«Così hai iniziato a scavare tra i documenti di Drake.»

Trinity si accigliò. «So che non avrei dovuto farlo. È stato un errore sotto molti punti di vista, ultimo dei quali il fatto che ci piacevamo e io ho tradito la sua fiducia.» Di nuovo, il suo sguardo si spostò su Drake, in un'espressione malinconica. Lui dovette percepire i suoi occhi su di sé, perché alzò lo sguardo verso di lei e le rivolse un mezzo sorriso.

«Io penso che ti abbia perdonata...» disse Josie.

Trinity sospirò. «È troppo buono per me.»

Josie si avvicinò e con tocco leggero accarezzò il braccio della sorella, richiamando la sua attenzione. «O magari è proprio quello giusto. Una volta che hai avuto accesso ai documenti, cosa hai fatto?»

«Ho seguito il percorso: il bisogno di simmetria dell'assassino; i simboli maschile e femminile; il collegamento con Codie Lash; gli indizi su Robert e Roberta Ingram; poi le vittime allo specchio. Quando ho letto il rapporto sugli uccelli spazzini, ogni pezzo è andato al suo posto. Quel giorno nel bosco, quando avevo visto Max giocherellare con quelle ossa, mi ero accorta che stava provando a disporle in diverse posizioni. L'avevo visto creare quei simboli. E allora ho capito che poteva essere lui l'Artista delle Ossa. Da un lato, mi sembrava un'ipotesi fin troppo azzardata, ma dall'altro, se avessi avuto ragione, sarebbe stata la storia più importante della mia carriera.»

«Quindi hai cercato di metterti in contatto con lui portando il pettine di Codie Lash tra i capelli? Come sapevi che ti avrebbe vista in televisione?»

«Non lo sapevo. È stato un tentativo alla cieca. Infatti, pensavo fosse un tentativo inutile. Ho messo il pettine per quel servizio sull'anniversario del caso delle ragazze svanite e, passata una settimana, non era ancora successo niente.»

«Per questo hai detto a Patrick che la tua grande pista era fallita.»

«Esatto.» confermò Trinity. «Ma poi, quando ho ricevuto il pettine, qui a casa tua non potevo rimanere. Non potevo mettere in pericolo te e Noah. Così me ne sono andata e ho preso in affitto la baita.»

«Avresti potuto dircelo.» la rimbrottò Josie. «Avremmo potuto darti una mano.»

«Prendendo il controllo dell'indagine. Non mi avreste mai permesso di provare a mettermi di nuovo in contatto con lui.»

«Tenendoti al sicuro, Trinity. Non devi sempre mettere in gioco la tua vita per una storia importante.»

Prima che Trinity potesse protestare, Josie continuò: «Il pettine è arrivato qui. Sei andata via e hai noleggiato la baita. Sei rimasta lì per una settimana e poi hai deciso di tornare a New York? Perché?»

«Perché non pensavo che sarebbe stato in grado di trovarmi alla baita. Ho pensato che se fossi tornata a New York, gli sarebbe stato più facile. Ma proprio quando stavo per andarmene, si è presentato nel vialetto. Ero già in macchina, pronta a partire, quando lui mi è apparso davanti. E non appena è sceso dal furgone, ho capito che avevo ragione su di lui.»

«Ti ha minacciata?»

«No.» disse Trinity. «Mi ha detto che voleva che raccontassi la sua storia.»

«Non ti ha drogata?» chiese Josie.

Lei scosse la testa. «Solo una volta... Sapevo che rapiva sempre uno specchio e mi aveva fatto domande su di te durante le nostre "sedute". Sospettavo che mirasse a te. Ho cercato di scappare...»

«Come hai fatto?»

«Ho cominciato a fingere di stare male. Gli ho detto che doveva portarmi in ospedale. Mi ha detto che c'era un piccolo ambulatorio veterinario nella proprietà dove c'erano delle medicine. Voleva portarmi lì. Mi bastava solo uscire da quella casa. Così, all'inizio ho fatto finta di essere debole, come se non riuscissi a camminare senza appoggiarmi a lui, ma non appena siamo usciti fuori, mi sono messa a correre. Sono andata dritta verso il furgone, ma lui mi ha raggiunta. Doveva aver capito che stavo fingendo, perché aveva una siringa in tasca. Me l'ha infilata nella gamba e ho iniziato a sentirmi stordita. Sono caduta a terra come un sasso. Mi sono ritrovata sdraiata accanto al furgone. Non avevo nemmeno raggiunto il lato giusto, maledizione. Allora lui si è messo a camminare avanti e indietro blaterando di come avesse bisogno di me per scrivere la sua storia e di come non dovessi scappare perché non aveva fatto nulla per farmi del male. Avevo capito che sarei svenuta di lì a poco, ho alzato lo sguardo e ho visto che qualcuno aveva scritto *Lavami* sulla portiera del furgone... è così che ho avuto l'idea di scrivere il mio messaggio.»

«Ma non potevi scrivere a parole.» disse Josie. «Se ne sarebbe accorto subito.»

«Esattamente.» confermò Trinity. «Ho dovuto usare la stenografia. Ti avevo già lasciato il messaggio di leggere il mio diario perché pensavo che se fossi partita dal suo nome e dalla sua età, saresti riuscita a trovarlo. Ma non sapevo se saresti riuscita a trovare il diario. Ero sul punto di svenire, così ho scarabocchiato il titolo del film sulla portiera. Speravo che quando sarebbe venuto a prenderti, l'avresti visto in qualche maniera. Non avevo modo di sapere se l'avresti visto o meno, o se saresti riuscita a sfuggirgli. Mi dispiace tanto, Josie.»

Josie le sorrise. «È stata una mossa intelligente. Hai fatto bene.»

«Sono stata un'idiota, Josie.» obiettò Trinity. «Ho fatto tante cose stupide e avventate. Voglio che tu sappia che sono davvero mortificata. Per tutto. Non avrei dovuto fare di testa mia. Avrei dovuto chiedere aiuto. Avrei dovuto...»

«Smettila.» le disse Josie. «Non c'è bisogno di scusarsi.»

Trinity la guardò con aria scettica. «Davvero? Perché quello che ho fatto è stata una pericolosa e irresponsabile follia e...»

Josie allungò una mano dall'altra parte del tavolo e coprì quella di Trinity per farla tacere. «Io verrò sempre a cercarti, puoi starne certa.»

Gli occhi di Trinity si riempirono di lacrime. Avevano

piano molto tutte e due nell'ultima settimana. «Josie...» sussurrò.

«Ti seguirò sempre in qualsiasi inferno andrai a cacciarti, hai capito?»

Mordendosi il labbro inferiore, Trinity annuì.

«E c'è un'altra cosa che devo dirti. Ho letto il tuo diario...»

«Lo so...» disse Trinity. «Dovevi farlo. Non c'è problema.»

Josie sorrise. «Sì, ma c'è una cosa che devi sapere. Ricordi la rissa con cui ti sei messa nei guai? Quella per cui ti hanno fatto svolgere i servizi socialmente utili?»

«Oh, certo, durante la gita scolastica. So già cosa vuoi dire, devo esserti sembrata una svitata a scrivere che ti avevo incontrata. Ma devi capire ero davvero incasinata in quel periodo. Mia nonna era morta da poco. A scuola venivo bullizzata senza pietà. Avevo bisogno di qualcosa a cui aggrapparmi e l'idea di te... era solo...»

«Quella ero io.» disse Josie.

Il volto di Trinity perse colore tutto d'un colpo. «Co... cosa?»

«Quella ragazzina ero io. Sono io quella che ti levò Beverly di dosso e che diede una gomitata in faccia a Melanie.»

«Ma come?»

«C'erano tante scuole diverse, ricordi? Quel giorno ero lì con un gruppo del primo anno della Denton East High School. Beverly era una nota piantagrane della nostra classe e credimi, quella non era la prima volta e non fu neanche l'ultima che mi ritrovai a fare a cornate con lei. Lisette può confermarlo. Si trasferì subito prima dell'ultimo anno, grazie al cielo. Infatti...» disse Josie alzandosi e tirando fuori dalla tasca della giacca un lungo pezzo di tessuto. Quella che depositò sul tavolo in mezzo a loro era la sciarpa verde acqua.

«Oh mio Dio! Josie!» esclamò Trinity accarezzandola con venerazione.

«Lisette me l'aveva regalata poco dopo aver ottenuto la mia

custodia.» spiegò Josie. «La indossavo sempre, anche quando non si abbinava ai vestiti che mi mettevo. Poi, durante il secondo anno delle superiori, ci rovesciai sopra qualcosa e decisi di metterla via per non rovinarla...»

Trinity alzò lo sguardo verso di lei. «Josie, questa è... non posso crederci! Questo significa che...»

Josie sorrise. «Che quel giorno mi avevi incontrata davvero.»

Trinity si asciugò le lacrime dagli occhi. «Tu c'eri. C'eri quando avevo bisogno di te.»

«Sì. C'ero.»

Grazie mille per aver scelto di leggere *Trovarla viva*. È stato un piacere raccontarvi un'altra delle avventure di Josie Quinn, soprattutto perché stavolta ho potuto approfondire il passato di Trinity e la loro relazione come sorelle. Se vi è piaciuto e se volete rimanere aggiornati su tutte le mie ultime uscite, vi invito a iscrivervi al seguente link. Il vostro indirizzo e-mail non verrà mai condiviso e potrete disiscrivervi in qualsiasi momento.

italia.bookouture.com/subscribe/

Mi sono vista costretta a prendermi alcune libertà creative su diversi argomenti, per motivi di trama e di ritmo. L'Aubertine College e il suo arboreto sono completamente inventati, così come lo sono le città di Denton di Keller Hollow. Invece, ci tengo a farvi sapere che è stato eseguito davvero uno studio sugli uccelli spazzini in una fattoria dei corpi in Texas, durante il quale si è dimostrato che gli avvoltoi urubù sono in grado di ridurre un corpo in scheletro nel giro di poche ore.

L'articolo che ne parla si intitola *Spatial Patterning of vulture scavenged human remains* (*Modellizzazione territoriale degli avvoltoi saprofagi per mezzo dei resti umani*) di M. Katherine Spradley, Michelle D. Hamilton e Alberto Giordano ed è stato pubblicato su Forensic Science International nel 2012. Le rocce litofoni e la eastonite sono reali.

Sono davvero molto contenta di ricevere notizie dai miei lettori. Potete mettervi in contatto con me attraverso i social media qui sotto, compreso il mio sito web e la mia pagina Goodreads. Inoltre, se ve la sentite, vi sarei davvero grata se lasciaste una recensione e se poteste consigliare *Trovarla viva* ad altre persone. Le recensioni e le raccomandazioni attraverso il passaparola sono di grande aiuto ai lettori che scoprono i miei libri per la prima volta. Come sempre, vi ringrazio infinitamente per il vostro sostegno. Significa tanto per me. Non vedo l'ora di ricevere le vostre impressioni. Alla prossima volta!

Grazie,

Lisa Regan

facebook.com/LisaReganCrimeAuthor
x.com/Lisalregan
instagram.com/lisareganauthor

RINGRAZIAMENTI

Favolosi lettori e fan devoti, non potrò mai ringraziarvi abbastanza! Il vostro incessante entusiasmo e il desiderio di continuare a leggere questa serie è il dono più grande che un autore possa mai immaginare di ricevere. Questo è stato un viaggio incredibile e sono davvero orgogliosa di poterlo condividere con tutti voi. Siete veramente i migliori lettori del mondo!

Come sempre, voglio ringraziare mio marito, Fred, per il suo sostegno e la sua pazienza, oltre che per essersi assicurato che mangiassi e che prendessi caffè e per aver fatto tutto ciò che era necessario per permettermi di portare a termine questo libro. Vorrei ringraziare mia figlia, Morgan, per la sua pazienza e per aver sopportato tante ore senza la mia attenzione.

Grazie anche alle mie prime lettrici: Dana Mason, Katie Mettner, Nancy S. Thompson, Maureen Downey e Torese Hummel. Grazie ai miei lettori di Entrada. Grazie a Matty Dalrymple e Jane Kelly per avermi aiutato a risolvere i problemi di trama più e più volte e per non essersi lasciate impressionare mentre discutevamo delle caratteristiche dell'Artista delle Ossa durante i nostri brunch!

Grazie alle mie nonne: Helen Conlen e Marilyn House; alla mia famiglia: William Regan, Donna House, Joyce Regan, Rusty House e Julie House; ai miei cognati e alle mie cognate: Sean e Cassie House, Kevin e Christine Brock e Andy Brock; e grazie alle mie adorabili sorelle: Ava McKittrick e Melissia McKittrick.

Ringrazio anche tutti i soliti sospetti per il vostro incredibile sostegno e il vostro affetto e per aver sempre sparso la voce. Sapete a chi mi riferisco! Vorrei anche ringraziare tutti i favolosi blogger e recensori che hanno letto i primi sette libri su Josie Quinn o che hanno cominciato la serie a metà strada. Apprezzo molto il vostro continuo entusiasmo e la vostra passione per questa serie! Grazie di cuore al sergente Jason Jay per aver risposto con incrollabile pazienza a tutte le domande che gli ho fatto sulle forze dell'ordine a ogni ora del giorno e della notte. Gli sono infinitamente grata per il suo sostegno e la sua disponibilità ad aiutarmi!

Desidero ringraziare Oliver Rhodes, Noelle Holten, Kim Nash e tutto il team di Bookouture per aver reso possibile questo viaggio straordinario e per avermi regalato il divertimento più grande della mia vita.

E infine, ma non per questo meno importante, un grazie all'impareggiabile Jessie Botterill per aver salvato questo libro e avermi aiutata a trasformarlo in qualcosa di cui sono profondamente orgogliosa. Non credo che ci sia qualcun altro al mondo in grado di tirarmi fuori il genere di lavoro che tu, inspiegabilmente, riesci a raggiungere ogni volta. Sono meravigliata dalla tua genialità e ti sono eternamente grata per il tuo intuito, per il tuo sostegno e per il fatto che riesci sempre a calmarmi quando sono più ansiosa! Grazie, mille volte grazie!